Mord in der Kombüse

Mord in der Kombüse

12 Kriminalgeschichten
12 Einbildgeschichten
19 Fischmenüs
111 Rezepte

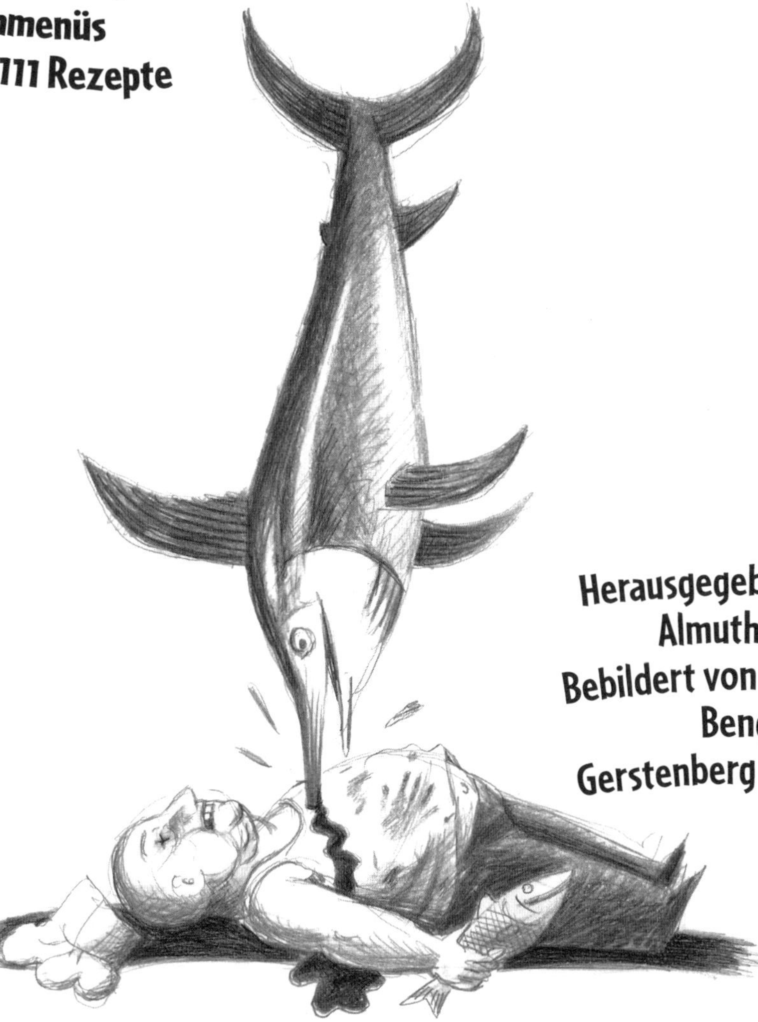

Herausgegeben von
Almuth Heuner
Bebildert von
Bengt Fosshag
Gerstenberg Verlag

Geschichten und Gerichte

Warme Meere des Südens

Kalte Binnengewässer

Warme Meere des Südens

Im Bann des Indischen Ozeans

Beatrix M. Kramlovsky

Karen beobachtete, wie er den Fisch filetierte: flinke Finger mit rosigen Nägeln und Fleischsaft an den Rändern, hell schimmerndes Perlmutt die Handflächen, schuppenübersät. Sie stellte sich seine Hände auf ihrer Haut vor. Als er aufblickte, sah sie ihn einen Moment lang an, dann, als sei sie gelangweilt, drehte sie den Kopf weg. Sehr langsam. Sie wusste, dass er sie jetzt wahrnahm. Ein vorwitziger Reiher landete auf dem Tisch; eine jähe Bewegung, der lange Schnabel schnellte vor, der Vogel hob ab, flatternde Schwingen zwischen den vorkragenden Schirmen der Stände. Der Junge starrte sie noch immer an. Nun lächelte sie. Er lächelte zurück. Hinter ihm sah sie den gebeugten Rücken einer Frau, die auf einer Bank Fische sortierte und an einer Schnur aufreihte, immer fünf. Der Faden wurde quer durch die Kiemen gezogen, verknüpft und aufgehängt: silberne Leiber wie Schlüssel an einem Ring. Die Frau hatte einen stumpfen Blick – konzentriert auf den Faden und das nächste Tier – und einen klobigen Körper. Wie ein Klumpen. Seine Schwester, fiel Karen ein, seine behinderte ältere Schwester.

Karen wusste alles über die Familien hier am Markt. Sie war schon lange genug hier. Viel zu lange. Ruhige Monate. In Europa redeten alle über die Veränderungen, die sich hinter dem Eisernen Vorhang vollzogen, aber hier auf den Inseln, in diesem verquer kommunistischen System der Seychellen, redeten die Einwohner über das, worüber sie immer redeten: den Fischfang, die Orchideenplantagen, die Teegärten an den steilen Hängen. Die wenigen und exklusiven Ressorts, in denen reiche Schweizer und Italiener saßen, bildeten ein Ghetto aus Geld, das kaum etwas mit dem Land zu tun hatte. In den Häusern der vertriebenen indischen Händler saßen europäische Aussteiger, Hausbesorger, während die Besitzer in Südafrika und Australien das Ende des Regimes und ihre Rückkehr abwarteten. In besonders schönen Villen wohnten die Vertreter ausländischer Regierungen. Karen kannte sie mittlerweile alle.

Die Hände des Jungen gefielen ihr ausgesprochen gut. Sie beschloss, ihn anzusprechen. Sein Gesicht leuchtete geradezu, als sie ihren Mund öffnete, ihm ihre Karte gab. Flieder auf hellblauem Papier. Karen Brustad. Darunter der Name ihres Schiffes. Virgo.

»Morgen um zwölf. Pünktlich.« Dann drehte sie sich um. Aus den Augenwinkeln sah sie, wie er die Karte betrachtete, dann hinter sich legte und sich der nächsten Kundin zuwandte. Seine Schwester bewegte sich blitzschnell vor, griff nach dem Papier, warf es unter den Tisch zu den Eingeweiden, dem feuchten Abfall. Karen schluckte und verließ den Platz.

Nur für kurze Ausflüge hatte die strahlend weiße Virgo den Hafen von Victoria in diesen Monaten verlassen, sonst lag sie neben dem starken Motorboot der Amerikaner. Ein europäischer Schulsegler, ein englischer Dreimaster, war einmal eine Woche lang ihr Nachbar gewesen. Unter den ständig geankerten Schiffen stach die achtunddreißig Meter lange Virgo heraus, eine grazile aber von ihren Dimensionen her doch beeindruckende Kostbarkeit. Ein Einzelstück, ein Zuhause, eine Zuflucht. Ein schwimmendes Exil.

Sie schlenderte zurück zum Hafen, sah Jean bereits an der Reling stehen. Mittlerweile war sie sicher, dass er es nicht ausstehen konnte, wenn sie wahllos einkaufte, es nicht ihm überließ. Gesagt hatte er nie etwas (sie zahlte zu gut). Sie winkte und deutete auf den prall gefüllten Sack.

Jean war als letzter der vierköpfigen Besatzung vor einem Jahr in Bombay an Bord gekommen. Sie hatte ihm damals zugesichert, innerhalb von zwanzig Monaten Europa wieder anzusteuern, einen Hafen seiner Wahl, und er musste wissen, dass sie Versprechen immer hielt.

»Morgen legen wir am frühen Nachmittag ab. Zwei Paare, Dänen und Amerikaner. Wir werden das gesamte Wochenende unterwegs sein, rund um Mahé. Kannst du dich um die notwendigen Dinge kümmern?«, rief sie noch auf der Gangway. Er nahm den Sack, ging ihr schweigend voran zur Kombüse.

»Haben wir tiefgefrorenes Kraut? Oder Kohl?«

»Wir ankern im Paradies, wozu brauchen wir Kraut?«

»Die Amerikaner träumen vom Winter, und die Dänen haben Heimweh. Also mach ihnen die Freude. Ich möchte ein Essen, das an den Norden erinnert. Geht das?« Das war rhetorisch gefragt, Jean wusste das ebenso gut wie Karen und nickte nur. Wenn sie unbedingt in einem Land der Fülle, in dem niemand verhungern konnte, auf Tiefgefrorenem bestand, würde er es ihr nicht ausreden.

»Also fünf Gedecke für zweieinhalb Tage«, sagte er.

»Und ein Gast in meiner Kabine.«

»Der nicht mit den anderen speist?«

»Der nicht mit uns zusammen speist, richtig.«

Jean legte den Fisch sorgsam in die Kühlkammer. »Und ich soll mit niemandem darüber reden?«

»Richtig.«

»Findest du nicht, dass zumindest der Kapitän …?«

»Es reicht, wenn du es weißt. Der Gast verlässt das Schiff noch am Sonntag, und wir haben nicht vor, ins offene Meer zu segeln. Es muss den Kapitän also gar nicht kümmern, nur dich, denn du kochst für uns.«

Sie wartete sein Einverständnis nicht ab, Jean hatte sich immer verschwiegen und zuverlässig gezeigt. Manchmal dachte sie nach über ihre Besatzung, diesen seltsam zusammengewürfelten Familienersatz (welche Geheimnisse man ihr wohl vorenthielt?). Jean war, verglichen mit den anderen, wortkarg. Der Umstand, dass er sich von den anderen fernhielt, soweit dies möglich war, machte ihn an den langweiligen Nachmittagen, deren endlose Dauer im Licht träge versickerte, zu einem interessanten Objekt ihrer Beobachtung. Sie wusste, dass er in der Stadt eine Geliebte hatte, Julie, »ma petite amie«. Die Frauen der Seychellen waren einfach wunderbar: praktisch, fröhlich, fleißig, schön. Kinder wurden als Geschenk angesehen, ihre Herkunft spielte keine Rolle, verschwanden die Väter doch ohnedies, unbrauchbar, wenn es darum ging, eine Familie zu erhalten. Karen misstraute dieser überschwenglichen Lebensfreude (aber Männer wussten diese spezielle Leichtigkeit zu genießen, nicht wahr?).

Falls Karen Brustad überhaupt noch zu lieben imstande war, dann gehörte ihre Liebe dem Schiff. Die Virgo vereinte die filigrane Eleganz einer Yacht mit der verlässlichen Kraft eines Schoners: 1977 mit den neuesten Geräten ausgestattet und individuell für den Auftraggeber geplant, erweckten ihre Fähigkeiten immer neue Begeisterung bei allen, die mit und auf ihr zu tun hatten. Ein norwegischer Schiffsbauer hatte sie konstruiert und den Bau bis zu den letzten stilistischen Fingerübungen einer jungen finnischen Innenarchitektin überwacht. Die Virgo hatte ihre Hochseetüchtigkeit bereits oft bewiesen und in den zwölf Jahren seit ihrem Stapellauf alle Erwartungen, die ihr Bauherr, Karens Vater, gehegt hatte, übertroffen. Es störte Karen nicht, dass fast alles auf diesem Schiff an ihn erinnerte. An den schlimmen Tagen tröstete es sie, an den guten fiel es ihr nicht weiter auf. Nur ihre eigene Kabine vorne im Bug hatte sie, nach der überstürzten Abfahrt von Perth, in Bangkok neu einrichten lassen.

Sie betrat die Brücke, um dem Skipper Bescheid zu geben. Lukas Jakkelsen war seit der Jungfernfahrt der Virgo verantwortlich für die Yacht und die fünfköpfige Mannschaft. Er hatte Brustad senior verehrt und gefürchtet. In den drei Jahren seit Perth hatte er sich an die schlagartige Veränderung mancher Termine gewöhnt. Karen, das wusste sie, war eine sehr bestimmende Person. Ihr war klar, dass nur ihr Reichtum ihre zeitweilige Exzentrik und diesen Lebensstil ermöglichte. (War dieser schwimmende Haushalt obskur?) Aber Karens tatsächliche Irritationen waren von einer viel gefährlicheren Sorte, und davon wusste niemand.

Freitag mittag brachte Jean den jungen Seychellois von der Gangway hinunter ins Schiff. Karen hörte ihre Schritte und öffnete die Tür, bevor es klopfte. Sie trat zur Seite, winkte ihn herein, sah dem Koch nach, dessen Gesicht nichts verriet. (Dachte er an seine Liebschaft?) Alle diese prächtigen Inselfrauen, vor allem sonntags herausgeputzt unter leuchtenden Sonnenschirmen, dunkle Haut in pastellfarbenen Rüschenkleidern auf dem Weg zum Herrn. Wippende Volants über wippenden Hüften. »Pour l'amour de Dieu«, hatte Jean gesagt, und dass ihm dieser Gott zu gefallen begänne.

Der Junge wirkte hier schmächtiger als hinter seinem Verkaufstisch. Er hatte sich gebadet. Sie konnte Seife und eine Spur Zitrone riechen. Sie lächelte. Dann erklärte sie ihm, wie sie es auch seinen Vorgängern erklärt hatte, den Verlauf des Wochenendes: Er musste in ihrer Kabine bleiben, er musste, falls jemand kam (was unwahrscheinlich war), leise sein und sich im Schrankraum verstecken. Dies vor allem. Der Koch würde ihm Essen bringen. Es war verboten, ohne Karen auf Deck zu steigen. Als letztes: Er würde gut bezahlt werden. Der Junge hörte zu. Als sie die Summe nannte, riss er die Augen auf und sie wandte sich beruhigt und (ach, wie vorhersehbar!) gleichzeitig enttäuscht ab.

Sie wies ihn an, den Sack mit seinen Habseligkeiten im Schrankraum zu verstauen, kümmerte sich nicht weiter um ihn, sondern wählte einen Bikini und verschwand mit ihm im Bad. Während sie sich umzog, konnte sie im Spiegel die offene Tür und dahinter den Jungen mitten auf dem roten Kermanshah stehen sehen, er hatte seine Hände ineinander verschränkt, starrte herüber und rührte sich nicht. Sie schlüpfte in ein bodenlanges Frotteekleid, nahm die Goldkette ab und legte sie (immer diese Prüfungen) gut sichtbar hin. Der Junge (wollte sie seinen Namen wissen?) senkte den

Kopf. Sie trat dicht vor ihn hin; belustigt nahm sie seine Erektion wahr, die er hinter den verflochtenen Fingern zu verbergen suchte.

»Heute noch wirst du mit mir schlafen«, sagte sie und strich fast andächtig über seine Wange. Endlich öffnete er den Mund.

»Darf ich in den Büchern lesen?«

Sie schaute kurz zu den Regalen, in denen Bildbände, Romane und Reiseberichte in verschiedenen Sprachen standen.

»Natürlich«, sagte sie erfreut (darum hatte noch keiner gebeten), verließ ihn und sperrte die Tür ab. Nur der Koch hatte noch einen Schlüssel. Kurz blieb sie im Salon stehen, der, so schien ihr, besonders intensiv nach Vater roch. Dann stieg sie auf Deck, um ihre Gäste zu erwarten. Weder sie noch ein Mannschaftsmitglied hatte bemerkt, dass eine fremde Person die Yacht betreten, sich im Speigat auf einer massiven Kiste zusammengerollt und die mitgeführte Taschenlampe ausgeschaltet hatte – ein schwarzer Schatten in einem schwarzen Raum.

Punkt vier ließ Lukas Jakkelsen den Anker einholen, die Virgo setzte sich langsam in Bewegung, ließ den Hafen hinter sich, glitt an den vorgelagerten Inseln entlang, drehte nach West, am Kap vorbei. Karen und ihre Gäste saßen auf dem Sonnendeck; Jean hatte die üblichen farbenfrohen Cocktails gebracht, alle redeten aufgedreht durcheinander, voller Vorfreude auf das Wochenende, voller Begeisterung für das Schiff. Lebhafter als sie sonst vielleicht waren, stürzten sie sich in das Nichtstun.

»Ich war noch nie auf dem Gipfel«, sagte Karen plötzlich und zeigte auf die Berge hinter Victoria.

»Ich schon, auf der Straße sind wir gefahren«, antwortete Kirsten, die Dänin, »sehr steil, sehr schön. Du wechselst abrupt aus dem Dschungel zu den Teeplantagen, und darüber wächst nur lichtes Gehölz. Ganz oben ist es kahl. Aber da war ich nicht. Allein der Gedanke, auf dem höchsten Punkt zu stehen, und rund um mich geht es in die Tiefe, das ertrage ich nicht.«

Sie lachte verlegen, und ihr Mann Ole tätschelte ihr Knie.

»Warst du oben?«, fragte Karen den Amerikaner Jeremy, mit dem sie einige Wochen zuvor eine Nacht in der leerstehenden Villa eines indischen Händlers verbracht hatte. Er schüttelte den Kopf. Sie wusste, dass er verunsichert war wegen dieser Einladung, die seine nichtsahnende Frau Lisa miteinbezog.

»Ich denke, mit Bergen ist das so wie mit Inseln. Kaum gelandet, will man auf die andere Seite, als müsse man sich selbst davon überzeugen, dass das Meer tatsächlich rundherum liegt. Und auf den Gipfel geht man, um hinunterzuschauen, die gewohnte Welt aus einer anderen Perspektive zu betrachten. Dann kann man wieder beruhigt ins Tal zurückkehren, man weiß, alles ist an seinem Platz.« Ole trank sein Glas leer. »Ich jedenfalls habe von der Insel bald die Nase voll.«

»Aber sie ist doch so schön! Und denk an Praslin und die anderen!« Lisa schlug die Hände zusammen, Karen lächelte über die aufgerissenen Augen. (Ob sie im Bett wohl auch klatschte?)

»Wir sind seit fast drei Jahren hier. Es reicht. Das ist nur ein Paradies für Touristen. Ich brauche wieder eine Stadt, Trubel, Lärm, Kultur. Hier machen wir doch schon unser eigenes Lesetheater, so genervt sind wir von den Nächten im amerikanischen Club und den Partys der Russen.«

»Aber die sind gut!«

»Natürlich sind sie gut. Aber seit drei Jahren habe ich nichts anderes als Hollywoodfilme und Wodkagelage. Wisst ihr, was wir im Augenblick lesen? Mit verteilten Rollen? Gorkis *Nachtasyl*. Nicht, weil wir hier in einem kommunistischen System leben. Nein! Weil es in dem Stück so kalt ist! Eine Illusion von Kälte und so viel frostigem Umgang. Ich halte diesen ewigen Sommer nicht mehr aus.«

Nun lachte Karen laut auf. »Die Leiden der Privilegierten! Ich glaube nicht, dass du viel Mitgefühl ernten wirst. Abgesehen davon hat Jean vor, euch heute europäisches Winteressen aufzutragen, ein Hohn in dieser Landschaft.«

Die Sonne stand nun sehr tief am Horizont. Irgendwo hinter der Krümmung musste Afrika liegen. Karen drehte sich um. Mahé in leuchtendem Gold, ein grüner gewaltiger Buckel, auf den die Virgo nun wieder zuhielt, um einen Ankerplatz für die Nacht zu finden. Im Näherdriften lösten sich die einzelnen Baumstrukturen aus dem dichten Wirrwarr. Die Küste war hier steil, sie wusste, dass der Kapitän noch weiter, Richtung Süden, fahren wollte, bis der Riffgürtel begann und die starken Strömungen weit draußen vorbeizogen. Ein ruhiger Ort und kein Ärger mit den Leuten, hatte er gesagt.

Jeremy war plötzlich dicht neben ihr.

»No trouble, no trouble at all«, flüsterte sie, bevor er etwas sagen konnte, und seine spürbare Erleichterung belustigte sie.

»Bist du nicht traurig, so allein?«

»Nein.«

»Aber du bist so viel alleine ...«

»Wenn ich allein sein will.« Er hatte sicher das »wenn« überhört. Männer seiner Art verstanden die Hälfte der eigenen Muttersprache nicht. Sie stellte ihr leeres Glas auf den Tisch und drehte sich zum Niedergang. »Dinner in einer halben Stunde im Speisezimmer. Davor ein Drink im Salon, wenn ihr wollt. Ihr habt doch alles, was ihr braucht, in euren Kabinen?« Das war nur eine rhetorische Frage, sie wartete gar keine Antwort ab. Plötzlich hatte sie es sehr eilig, unter Deck zu kommen.

Das Essen war so gut, wie Jean es versprochen hatte. Gut und lächerlich exotisch zugleich. Karen genoss die Zufriedenheit ihrer Gäste, deren kindliche Freude über Bratäpfel und dampfendes Kraut, den goldkrustigen Braten. (Wo hatte er nur das Schwein dafür aufgetrieben?) Vater hatte oft Gäste auf der Virgo bewirtet. (»Schönes muss man teilen können, Karen!«) Sie dachte an den Jungen. So ungeprägte, junge Haut.

»Heute brauchst du nicht mehr an Gorki zu erinnern, Ole, es gibt genügend Winter auf deinem Teller. Aber morgen, morgen esst ihr seychellois, wie ihr es noch nicht bekommen habt, ein tropisches Gedicht.«

Karen biss in den heißen Apfel. Ob der Junge eingeschlafen war? Als sie die Kabine betreten hatte, kauerte er auf dem Boden wie ein Kind, umgeben von aufgeschlagenen Büchern. Photos von allen Kontinenten, Stadtaufnahmen, Silhouetten wie schwarze Scherenschnitte, dazwischen Reproduktionen von Breughel. *Die Heimkehr der Jäger.*

»Ich war noch nie irgendwo«, hatte er gesagt, und sein Finger hatte auf die gemalten Männer gedeutet, die mit der Meute gerade aus dem Wald traten, vor sich am Rande des Hügels ein Dorf, Kinder, die auf dem zugefrorenen Teich Schlittschuh liefen, das Land versunken im Schnee. Ob er wusste, dass es ein Bild war? Eine Illusion, Hunderte Jahre alt?

»Ich habe Mahé noch nie verlassen. Bis heute.«

»Aber du bist doch noch immer zu Hause.« Sie hatte hinausgezeigt, vor dem Bullauge leuchtete die Küste nun fast bronzen. In wenigen Minuten würde die Sonne versunken sein.

»Nein, bin ich nicht. Das hier ist fremd.« Und er hatte weit ausgeholt mit seiner Hand, einen wunderbar eleganten Kreis in die Luft geschnitten, den sie plötzlich unterbrach, indem sie seine Finger an ihren Mund führte. Da hatte auch er wieder geschwiegen. (Was er wohl über sie dachte? Seit wann interessierte sie das?)

Karen schüttelte den Kopf und versuchte, wieder Anschluss an das allgemeine Gespräch zu finden, Geplänkel und Anekdoten aus dem Leben der Ausländer, Fremdlinge wie sie, aber nicht Ausgestoßene.

In der Nacht ließ sie sich von dem Jungen lieben, verzweifelt fast, als sollte er etwas auslöschen, und fast unhörbar, denn das hatte sie ihm gleich zu Beginn erklärt. So leise, als solle selbst der Raum nicht merken, wofür er Bühnenbild war.

Später, der Junge schlief, schlich sie auf Deck, sprang ins schwarzfunkelnde Wasser. Wie immer war das Fallreep heruntergelassen, die Mannschaft kannte ihre Eigenheiten. Irgendwann einmal, wenn sie dann endgültig in ihrer Kabine verschwunden war, würde es der Wachhabende vom Dienst einholen, als sei dies das endgültige Zeichen, dass nun tatsächlich Ruhe eingekehrt war.

Sie schwamm. Das Meer war körperwarm, ein Streicheln. Sofort stellten sich die erhofften Bilder ein. Vater, brüllend vor Lachen im Kreis seiner Freunde, Vater am Telephon, mit ihrem Bruder diskutierend, Vater am Flugfeld, bevor er den Jet besteigt, sich nochmals umdreht zu seinen Untergebenen, mit einem belanglosen Lächeln auch sie streift. Diesen Teil der Erinnerung wollte sie nicht. Sie drehte sich um und schwamm mit heftigen Stößen zurück zur Virgo. Das Meer wusch alle Spuren des Jungen von ihrer Haut. Als sie triefendnass hochstieg, wusste sie, dass sie schön war, trotz der verlorenen Jahre, dass sie wie unberührt war. Als sei nichts geschehen seit Vaters Tod, als sei die Zeit stillgestanden in ihrem Körper, so wie sie in ihrem Herzen zum Stillstand gekommen war.

Der Junge rührte sich nicht, als sie zu ihm ins Bett kroch, einen traumlosen Schlaf erflehend. Aus einem schwarzen Schattenwinkel erhob sich ein gedrungener Körper und schlich ungesehen zurück, hinunter in sein Versteck im Speigat.

Der nächste Morgen war von der delikaten Klarheit, die sie auf den Inseln schon gewohnt waren. Sie planten den Tag, verwarfen Möglichkeiten, beschlossen, am Riff zu tauchen und vor der Strandkimm am östlichen Gebirgszug die nächste Nacht zu verbringen. Karen war froh, dass sich alle so wohl fühlten, so entspannt. Als sei das eine der Aufgaben, die ihr der Vater überlassen hatte. Die Virgo musste ein perfektes Heim sein, für alle.

Ihr Bruder hatte nie verstanden, was der Vater, was sie am Meer und dem mobilen Zuhause fanden. Er arbeitete mit Hingabe für das Firmenimperium und, wenn ihm Zeit blieb, für seine kleine Familie. Es schien seit Vaters Tod keine Berührungspunkte mehr zwischen ihnen zu geben.

Wie immer um diese Tageszeit machte sie ihren Rundgang durchs Schiff, und wie immer fing sie unten an, im Maschinenraum. Pavel, ein Pole, der für die gesamte Technik der Virgo verantwortlich war, erwartete sie bereits.

»Ich habe heute nacht etwas gehört, das nicht zu ihr gehört.« Es war klar, dass er die Yacht meinte.

»Tiere?«

»Ich weiß es eben nicht. Es hat mir nicht gefallen.«

»So, so. Und was gefällt dir außerdem nicht?«

Er grinste schief und schob die formlose Mütze weit nach hinten. »Es ist langweilig hier. Die Virgo tut nichts, und wir werden beide nicht gebraucht.«

Kaum lagen sie zu lange in einem Hafen fest, wurden die Männer unruhig. Vater hatte nie so ausgedehnte Pausen gemacht. Eigentlich war er ständig unterwegs gewesen, seit der Übergabe der Firma an ihren Bruder und dem Tod seiner zweiten Frau, der ihn, das wusste sie, tief geschmerzt hatte. Er hatte Kopenhagen verlassen und sich nicht mehr umgedreht. Ein Aufbruch in die Rastlosigkeit, eine Flucht, die sie begleitet hatte, glücklich in seiner Nähe. Manchmal hatte er sie gefragt, wann sie denn mit ihrem eigenen Leben beginnen, aus seinem Schatten heraustreten, eine Familie gründen würde. Aber sie hatte nur abgewunken und die Männer, die an ihr (oder ihrem Erbe?) interessiert waren, weiterhin vergrault.

»Wir werden bald aufbrechen, Pavel, halte dich bereit.«

Sie ging durch den Niedergang und hob einen zusammengeknüllten Nylonsack auf. Pavel wurde schlampig, kein gutes Zeichen. Es roch auch nach Fisch, und sie schnupperte verwundert. Seit wann aß der Mann alleine hier unten? Einen Moment lang erwog sie, ihn darauf anzusprechen, dann entschloss sie sich, so zu tun, als ob ihr nichts aufgefallen sei.

Cary kam ihr auf dem Mannschaftsdeck entgegen, im Arm ein Bündel gebrauchter Handtücher. Cary war mit fünfunddreißig der Jüngste an Bord und trotzdem schon von Anfang an mit dabei. Vater musste eine Menge Menschenkenntnis besessen haben, um diese Crew zusammenzustellen. Keiner hatte sich, auch nicht nach seinem plötzlichen Tod, je um einen anderen Posten bemüht. Im Gegenteil, sie waren alle sichtlich erleichtert, dass sie die Virgo unter denselben Bedingungen weiterbetrieb. Vater musste gespürt haben, dass diese Männer – so unterschiedlich sie auch waren, alle wurzellos – das Schiff und bis zu einem gewissen Grad auch sie als Heimat, als Familie ansahen. Keiner war je verheiratet gewesen, keiner erwähnte Kinder. Bei Cary wusste sie nicht einmal, ob er ausgeprägte sexuelle Präferenzen besaß oder ob sein Handicap nicht ohnehin diese geschlechtsneutrale Ausstrahlung war.

»Ich habe in Victoria alle unsere Bestände wieder aufgefüllt«, sagte er mit seiner hohen nasalen Stimme, die klang wie ein selten rufender Vogel, »aber wenn die dänische Dame noch länger bleibt, wird mein Kontingent an Waschpulver entschieden knapp.«

»Alle gehen morgen wieder von Bord, Cary, alle.«

Es war ihm verboten, ihre persönliche Suite sauberzumachen, niemand durfte dort ohne ihre Aufforderung erscheinen. (Aber konnte sie sich wirklich darauf verlassen?) Sie liebte es, ihre Dinge selbst zu ordnen, anders als ihr Vater. Vielleicht lag es daran, dass so viele Erinnerungen damit verknüpft waren. Sie liebte den Veilchenduft in ihrem Bad, der die Morgen ihrer Kindheit wachrief. Sie liebte das dunkle Chilirot ihrer Seidenvorhänge, das ihr erstes Ballkleid und die damit verbundenen Nächte evozierte. Eine Variation dieses Rots fand sich im Teppich und korrespondierte ganz wunderbar mit den zwei Bildern, die einander gegenüber hingen und unterschiedlicher nicht sein konnten. Das eine war vom Italiener Burri, eines seiner wenigen kleinformatigen abstrakten Bilder, das der Vater in den frühen Siebzigern in Mailand gekauft hatte. Strahlendes Karmin und ein sattes Schwarz, dessen Tiefe und seidiger Glanz sie immer noch beglückten, mit Kreisen und eingedrückten Ovalen in mattem Elfenbein. Auf der anderen Seite hatte sie ein afrikanisches Bakuba-Tuch hängen, Sand, ein verwaschenes Ocker, dasselbe intensive Schwarz wie auf dem Bild des Italieners, aber von noch geballterer Körperlichkeit. Ihr Vater hatte es in den fünfziger Jahren auf einer Auktion erstanden und ihrer Mutter mit heimgebracht. Jedes Mal, wenn Karen sich in den komplizierten Flechtmustern verlor, fühlte sie sich wieder als das kleine Mädchen, dessen Welt noch vollkommen war. Nein, keiner außer ihr sollte diese Dinge berühren. Burris Bild aber schien ihr an manchen Tagen eine farbige Metapher ihres eigenen Zustands zu sein, in Schmerz und Neugier erstarrt, eine beunruhigende Mischung, die sie an Lots Frau erinnerte. Das ärgerte sie, denn wenn Lots Geschichte schon etwas mit der ihren zu tun hatte, dann doch nur der Aspekt der Tochter-Vater-Beziehung. (Oder zumindest der Ausgangspunkt, denn Lots Töchtern war eine fruchtbare Zukunft bestimmt, aber ihr Vater hatte sich ja aus dem Staub gemacht, nicht wahr?) An solchen Tagen verließ Karen Brustad ihre Kabine nicht, sondern verbiss sich in einem Schmerz, der deutlich sichtbare Spuren hinterließ und ihre Crew verunsicherte.

Das Mannschaftsdeck lag schräg unter der Kombüse und den Gästekajüten, der Gang zwischen Speisezimmer und Salon führte auf Deck und zu den Aufbauten. Karen sah, dass Jeffrey und Ole mit dem Beiboot zum Riff gerudert waren, Lisa und Kirsten lagen regungslos in ihren Liegestühlen. Jean brachte ihnen gerade Teller mit zierlich aufgespalteten Orangen und Mangos.

Er schnitt ihr den Weg ab und flüsterte: »Der Junge sitzt vor dem offenen Bullauge und starrt hinaus. Ist alles okay?«

Die Frage ärgerte Karen, wortlos ging sie an ihm vorüber auf die Brücke, wo Lukas mit Chris Kaffee trank. Schärfer als gewollt (war sie nicht erstaunt über ihren Ton?), sagte sie: »Ich möchte, dass ihr den Kurs absetzt für die Fahrt Richtung Norden. Mombasa. Sansibar. Suezkanal. Keine wirklichen Verzögerungen. Aber auch keine Eile.«

Der Kapitän wandte sich zum Kartentisch. »Und wann?«

»Ich weiß noch nicht. Bald. Sehr bald. Bereitet alles vor und nehmt montags in Victoria auf, was wir brauchen.«

Draußen räkelten sich die Frauen und winkten ihren Männern. (Warum war sie plötzlich so zornig?)

Der Junge stand mitten im Zimmer, ein Buch lag am Boden, als hätte er es fallen gelassen. Karen hob es auf.

»Ich möchte an Land.« Seine Stimme ein rostiges Knirschen.

»Den Eindruck hatte ich heute nacht nicht.«

»Bitte.«

»Was ist passiert?«

»Nichts.«

Er log natürlich. (Aber weshalb?)

»Abends. Abends kannst du gehen. Ich bringe dich mit dem Boot an Land. Du musst am Strand entlanggehen, du weißt, die Berge dort sind sehr steil. Aber wenn du beim Meer bleibst, wirst du nach einiger Zeit zur Küstenstraße kommen. Unterhalb der Ordensschule.«

»Gut. Dort fährt in der Früh der Bus vorbei.«

»Aber wenn du an Bord bleibst, bist du am Nachmittag in Victoria, nicht unwesentlich später.«

»Nein. Ich möchte weg. In der Nacht.«

Karen zuckte mit den Schultern. »Mach es, wie du glaubst. Aber bleibe hier im Raum. Ich gebe dir dein Geld, bevor du gehst.« Plötzlich fühlte sie sich billig und nahm es ihm übel. Sie drehte sich abrupt um und ließ ihn stehen.

Die Männer kamen keuchend von ihrem Tauchausflug zurück. Sie sah zu, wie sie von ihren Frauen begrüßt wurden. Jeremy warf ihr einen Blick zu, der ihr verriet, dass er sich von ihr betrachtet fühlte. (Dabei hatte sie gerade versucht, sich daran zu erinnern, wie er sie geliebt hatte, und es war ihr nichts Hervorstechendes eingefallen.)

Manchmal war sie mit ihrem Vater gemeinsam getaucht, und gemeinsam hatten sie dann über das gesprochen, was sie gesehen hatten. Das waren die Momente ohne seine sonst übliche Distanz, die sie immer so angestrengt, so bemüht zu überbrücken versucht hatte. Sein Ausweichen. Sein plötzliches Innehalten, wenn sie sich zu weit vorwagte. Die Nähe der Kindertage ein ferner Traum. Aber beim Tauchen waren sie zusammen.

Keine seiner viel zu jungen Gefährtinnen dabei, austauschbar allesamt, alle schon jünger als sie selbst. Wie glücklich sie an diesen Tagen gewesen war. Und wie zornig über dieses Glück.

Der Anker bewegte sich, die Motoren sprangen an. Der Zauber zerriss.

Während die anderen in ihren Kabinen waren, stieg Karen hinunter zum Maschinenraum. Sie wollte Pavel selbst die bevorstehende Abreise ankündigen. Die Tür zum Speigat war angelehnt. Sie runzelte die Stirn. Morgens der Abfall auf dem Niedergang, nun das. Schlamperei war sie von ihrer Mannschaft einfach nicht gewohnt. (Sollte der Junge etwa trotz des Verbots herumflanieren?) Sie riss die Tür weit auf, schaltete das Licht an. Stechender Uringeruch.

Zuerst erkannte sie sie nicht. Ein schwerfälliger Körper, ein starrer Klotz. Augen, in der plötzlichen Helligkeit zusammengekniffen. Der Mund offen, die Zunge ein nasses fleischiges Tier, zuckend. Das einzig Bewegte an diesem Menschen. Die Schwester! (Was tat sie hier? Hatte er sie an Bord geschmuggelt? Das ergab keinen Sinn.) Sie hob die Hand automatisch, als könnte sie so diesen Einbruch ungeschehen machen. Nun flüsterte die Frau. Karen verstand nichts, sah nur ein angebissenes Brot, die geschwollenen Beine, den feuchten Fleck auf dem weiten Rock. Dieses dumpfe Weib. Was hatte sie hier verloren? Was hatte sie mit dem hübschen Jungen zu tun? Was mischte sie sich ein, hängte sich an, machte sich hier breit? Die Wut war ein greller Ton in ihrem Kopf. Und Karens Hand ballte sich zur Faust, eine Faust, die mitten in diesen schiefen Mausezähnen landete, auf diesem zuckenden Klumpen Zunge.

Die Frau wimmerte. Dann war es einen Moment lang still. Dieses Schweigen war wie eine sich öffnende Blüte. Die Zeit war darin eingebettet. Ein geräuschloses Fließen. Karen sah auf ihre Hände, auf die blutigen Finger, den kauernden Körper. (Was hatte sie getan?) Der Kopf der Frau pendelte ganz langsam hin und her, ein Schwingen, das nun den Rücken erfasste. In das Schweigen schob sich ein Knarren und Klappern. Langsam tauchte hinter den Kisten der Junge auf. Er starrte Karen an. Dann registrierte er das Blut, lief hin zu seiner Schwester, hockte sich neben sie. (Was nun? »Hinterlasse nichts, was gegen dich verwendet werden könnte.« Vaters Ratschläge für den Bruder.) Sie trat zum Werkzeugschrank, griff nach dem Hammer, holte aus und ließ ihn auf den Kopf des Jungen fallen. (Welche Verschwendung von Jugend und Schönheit und Kraft!) Noch einmal. Die Schwester verhielt in ihrer Pendelbewegung, als sich der Bruder gegen sie lehnte, hob den Kopf. Karen schloss die Augen und schlug wieder zu. Der Körper sackte zusammen, das zertrümmerte Gesicht schmiegte sich an den zerschlagenen Schädel daneben. Ruhe. Nur Karens Keuchen über stillem Fleisch.

Sie überflog die Bestände, suchte Bettbezüge. (Was habe ich getan? Was habe ich getan?) Sie zerrte und zog. Endlich waren die Leichen in den Bezügen verschwunden. Sie suchte Eimer und Bürste, holte Wasser, schrubbte. (Lass niemanden kommen! Lass niemanden kommen!) Sie leerte den Kübel in die Mannschaftstoilette, spülte, stellte alles zurück an seinen Platz, verschloss die Tür. Niemand war gekommen.

(Wen hatte sie um Hilfe angefleht? War es derselbe taube Geist gewesen, der sich auch an Vaters Todestag nicht für sie zuständig gezeigt hatte?)

Der Junge! Darum war er plötzlich so verändert gewesen. Er oder seine Schwester oder beide mussten herumgeschlichen sein. Warum nur war er so dumm gewesen! Sie hatte es ihm doch verboten! Er wenigstens hätte verschont werden können. Karen winselte. Es war ein verzweifelt gurgelndes Wimmern und sie erschrak.

(Wie damals! Wie damals!)

Dann schluckte sie, ihr Mund wurde zu einem weißen Strich, sie ging zu ihrer Kabine. Niemand war im Salon. Offensichtlich richteten sich alle in ihren Kajüten für das Essen her. Sie hörte Geschirrklappern, einen zärtlich hohen Ton. Jean stellte die Gläser auf den Tisch.

Sie schloss die Tür hinter sich. Wieviel Zeit war wirklich vergangen? Ihr Rücken schmerzte. Vater hatte immer gemeint, ihr Schultergürtel sei zu muskulös, nicht so grazil, wie ihm das bei Frauen gefiel. Physische Kraft hatte Vater sichtbar bei seinen Mädchen verabscheut. Ein Hengst unter Fohlinnen.

Duschen, anziehen, schminken, in die Kombüse gehen. Alles automatisch.

»Wo ist das Essen für meinen Gast? Du brauchst dich nicht darum zu kümmern.«

Jean wirkte erleichtert. Sie brachte das Tablett in ihre Kabine, öffnete ein Bullauge, warf das Essen hinaus, das leere Geschirr stapelte sie und ließ es stehen.

Als sie den Salon wieder betrat, tranken ihre Gäste bereits einen Apéritif. Das Schiff lag ruhig, und sie sprachen über die monumentale Steilwand hinter dem schmalen Küstenstreifen, der die zerklüfteten Felswände vom Meer trennte. Ein perfekter Platz für die Nacht. Ein perfekter Platz auch, um die Toten loszuwerden. Keine wandernden Touristen. Die Yachtbesitzer blieben auf dem Wasser oder landeten nur dort, wo ein Wasserfall das Moos und die breitgefächerten Farne zum Leuchten brachte.

Karen roch frisches Brot und wusste sofort, dass Jean sich selbst hatte übertreffen wollen. Also musste Lukas ihm gesagt haben, dass es Richtung Europa ging. Schluss mit dem Inselleben. Schluss mit der Ferne. (Wo war sie daheim?)

Die Sonne ging unter. Ein Minutenschauspiel. Alle Helligkeit verdichtete sich auf der Oberfläche des Meeres, ein Silberton, der die Erinnerung an die tropische Farbenfülle auslöschte.

Spielerisch führte sie von einem Bonmot zum anderen und sah zu, wie sich ihre Gäste amüsierten. Lisa war so entspannt. Kirsten war glücklich, weil sie bald abreisen würde. Jeremy war angeregt, weil er offensichtlich eine neue Möglichkeit, mit Karen ins Bett zu steigen, erwog. Ole schwelgte in Reiseberichten aus hochalpinen Zonen. Sie aß winzige Bissen und lächelte. (Ob Cary etwas aus dem Speigat brauchte?) Sie hatte Angst davor, die Toten erklären zu müssen; ihre Anwesenheit, nicht den Tod an sich. Das würde Erklärungen notwendig machen, und sie hasste Erklärungen. Schon immer. Handlungen zu begründen, erzeugte bei ihr ein ähnliches Gefühl wie ungewolltes Entkleiden.

Vage wurde ihr bewusst, dass sie sich nicht schuldig fühlte. Diese arme Behinderte. Welch eine Verkettung ungünstiger Umstände. Warum hatte er seine Schwester mitgenommen? Nun konnte er nichts mehr klarstellen. Hatte sie ihm nicht begreiflich gemacht, was ihre Verbote besagten? Die Virgo war ihr Revier. Ihr Zuhause. Hier stellte sie die Regeln auf. Und sie erklärte sie nicht. Nicht mehr. Keine Offenbarungen mehr. Vater. Vaters Tod die schlimmste Folge ihrer Erklärungsversuche. *So gaben sie ihrem Vater Wein zu trinken und legten sich zu ihm.*

»Woran denkst du, Karen?«

»Wie sehr wir alle Reisende sind.«

Jean trug das Huhn auf. Es duftete nach Limonen, Kokos, Ingwer. Warum hatte ihr diese dumme Frau den Ausflug verdorben? Nun musste sie, anstatt sich lieben zu lassen, Tote verscharren. Dieser unglückliche Junge. (Eine Ungerechtigkeit, nicht wahr?) Vater war auch nachts gestorben. Ein Unfall, hatte der Gerichtsmediziner bedauert. Vom Sterben des reichen Mannes. So einsam auf seinem Schiff und keiner seiner Freunde bei ihm, der es hätte verhindern können, keiner, der ihn hätte halten können. Eine plötzliche Schwäche, ein Danebengreifen, mit dem Kopf aufgeschlagen und über Bord. Er war nicht allein, hatte Karen stumm geschrien und die Beileidsbezeugungen an sich vorüberrieseln lassen. Er war nicht allein.

Jeremy lachte. Karen spielte mit und hörte sich selbst zu, eine Schale, ein tönernes Gefäß. Alle tranken viel, und sie achtete darauf, dass es spät wurde.

Die Hundswache war bereits fast vorbei, als sie endlich die sperrigen Körper unter der Ducht des Bootes verstaut hatte. Sie legte sich in die Riemen und ruderte leise vom Achterschiff weg zum Strand. Der Mond war eine fahle Sichel und stand bereits tief. Das Meer war nun nicht mehr silbern, sondern eine schwarze Masse, vom schmalen Lichtband zerrissen. Damals war es heller gewesen, aber das mochte auch an den Lichtern von Perth gelegen haben.

Sie ließ das Boot auflaufen, sprang heraus, schob und drückte und stieß, bis die zwei Bündel über den Rand hingen, mit einem dumpfen Ton auf dem Sand aufschlugen. Sie hatte um jeden Ballen ein Seil gebunden, an dem sie nun zog und zerrte. Langsam näherte sie sich dem Buschwerk, drang ein, schleppte sich und ihre grausige Last hin zu den Felsen. Dann holte sie den Spaten aus dem Boot und begann, im Geröll eine seichte Grube auszuheben.

Zwei Stunden später hatte sie ihre Spuren verwischt und war auf dem Weg zurück zur Virgo. Knapp vor der Yacht sprang sie ins Wasser, wusch den Schweiß ab, zog die nassen Sachen aus. Darunter trug sie ihren Badeanzug.

Im Osten begann der Himmel grau zu werden. Wie ein blutleeres Gesicht, dachte sie und wieder fiel ihr ein, wie entsetzt ihr Vater sie angestarrt hatte, so maßlos erschüttert. Als habe er nicht geahnt, was sie fühlte. (Hatte er sie nicht geschnitten, wo es nur ging?) Als sei sie ein giftiges Tier, ein Alptraum, eine furchterregende Chimäre. Er hatte nicht geschrien, nur gestammelt, was sich viel schrecklicher angehört hatte. Ihr phantastischer, omnipotenter Vater ein verfallender Greis vor ihren Augen, der den Champagnerkelch wegschleuderte, der sich von ihr losriss, sie wegstieß, sich ans Herz griff. Dabei hatte sie es so wunderbar eingefädelt, seine kleine Gespielin mit Freunden weggeschickt, ihm ein Essen zubereitet, das eine perfekte Ouvertüre war, ihn betrunken gemacht. Wie es in der Bibel stand. *Und sie legte sich zu ihm, und er erkannte sie.* (Liebe war doch immer Liebe, man musste sich nur auf sie einlassen und alles war gut. Oder nicht?) Und Vater war rückwärts gestrauchelt mit diesem Schmerz auf seinem Gesicht, diesem Ausdruck von Abscheu, der sie immer noch in ihren schlaflosen Nächten verfolgte. Als er über die Reling stürzte, war sie dagestanden, nackt, schön, verlangend. Und völlig verwirrt.

Chris hatte Wache und half ihr, das Boot hinaufzuhieven. Wenn er erstaunt war, so ließ er es sich nicht anmerken. Sie nahm ihr nasses Bündel und ging an ihm vorbei zurück in ihre verlassene Kabine. Den Spaten vergaß sie. Sie verdrängte überhaupt diese leidige Angelegenheit und versuchte, auch den

Jungen zu vergessen, indem sie tatsächlich und gegen ihre früheren Intentionen mit Jeremy in einem lächerlich hässlichen Stadthotel zwei Stunden verbrachte, an die er sich wohl sein Leben lang erinnern würde. (Wie hatte er die Kratzwunden Lisa erklärt?)

Noch öfter als vor dem Aufenthalt auf den Seychellen saß sie vorne am Bug und starrte in die Wellen, als zeigten sie ihr etwas, das niemand sonst sehen konnte.

Erst zwei Tage nach ihrer Abfahrt von Victoria fand Cary den Spaten. Der Steward wunderte sich ein wenig, hatte er doch auch im Speigat einen unerhört schmutzigen Kübel gefunden, den er sich nicht erklären konnte. Auf der Höhe von Mombasa erwähnte er diese Ungereimtheiten Jean gegenüber, der darauf aber nicht weiter einging, so dass Cary es mit der Zeit vergaß.

Jean jedoch dachte an die Gerüchte auf dem großen Fischmarkt und an das, was ihm Julie erzählt hatte. Er dachte an den entgeisterten Blick des Jungen, als er ihn zum letzten Mal in Karen Brustads Kabine gesehen hatte. Er dachte an die Nacht, als er das Boot gesehen hatte, wie es ablegte, und Stunden später, wie es zurückgekommen war, nicht mehr so tief im Wasser liegend. Er dachte an all das, was die Mannschaft bruchstückhaft über den alten Brustad und seine letzten Monate erzählt hatte und darüber, wie Karen mit dem Unfalltod ihres Vaters umgegangen war. Und dann dachte er an das Geld, das er bei dieser Heuer verdiente und dass sie ihn pünktlich nach Europa zurückbrachte, wie er es in Bombay verlangt hatte. Er dachte daran, dass ihm die Nächte keine Angst verursachten und er sich nie so alleine fühlte wie Karen Brustad es so offensichtlich und immer war. Also beschloss er, den Mund zu halten und erst in Dänemark zu entscheiden, ob er der Polizei einen Hinweis geben sollte.

Nachdem er dies alles reiflich überlegt hatte, richtete er ein leichtes Abendessen für die Mannschaft her und eine Platte mit Fisch und Gemüse in Aspik, die ein Gesicht darstellten. Ein junges, frisches Gesicht, männlich. Ein Kunstwerk. Das servierte er Karen Brustad und sah genüsslich zu, wie sie erbleichte und dann sehr langsam zu essen begann.

Snapper Seychellois

Cocktail Sex on the Beach · 279

Schneckenknödelchen · 217

Tomaten-Süßkartoffel-Suppe · 226

Red Snapper Seychellois · 251

Kulfi (Indische Eiscreme) · 266

East Indian Dinner

Apéritif East Indian · 278

oder Cocktail Coconut Kiss (alkoholfrei) · 277

Erdnusssuppe · 222

Exotischer Salat · 205

Fisch und Gemüse in Aspik · 232

Pfirsich Condé · 268

Smutje gesucht

Kris Neri

Lefty Katz war vom Pech verfolgt, es war wie verhext. Alle waren zwar davon überzeugt, dass er einfach nur eine Niete war und todsicher alles, was er anpackte, vermasselte – aber Lefty wusste es besser: Er war schon immer vom Pech verfolgt gewesen. Nur deshalb war er jetzt in Mexiko, völlig abgebrannt, und auf der Flucht vor dem Arm des US-Gesetzes. Und warum? Weil er das verfluchte Pech gehabt hatte, von einer Videokamera gefilmt worden zu sein, als er versucht hatte, einen Gemischtwarenladen auszurauben, dessen Ladenkasse leer war. Es war wie verhext.

Wenigstens war es ihm gelungen, über die mexikanische Grenze zu entwischen, bevor die Bullen ihn kriegten. Aber er war total pleite und konnte ohne anständige Papiere keine legale Arbeit finden. Das hieß, so schlechtbezahlte Jobs anzunehmen, dass es grad zum Überleben reichte.

Seit Monaten arbeitete er als Tellerwäscher in einem der Angeberferienclubs von Cabo San Lucas. Der Job war lausig, hatte aber auch seine Vorteile: Unentwegt konnte er den Köchen bei der Arbeit zusehen, und nach einer Weile wusste er nicht nur eine ganze Menge übers Kochen, sondern es fing an, ihn richtig zu interessieren.

Tagsüber, bevor sein Abwaschdienst begann, hing er am Yachthafen herum und verdiente sich gelegentlich etwas dazu, indem er Yachten schrubbte. Er beobachtete, wie die eleganten Boote hinausfuhren, voll mit reichen Touristen, die nichts anderes wollten, als unbedingt auf hoher See Marlin zu angeln; das beste und teuerste Freizeitvergnügen von Cabo. Lefty träumte davon, auf so einer Yacht zu arbeiten, aber bei seinem Pech würde das wohl nie klappen.

Eines Tages bemerkte Lefty einen Aushang, der sein Leben verändern würde. »Koch für Privatyacht gesucht«, stand dort auf Spanisch, »Lohn wird täglich in Dollar ausgezahlt. Nur Spanischsprecher erwünscht – Englisch nicht.«

Bei der letzten Zeile wurde Lefty hellhörig. Der Yachteigner musste US-Amerikaner sein – wer sonst würde in Dollar bezahlen? Und man sollte meinen, dass Amerikaner Angestellte wollten, die Englisch sprachen. Es sei denn, sie schmiedeten Pläne, die ihr Koch nicht verstehen sollte. Die haben ein krummes Ding vor, dachte Lefty. Vielleicht fiel dabei ja auch etwas für ihn ab, sein Spanisch war fließend, und er musste nur so tun, als verstünde er kein Englisch. Und beobachten, was sich dort abspielte.

Die Yacht, auf der Lefty sich für den Job bewarb, war eine edle und schnittige alte Dame, zu der der unbeholfen ans Heck gepinselte Name Dolly Sue überhaupt nicht passte. Und das Verhalten der Männer an Bord bestätigte, was er vermutet hatte: Sie hatten Dreck am Stecken. Der Anführer, Dick Ashcroft, war ein harter, hagerer Mann mit blassblauen Augen, so kalt, dass sie Fleisch gefrieren lassen könnten. Ashcroft trug zwar Klamotten aus der Designerboutique, aber Lefty spürte, dass der sich seinen Weg nach oben erkämpft hatte. Anders seine Partner, die wie in die Jahre gekommene Internatsschüler aussahen. Der Dicke, Nick Kandensky, hatte weiche, feuchte Hände, die er ständig an der Hose abwischte, bis die Bügelfalte verschwand. Und der dritte im Bunde war ein widerlicher Snob, der sich als »Brandon Chandler der III.« vorstellte. Das sagte er tatsächlich – der Dritte –, als ob es für einen Koch, der sich als Tagelöhner verdingen wollte, von Interesse sei, wie Chandlers Vater und Großvater hießen.

Zu Leftys Überraschung erwarteten sie eine Vorführung seiner Kochkünste. Er hatte zwar Angst, dass er alles vermasseln könnte, weil er die Köche bei der Arbeit ja nur beobachtet hatte, doch er setzte alles auf eine Karte. Er erklärte Ashcroft, der als einziger etwas Spanisch sprach, dass er seine eigene Kreation zubereiten würde, *Marlin en surprise*. Die eigentliche Überraschung aber wäre, wenn es tatsächlich funktionierte.

Die kleine Kombüse der Yacht war so edel und glänzend eingerichtet, wie er vermutet hatte: die Schränke aus Wurzelholz, die Arbeitsflächen glänzender Edelstahl und ein sorgsam gepflegter alter Teakfußboden. Die Kombüse war vollgepackt mit frischen und haltbaren Lebensmitteln. Es war allerdings ziemlich eng, und ein echter Koch hätte sich vielleicht davon abschrecken lassen oder davon, dass ein altmodischer Propangasherd nicht so heiß wird wie die üblichen Gas- oder Elektroherde. Doch Lefty fehlte der Vergleich. Und überraschenderweise fühlte er sich in dem effizient gestalteten kleinen Raum gleich so zu Hause wie ein Fisch im

Wasser. Er kreierte ein fabelhaftes Mittagessen aus würzigen Marlinsteaks mit einer Fruchtsauce; genauso wie er es vor wenigen Tagen einen Koch im Club hatte zubereiten sehen. Die drei Männer leerten ihre eleganten Porzellanteller bis auf das letzte Häppchen.

Als sie fertig waren, fragte Ashcroft Lefty in stockendem Spanisch: »Wie heißt du, mein Junge?«

Heißen? Lefty hatte vergessen, sich einen spanischen Namen auszudenken. Doch dann fiel ihm ein, dass sein Spitzname vom Wort »links« kam und das spanische Wort für links izquierda war. »Soy Izzy«, sagte er. Ich bin Izzy.

»Izzy? Izzy ist doch kein spanischer Name«, sagte Chandler III., nachdem Ashcroft gedolmetscht hatte.

Doch auf Nachfrage tat Lefty so, als verstünde er Ashcrofts grässliches Spanisch nicht richtig. Wütend stampfte Ashcroft davon, woraus Lefty schloss, dass er Kritik oder gar Nieten nicht gut vertragen konnte. Da sollte er mal Leftys Pechsträhne haben. Trotzdem stellte er Lefty ein und teilte ihm mit, dass sie am nächsten Morgen in See stechen würden.

Die ersten paar Tage auf See passierte nicht viel – außer dass sie zwei große Marlins fingen. So viel Fisch passte nicht in den kleinen Kühlschrank, und so musste Lefty den Schrank neben dem Herd ausräumen und den zusätzlichen Fisch, mit genügend Eis versehen, dort verstauen. Die drei Passagiere bildeten zwar auch die Mannschaft der Yacht, doch hinderte sie das nicht am Angeln. Und in den mexikanischen Küstengewässern gibt es jede Menge Marlins. Lefty bereitete in seiner kleinen Kombüse reichlich davon zu: Marlin à la surprise, Marlin auf exotische Art, Marlin auf rustikale Art, Marlin auf ... welche Art auch immer – ihm fielen kaum noch Namen dafür ein!

Und wie versprochen erhielt Lefty täglich fünfzig Dollar als Lohn. Fünfzig Mäuse! Es hatte Zeiten gegeben, in denen er nicht mal in einem Monat so viel gemacht hatte.

So sehr Lefty aber aufpasste, es schien kein krummes Ding zu laufen. Allerdings schlief er in einer Koje im Vorratsraum neben der Kombüse, und der Salon, in dem die Männer sich nach dem Abendessen zum Brandy versammelten, war zu weit von seiner Koje entfernt, um ihre Gespräche mithören zu können. Dennoch bekam Lefty heraus, dass die drei hohe Tiere in irgendeiner Bank waren und offenbar daran Schuld trugen, dass die Bank einen Haufen Geld verloren hatte. Er fand auch heraus, dass die Yacht der Bank gehörte. Er fand es erstaunlich, dass eine ehrbare Bank ihrer Hausyacht einen so billigen Namen wie Dolly Sue gegeben hatte.

Vielleicht hatte er sich doch geirrt und diese Typen wollten wirklich nur angeln.

Doch dann wendete sich das Blatt. Ashcroft warf weit draußen auf dem Pazifik den Anker aus und wandte sich an Lefty. »Izzy, du wirst mit dem Dingi nach Cabo fahren und eine FedEx-Sendung über Nacht aufgeben«, sagte er in seinem schlechten Spanisch. »Kannst du das?«

Ob er das könnte? Na klar. Ob er es auch wollte? Absolut nicht. Das Dingi hatte einen Motor, aber es war sehr klein. Und in diesen Gewässern gab es nicht nur Marlins, sondern auch Haie. Doch der eisige Blick aus Ashcrofts blassblauen Augen machte Lefty klar, dass es an diesem Befehl nichts zu diskutieren gab.

Die Hin- und Rückfahrt mit dem Dingi verlief ereignislos. Nur schien am Abend das Gemurmel im Salon aufgeregter als sonst, aber Lefty konnte nichts verstehen.

Zwei Tage später, die Yacht hatte einen neuen Kurs eingeschlagen, wurde Lefty zu einem anderen FedEx-Büro in einem anderen Ort geschickt. Abends kam ihm das Trio noch nervöser vor. Doch er bekam nicht heraus, warum. Alles deutete nun darauf hin, dass tatsächlich ein Ding lief: Warum sonst hätten sie einen Koch angeheuert, der nur Spanisch verstand, obwohl sie darauf achteten, in seiner Gegenwart nie etwas Wichtiges zu sagen? Es war wirklich wie verhext, dachte Lefty. Das Ding des Jahrhunderts könnte direkt vor seiner Nase laufen, und er würde noch nicht mal was davon riechen. Doch – endlich – hörte er etwas, während er abends einen Brandy nach dem anderen servierte.

»Dick«, sagte Kandensky. »Du hast uns nie erzählt, wie du herausgekriegt hast, dass der Vorstand uns feuern wollte.«

Ashcroft nahm einen dicken Füllfederhalter aus der Tasche. »Meine Herren, dem hier verdanken wir die Vorwarnung.«

»Einem Füller?«, fragte Chandler III.

Es stellte sich heraus, dass es überhaupt kein Füller war, sondern ein als Füller getarntes Abhörgerät; Ashcroft hatte es über das Internet erstanden. Dieser Füller sendete an einen winzigen Empfänger im Ohr des Lauschers. Als Ashcroft vermutete, dass der Vorstand etwas gegen ihn und seine Kumpane unternehmen wollte, verließ er das Meeting und ließ den Füller auf dem Tisch liegen. Vor dem Konferenzraum konnte er dann mithören, was der Vorstand plante.

»Und so konnten wir unseren Gegenzug gegen diese Kerle in Angriff nehmen«, lallte Ashcroft. »Und kriegen, was uns zusteht.«

Volltreffer! Lefty hatte es doch gewusst. Aber wie könnte er das zu seinem Vorteil nutzen?

Erst nach einem weiteren Trip zu einem FedEx-Büro ergab sich seine Chance. Der Angestellte hatte zu tun, aber jemand hatte eine zerfledderte *USA Today* auf der Theke liegenlassen. Lefty las sonst keine Zeitungen, doch jetzt sprangen ihn die drei Gesichter seiner Arbeitgeber förmlich an. »Banker auf firmeneigener Yacht in Mexiko gekidnappt«, schrie die Schlagzeile. »Zwanzig Millionen Dollar Lösegeld gefordert.«

Zwanzig Millionen Dollar! Leftys Gedanken fuhren Achterbahn: Das war das Ding! Sie hatten ihre eigene Entführung vorgetäuscht, um der Bank das Lösegeld aus der Tasche zu ziehen, bevor der Vorstand sie rausschmeißen konnte. Entzückend!

Lefty las weiter. Seine Einschätzung der Drei war richtig gewesen. Wie das Blatt enthüllte, hatte Ashcroft als Militärexperte für Sprengstoffe Karriere gemacht, bevor er zur Bank kam. Die anderen beiden waren verwöhnte Taugenichtse, die das Geld ihrer Familien durchgebracht hatten, bevor sie Banker wurden. Die Zeitung schrieb weiter, dass die Polizei den Aufenthaltsort der Opfer nicht ermitteln konnte, weil die Lösegeldforderungen von verschiedenen mexikanischen Orten kamen. Auch hatte niemand mehr, so der Artikel weiter, die Yacht der Bank gesehen, die Dollar Sign. Dollar Sign? Das war eindeutig ein besserer Name als Dolly Sue für eine elegante Yacht, die einer Bank gehörte. Jetzt verstand Lefty auch, warum der Name so unbeholfen aufgemalt war ...

Abends wechselten sie wieder den Ankerplatz. Diesmal fuhr Ashcroft mit dem Dingi weg, angetan mit Kapuzenjacke und Sonnenbrille, obwohl die Sonne bereits unterging. Er hatte einen großen Rucksack dabei. Als er Stunden später zurückkehrte, sagte er zu Lefty: »Izzy, morgen gehst du wieder an Land. Diesmal sollst du aber zwei Pakete abholen und nichts wegschicken. Und komm sofort zurück, hörst du?« Er sah Lefty streng an. »Wir brauchen diese ... Ausrüstung.«

Ausrüstung, dass ich nicht lache, dachte Lefty. Diese Pakete sind voller Geld! Endlich war seine Chance gekommen.

Am nächsten Morgen war Lefty sich nicht sicher, wer nervöser war – er oder die Banker. Ganz bestimmt er. Schließlich trug er das ganze Risiko. Und noch etwas fiel ihm ein. Wenn die Bank einfach das Lösegeld an ein FedEx-Büro schickte, wie es vermutlich die Forderungen verlangten, dann würde ihn die mexikanische Polizei, die *Federales*, stellen, wenn er die Sendung entgegennahm. Er dachte daran, mit dem Dingi zur Küste zu fahren und einfach zu verschwinden. Aber der Lohn für die Kocherei würde nicht lange reichen. Und er wollte nicht wieder als Tellerwäscher arbeiten. Bei diesem Ding musste mehr für ihn drin sein. Seine Nervosität wuchs, als er das Dingi im Hafen festmachte und mit dem Taxi in die Stadt fuhr. Als er den Fahrer bat zu warten, klang seine Stimme wie ein Quieken. Seine Knie zitterten, als er sich dem FedEx-Büro näherte und sah, wie viele bewaffnete *Federales* dort herumlungerten und versuchten, ganz harmlos auszusehen.

Lefty blieb stehen, zur Umkehr bereit. Doch dann erschütterte eine Explosion ein Stück die Straße entlang den Boden, und ein Laden ging in Flammen auf. Die meisten *Federales* rannten dorthin. Dann noch eine Explosion. Ashcroft!, dachte Lefty. In der Zeitung hatte es geheißen, er sei ein Sprengstoffexperte gewesen. Er musste diese Ladungen angebracht haben, als er vergangene Nacht die Yacht verlassen hatte. Klasse Ablenkungsmanöver!

Im Handumdrehen war die gesamte Gegend ein einziges Chaos. Als der FedEx-Angestellte aus der Tür des Büros rannte, huschte Lefty hinein. Er fegte um die Theke und stolperte sofort über zwei große Pakete, adressiert an die Dollar Sign. Das war's! Das Lösegeld. Trotz ihres Gewichtes schnappte sich Lefty beide Kartons und raste zum Taxi zurück. Ganz kurz erwog er, einfach mit dem Geld zu verschwinden, doch dann fiel ihm Ashcrofts eisiger Blick ein – Ashcroft würde ihn bis ans Ende der Welt jagen. Er musste auf andere Weise einen Batzen von dem Geld für sich abzweigen. Er lud die Pakete ins Dingi und raste zurück zur Yacht. Kaum war er jedoch an Bord, übernahm Ashcroft die Pakete.

»Izzy, das war gute Arbeit. Hier hast du einen Tageslohn extra.« Er gab Lefty einen Fünfzigdollarschein. »Jetzt bringe ich dich im Dingi zurück an Land.«

Nein! Es war wirklich wie verhext. Er war so nah am großen Geld und nun wurde er mit mickrigen fünfzig Dollar abgespeist.

»Ich muss erst noch mein Zeug holen«, sagte er, um Zeit zu gewinnen.

»Ach ja. Na dann, beeil dich«, meinte Ashcroft stirnrunzelnd.

Während die drei Neureichen sich im Bug um die Pakete drängten, huschte Lefty durch den Salon. Dort entdeckte er Ashcrofts Abhörfüller nebst Empfänger. Plötzlich war ihm klar, wie er seine Pechsträhne beenden konnte. Er schnappte sich den Empfänger einen Augenblick bevor Ashcroft hereinkam. Dann sammelte er seine Sachen zusammen und ging zurück zum Dingi. Ashcroft setzte ihn an Land ab und schenkte ihm nichts weiter als ein geistesabwesendes Lächeln, bevor er zur Yacht zurückfuhr.

Doch Lefty hatte einen Plan. Er würde den Kapitän eines anderen Bootes dafür bezahlen, ihn zur Yacht zu bringen, wo er sich an Bord schleichen und sie mit dem Empfänger belauschen würde, bis er wusste, wo sie das Geld verstaut hatten. Wenn sie dann schliefen, könnte er einen ordentlichen Teil mitnehmen und mit dem Dingi fliehen. Aber nur so viel, dass sie sich nicht die Mühe machen würden, ihn zu suchen. Der einzige Haken an seinem Plan war, einen Kapitän zu finden, der ihn zur Yacht fuhr. Der einzige, der sich einverstanden erklärte, verlangte das ganze Geld, das er sich mit Kochen verdient hatte. Aber das war es wert.

Am Abend kroch Lefty über die Heckreling der Yacht. Er war sehr vorsichtig, doch von den drei Passagieren war weder etwas zu sehen noch zu hören. Waren wahrscheinlich in ihren Kabinen und zählten ihr Geld, dachte Lefty. Er rannte in die kleine Kombüse und kroch in einen Schrank. Es war ziemlich eng, besonders wegen des Behälters mit einem großen Brocken Marlin auf Eis. Lefty hätte gut auf den Fischgeruch verzichten können, aber er konnte es sich nicht leisten, so viel Krach zu machen. Er steckte den Empfänger ins Ohr. Ashcrofts Stimme war klar und deutlich.

»Meine Herren, wir haben's geschafft. Wir sind quitt mit der Bank. Und bald werden sie glauben, dass wir tot sind, und uns nicht mehr suchen.«

Tot?, dachte Lefty. Warum sollte die Bank das denken? Ihm fiel auf, dass neben Ashcrofts Stimme auch das Plätschern von Wasser ganz schön deutlich zu hören war. Auf der Yacht hatte das nie so laut geklungen.

»Du bist ein Genie, Dick«, sagte Chandlers Stimme. Und war das etwa ein Außenbordmotor, den er da hörte? Fast gleichzeitig kam ihm ein neuer Gedanke – als er an Bord geklettert war, hatte das Dingi nicht wie sonst am Heck gehangen. Könnte es sein, dass sie gerade damit verschwanden? Aber warum sollten sie? Die Antwort kam durch den Empfänger, als ob sie Leftys Gedanken lesen konnten.

»Tja«, sagte Chandler III., »sie werden überhaupt nicht nach uns suchen, wenn die Yacht hochgegangen ist.«

Wenn die Yacht hochgegangen ist ...?

»Sie werden glauben, dass der Propangasherd explodiert ist«, fuhr er fort.

»Wo hast du denn die Bombe versteckt?«, fragte Kandenskys Stimme.

Bombe?

»Neben dem Herd«, sagte Ashcroft. »Ich hab' sie in ein Stück Fisch gesteckt, das Izzy in der Kombüse gelagert hatte.«

Zögernd hob Lefty das verdammt schwere Stück Marlin hoch und spähte unter die silbrige Haut.

Rote LED-Ziffern – von der Sorte, die man nie in Fischen findet, wohl aber an Bomben – blinkten vor seiner Nase: 4 ... 3 ... 2 ...

Immer nur Pech, dachte Lefty, es ist wie verhext!

Lefty's Marlin à la surprise

Cocktail Leichtmatrose · 278

Miso-Suppe mit Weizennudeln · 225

Thunfisch-Burger · 219

Marlin mit tropischer Salsa · 246

Piña-Colada-Sorbet · 269

Mexikanisch-kreolisches Fischmenü

Cocktail Tiefseetaucher · 279

Mexikanische Tortillas mit Salsa Roja (Pikante Tomatensauce) · 210

Fisch-Jerk von der Baja · 207

Krebs-Mais-Suppe · 223

Pompano rellena · 250

Tarta de Piña (Ananastörtchen) · 274

Katzenhaie

Gabriele Wolff

Am Sonntag fiel mir auf, dass da etwas nicht stimmte. Wir saßen auf der Terrasse des Restaurant du Port, und eigentlich war alles so, wie es im Urlaub sein sollte: Wir tranken einheimischen Rotwein, hatten die Bouillabaisse genauso genossen wie den Blick über den Hafen, mein Liebster war charmant, wie er es fast immer ist, ich liebte ihn, und unsere Freunde, Annika und Ernst, nahmen sich zusammen und taten, als ob sie sich auch liebten. Schließlich waren wir im Orient, auch wenn Agadir zu modern ist, als dass man sich dauernd daran erinnert hätte. Ein Hafen ist wie der andere. Wir hätten auch in Marseille sitzen können oder in Barcelona.

Ich schweife ab. Das passiert mir häufiger in letzter Zeit, aber das heißt ja nicht, dass ich taub und blind wäre, was die kleinen Dinge des Lebens angeht. Aber ich will der Reihe nach erzählen. Man muss sich die Szene so vorstellen: Vier mittelalte mittelgut situierte Europäer, Hautfarbe zwischen rötlich verbrannt (Annika mit der weißen Haut der Rothaarigen) bis braun gegerbt (Robert, mein Liebster, dessen schmale Augen so glitzern wie ein Sardinenschwarm, der blitzschnell wie auf ein geheimes Kommando wendet, während das Sonnenlicht die Silberschuppen des Tausendtieres reflektiert). Sie haben sich schick angezogen und produzieren, dem teuren Restaurant angepasst, gehobene Stimmung und gehobene Gespräche. Ich trage den Berberschmuck, den Robert mir nach zähem Feilschen in Taroudannt gekauft hat, Bernstein und Silber, ein wuchtiges Schmuckstück, das mich noch zierlicher wirken lässt als ich es ohnehin schon bin. Mein langes weißes Kleid ist dezent und doch aufreizend. Annika hat sich in einen farbenfrohen Kaftan in Türkistönen gehüllt, den sie zu Hause wohl nur als Morgenmantel benutzen wird. Robert und Ernst in hellen Leinenanzügen, Robert wirkt lässig und Ernst wie verkleidet. Es riecht nach Meer und Fisch, die Luft ist lauwarm.

Als ich von unserem Ausflug nach Guelmim erzählte, passierte es. Schon richtig, dass es meine Idee gewesen war, ich wollte dorthin zum Kamelmarkt, wollte die blauen Männer aus der Wüste sehen – Bab Sahara, das Tor zur Sahara. Zweihundert Kilometer über Gebirgsstraßen, wunderbare Aussichten, viele gefährliche Haarnadelkurven, ständige Polizeikontrollen. Stimmt, Robert fuhr, kam mit dem Leihwagen, einem Automatik-Modell, nicht zurecht und fluchte fast die ganze Zeit über. Aber ich kenne ihn, das meint er nicht so. Manchmal streichelte ich seinen Oberschenkel, und dann lächelte er mir zu. Das erzählte ich natürlich nicht.

»Es war wunderbar«, sagte ich gerade. »Und gleichzeitig auch ganz unheimlich. Diese hohen schlanken Männer in ihren blauen Gewändern, auch die Turbane oder wie das heißt waren blau, man sah kaum etwas von ihren Gesichtern, weil sie den Stoff auch noch über Mund und Nase gezogen hatten, als ob sie einen Sandsturm erwarteten, mitten auf dem Kamelmarkt. Nur die Augen sah man, und die guckten fremd und feindlich. Ich meine, Touristen sind die dort unten doch gewöhnt, Busladungen von Touristen kommen da ja samstags an, wenn Markt ist, aber trotzdem ...«

Annika sah Ernst an, Ernst mich, dann blickten beide auf Robert. Der nahm sein Glas und trank, mit geschlossenen Augen, den Kopf in den Nacken gelegt. Sein Glas war leer, und deshalb fand ich es komisch, wie lange er brauchte, bis er es bemerkte.

»Garçon!« Ernst winkte den Kellner herbei. »Une autre bouteille, s'il vous plaît!«

»Ach ja«, fiel Annika ein. »Wollten wir nicht noch ein Dessert bestellen? Ich sterbe, wenn ich nicht von diesen briouats au miel et aux amandes kosten kann!« Sie ließ die Zungenspitze sehen, die den Bogen ihrer vollen Oberlippe umspielte. Das war noch komischer, denn Annika machte doch immer Diät. Zwecklos, sie war nun mal dick, wie ihr Ernst. Aber während Ernst seinen Zustand gelassen akzeptierte und das Beste daraus machte, das man eben daraus machen konnte – Verwandlung des Mannsbildes in den gemütlichen Zeitgenossen –, kämpfte sie verbissen gegen ihre Pfunde an. Gestern noch hatte ich Robert gefragt, ob er sich vorstellen könne, in so viel nachgiebigem Fleisch zu versinken. Er hatte sich geschüttelt vor Entsetzen. Natürlich wusste Annika, dass Robert sie unattraktiv fand. Das war ihr egal, weil sie ihn sowieso nicht besonders mochte. Er war der Freund und Kollege ihres Mannes, mehr nicht. Und wenn ich nicht gewesen wäre,

wäre sie bestimmt nicht mitgekommen. Ihr kam es auch nicht auf Ernst an, zwischen den beiden lief schon lange nichts mehr. Aber gerade deshalb legte sie Wert darauf, von anderen als attraktive Frau wahrgenommen zu werden. Bewundernde Blicke reichten ihr, um sich gut zu fühlen. Das Gehampel im Bett, hatte sie mir mal anvertraut, wird doch reichlich überschätzt. Aber als Fette aus Dingsda will ich auf keinen Fall rumlaufen. Und jetzt auf einmal Lust auf diese fetttriefende Süßigkeit?

Ich ließ mir meine Verwirrung nicht anmerken und wählte ein Orangenparfait. Die Männer entschieden sich für Eis mit Früchten, und Annika machte ihre Ankündigung wahr. Sie erntete einen verstohlen anerkennenden Blick des schmalhüftigen, sehr hübschen jungen Mannes, der uns bediente.

»Wo waren wir stehengeblieben?«, fragte Annika verträumt. Ich wollte es jetzt wissen.

»In Guelmim. Auf dem Kamelmarkt, um ganz genau zu sein. Das ist ein Lärm, das könnt ihr euch gar nicht vorstellen. Wie die Viecher brüllen, wenn es ans Aufstehen geht! Es sind überhaupt laute Tiere, sie grunzen, furzen, schnauben. Schlürfen Wasser in sich hinein, bis sie fast platzen. Und dann gluckert es richtig, wenn sie sich bewegen. Aber sanfte Augen haben sie, und ganz lange helle Wimpern.«

Der Kellner brachte den Wein, der in allem Zeremoniell kredenzt wurde. Ich musste kichern. Ernst schnupperte gar am Korken, der ihm auf einem Silbertablett entgegengehalten wurde. Der ganze Aufwand – das Herzeigen des Etiketts, das Kosten, das gemessene Nicken, das Einschenken, immer von der richtigen Seite und mit einer Hand auf den Rücken, das elegante Drehen des Flaschenhalses, um die weißdamastene Tischdecke von Rotweinflecken zu verschonen – für einen mittelmäßigen Wein, der vermutlich den morgigen Strandvormittag verderben würde. In meinen Schläfen machte sich ein leises Ziehen bemerkbar. Jetzt schon. Da kein Mensch die Konversation fortzusetzen gedachte, redete ich einfach weiter.

»Am besten war der Handel. Wir haben natürlich kein Wort verstanden, aber es ging sehr temperamentvoll zu. Endloses Gerede, theatralische Gesten …« Es war, als ob ich gegen eine Wand spräche. Keine Reaktion. Doch dann sah mich Ernst, der gemütliche, phlegmatische Ernst, mit seinen braunen Kuhaugen hinter der Designerbrille voll an. Ich glaubte schon, so etwas wie Mitleid in seinem Blick wahrzunehmen, aber da täuschte ich mich.

»Na, Robert«, dröhnte er. »Wie viele von den lieben Tierchen hätten sie denn wohl für meine Annika geboten?«

Annika machte eine Schnute, als sei sie beleidigt.

»Mehr als für Sannchen jedenfalls«, witzelte mein Liebster, der es im Moment ganz und gar nicht mehr war.

Ich tat, als ob ich nicht beleidigt sei. Robert wusste sehr gut, wie ich auf die Palme ging, wenn er mich Susi, Sannchen oder gar, Höhepunkt, Schmuse-Suse nannte. Die Männer lachten voller Besitzerstolz, wir Weiber verdrehten die Augen. Dann wurde es ernst.

»Hast du Photos gemacht? Vom Markt und den blauen Männern?« Das war Annika, und schon wieder strich ihre Zunge über die Lippen, nur dass es diesmal etwas Katzenhaftes hatte.

»Natürlich nicht«, antwortete Robert. Ich war so verblüfft über seine Erwiderung, dass ich stumm blieb. Ich war aufgebracht, wie immer, wenn jemand ungefragt für mich antwortet. Aber meine Verblüffung war größer als mein Zorn. Ich wartete auf eine Erklärung für dieses »natürlich«. Robert zog es allerdings vor, seine Aufmerksamkeit dem Dessert zuzuwenden, das gerade auf glänzenden Silbertellern aufgetragen wurde. Mein Orangenparfait war mit Minzeblättern und Schokostreuseln garniert, und ich vertiefte mich ein paar Sekunden lang in die Harmonie von Farben und Formen auf meinem Teller, bevor ich den Faden aufnahm.

»›Natürlich‹ ist gut«, sagte ich, meine langen Haare zurückwerfend. Ich reckte das Kinn vor. Robert fand mich immer entzückend, wenn ich kämpfte, und manchmal kämpfte ich nur, weil er es mochte, wenn ich mich ereiferte. Aber jetzt war es ernst. Und ich wusste nicht, warum.

»Das war schließlich Zufall, dass die Batterie ihren Geist aufgab. Gott sei Dank habe ich die Ladestation mitgenommen, sonst gäbe es morgen auch keine Urlaubsbilder. Ich habe ein paar Postkarten gekauft, aber ihr wisst ja, wie kitschig die hier sind. Und ganz furchtbar ist es, dass ich keine Bilder von der Wüste habe. Wir sind nämlich noch weitergefahren, bis an den Rand der Sahara. Das war doch mein Traum: einmal im Leben die Wüste zu sehen. Robert fährt ja lieber nach Skandinavien. Aber nachdem ich sechs Jahre Schüttelfrost, Regen, Schnupfen und Bergsteigen hinter mir habe, hatte ich einen Wunsch frei. Nicht, Liebster?« Ich lächelte ihn an. Gott, war sein Profil schön. Grausam-schön vielleicht, eine harte Kinnlinie, eine vorspringende Nase, aber hinreißend. Gleich würde er sich mir zuwenden, mir sein ganzes Gesicht schenken, das überraschend weich war mit seinem großzügig geschnittenen Mund und den beweglichen, immer feuchten Lippen. Robert starrte Löcher in die Eiskugeln auf seinem Teller. Plötzlich hob er den zierlichen Silberlöffel an.

»Kannst du dich an den Regen erinnern?« Der Silberlöffel sauste wie ein Fallbeil hinab und spaltete ein unschuldiges Sahnehäubchen. Was meinte Robert bloß? Als ob ich diesen Regen jemals vergessen könnte!

»Und ob!« Meine Stimme kam selbst mir etwas schrill vor, also kontrollierte ich mich. »Auf dem Weg dorthin gerieten wir in eine Regenfront, so etwas habt ihr noch nicht gesehen! Wolkenballungen, es war plötzlich ganz dunkel, wir mussten die Scheinwerfer anmachen, am helllichten Tag. Die Polizisten sagten, dass so etwas zu dieser Jahreszeit ganz selten sei, ein Wunder geradezu. Nach einer Stunde hörte es wieder auf, und es gab den schönsten Regenbogen. Da habe ich dann die letzten Bilder gemacht. Ein kompletter Bogen, der sich über ein Grölltal wölbt: oben noch das Schwarzblau der Wolken, darunter der Bogen, die roten Felsbrocken im Tal ganz magisch angeleuchtet durch die Sonne, etwas Grün dazwischen, Akazien, Agaven, was weiß ich. So etwas Wunderschönes habe ich noch nie gesehen.«

Ich schluckte. Und das sollte ich vergessen haben? Ich hatte ihn doch extra anhalten lassen, um diese letzten Bilder machen zu können.

»Und?« Es kam vielleicht etwas kläglich heraus, dagegen konnte ich nichts machen, aber ich war schon zufrieden, dass mir dieses »Und?« überhaupt gelungen war.

Annika stopfte sich ein klebriges Blätterteigstück in den Mund, ganz Naturkind, das sich den Landessitten anpasst und daher das reichlich zugeteilte Besteck ignoriert; Ernst heftete wieder seinen unergründlichen Blick auf mich; Robert ergriff eine Erdbeere und biss hinein. Roter Saft lief aus dem linken Mundwinkel in Richtung Kinn.

»Schon gut«, sagte er. »Und morgen nachmittag wollen wir wirklich Jagd auf den Hai machen?«

Seine Ironie rettete die Situation. Alle sprachen durcheinander, überboten sich an geistreichen Bemerkungen. Die Cala Iris würde morgen auslaufen, Hochseeangeln auf Haie. Ein Angebot für arglose Touristen, die orientalische Märchen noch für bare Münze halten. Ein Ausflug von sechs Stunden, zweihundert Dirhams pro Nase, Angeln und Fischbuffet inklusive. Auch wenn es gar keine Haie gab, uns konnte man ja nichts weismachen, ein schöner Törn würde es auf jeden Fall werden, Sonne und Meer satt. Ich sah Bläue und Schaumkronen, roch Diesel und Tang, Mokka und Zitrone, spürte das beruhigende Rollen des Schiffs, das sich motorlos treiben ließ. Nur diesen Abend müsste ich streichen, die Nacht überstehen, und morgen so tun, als ob nichts geschehen sei. Dabei wusste ich nicht, was und ob überhaupt etwas geschehen war.

Annika räkelte sich, murmelte etwas von zuviel Sauerstoff und von anstrengenden Strandtagen, und wie müde sie jetzt plötzlich sei. Ernst spottete noch darüber, wie merkwürdig er es finde, dass sie im Souk El Had niemals eine derartige Müdigkeit überkomme, aber das Zeichen des Aufbruchs war nicht mehr zu ignorieren. Die Männer zahlten, und wir Frauen suchten die Toilette auf.

Eine Damentoilette, ganz besonders eine so luxuriöse wie diese hier, ist ein Rückzugsraum, der zu Intimitäten geradezu einlädt. Nirgendwo sonst kann man leichter über entstellende Pickel, den vorteilhaftesten BH oder seine Ängste vor der Menopause reden, sogar mit wildfremden Frauen. Ich hätte Annika fragen können, wieso ich das Gefühl hatte, dass mir der Boden unter den Füßen weggezogen worden sei. Ich saß in der Nebenkabine und betrachtete meine Füße in den Riemchensandaletten, die mir albern vorkamen. Meine Fesseln waren nicht schlank, sondern knochig, und wieso heißen sie überhaupt Fesseln? In solch fruchtlosen Gedanken verlor ich mich, obwohl ich mir vorgenommen hatte, über die Formulierung einer unverfänglich klingenden Frage an Annika nachzudenken. Mir verging alles, selbst der Drang, der mich zur Toilette getrieben hatte, als ich den munteren strahlkräftigen Schwall von nebenan hörte. Ein energisches Reißen an der Klorolle, hausfrauengründliche Wischgeräusche, das Floppen des Slipgummis gegen Haut. Das raschelnde Geräusch, mit dem der Kaftan, dem Gesetz der Schwerkraft gehorchend, über die Schenkel nach unten glitt, sofort danach das Rauschen der Spülung. Es ging immer so weiter, und erst, als sich die klatschenden Geräusche, die ihre original Marokko-Sandalen auf dem Marmor des Fußbodens erzeugten, entfernt hatten, ging es mir besser. Nach einer Schamfrist löste ich die Spülung aus und stöckelte in den großzügig gestalteten Vorraum. Annika begrüßte mich mit einem strahlenden Lächeln, an dem jede mögliche Frage abgeprallt wäre. Wir zogen die Lippen nach, unsere Augen trafen sich im indirekt beleuchteten Spiegel, der alle Unebenheiten der Haut und alle Fältchen verschwinden ließ.

»Warum legen wir uns eigentlich noch so ins Zeug?«, fragte sie, wobei sie verschmiertes Lippenstiftrot sorgfältig wegwischte. Aber die Frage war nur gutgemeint und nicht ernst. Also unterließ ich es, auf unsere Unterschiede hinzuweisen. Robert und ich hatten noch ein Liebesleben, wir waren schließlich nicht das langjährige Ehepaar Ernst & Annika. Ich suchte nach Zeichen von Unglück in ihrem Gesicht und in ihrer Haltung. Annika kickte gerade übermütig das benutzte Kosmetiktuch in den Messingabfalleimer. Sie traf ihn mit dem ersten Versuch. Da gab es nichts mehr zu reden.

Es war dunkel auf dem Balkon. Im Zimmer brannte nur eine Nachttischlampe, wegen der Insekten, hatte Robert gesagt. Dabei gab es gar keine. Er konnte meine pinkfarbenen Lippen nicht sehen und ich nicht seine Augen. Wir tranken von dem eisgekühlten Wasser, das die Direktion des

Hauses den werten Gästen Tag für Tag spendierte. Die Sterne flimmerten, der Wind trug Blütenduft und Meeresrauschen zu uns, sehr gedämpft auch das Hupen vom Boulevard du 20 Août, und unser Schweigen war sehr verbindend. Andächtig war es, ja, das war das richtige Wort. Ich hätte jetzt gerne geraucht, aber das Rauchen hatte ich mir ja vor sechs Jahren abgewöhnt. Ich trug einen schwarzen Kaftan und war wohl nur ein Schatten vor der Wand, deren grelles Tagesweiß einem sanften Blaugrau gewichen war.

»Weißt du eigentlich, warum der Boulevard so heißt, ›zwanzigster August‹, meine ich?«, fragte ich.

»Du wirst es mir bestimmt gleich sagen.« Seine Stimme war träge, und ich hörte ihn lächeln.

»Genau. Es ist der Gedenktag an die Exilierung Mohammeds V. im Jahr 1953. Und frag jetzt bloß nicht nach Details, mehr stand dazu nicht im Reiseführer.« Eine Grille zirpte. Robert stand auf.

»Wir sollten ins Bett gehen.«

Später, im Bett, waren wir wieder zu Hause. Robert lag auf der Seite und ich hinter ihm, eng an ihn geschmiegt. Die Klimaanlage surrte dezent. Alles war perfekt, sogar die Raumtemperatur. Er seufzte wohlig, als ich seine Brust streichelte. Meine Hand wanderte tiefer. Robert nahm sie, zog sie zu seinen Lippen und küsste meine Fingerspitzen. »Ach, mein Herz«, murmelte er. Schlaftrunken. Seine Atemzüge wurden länger und sehr regelmäßig.

Ich dagegen konnte lange nicht einschlafen. Hatte er nicht vielleicht doch »Mach keinen Scherz!« gesagt?

Das Meer! Es versöhnte mit allem, so klar, so weit, so ewig war es. Wenn die Cala Iris und ihre Schwestern abgewrackt sein werden und wir alle tot, wird es immer noch rollen und schäumen und leben. Ein tröstlicher Gedanke, der meine Stimmung hob. Wir vier waren bedeutungslos wie die anderen Touristen, die ich ausblendete wie sie uns sicher auch. Nur die anderen sind immer hässlich, laut, störend. Welch ein Hallo sie machten, als der erste, ein hagerer Alter mit weißen Haaren, die drahtig auf seinen Beinen wucherten, den dünnen Ärmchen, auf dem Rücken, sogar in Ohren und Nase, einen winzigen Fisch aus dem Meer zog. Der junge Braune nahm das zappelnde Etwas vom Haken und warf es zurück ins Meer, das es gleichmütig wieder aufnahm. Die fette Frau des Alten lachte meckernd und schadenfroh.

»Vous voulez aussi?« Der junge Halbgott in Jeans und Sweatshirt hielt mir lächelnd Leine und Haken hin.

»Non, merci. Mon mari peut-être?« Ich zeigte auf Robert, der an der Bugreling stand und träumerisch in die Ferne blickte.

»C'est dommage«, flüsterte mein Verehrer. Er ließ keinen Zweifel daran, was er schade fand, und ich fragte mich, warum ich ihn eigentlich angelogen hatte. Robert war nicht mein Ehemann, und ich wollte auch keinen. Obwohl, als ich beobachtete, wie rührend sich Ernst um Annika bemühte, die grüngesichtig die ungeschminkten Lippen zusammenpresste und eine Hand gegen den Magen hielt ... Robert sprach mit meinem Schönen, ließ sich einen Köder am Haken befestigen und nahm die Rolle entgegen. Die Windrichtung prüfend, begab er sich zur Leeseite. Er warf die primitive Fangvorrichtung aus, als sei ihm diese Bewegung angeboren. Kein Verheddern der Leine wie bei meiner Nachbarin. Ich war sicher, dass kein Fisch es wagen würde, Roberts Köder zu verspeisen, ohne den Haken zu schlucken oder ihn zumindest in den Gaumen zu treiben, wie es Ernst passiert war. Ich bin ein Tierfreund, ich füttere die Fische lieber als sie zu fangen, hatte er gescherzt. Jetzt stützte er Annika, die ebenfalls die Fische fütterte. Eigentlich tat sie mir leid, aber der Ekel, der mich bei diesem Anblick packte, war das stärkere Gefühl. Ich wandte mich ab und spazierte auf dem Deck herum. Der Kapitän hatte sein Steuerhaus verlassen, saß in dessen Schatten und trank Tee. Der Wind zerrte an seinem langen grauen Bart und dem weißen Kaftan. Ich hätte diesen würdevollen Alten, der mich gerade mit einem Kopfnicken beehrte, zu gerne photographiert; aber ich hatte Angst, er könne sich in Positur setzen und ein Photolächeln produzieren, das ich mit einem Bakschisch hätte belohnen müssen. Also nickte ich nur freundlich zurück und speicherte dieses schöne Bild – weißer Kaftan vor Holz mit grüner abblätternder Farbe – in meinem Kopf.

Ich ging weiter und sah den jungen Männern zu, die Orangen, Zitronen, Melonen, Tomaten, Salatgurken bearbeiteten, farbenfrohe ineinandergeschachtelte, mit Zahnstochern zusammengehaltene Skulpturen herstellten, viel zu kunstvoll, um sie uns zum Fraß vorzusetzen. Der Grill qualmte bereits, aromatischer Kräuterduft machte sich breit, Tee und Mokka wurden gereicht. Das Leben war ein Fest. Ich schlenderte zu Robert, strich über seinen weißen Hemdrücken, spürte seine Konzentration, die er auf den tanzenden Schwimmer richtete. Die Sonnenreflexe auf dem Wasser punktierten meine Augen. Ich hatte die Sonnenbrille vergessen. Lange würde ich es nicht aushalten, auf die Wasseroberfläche zu starren. Es hatte etwas Hypnotisierendes, das zu tun, und an dieser Stelle muss ich versuchen, so genau zu sein wie es mir nur möglich ist: Ich will nicht ausschließen, dass ich tatsächlich hypnotisiert war.

Ich kann es nicht leugnen. In meinem Bericht gibt es eine kleine dunkle

Stelle. Denn das nächste, an das ich mich mit aller Klarheit erinnern kann, sind die Worte: »Madame, regardez!«, und dann sehe ich meinen Schönen, der zwei noch zappelnde Katzenhaie an den Haken hält. Die Fische sind elegant, schlank, wunderschön mit ihren braunen Tupfen auf weißer Haut. Sie sind lang wie sein Unterarm und kämpfen nur kurze Zeit um ihr Leben. Die dreieckige Rückenflosse ist wie ein zartes Segel. Die spitzen Zähnchen im U-förmigen Maul haben nichts Tödliches an sich. Ich sehe zu, wie die Tiere mit Öl bestrichen und auf den Grill gelegt werden, mit Zitronensaft besprenkelt, mit exotischen Gewürzen bestreut. Ich habe keinen Hunger mehr.

Buffet und Grill sind umlagert. Mir fällt auf, dass ich Teil einer Menge geworden bin. Neben mir beißt ein blondes Mädchen in ein Fladenbrot mit Schafskäse und Knoblauch, ganz hingegeben an den Geschmack. Das Mädchen hat große gesunde vorstehende Pferdezähne, Sommersprossen auf der Nase und himmelblaue Augen. Es kaut mit offenem Mund. Ich muss weg hier. Das Ende meiner Flucht, leider, markieren Annika und Ernst, eine trübselige Einheit an der ansonsten menschenleeren Backbordreling. Die Macht der Opfer. Ich wäre ja gerne vorbeigelaufen, aber sie haben mich gesehen. Ernst hält Annikas Hand. Sein rechter Fuß wippt unternehmungslustig, seine Nüstern blähen sich gierig. Ich wende mich nur an Ernst. Ich versuche, ganz leicht und locker mit ihm zu reden.

»Na, hast du's mitgekriegt? Die Marokkaner haben mehr Glück als du. Zwei Katzenhaie haben sie gefangen. Das Essen ist gleich fertig!«

Bei dem Wort »Essen« zuckt Annikas Oberkörper nach vorne, als müsse sie sich erneut übergeben. Ernst macht sein besorgtes Gesicht, Annika atmet tief durch.

»Du bist wirklich verrückt«, erklärt sie.

Sie ist Lehrerin. Sie kann auch den stupidesten Schülern Dinge so erklären, dass sie zumindest eine Ahnung davon bekommen, was Wissen sein kann. Diesen Ton hat sie jetzt drauf. »Wir waren heute vormittag im Souk. Da gibt es Fischstände. Dein kleiner Freund hat die Katzenhaie dort gekauft.« Ihr Gesicht ist bleich und die Augen bläulich umschattet; dennoch funkeln sie triumphierend.

»Du solltest dich lieber etwas schonen. Ich weiß, was ich gesehen habe. Er hat sie vor meinen Augen aus dem Wasser gezogen. Sie zappelten noch, als er sie mir zeigte.«

Ich bin die Ruhe selbst, eine sehr eisige Ruhe, die ihre Wirkung aber völlig verfehlt.

Annika lacht hysterisch. »Du? Du siehst gar nichts! Krank bist du, krank!«

Ernst sieht verlegen zu Boden, dann tätschelt er ihren Oberarm. »Ich kümmere mich um sie«, murmelt er in eine unbestimmte Richtung. »Geh du mal zu Robert, ich glaube, er will was von dir.«

Robert wollte wirklich was von mir, und ich war froh darüber. Annika hatte schon immer ein falsches Leben geführt, aber jetzt war sie wirklich übergeschnappt. Ich lief zu Robert, der mit der Rolle kämpfte und sich verzweifelt nach mir umsah.

»Los, komm, hilf mir«, keuchte er. »Da ist ein riesiger Fisch am Haken, ich habe schon dreimal Leine bis zum Anschlag gegeben und ihn wieder zurückgeholt, aber er kämpft immer noch. Halt mich fest!«

Das tat ich, und während er die Leine abschnurren ließ, erzählte ich, was mir eben passiert war. Robert lachte, sagte, ich solle sie nicht ernst nehmen, Annika sei nun mal keine Träumerin so wie ich; er sagte es zu mir, während er selbst mit einem Katzenhai kämpfte, das zumindest gab er zu, dass sein Gegner ein Katzenhai sein könnte. Es klickte, die Rolle war leer, ich hielt Robert fest, und er kurbelte, ganz langsam, gab dann wieder nach, kurbelte länger. Ich sah einen Fisch springen, zappelnd, Robert kurbelte, als er in der Luft war, der Fisch klatschte ins Wasser, man hörte es nicht, man sah nur die Gischt, nachdem er verschwunden war. Der Fisch war ziemlich weit weg, aber ich glaubte, braune Tupfen auf weißem Leib erkannt zu haben.

»Was soll das heißen, ›Träumerin so wie du‹? Ich weiß doch, was ich sehe. Hier gibt es Katzenhaie, auf dem Grill liegen zwei, du hast wahrscheinlich einen am Haken, ich weiß nicht, was ihr alle habt!«

Robert lachte kurz, oder war es ein Schluchzen? Ein undefinierbares Geräusch zwischen zwei keuchenden Atemzügen. Er kurbelte wieder, die Beine leicht gespreizt, festen Stand auf dem schwankenden Schiffsboden suchend. Während ich hinter ihm stand und seine Hüften umklammerte.

»Du hast auch Guelmim gesehen und sogar die Sahara. Dabei war vor der Stadt eine Furt, die nach dem Unwetter überschwemmt war. Wir mussten anhalten und umkehren. Das hatte ich den beiden im Hotel erzählt. Noch bevor wir ins Restaurant gegangen sind. Verdammt ... « Ein gewaltiger Ruck an der Leine riss ihn nach vorn.

Robert musste schon mal mit einer anderen in Marokko gewesen sein. Das war die einzige Erklärung, die einen Sinn ergab. Vielleicht sogar mit Annika, warum sonst hatte sie mich eben so angegriffen? Robert kurbelte und ließ los. Der Fisch bäumte sich zornig auf, und ich verlor für einen kurzen Moment den Faden, weil ich in der Ferne Delphine sah, ein ganzes Rudel. Sie schnellten aus dem Wasser, wie in Zeitlupe, zwei, drei nebeneinander, Bögen über den Horizont hinweg, sie tauchten ihre glitzernden Leiber wieder ein, und schon waren die nächsten da, synchrone Bewegungen, die sie nur für mich machten, denn Robert kämpfte und hatte keine Augen für Schönheit; die anderen drängten sich mittschiffs um den Grill, von Ernst und Annika war nichts zu sehen. Ich hörte das Surren der Rolle, als die Schnur wieder ablief. Robert kniete auf der Bank, lehnte den Oberkörper über die Reling, schrie irgend etwas. Ich umklammerte seine Hüften und sah den Delphinen zu, die das alles ungerührt ließ. Wie das Meer, das unverändert Bläue zeigte und Schaumkronen. Die grauen Gefährten gaben eine Extravorstellung nur für mich. Ich zwinkerte ihnen zu, vielleicht lockerte ich unwillkürlich meinen Griff, als ich den Delphinen zuzwinkerte, das mag schon sein. Aber Robert hätte die Rolle ja loslassen können, als der Katzenhai einen letzten verzweifelten Befreiungsversuch unternahm.

Ich habe Robert nicht über Bord gestoßen. Es sah wirklich so aus, als ob er springe, die Rolle immer noch in der Hand. Robert tauchte bei weitem nicht so elegant ein wie die Delphine, natürlich nicht. Er konnte ja noch nicht mal schwimmen. Welchen Grund hätte ich auch haben sollen, ihm den Tod zu wünschen? In diesem Augenblick, als ich ihn losgelassen haben muss, als die Schnur abgelaufen war und als der Katzenhai floh, alles das geschah gleichzeitig, hatte ich jedenfalls keinen. Ernst, der gemütliche Zeitgenosse, hat es bestätigt. Schwarz auf weiß, umrahmt von Dienstsiegeln der Polizei und prachtvollen Stempeln des Dolmetschers. Ein Unfall. Nur Annika, die sich total hysterisch gebärdete, als sie wieder an Deck kam und erfuhr, was geschehen war, klagte mich schreiend als Mörderin an. Ich hätte gewusst, dass sie seit zwei Jahren ein Verhältnis mit Robert habe – an Land bekam sie eine Beruhigungsspritze, danach war sie wieder klar im Kopf. Und wiederholte diesen Unsinn nicht mehr, in den sie sich hineingesteigert hatte. Ausgerechnet Robert, der nicht auf Wellfleisch stand ... Ernst entschuldigte sich bei mir für ihr ungehöriges Benehmen, das er auf Seekrankheit und einen kleinen Sonnenstich schob. Was sonst auch sollte für ihre blühende Phantasie verantwortlich sein? Sie war ja keine Träumerin, so wie ich eine war.

Nicht jeder erträgt das Meer. Man muss ihm gewachsen sein.

Marokkanisches Romantikmenü

Cocktail Tropical Champagne · 279

Brik à l'oeuf mit Thunfisch · 204

Kuskus mit Fisch und Möhrensalat · 242

Rosensorbet · 269

Blinder Passagier

Ann Granger

Das dumpfe Tuten des Nebelhorns hatte mich geweckt, und ich kroch von meiner Koje zum Bullauge. Dort sah ich nur einen Vorhang aus blassgrauem Dunst vorbeiziehen. Das Schiff hatte gestoppt, es war zwar noch in Bewegung, stieg und fiel mit der Dünung, aber das Geräusch der Maschinen unter meinen Füßen hatte aufgehört. Ich griff nach meiner Armbanduhr auf dem Nachttisch, zog mich hastig an und schlüpfte in einen dicken Pullover.

Die junge Stewardess stand vor der Kabinentür. Wieder ertönte das Nebelhorn und überdeckte unsere morgendliche Begrüßung. Während das Echo verklang, sagte sie: »Wir haben wegen der Fischerboote da draußen gestoppt. Wir werden uns mit dem Anlegen in Lissabon etwas verspäten.«

Das störte mich nicht. Denn wenn ich etwas habe, dann ist es Zeit. Auf dem Weg zum Frühstück im Speisesaal traf ich einen der Schiffsoffiziere und fragte ihn, wo genau wir gerade waren. Wir lagen vor Cabo da Roca, dem Felsvorsprung, mit dem Europa den ersten Zeh in den Atlantik taucht.

Ich kenne diesen Küstenabschnitt gut. Er ist berüchtigt für schnell aufziehenden Nebel, und die Strömungen sind tückisch: Das Meer wirft sich auf die Felsen und Sandstrände, und dennoch oder gerade deshalb nehmen waghalsige junge Surfer die schäumende Herausforderung immer wieder an.

Mein ganzes Leben lang habe ich mit dem Meer zu tun gehabt. Ich heiße übrigens van Leeuwen. Manchmal behaupte ich im Scherz, Holländer zu sein, aber in Wirklichkeit bin ich Brite, geboren und aufgewachsen in England. Mein Vorfahre Cornelius van Leeuwen kam 1688 im Gefolge von Wilhelm von Oranien aus Holland dorthin. Wilhelm und seine Armee waren im Namen der protestantischen Sache und seiner Frau Maria in England gelandet, um nach dem Thron seines katholischen Schwiegervaters, James II., zu greifen. Die Engländer verabscheuten James und hießen Wilhelm dank seiner Frau willkommen. Doch sie hatten den Mann gewaltig unterschätzt, denn als er die englische Krone für seine Frau beanspruchte, ergriff er sie gleichzeitig für sich selbst, und das Paar regierte gemeinsam. Nach Marias Tod regierte Wilhelm allein weiter. Das englische Volk verabscheute ihn inzwischen ebenso wie zuvor James, aber Wilhelm war schwerer zu vertreiben, und er gehörte nicht zu denen, die ihren Feinden vergaben. Ein Zugeständnis hatte man ihm jedoch abringen können: Seine holländischen Soldaten waren zurück in die Niederlande geschickt worden. Mein Vorfahre Cornelius blieb freilich in London, weil er dort schlauerweise eine Engländerin geheiratet hatte, eine schlichte Lady mit anständiger Mitgift. Später wurden meine Vorfahren erfolgreiche Schiffseigner. Sie sehen also, dass – obwohl ich nie richtig zur See gefahren bin – mir die See wirklich im Blut liegt, wie man so sagt. Wir haben unser Vermögen mit ihr gemacht.

Vor einigen Jahren hatte ich mich zur Ruhe gesetzt. Meine Frau war gestorben, und ich habe keine Familie. Ich machte viele Reisen, vorzugsweise auf Kreuzfahrtschiffen. Dieses Schiff war gerade in einer skandinavischen Werft völlig neu ausgestattet worden, um im Mittelmeer Passagiere zu befördern, und zählte zu den kleinsten Kreuzfahrtschiffen überhaupt. Die Jungfernfahrt in neuem Gewand musste natürlich von Skandinavien aus starten und sollte im römischen Hafen Civitavecchia enden. Die Passagiere, die im Norden an Bord gegangen waren, würden von dort mit dem Flugzeug zurückkehren. Neue Passagiere würden einsteigen, um dann gemächlich durchs Mittelmeer und an der Adria entlangzukreuzen. Da ich über grenzenlose Zeit verfüge, hatte ich beide Fahrten gebucht und würde, statt in Civitavecchia auszusteigen, an Bord bleiben und die neuen Mitreisenden begrüßen.

Ich frühstücke nur wenig, zwei Tassen guten Kaffee, eine Scheibe Toast und etwas Marmelade. Beim Verlassen des Speisesaals tastete ich in der Tasche nach meinen Zigaretten. Ich rauche nicht viel, aber ich schätze eine Zigarette nach dem Essen. Im Innern des Schiffs war das Rauchen nirgends erlaubt, doch alte Gewohnheiten legt man nicht so schnell ab, und so musste ich, trotz des unangenehmen Wetters, den warmen Eingangsbereich verlassen und auf das nebelverhüllte Deck hinaus.

Ich wusste, dass zu meiner Rechten ein Niedergang von einem der oberen Decks herabführte und ein weiterer zum nächsttieferen Deck. Sicherheitshalber blieb ich neben der Tür stehen. Ich hatte keineswegs vor, hinunterzufallen und mir den Hals zu brechen. Das passiert schnell. Ich weiß das. Der Nebel umschloss mich, eine schweigende Welt. Der zarte, feuchte Meeresdunst strich mit eisigen Fingern über meine Wange und kroch kalt in meinen Kragen. Ich zündete eine Zigarette an und warf das abgebrannte Streichholz über die unsichtbare Reling ins Meer.

Da sprach er mich das erste Mal an.

»Guten Morgen, Mr. van Leeuwen.«

Die Stimme war leise, männlich und unvertraut. Sie hatte keinen besonderen Akzent. Der Sprecher konnte Engländer sein oder aber jemand, der gut Englisch sprach. Ich konnte ihn nicht sehen, aber er musste ein Stück entfernt von mir am Niedergang zum unteren Deck stehen.

»Guten Morgen«, antwortete ich höflich. Ich dachte, dass er wahrscheinlich, genau wie ich, zum Rauchen nach draußen hatte gehen müssen, und versuchte, in den wabernden Nebelschwaden die rote Glut seiner Zigarette auszumachen, doch das gelang mir nicht. »Bald wird die Sonne diesen Nebel zerstreut haben, und wir sind wieder unterwegs«, setzte ich hinzu.

»Zweifellos«, sagte er lässig.

Ich hatte erwartet, dass er sich vorstellen würde. Er musste wissen, dass ich ihn nicht sehen konnte. Mich hatte er natürlich durch die Glastür gesehen, als ich an Deck gekommen war. Ich fühlte mich im Nachteil.

Es war, als könne er meine Gedanken lesen. »Sie wissen nicht, wer ich bin, Mr. van Leeuwen!« Der Bursche klang amüsiert.

»Zumindest kenne ich Ihre Stimme nicht«, antwortete ich verärgert. Ich bin zu alt für Ratespielchen.

»Wirklich nicht?«, sagte er. »Aber wir sind doch schon zusammen gefahren, Mr. van Leeuwen. Man könnte sagen, wir sind alte Bordkameraden.«

Schnell ließ ich die Gesichter meiner Mitreisenden Revue passieren. Keines davon kam mir bekannt vor. Ein Besatzungsmitglied? Ein Kellner? Ein Steward? Doch sicher würde keiner von ihnen mich mit solch lässiger Vertrautheit behandeln?

»Ich bin zu meiner Zeit auf vielen Schiffen mitgefahren«, sagte ich. »Auf welchem waren Sie mein Mitreisender?«

»Auf diesem.« Er lachte in sich hinein. »Aber damals hieß es noch Berenice. Erinnern Sie sich etwa nicht an die Berenice?«

Ich spürte, wie sich meine Brust unangenehm verengte, was nichts mit der Kälte zu tun hatte. Die Berenice. Das eine Schiff, das ich niemals vergessen würde. Die eine Reise, die ich niemals vergessen würde. Aber wieso meinte er, dieses Schiff sei früher die Berenice gewesen? Soweit ich wusste, war sie nicht mehr im Dienst.

»Das ist Unsinn!«, sagte ich ungehalten.

»Kein Unsinn«, verbesserte er mich geduldig. Immer noch klang er amüsiert. »Neuer Name, neue Farbe und Ausstattung: eine alte Dame als junges Mädchen verkleidet. Kein Wunder, dass Sie sie nicht wiedererkannt haben.«

Er hatte Zweifel in mir gesät. »Ich glaube, Sie irren«, sagte ich. »Wollen Sie nicht näherkommen und sich zeigen? Oder mir Ihren Namen sagen?«

Er gab ein verächtliches Grunzen von sich.

Mir war immer kälter geworden. Meine Zigarette war aufgeraucht. Ich warf sie weg, dem Streichholz hinterher, über die Reling. Am liebsten hätte ich den Stummel genau auf meinen unsichtbaren Gesprächspartner mit seinem unangebrachten Sinn für Humor geworfen.

»Wenn Sie mich damals kannten«, fuhr ich fort, und meine Stimme war kälter als der Nebel, »müssen Sie auch wissen, dass jene Reise traurige Erinnerungen für mich birgt.«

Da lachte er, genau, er lachte! Ich hörte es ganz deutlich. Ich trat einen Schritt auf ihn zu, ungeachtet der Gefahr, doch er war schneller. Ich nahm eine Bewegung in der blassgrauen Nebelwand wahr, ein Schuh schabte auf dem Deck. Dann hörte ich seine Schritte auf den Stufen, als er den Niedergang hinuntereilte. Ihm zu folgen war sinnlos. Er war fort. Ich hatte ihn verloren.

Doch wir waren ja immer noch auf einem Schiff auf hoher See. Ich musste ihn nur suchen. Oder er würde mich suchen. Er würde mir bestimmt wieder seine Aufwartung machen. Mit seinem spöttischen Lachen hatte er mich wissen lassen, dass er mein Geheimnis teilte. Er kannte die Wahrheit über das, was vor all den Jahren auf der Berenice geschehen war. Aus irgendeinem Grunde hatte er bislang nichts deswegen unternommen. Doch als er meinen Namen auf der Passagierliste gesehen hatte, musste er beschlossen haben, endlich zu handeln. Ich verstand seinen Plan. Sehen Sie, ich bin ein reicher Mann. Wenn man das Geheimnis eines reichen Mannes kennt, kann man daraus einen guten Profit schlagen.

Meine Hand tastete nach der Türklinke hinter mir. Ich flüchtete zurück in die gesegnete Wärme und Klarheit des Eingangsbereichs.

»Aber, Mr. van Leeuwen!«, rief das Mädchen dort aus. »Sie sind ja kreidebleich. Sie waren zu lange draußen. Sie müssen ja bis auf die Knochen durchgefroren sein.«

Ich murmelte eine Antwort und ging zurück in den Speisesaal, wo ich noch zwei Tassen heißen starken Kaffee trank. Das belebt Kreislauf, Geist und Seele wieder. Ein Geschäftsmann ist ein Mann der Tat. Ich würde mich nicht zum Narren halten und peinigen lassen, sondern mich aus den Händen dieser Person befreien, die ganz bestimmt nur Erpressung im Sinn hatte. Er würde für seine Unverschämtheit bezahlen müssen. Wie Wilhelm von Oranien vergebe ich meinen Feinden nie.

Sobald sich der Nebel gelichtet hatte und wir wieder Fahrt aufnahmen, verwandte ich meine gesamte Energie darauf, meinen Feind zu identifizieren. Ich verpasste sogar einen meiner liebsten Ausblicke beim Einlaufen in den Hafen von Lissabon: den auf den Turm von Belem. Als die portugiesischen Entdecker mit ihren hölzernen Karavellen seinerzeit in See stachen, war dieser gedrungene viereckige Turm das letzte, was sie von ihrer Heimat sehen konnten. Welche Freude muss ihre Herzen erfüllt haben, wenn sie mit viel Glück heil von ihren gefährlichen Reisen zurückkehrten und der Ausguck vom Mastkorb herabrief, dass er am Horizont den vertrauten Punkt erspähte, schimmernd weiß in der Sonne. In meinem Herzen war keine Freude: Es war voller Rachegedanken.

Als erstes musste ich überprüfen, ob dieses Schiff in der Tat die frühere Berenice war. Ich begab mich auf die Brücke und plauderte mit dem Kapitän. Als ich erwähnte, wie hervorragend die neue Ausstattung sei, teilte er mir mit, dass keinerlei Kosten gescheut worden waren, denn ein modernes Kreuzfahrtschiff müsse jeglichen Komfort bieten, selbst ein so kleines wie dieses. Ich erzählte ihm, dass ich kleine Schiffe bevorzugte und mich die riesigen schwimmenden Hotels nie gelockt hätten, und erkundigte mich, wie alt unser Schiff denn wäre.

Etwa dreißig Jahre, lautete die Antwort. Alt genug. Mir wurde flau, doch ich fuhr mit meinen zurechtgelegten Fragen fort. Zweifellos sei das Schiff unter den neuen Eigentümern umbenannt worden? Er bejahte und sagte mir den alten Namen. Er war mir unbekannt. Ich fasste wieder Mut. Ob es jemals den Namen Berenice geführt hätte, erkundigte ich mich nebenbei. Er schüttelte den Kopf. Nicht, dass er wüsste. Ein Schiff umzutaufen sei heutzutage üblich. Jeder Reederwechsel, jedes neue Einsatzgebiet führe dazu, dass ein neuer Name an den Bug gemalt werde. In der Zeit der alten Segelschiffe galt es als schlechtes Omen, den Namen eines Schiffes zu ändern. Damals waren die Seeleute abergläubisch. Sie wussten, dass Schiffe mit einer zweifelhaften Reputation manchmal umbenannt wurden, um dieser Vergangenheit zu entkommen.

Der Vergangenheit entkommen – das glaubte ich bisher erfolgreich getan zu haben. Ich verließ den Kapitän mit wesentlich leichterem Herzen. Es war wohl unwahrscheinlich, dass das Schiff tatsächlich die alte

Berenice war. Mich das glauben zu machen, war Teil des Planes gewesen, mit dem mein Feind mich verunsichern und seinem Willen beugen wollte. Trotzdem untersuchte ich das Schiff vom Bug bis zum Heck, bis ich ganz sicher war, dass es niemals die Berenice gewesen sein konnte. Das war ein kleiner Triumph. Ich hatte ihn beim Lügen erwischt. Und doch war er offenbar vor zwanzig Jahren an Bord der Berenice gewesen und wusste, was an jenem Abend tatsächlich geschehen war.

Wir hatten eine Mittelmeerkreuzfahrt gemacht, meine Frau und ich. Die Berenice hatte Korfu angelaufen und dann die dalmatinische Küste angesteuert. Dabei gerieten wir in einen starken Wind, der genau von achtern kam. Die Berenice stampfte und rollte heftig. Im Speisesaal mussten Gläser und Besteck von den Tischen entfernt werden, damit sie nicht zu Boden fielen. Die meisten Passagiere zogen sich mit fahlgrünen Gesichtern in ihre Kabinen zurück. Meine Frau und ich gehörten zu den wenigen, die zum Abendessen erschienen. Nicht, weil uns nach Essen zumute gewesen wäre; doch an einem Tisch zu sitzen war angenehmer als miteinander allein in der Kabine oder in einer leeren Lounge.

Schon seit langem hatten wir uns nichts mehr zu sagen. Selbst beim Dinner sprachen wir nur mit dem Ober. Allerdings fragte ich meine Frau, als wir uns erhoben, ob sie an der Bar etwas trinken wolle. Sie verneinte knapp. Mir fiel auf, dass sie noch schweigsamer und mürrischer war als sonst. Wahrscheinlich war sie seekrank.

Als wir heirateten, waren wir recht glücklich miteinander. Unsere Ehe basierte nicht auf Leidenschaft. Keiner von uns beiden behauptete das. Doch Ehen, die auf gegenseitigem Respekt und Kameradschaft gründen, halten oft länger als solche aus Begierde. Wir sagten uns, dass wir durchaus auf Zufriedenheit hoffen konnten. Ich für meinen Teil hatte meine Frau wegen ihres Vermögens geheiratet. Meine Firma war in gewissen Schwierigkeiten gewesen, und mein finanzieller Ruf hatte gelitten. Wie mein Vorfahr, der alte Cornelius, hatte ich nach einer schlichten, aber reichen Frau Ausschau gehalten, um meine Probleme zu lösen. Und wie Cornelius hatte ich eine gefunden. Sie stammte aus einer alteingesessenen Familie von Großgrundbesitzern, die zwar keinen Titel führten, jedoch einen riesigen und unangenehm zugigen Landsitz nebst Grund und Boden sowie zwei Landwirtschaftsbetriebe ihr eigen nannten. Sie hatten klug investiert, wenig ausgegeben und waren daher sowohl reich als auch sehr angesehen. Meine Frau war dreißig, als ich sie heiratete. Ihr Vater war gerade gestorben, und ihre Mutter war eine ältliche, herrschsüchtige einstige Schönheit, die ihre Tochter schlecht behandelte.

Die Ehe nutzte also uns beiden. Sobald bekannt war, dass ich »Geld geheiratet« hatte, kehrte das Vertrauen in meine Firma zurück. Meine Frau gewann einen Ring an der Hand und Freiheit von dem Drachen namens Mama. Sie war willens, das Geld, das sie von ihrem Vater geerbt hatte, in meine Firma zu investieren. Auf den Rest mussten wir eben warten, bis der Drache gestorben war. Das tat meine Schwiegermutter auch wie auf Geheiß nur ein Jahr später. Sie erstickte tatsächlich an einer Gräte, während sie allein in diesem Mausoleum von Landsitz speiste. Zur Beerdigung kam der örtliche Landadel, und die gehobeneren Zeitungen berichteten darüber. Nun gehörten das Haus, die Betriebe, das restliche Land und jeder Penny des Geldes meiner Frau ganz allein. Es sah so aus, als sei unserer Verbindung das Glück hold.

Bedauerlicherweise brachte das meine Frau auf neue Gedanken. Wir sollten Kinder haben, damit jemand alles erbe, wenn »wir nicht mehr sind«. Meine Vorstellung war, meinen Namen nach dem Tode mit einer gemeinnützigen Stiftung unsterblich zu machen, doch meine Frau stammte, wie ich schon sagte, aus einer sehr alten Familie, und daher war es für sie undenkbar, eine Blutlinie mutwillig aussterben zu lassen. Ich lenkte ein. Sie saß am Geldhahn, und mir wurde langsam klar, dass ihr das sehr wohl bewusst war.

»Also gut«, sagte ich. »Wir werden Kinder haben.«

Doch Kinder wollten nicht kommen, nicht einmal eines. Meine Frau ging von Arzt zu Arzt, von Spezialist zu Spezialist und unterzog sich jeder Art von Behandlung – ohne Ergebnis. Unser Intimleben bestand aus Tabellen und Thermometern. Irgendwann verlor ich die Geduld. Ich sagte ihr, dass es nun genug sei. Sie müsse sich in das Unvermeidliche schicken. Sie – wir – würde eben kinderlos bleiben. Diese Worte verzieh sie mir nicht. Und es wurde schlimmer. Wir hielten eine respektable Fassade aufrecht, doch dahinter war nichts. Meine Frau war erst neununddreißig. Mir fiel auf, dass sie mich immer nachdenklicher musterte.

Ich hatte nicht vor, mich wie einen alten Wagen austauschen zu lassen. Außerdem hätte meine Firma den Verlust von so viel Kapital nicht vertragen, also kam eine Scheidung für mich nicht in Frage. Ich musste etwas unternehmen, um die Wogen wieder zu glätten. Da sah ich die Anzeige für eine Kreuzfahrt mit der Berenice. Ich überzeugte meine Frau, dass der Urlaub uns beiden guttun würde. Wir könnten die Lage in Ruhe besprechen. Zögernd willigte sie ein.

Wir besprachen gar nichts, und unsere Lage, wenn überhaupt, wurde noch schlechter, sobald wir auf dem kleinen Schiff zusammengepfercht waren.

Je mehr ich eine Annäherung in die Wege leiten wollte, desto ungerührter und gleichgültiger wurde sie. An dem Abend, an dem die Berenice in schlechtes Wetter geriet, war mir klargeworden, dass mein Plan nicht aufgehen würde. Ich musste mir etwas anderes überlegen.

Wir hatten den fast leeren Speisesaal verlassen, und trotz des Schwankens trat ich an Deck für meine gewohnte Zigarette. Zu meiner Überraschung folgte mir meine Frau ein paar Minuten später.

»Geh wieder hinein!«, schrie ich gegen den Wind an.

Sie war zu unsicher auf den Füßen und krallte sich an ein Geländer.

»Ich habe mich entschieden!«, schrie sie zurück.

Es war lächerlich. Das Schiff wurde auf dem Meer hin- und hergeworfen, und wir klammerten uns fest, was das Zeug hielt, und diesen Augenblick suchte sie sich aus, um mit mir die Lage zu besprechen!

»Um Himmels willen!«, rief ich. »Sag's mir später. In fünf Minuten bin ich mit der Zigarette fertig und komme wieder rein. Wir treffen uns in der Kabine.«

»Nein!«, gellte sie. »Ich will's dir jetzt sagen!« Der Wind entriss ihr die Worte und schleuderte sie in die Luft.

Mit einem Mal wusste ich, was mit ihr geschehen war. Sie hatte bis jetzt gebraucht, um Mut zu fassen, und würde mir hier sagen, dass sie die Scheidung wolle; aus ihrer Sicht gar kein so schlechter Zeitpunkt. Denn wenn sie es mir in der Kabine gesagt hätte, hätten wir uns gestritten. Hier draußen aber, wo der Wind an unseren Haaren und Kleidern riss und sich das Deck unter unseren Füßen in einen Steilhang verwandelte, konnten wir gar keinen Streit anfangen. Schon aufs Stehenbleiben mussten wir uns voll und ganz konzentrieren. Sie wollte mir den Marschbefehl geben und sich dann nach drinnen zurückziehen, bevor ich etwas dazu sagen konnte. Und bis ich ihr in die Kabine gefolgt war, wäre es zu spät. Ich hätte jede Initiative verloren.

In diesem Moment machte die Berenice einen wilden Satz. Meine Frau konnte sich nicht halten und stolperte auf mich zu. Automatisch griff ich nach ihrem Arm. Einen Augenblick lang schwankten wir in einer erzwungenen Umarmung. Sie schrie mich an, dass ich sie loslassen solle. Ich schrie zurück, dass sie stürzen würde. Dann überkam es mich, da inmitten der Verwirrung: ein Moment absoluter Klarheit, die Lösung aller Probleme. In unserem Ringen waren wir an den Niedergang geraten, der auf das nächsttiefere Deck führte.

»Dann geh!«, schrie ich. »Du willst frei sein. Ich auch!«

Ich stieß sie mit aller Kraft von mir. Ihr Aufschrei verlor sich im Getöse der Wellen und des Sturms. Sie stolperte rückwärts und schlug mit den

Armen um sich. Doch auf der Treppe gab es keinen festen Halt. Sie griff nach dem Geländer, aber ihr eigenes Gewicht löste ihre Hand, als sie stürzte. Kopfüber fiel sie hinunter, überschlug sich und landete mit einem schrecklichen dumpfen Geräusch auf dem unteren Deck.

Sie bewegte sich nicht. Vorsichtig, um nicht auch noch zu stürzen, machte ich mich auf den Weg zu ihr. Ihre Augen standen offen. Ganz kurz dachte ich, dass sie noch lebte. Ich streckte die Hände nach ihren Halsschlagadern aus, nur um sicherzugehen. Doch während ich das tat, sah ich ihren Blick glasig werden. Es war nicht mehr nötig. Ich hatte genug getan.

Alle waren sehr nett zu mir. Der Leichnam meiner Frau wurde in Split an Land gebracht. Der britische Vizekonsul half mir, den Transport des Sarges nach England zu arrangieren. Die Beerdigung fand in derselben Dorfkirche statt, in der auch die Trauerfeiern für ihre Eltern ausgerichtet worden waren. Einige der Trauergäste lud ich anschließend in den zugigen Landsitz zu kalten Braten und Salat ein. Ich servierte Champagner.

»Auf das Leben meiner lieben Frau«, sagte ich und erhob das Glas. »Ihr zur Erinnerung!«

»Ihr zur Erinnerung!«, riefen all die alten Colonels und pferdegesichtigen Frauen.

Selbst unser Parlamentsabgeordneter war anwesend. Meine Frau hatte regelmäßig für seine Partei gespendet. Er war offensichtlich besorgt, dass ich das nicht tun würde. Doch ich versicherte ihm, dass ich alle Verpflichtungen meiner Frau einhalten würde. Er dankte mir überschwenglich, bis ihm klar wurde, wie geschmacklos das klang. Natürlich gab ich ihnen gar nichts.

All das war Vergangenheit, und ich hatte geglaubt, das würde es auch bleiben. Ich war mir sicher gewesen, dass niemand gesehen hatte, wie ich meine Frau von mir stieß, wie ich die Hände ausstreckte zu ihrem Hals, als sie dort am Boden lag. Nun wusste ich, dass es einen Zeugen gab. Ich war geradezu besessen davon, ihn zu finden, bevor wir Civitavecchia erreichten. Ich forschte in jedem Gesicht. Ich lauschte jeder Stimme. Ich erwartete, dass er redete oder dass ich eine Nachricht unter der Kabinentür hindurchgeschoben bekäme. Doch nichts geschah. Ich konnte ihn nicht finden. Mein Zorn hatte sich zu unerträglichem Druck gesteigert. Ich war ein moderner Fliegender Holländer geworden! Verfolgt von der Vergangenheit, war ich ein Gefangener auf diesem Schiff, und meine Nemesis war in Gestalt meines Peinigers bei mir. Doch wer war er? Wie lange wollte er dieses Versteckspiel noch spielen? Er hatte die Rolle eines Meeresgeistes angenommen. Doch ich bin nicht abergläubisch. Ich bin ein Geschäftsmann. Ich handle mit greifbaren Dingen. Er war aus Fleisch und Blut und würde Fehler machen. Einen hatte er schon gemacht, als er behauptet hatte, dass dieses Schiff früher die Berenice gewesen sei. Er würde weitere Fehler machen, und dann hätte ich ihn!

Wir erreichten Civitavecchia. Die neuen Reisenden kamen an Bord, aufgeregt und begeistert. Ich begrüßte sie knapp und hielt mich von ihnen fern. Und sie hielten sich bald auch fern von mir. Ich war inzwischen davon überzeugt, dass mein Peiniger zur Mannschaft gehören musste. Ich konzentrierte mich auf die Stewards und Kellner im Speisesaal. Aber sie waren zu jung, um vor zwanzig Jahren auf der Berenice gearbeitet zu haben. Das galt auch für die Offiziere. Schuftete also der Mann, den ich suchte, im Maschinenraum? Oder kochte er meine Mahlzeiten in der Kombüse? Mahlzeiten, die ich nicht hinunterbrachte. Meine Wut nahm mir den Appetit, und damit wuchs auch meine Frustration. Er spielte mit mir wie ein Angler mit einem Fisch am Haken.

Wir kamen nur gemächlich an der langen italienischen Küste vorwärts und legten in mehreren Häfen an. Ich suchte ihn in Neapel und in Capri. Ich spähte schmale Gassen hinunter und suchte in reichgeschmückten Kirchen. Mein Blick durchpflügte die Hänge von Sizilien nach ihm. Mit jedem Tag fraß mein Versagen, ihn nicht zu finden, mehr an mir – wie ein Krebsgeschwür. Nacht für Nacht träumte ich von ihm.

Wir erreichten den Golf von Tarent, und früh an einem schönen, milden Abend ankerte das Schiff bei dem alten Städtchen Gallipoli. Ich ging allein an Land und spazierte durch die engen Gassen. Dabei ließ ich mir alles noch einmal durch den Kopf gehen. Also, argumentierte ich, wie konnte er bei dem Aufruhr, den der Sturm auf der Berenice verursacht hatte, behaupten, ich hätte vorsätzlich gehandelt? Wenn er sich dessen, was er gesehen hatte, wirklich sicher gewesen wäre, hätte er doch damals den Kapitän alarmiert. Mein Verfolger hatte offenbar einen Verdacht, aber er hatte keinen Beweis. Wenn er mir gegenüberstand, würde ich ihm ins Gesicht lachen, genau so wie er über mich gelacht hatte.

Mit festerem Schritt begann ich, das Städtchen zu erkunden und vergaß tatsächlich meine Sorgen. Gallipoli besteht aus ruhigen Straßen zwischen hohen, üppig verzierten Gebäuden, die damals in der Abendsonne golden und blassgelb leuchteten. Auf hölzernen Küchenstühlen saßen Frauen vor den Türen und schwatzten. Für mich sahen sie sich alle ähnlich, untersetzt und schwarz oder zumindest dunkel gekleidet. Gute, fromme, hart arbeitende Mütter und Großmütter. Ihre Söhne und Enkel feierten gerade Gallipolis Sieg in einem Fußballspiel. Überschwengliche junge Männer knatterten auf Motorrollern die für Autos zu engen Straßen entlang. Sie trugen rote Hemden, und die Beifahrer schwenkten rotseidene Fahnen. Das ließ sie wie wilde Revolutionäre aussehen, aber ich nahm an, dass Rot die Farbe der Heimmannschaft war. Ich lächelte ihnen nachsichtig zu, während sie um mich herumkurvten und die Siegesnachricht zu den Fenstern hinaufschrien, hinter denen man vielleicht noch nichts davon gehört hatte. Ich stand gerade an einer Straßenecke und war das erste Mal seit jenem Tag im Nebel wieder beinahe glücklich, als er mich erneut ansprach.

Auch er hatte wohl die feiernden Fußballfans betrachtet. »Ja, Mr. van Leeuwen«, sagte er, »jung müsste man sein. Jung und reinen Gewissens.«

Ich fuhr herum, doch in diesem Moment rannte eine Gruppe Jugendlicher an mir vorbei um die Ecke und verschwand die Straße entlang. Im Gewühl der Körper verlor ich ihn. Ich zögerte. Was sollte ich tun? Ich beschloss, zum Schiff zurückzugehen und zu warten. Er müsste ja auch zurück. Ich würde am Fuße der Gangway stehen. Es gab keinen anderen Weg, um an Bord zu kommen. Ich würde jedes Gesicht genau betrachten, und diesmal würde er sich irgendwie verraten.

Ich ging los. Die schwatzenden Frauen sahen mich vorbeigehen. Ich grüßte sie mit »buona sera«, und sie grüßten höflich zurück. Sie beobachteten mich. Ich spürte es genau. Sie waren neugierig. Sie wussten, dass ich von einem ankernden Kreuzfahrtschiff kam. Sie würden sich vielleicht fragen, warum ich allein war. Doch ich war ein Fremder, und ihre Welt bestand aus diesen engen Straßen und aus Familienangelegenheiten.

Ich bin mir nicht mehr sicher, wann ich bemerkte, dass er mich verfolgte. Ich hatte nichts gehört, aber ich spürte seinen Blick zwischen meinen Schulterblättern. Ich fuhr herum, sah aber nur die schwatzenden Frauen vor ihren Haustüren. Einige der Türen hatten jedoch keine Bewacherin, obwohl sie offenstanden, um Licht und Luft in diese düsteren Häuser zu lassen. Er hätte also in jeden dieser unbewachten Eingänge tauchen können. Ich wollte nicht die Aufmerksamkeit der Frauen erregen, indem ich hineinspähte, und leider konnte ich kein Wort Italienisch außer dem Gruß, den ich ihnen zugerufen hatte, um zu fragen, ob sie jemanden gesehen hatten.

Er war hinter mir, aber er war schlau. Das musste ich ihm zugestehen. Nur gelegentlich hörte ich das Echo eines Schrittes, aber es war niemals jemand da, wenn ich mich umdrehte. Ich hatte fast das Ufer erreicht und ging schneller. Irgendwie wusste ich, dass, sobald ich das Meer sah, diese verstohlene Verfolgung aufhören würde. Er würde aus seiner Deckung kommen müssen, den Schutz der engen Gassen verlassen, der offenen Türen, der glücklichen Fußballfans. Die Frauen und die Jugendlichen beobachteten mich nun genauer, ja sie starrten mich geradezu an. Die Frauen flüsterten nur noch. Die Fans hatten aufgehört zu feiern, ihre Aufmerksamkeit war gefesselt von diesem seltsamen Anblick – von mir! Von mir, der inzwischen raste – der Sicherheit des Schiffs entgegen.

Plötzlich hörte ich ihn wieder. »Laufen Sie doch nicht so schnell, Mr. van Leeuwen! Wir sind keine jungen Männer mehr, Sie und ich! Wir können dieses Tempo nicht durchhalten!«

Ich blieb stehen. Endlich sah ich ihn.

Er war tatsächlich ein älterer Mann, klein, fast kahl und außer Atem. »Warten Sie bitte!«, keuchte er. Er streckte mir die Hand entgegen. Darin lag etwas. Ich sprang ihn fast an. Ich fasste nach seinem Hals, und er stürzte unter der Wucht meines Angriffs aufs Pflaster. Ich schlug seinen Kopf auf die Steine, hob ihn an und schlug ihn noch einmal nach unten. Ich konnte nicht aufhören. Ich war in einem Nebel aus Wut, Verzweiflung, Rache und Angst. Hände ergriffen meine Schultern und zogen mich weg von meinem Opfer. Der Nebel lichtete sich. Zu meinen Füßen sah ich einen älteren Italiener liegen, dem das Blut aus dem Kopf rann. Neben ihm auf dem Boden lag meine Brieftasche. Und ich wusste, was geschehen war: Ich hatte meine Brieftasche verloren, als ich rannte, und der arme alte Kerl hatte sie aufgehoben und war mir damit hinterhergerannt.

Und plötzlich verstand ich alles: Meinen Verfolger hatte es niemals außerhalb meines Kopfes gegeben. Auf diese Art war er zwanzig Jahre lang mit mir herumgereist. Doch bislang hatte ich seine Stimme immer zum Schweigen bringen können oder mich zumindest weigern können zuzuhören, wenn er mir etwas zuflüsterte. Ich will es nicht mein Gewissen nennen, weil ich wirklich nicht glaube, dass ich ein Gewissen habe, weder im religiösen noch im moralischen Sinne.

Ich sah mich um. Ich war von einem schweigenden Kreis umgeben. Zwei der Fußballfans hielten mich an den Armen fest. Einer kniete neben dem Verletzten. Einige der schwatzenden Frauen hatten ihre Holzstühle verlassen und standen in der Nähe; stumm bewegten sie die Lippen im Gebet, die breiten, abgearbeiteten Hände gefaltet, den Blick gesenkt. Die jungen Männer beobachteten mich aus feindseligen dunklen Augen. Mehrere telephonierten: wahrscheinlich verständigten sie die Polizei und den Rettungsdienst.

»Es tut mir leid«, sagte ich. »Es war eine Verwechslung.«

Ich weiß nicht, ob sie mich verstanden. Sie reagierten nicht. Doch ich sagte die Wahrheit. Der Tod dieses alten Mannes tat mir leid; er hatte mir nur etwas Gutes tun wollen und die Brieftasche zurückgeben, die ich verloren hatte. Ich bin reich, und er war arm. Das Geld hätte mir nicht gefehlt. Doch er war ein ehrlicher Mann gewesen, und ich? Zum ersten Mal hatte sich der Gedankennebel gelichtet, und ich sah alles, was ich getan hatte, mit kristallner Klarheit.

»Sie müssen mich nicht so festhalten«, sagte ich zu den jungen Männern. »Ich kann nicht mehr davonlaufen.« Ich erlaubte mir ein Lächeln.

Maritimes Kreuzfahrtbuffet

Irgendwo im Äolischen Meer

Carmen Iarrera

Endlich sah sie durch das Bullauge einen vagen Lichtschimmer, der das Tintenschwarz der Nacht zu verwässern begann. Schweißgebadet setzte sie sich auf – es schien ihr, als seien in dieser Nacht all ihre Frustrationen und Ängste aus den dunklen Winkeln ihres Gehirns hervorgekrochen, um sie pausenlos zu quälen. Das passierte ihr jedes Mal, wenn sie mit Gilberto zusammentraf.

Sie schlüpfte aus ihrer Koje und schaute nach draußen: Über dem Meer lag noch immer Finsternis, keine Welle war zu erkennen. In der Koje über ihr zeichnete sich hingegen eindeutig der feiste Körper ihres Mannes ab, der – Winter wie Sommer – immer von den Füßen bis zu den Ohren komplett in ein Bettlaken eingewickelt war und, wie stets, ruhig und gleichmäßig atmete. Alles war immer so verdammt ruhig an Alberto.

Wut überkam sie. Je länger sie mit Alberto zusammen war, desto weniger ertrug sie seine Art: Alles ging er mit Ruhe an, stets sah er die positive Seite der Dinge, immer war er dem Leben gegenüber dankbar. Doch gerade diese Eigenschaften hatten ihr ja damals so an ihm imponiert. Damals, als sie noch jung und dumm war. Wie hatte sie nur etwas Romantisches an diesem dicklichen jungen Mann finden können, der den Autounfall, bei dem seine Eltern ums Leben gekommen waren, überlebt hatte, um dann von einer verwitweten Tante, die auch einen eigenen Sohn zu ernähren hatte, auf einer trostlosen Äolischen Insel irgendwo im Mittelmeer großgezogen zu werden. Einer Insel, auf der es nicht einmal elektrisches Licht gab, einer Insel, zu der das Trinkwasser mit Tankschiffen herangeschafft werden musste, einer Insel, deren Einwohner als Hinterwäldler betrachtet wurden. Bis die Insel vom Tourismus entdeckt wurde. Vom Luxustourismus.

Die Grundstückspreise waren in die Höhe geschossen, baufällige Hütten zu unvorstellbaren Preisen verkauft worden, und die Einwohner hatten nicht länger über Wassermangel zu klagen, denn reich, wie sie jetzt waren, konnten sie in Mineralwasser baden. Und so wurde Tante Augusta, die riesige, mit trockenen Disteln übersäte Felder besaß, die von den Hügeln bis zum Meer reichten, schlagartig reich. Und Cousin Gilberto, der einzig mit seiner Schönheit glänzte und dessen alleiniger Zeitvertreib, soweit sie sich erinnern konnte, darin bestand, Frauen nachzustellen, wurde plötzlich »der Erbe« genannt.

Bislang hatte er aber weder geheiratet noch geerbt. Noch nicht, dachte sie bitter. Tante Augusta war alt geworden, und unverdrossen und erbarmungslos wie die Sonne, die diese Insel austrocknete, erwartete sie jedes Jahr im August den Sohn und den Neffen.

Wie sie diese Augustmonate zu hassen gelernt hatte! Diese geheuchelten Rituale, dieses immer Gemeinsam-ankommen-müssen, so, als seien sie eine kleine nette und glückliche Familie. Gemeinsames Essen, gemeinsame Strandausflüge, gemeinsame Spaziergänge: alles, verdammt alles, gemeinsam. Und während ihre Kolleginnen aus dem Supermarkt sie darum beneideten, jedes Jahr einen ganzen Monat an diesem Traumort verbringen zu dürfen, stieg die Wut in ihr hoch, kaum dass sie die Fähre betreten hatte.

»Sei doch nicht so schlecht gelaunt«, versuchte Alberto sie dann zu besänftigen und tätschelte ihre Wange, »wir fahren doch in den Urlaub.«

Auch bei dieser Reise hatte er sie mit seiner plumpen Liebkosung beruhigen wollen, und auch diesmal hatte sie seine Hand gereizt weggestoßen und um sich geschaut, die Augen zu Schlitzen zusammengekniffen. Für die lachende und sorglose Menschenmenge, die das Deck bevölkerte, hatte der Urlaub in dem Augenblick begonnen, als die Fährmänner die Taue von den schwarzen Pollern auf der Mole losgemacht hatten und die Fähre sich aus der Umarmung des Golfs von Neapel gelöst hatte, um Kurs auf die Äolischen Inseln zu nehmen. Sie aber konnte keine Freude empfinden, denn auf der Insel erwarteten sie nur Tante Augustas frostige Umarmung, ihre unsäglichen Fragen, warum Alberto und sie immer noch kein Kind hätten, und das unerträgliche Schauspiel, wenn Alberto – blind und bedingungslos – diese kleine verbitterte Frau, die eigentlich nur Augen für ihren Sohn Gilberto hatte, in seine Arme nahm.

Der hübsche dreiste Gilberto hatte ein schneeweißes Lächeln, mit dem er seiner Mutter Gelder abknöpfte, ohne dass sie es merkte. Dann schleppte er schöne große Frauen mit langen Beinen und festen Brüsten ab, Frauen, die vielleicht ein bisschen dümmlich wirkten und denen es hier und da an Konversationsfähigkeiten mangelte, aber gewiss nicht an Kleidern, Schuhen, Bikinis, Taschen, Täschchen und Schmuck. Wie diese Loredana, die sich vermutlich gerade in einer Luxuskabine, drei Decks über ihr, räkelte, angetan mit einem Negligé, das mindestens die Hälfte des monatlichen Supermarktgehalts gekostet hatte. Eine blonde Heuchlerin, die ihr sogleich schleimig zugelächelt und so getan hatte, als biete sie ihr etwas wie Freundschaft an. Denn dass sie Loredana in keiner Weise gefährlich werden könnte, keine Rivalin darstellte, hatte diese mit einem Blick festgestellt.

Was sie aber noch wütender machte, war ihr eigener Mann, der unbedarfte Grundschullehrer Alberto, der sich mit seiner Rolle des dankbaren Neffen begnügte, der so gut wie nichts besaß und sich seiner Tante, die er niemals um Geld gebeten hatte, zu ewigem Dank verpflichtet fühlte.

»Wenn ich einmal tot bin ...«, sagte sie immer. »Wenn ich einmal tot bin, wird all mein Vermögen euch gehören«, und dann begann sie Villen und Hotels aufzuzählen, die ihr gehörten, und Anspielungen auf mysteriöse dicke Bankkonten zu machen. Aber sie starb einfach nicht, und sicherlich hatte sie – abergläubisch wie alle auf dieser Insel – kein Testament gemacht. Und ohne Testament, ohne ein geschriebenes Wort, würde bei ihrem Tod alles automatisch an Gilberto vererbt, schließlich war er ja der Sohn, der gesetzliche Erbe, wohingegen Alberto, der Neffe, leer ausgehen würde.

So verhielten sich die Dinge nun einmal. Aber warum zum Teufel mussten sie sich jeden Sommer unter dieser verdammten Sonne plagen? Dieser gehässigen Alten ihre Ergebenheit bekunden? Sich immer die gleichen Litaneien anhören? Warum nur, wenn sie doch sowieso nichts erben würden?

Sie schickte einen grollenden Blick nach oben zu dem Knäuel von Bettlaken, in das Alberto eingewickelt war. Und, als habe er diesen Blick gespürt, seufzte er selig und drehte sich ruhig auf die andere Seite. Wutentbrannt sprang sie auf, zog sich den Schlafanzug aus, schlüpfte wie eine Furie in aller Eile in ihre Jeans und ihr Plüschjäckchen und rannte nach draußen. Sie konnte das nicht länger ertragen! Im Laufe der Zeit kam ihr seine Sanftheit wie eine Beleidigung vor, eine Beleidigung gegenüber ihrer Person und ihren Wünschen.

Aber was wollte sie denn wirklich? Eigentlich nur, dass ihr Mann sich so verhielt, dass ihm die Tante ein bisschen Geld gab, damit sie sich ein Haus und ein Auto kaufen könnten. Irgendwas, das ihr Leben verändern würde.

Aber er, nein, er brauchte einfach nichts. Ihm genügten die Sonne und das Meer, Spaziergänge, Sonnenuntergänge, seine Schüler. Er kapierte einfach nicht, dass Gilberto in Saus und Braus lebte und das Geld, das die Tante ihm zusteckte, nur so aus dem Fenster warf. Alberto begriff einfach nicht, dass auch diese Loredana garantiert schon einen Haufen Geld verprasst hatte – in Geschäften, die sie selbst nicht einmal im Traum betreten würde.

Das feuchte Peitschen des Windes riss sie aus ihren verworrenen Gedanken. Sie hielt sich am Geländer fest und ging gegen den Wind das verlassene Deck entlang. Die Sonne wollte gerade aufgehen, entschlossen, alles in göttliche Farben zu tauchen. Ein göttlicher Himmel, ein göttliches Meer, göttlich selbst das abgeschabte Weiß der Fähre. Und göttlich die schlanke, elegante Gestalt, die dort, am Ende des leeren Decks, das Meer zu ergründen suchte – das konnte nur Gilberto sein. Die sonnengebräunten Arme, sein glattes, tiefschwarzes Haar, mit dem der Wind spielte – ihn hätte sie heiraten sollen und nicht Alberto. Er hörte ihre Schritte, drehte sich um, und sein von Glück und Zärtlichkeit überströmender Blick löste sich in Gleichgültigkeit auf, als er sie erkannt hatte.

»Ach, du bist es.«

Ja, genau, sie war es und nicht diese Superbusenfrau, die er so unübersehbar mit seinen strahlenden Augen anhimmelte. Sie hasste diese Loredana, und noch mehr hasste sie Gilberto. Wenn es ihn nicht gäbe ... Genau. Wenn es ihn nicht gäbe, wäre Alberto der alleinige Erbe der Alten. Merkwürdig, daran hatte sie noch nie gedacht. Aber ja, genau so war es. Wenn es den Sohn nicht gäbe, wäre Alberto der einzige legitime Erbe.

Sie schaute ihn plötzlich mit ganz anderen Augen an.

Gilberto starrte wieder aufs Meer. Er hatte sich weit nach vorne gebeugt, die Arme über das Geländer gelehnt, den Blick nach unten gerichtet, wo der Schiffsrumpf das ruhige Blau des Meeres in ein sprudelndes Weiß verwandelte. Das war auch so eine Art, ihr zu verstehen zu geben, dass ihre Anwesenheit unerwünscht war.

Erneut spürte sie, wie ihr die Wut vom Bauch bis zum Hals hochkroch. Eigentlich hätte sie ihm den Rücken kehren und gehen sollen, aber diese Genugtuung gönnte sie ihm nicht. Sie atmete so heftig, dass ihr von der salzigen Luft die Lunge brannte, verkrampfte ihre Beine bis zur Schmerzgrenze, stand wie angewurzelt auf dem harten Eisen des Decks.

Auf einmal sah sie sich selbst, als stünde sie neben sich. Eine verkrampfte, missgünstige Person auf dem einsamen Deck einer Fähre. Zwei kräftige Arme, die sich auf den zarten Rücken eines Mannes zubewegten. Zwei harte Hände, stark wie nie zuvor, die diesen Mann mit einem festen Griff über die Brüstung stießen. Zwei aufgerissene Augen, die ungläubig verfolgten, was geschah. Sie taumelte. Entsetzt über sich selbst, fing sie zu zittern an. Ihr schien es, als zittere sie seit Ewigkeiten, bis ihr irgendwann klarwurde, dass sie immer noch alleine war, das Deck immer noch leer und die Morgendämmerung langsam dem Sonnenaufgang wich.

Sie fuhr hoch und rannte los, endlose Gänge entlang, Treppen hinauf und hinab, bis sie ihre Kabine gefunden hatte. Alberto schlief noch und hatte sein Buddhalächeln auf den Lippen. Ohne die Augen von ihm abzuwenden, schlüpfte sie – heftig schluckend und keuchend – wieder in ihren Schlafanzug. Sie streckte sich in ihrer Koje aus und schloss die Augen. Unglaublich, dass ihr heftiges Herzrasen nicht das ganze Schiff aufgeweckt hatte, nicht einmal Alberto. Es dauerte lange, bevor das Adrenalin, das durch ihre Adern raste, sich wieder abbaute. In der Koje über ihr drehte sich Alberto mehrere Male um. Irgendwo in der Ferne weinte ein Kind, irgendwo wurde eine Tür geöffnet, Leute liefen den Korridor entlang, und langsam sickerte Helligkeit durch das Bullauge – sie konnte wieder klarer denken.

Was sie da getan hatte, war nicht zu ändern. Sie müsste sich nur einigermaßen normal verhalten. Das tun, was alle anderen auch taten: im richtigen Augenblick Sorge, dann Ungläubigkeit und schließlich Bestürzung zeigen; wenig, ganz wenig reden; ruhig bleiben; Schmerz zeigen; Geduld bewahren.

Jetzt würde Alberto der Erbe sein, und ihr Leben würde sich ändern. Endlich würde es sich lohnen zu leben. Sie schlang die Arme um ihren Körper und ließ sich vom Geschaukel des Schiffes einlullen. Ganz langsam begann sich die Anspannung in ihr zu lösen, und ihre Stirn glättete sich zu einem Lächeln.

Drei Decks über ihr erwachte Loredana, und als sie sah, dass Gilberto nicht bei ihr lag, streckte sie sich quer auf ihrem Bett in der großen, sonnendurchfluteten Kabine aus.

Heute würde sie ihre Schwiegermutter kennenlernen; aber sie war gar nicht mehr so aufgeregt. Natürlich würde ihre Schwiegermutter enttäuscht sein, dass ihr Sohn Gilberto ohne ihren Segen geheiratet hatte. Und natürlich würde sie darüber verbittert sein, keine großartige Hochzeit ausgerichtet zu haben, zu der sie die ganze Insel eingeladen hätte. Natürlich würde ihr Loredana ein wenig als Eindringling, als Fremde erscheinen, als die, die ihr den Sohn weggenommen hatte.

Aber all das würde schnell vergessen sein, wenn sie erst einmal von ihrem zukünftigen Enkelkind erfahren hatte.

Tavola di pesce misto alle Eolie

Einbildgeschichten · Erste Folge

SIE WAR DAS BILDSCHÖNE PRODUKT AUS DER LIEBE ZWISCHEN MENSCH UND FISCH. DOCH NOCH ZU DER ZEIT IHRER GEBURT GALT EINE SOLCHE VERBINDUNG ALS NICHT PASSEND. UND SO ENDETE IHRE MUTTER AUF DEM SCHEITERHAUFEN UND IHR VATER KROSS GEBRATEN UND GEFÜLLT IN DER PFANNE EINES DREI-STERNE-RESTAURANTS.

Sofort nachdem er erfahren hatte, dass sein Onkel ihn testamentarisch zum Alleinerben bestimmt hatte, kam ihm eine einmalig geniale Idee: Er briet sich zur Feier des Tages den Lieblingskoi des Onkels! Und richtig – kaum hatte sein Onkel den Frevel bemerkt, kam der Neffe auch schon in den Genuss des Erbes.

ER HATTE ALLES SO GUT EINGEFÄDELT, ALS ER SIE BAT, DEN FISCH SCHON MAL ZU PUTZEN, OHNE IHR ZU SAGEN, DASS DER HIMMELSGUCKER NEBEN DEN KIEMEN ZWEI HOCHGIFTIGE STACHELN HAT. DOCH IN DER SEKUNDE IHRES TODES MUSS SIE GEWUSST HABEN, DASS ER DEN TÖDLICHEN UNFALL PROVOZIERT HATTE –
WIE SONST SOLLTE ER SICH IHRE GESTE ERKÄREN?

Seit Monaten, praktisch von dem Moment an, nachdem sie gestrandet waren, nervte sie ihn mit ihren Zukunftsängsten.
Doch nun sollten ihre Sorgen ein Ende haben! Dank eines Fasses mit Pökelsalz würde sie das Überleben der nächsten Wochen sichern!

Kalte Binnengewässer

Die Fähre nach Sacrow

Hartmut Mechtel

Ich sah Claras blaues Gesicht über mir. Sie zuckte, warf sich zur Seite, nach hinten, nach vorn. Äderchen platzten in ihren Augen, aus Nase und Mund trat grüner Schaum. Sie prustete Schleim und Blut über mich. Jemand schrie, eine hohe Stimme. Es war nicht Clara, ich war es. Ich schrie und konnte doch den Blick nicht von ihr wenden. Sie erbrach sich, unverdaute Nudeln in schwarzem Blut ergossen sich über mein Gesicht. Schreiend erwachte ich, richtete mich auf und starrte in die Finsternis.

Der Traum war eine Erinnerung, eine meiner frühesten und zugleich die intensivste meines Lebens. Sie verfolgte mich, obwohl seitdem vierzig Jahre vergangen waren. Clara war die jüngere Schwester meiner Mutter, damals gerade zwanzig Jahre alt. Ich erinnere mich nicht an ihr Leben. Nur an ihren Tod. Ich habe ein Photo von ihr aufgehoben. Das betrachte ich oft, um die blaue Fratze durch ihr tatsächliches Gesicht zu verdrängen. Es hilft nur, solange ich wach bin. Im Schlaf erscheint mir wieder die Fratze.

Jetzt würde ich nicht mehr schlafen können, gleichgültig, wie spät es war. Ich schaltete das Licht an. Sechs Uhr, es würde bald hell werden. Ich erhob mich, ging ins Wohnzimmer, schaltete alle Lampen an und betrachtete Claras Bild – ein bräunliches, vergilbtes Photo. Das hübsche junge Mädchen im getupften Sommerkleid lachte in die Kamera. Wahrscheinlich hatte sie es auch am Tag ihres Todes getragen, denn ich wusste, dass die Farben ihres Kleides geleuchtet hatten. So etwas trug man in den sechziger Jahren. Weit schwingende bunte Kleider.

Geschehen war es auf der Fähre nach Sacrow. Weshalb ich mit meiner Tante in der Stadt gewesen war, habe ich vergessen. Es ist unwichtig. Denn auf der Rückfahrt war sie gestorben. Genau so, wie ich es im Schlaf immer wieder vor mir sah. Sie hatte neben mir gesessen, einen Satz begonnen und ihn nicht zu Ende gebracht. Auf einmal begann sie zu stöhnen und zu zucken. Ich sprang auf vor Schreck, strauchelte, fiel auf den Boden, richtete mich auf, kniete vor ihr und sah, wie sie starb, sah, wie sie Blut und Schleim spuckte, über sich und über mich. Ich war fünf Jahre alt. Natürlich beruhigten und trösteten mich meine Eltern in den Wochen danach; sie wollten, dass ich es vergaß. Erst Jahre später sagten sie mir, woran Clara gestorben war: an einem sehr seltenen oder gar unbekannten Gift. Die Polizei bekam nicht heraus, wie es ihr verabreicht wurde. Geschweige denn, wer sie vergiftet hatte. Am Ende meinten sie, Clara müsse sich an einem Nagel geritzt haben, an dem, wie auch immer dorthin gelangt, besagtes Gift klebte. Auch den Nagel fanden sie nicht. Es habe sich um einen ebenso tragischen wie ungewöhnlichen Unfall gehandelt, teilten die Kriminalisten meinen Eltern mit, als sie die Akte schlossen. Ich glaubte nicht daran. Clara wurde ermordet, und der Mörder blieb unbekannt. Bis heute.

Vor zehn Jahren hatte ich einen Psychiater aufgesucht. Ich fand es ungewöhnlich, dass ein Mann Mitte dreißig von einem Kindheitserlebnis nicht loskommt, so schrecklich dieses Erlebnis auch gewesen sein mag. Der Psychiater sah das ähnlich und gab sich große Mühe, meine Erinnerung zu wecken. Nicht die an Claras Tod, die war ja überdeutlich, sondern die an das Davor und Danach. Es glückte uns nicht, doch das intensive Reden darüber half mir. Mein Nachtgespenst wurde seltener, erschien nur noch alle zwei Jahre einmal und verlor seine lähmende Wucht. Weshalb es aber heute so kraftvoll zurückgekehrt war, wusste ich genau: Gestern hatte ich einen der Männer gesehen, die damals auf der Fähre mitgefahren waren. Auch das weiß ich nur aus späteren Erzählungen. In meinem Traum kam er nicht vor. Die Polizei hatte ihn seinerzeit verdächtigt, ehe sie sich auf den Unfall festlegte, und im Dorf verdächtigte man ihn weiterhin, auch nachdem die Polizei ihn hatte laufen lassen. Er war mal mit Clara gegangen, bis die ihm den Laufpass gegeben hatte. Als ich zehn Jahre alt war, zog er weg, und bis gestern hatte ich nie wieder von ihm gehört. Außerdem hatte er einen Dutzendnamen, der es für mich unmöglich machte, ihn zu finden.

Franz Müller war mir entgegengekommen, zwei Plastiktüten in den Händen. Ich hatte ihn sofort erkannt. Damals war er ein schlanker junger Mann gewesen, heute war er ein schlanker alter Mann. Er hingegen hatte mich nicht beachtet, auch nicht bemerkt, dass ich ihm gefolgt war. Angesprochen hatte ich ihn nicht. Was sollte ich ihm sagen, nach vierzig Jahren? Darüber müsste ich erst einmal nachdenken, hatte ich beschlossen, nachdem ich wusste, wo er wohnte. Ich hatte nachgedacht, und an diesem Morgen stand für mich fest, dass ich ihn zur Rede stellen würde. Mir ging es nicht darum, eine Anzeige zu erstatten – Mord verjährt bekanntlich nicht. Ich wollte nur wissen, was geschehen war, und so vielleicht endlich den Alp loswerden.

Vor mir braucht sich niemand zu fürchten. Wenn er es getan hatte, konnte er es mir sagen. Und wenn er es nicht getan hatte, könnte er vielleicht meinem Gedächtnis auf die Sprünge helfen. Er war Mitte zwanzig gewesen, er würde wissen, wer noch an Bord gewesen war, hatte als Erwachsener vielleicht etwas gesehen, das bislang unbeachtet geblieben war. Einen rationalen Grund für meine Ahnung gab es nicht, und doch hatte ich das Gefühl, ja fast schon die Gewissheit, an diesem Tag endlich die Wahrheit zu erfahren.

Ich schenkte dem alten Photo noch einen Blick, dann wusch ich mich, kleidete mich an und frühstückte. Als ich fertig war, ging die Sonne auf. Ein klarer, kalter Wintertag. Rauchend vertrödelte ich noch zwei Stunden. Vor neun Uhr sollte man Fremde nicht aufsuchen.

Der Weg war nicht weit. Es war kein Wunder, dass ich dem Mann begegnet war, sondern dass ich ihn nicht schon früher gesehen hatte. Vielleicht wohnte er ja noch nicht lange in meinem Stadtviertel.

Der Schnapper seiner Haustür funktionierte nicht; ich ging hinein und treppauf bis in den zweiten Stock. Es dauerte lange, bis er die Tür öffnete. Misstrauisch betrachtete er mich.

»Erkennen Sie mich?«, fragte ich.

»Sollte ich?«

»Als wir uns zuletzt sahen, war ich zehn Jahre alt, und Sie waren noch unter dreißig.«

Er betrachtete mich genauer, sein Blick belebte sich. »Du kannst nur Claras Neffe sein«, sagte er.

Ich bestätigte das und erklärte, dass ich mit ihm über die Ereignisse auf der Fähre sprechen wollte. Er zögerte einen Augenblick, mich hineinzubitten, doch das lag nicht am Thema, sondern eher an seiner Wohnung. Sie sei unaufgeräumt, entschuldigte er sich. Zu Reichtum hatte er es in seinem Leben nicht gebracht, seine Möbel waren alt und unansehnlich. Das Bett, aus dem er sich wohl gerade erst erhoben hatte, war noch nicht gemacht. Offensichtlich lebte er allein. Ansonsten sah die Wohnung so aus wie meine nach dem Aufräumen. Wir setzten uns auf zwei hochlehnige Stühle an einen für die Wohnung viel zu großen Esstisch.

Als ich ihn betrachtete, zweifelte ich an meiner Vorahnung. Müller sah nicht aus wie ein Mörder. Ein netter alter Mann, der mich behandelte, als sei ich sein Jugendfreund gewesen. Ich erzählte von meinem andauernden Alp, und er sagte, dass es ihm ähnlich gehe: Er werde das Bild der sterbenden Clara nicht los. Auch wenn sie damals schon längst auseinander gewesen seien; er hatte ihr gegenüber gesessen, als sie starb. Während er mir ihre letzten Minuten beschrieb, gelang ihm, was der Psychiater nicht geschafft hatte: Meine Erinnerungen kehrten zurück. Oder übernahm ich nur seine Sichtweise? Nein, es war die Wahrheit, ich roch die Luft, ich sah das bunte Kleid, ich hörte Clara lachen.

Im Vorjahr war die Mauer gebaut worden. Sacrow war von Potsdam aus auf dem Landweg nur sehr umständlich zu erreichen, also befuhr die Fähre noch einige Zeit den Grenzfluss Havel. Am Steg nahe der Glienicker Brücke standen Posten und kontrollierten die Fahrgäste, ließen sich die Passierscheine zeigen. Da es, von wenigen Ausnahmen abgesehen, immer dieselben Leute waren – Sacrow hatte nur wenige Einwohner –, hätten sie gut darauf verzichten können, denn inzwischen kannten sie alle vom Sehen und von den meisten sogar die Namen. Die Sacrower wiederum kannten die Grenzer, und sie kannten die Fährleute. Es waren zwei, die sich ablösten.

An jenem Tag hatte der kleine Dicke Dienst, ein immer lustiger Mann um die Fünfzig mit der Neigung, seine Fahrgäste zu unterhalten. Am Nachmittag war die Fähre fast leer. Vier Männer und zwei Frauen, allesamt um die Fünfzig, kamen wohl von der Frühschicht. Sie saßen müde herum und nahmen wenig Anteil am Geschehen. Allenfalls hätten sie sich vom Fährmann unterhalten lassen, doch der war an jenem Tag still. Eine Familie war an Bord, Mutter, Vater und Kind, die Eltern um die Dreißig, der Junge vielleicht zehn Jahre, zu alt, um sich mit mir abgeben zu wollen. Niemand kannte sie, wahrscheinlich hatten sie zum Besuch eines Familienfestes einen Passierschein bekommen. Dann waren noch zwei junge Männer im Fährschiff, beide Ex-Freunde von Clara. Sie war das hübscheste Mädchen in Sacrow, alle Jungs im passenden Alter und auch einige Männer im unpassenden Alter waren hinter ihr her. Der eine, im gleichen Alter wie Clara, war ihr erster Freund gewesen, schon in der Schulzeit, in der elften und zwölften Klasse. Bernd Terhorst hieß er. Nach der Schule musste er zur Armee, und Clara, die nicht anderthalb Jahre allein sein wollte, hatte sich aus der Schar ihrer Verehrer den ausgesucht, der ihr am besten gefiel. Das war Franz Müller gewesen, der Mann, der jetzt mein Gedächtnis weckte. Es war eine kurze, heftige Affäre, doch dann lernte sie beim Studium jemanden kennen, der ihrer Meinung nach besser zu ihr passte; Franz war Schlosser, und seine Stärke bestand nicht in anspruchsvoller Konversation mit Clara. Getrennt hatten sie sich ein paar Wochen vor dieser Fahrt, und nun führte der Zufall sie alle wieder zusammen: Bernd und Franz, die keine Freunde mehr waren, seit der eine dem anderen die Freundin ausgespannt hatte, und Clara, die an diesem Nachmittag mit keinem der beiden redete. Immerhin hatten sie sich begrüßt, als sie sich an der Kontrolle vor dem Fährsteg begegnet waren, auch die beiden Männer hatten sich gemessen zugenickt. Clara wollte dem jeweils anderen wohl irgendwie demonstrieren, dass sie mit beiden nicht mehr zusammen war. Also flirtete sie mit dem Grenzer.

Damit niemand den Fährmann überwältigen und die Fähre an das West-Berliner Ufer steuern konnte, fuhr stets ein Soldat mit umgehängter Maschinenpistole bei der Sacrow-Tour mit. Im Wasser gab es ja keine Mauer. Der Soldat hatte darauf zu achten, dass sich der Fährmann an die vorgeschriebene Route hielt, und er passte auf, dass die Passagiere etwaige dumme Gedanken nicht in Taten umsetzen konnten.

Der Fährmann ließ den Motor an, griff den Tampen, wand ihn mit einer geschickten Handbewegung vom Poller los, schob mit einem Fuß die Fähre vom Steg ab und legte dann einen Gang ein. Das Schiff drehte eine enge Schleife und tuckerte havelaufwärts in Richtung Sacrow. Normalerweise dauerte die Fahrt fünfundzwanzig Minuten. Die Fähre war kein Rennboot. Ein alter Kasten mit großen Fenstern, doch der Blick hindurch enthüllte nichts, was nicht jeder der Fahrgäste, abgesehen von der Familie, schon hunderte Male gesehen hatte. Selbst mir war die Strecke bekannt. Das fremde Kind aber kniete auf der Bank und starrte hinaus, mich beachtete es nicht weiter.

Der Posten stand neben dem Fährmann, Clara neben dem Posten und plauderte mit ihm. Das durfte er sicher nicht, er sollte ja auf uns aufpassen, doch einem so hübschen Mädchen wie Clara konnte selbst ein Grenzer nicht widerstehen, so bärbeißig er sich anderen gegenüber auch gebärden mochte, sofern seine Kameraden oder Vorgesetzten in der Nähe waren.

Ich langweilte mich. Durch den Neuen Garten war ich schon oft genug mit meinen Eltern gegangen, das Marmorpalais kannte ich von Nahem, das West-Berliner Ufer interessierte mich nicht, dort gab es nur Wald und ein Strandbad, wir kamen nicht dicht genug heran, um die Menschen erkennen zu können. Der Motor tuckerte einschläfernd vor sich hin, doch ich blieb wach. Warum unterhielt sich meine Tante mit dem blöden Grenzer statt mit mir? Ich sprach den Jungen an. Der gab mir eine einsilbige Antwort und wandte sich wieder der Aussicht auf das Marmorpalais zu. Spielzeug hatte ich nicht dabei. Ich sah mich in der Fähre um. Die alten Arbeiter dösten, und die beiden jüngeren Männer sprachen nicht miteinander. Mit mir mochten sie gewiss auch nicht reden. Ich rutschte auf den

Boden, krabbelte unter die Bank. Vielleicht hatte jemand ein Spielzeug fallen lassen. Natürlich fand ich kein Spielzeug. Fünfundzwanzig Minuten können endlos sein für ein Kind, das sich langweilt. Clara stand immer noch neben dem Grenzer und dem Fährmann und blickte nicht einmal in meine Richtung. Also stieg ich die paar Stufen aus der Fahrgastkabine hoch zum Führerstand und stellte mich neben sie. Clara bemerkte es nicht. Ich zog an ihrem Kleid.

»Was ist denn?«, fragte sie.

»Kommst du mit?«

»Du wirst es doch mal fünf Minuten ohne mich aushalten!«

»Mir ist langweilig. Komm jetzt!« Ich zog wieder am Kleid.

»Sei keine Nervensäge. Ich komme gleich.«

»Jetzt!«

»Gleich.«

»Warum musst du mit dem doofen Soldaten sprechen?«

»Erstens ist er nicht doof, und zweitens sagt man so etwas nicht! Setz dich hin und denk mal darüber nach.«

Der Grenzer sagte gar nichts, und der Fährmann hielt sich aus Claras Erziehungsversuchen heraus. Ich zupfte noch einmal an ihrem Kleid, vergebens, dann stieg ich die fünf Stufen wieder hinab und setzte mich beleidigt auf meinen Platz. Das letzte Gespräch, das ich mit meiner hübschen jungen Tante geführt hatte, war ein Streit gewesen. Nach ein paar Minuten kam sie dann tatsächlich. Sie setzte sich neben mich und sah mich ernst an.

»Was ist denn mit dir los?«, fragte sie. »Du bist doch sonst auch öfter allein, und hier hast du sogar Gesellschaft. Wenn sich Erwachsene unterhalten, haben Kinder Pause. Und schon gar nicht mischen sie sich mit Beleidigungen ein. Hast du das verstanden?«

»Mir ist langweilig.«

»Verstehe ich nicht. So eine Fähre ist doch interessant. Wir sind mitten auf dem Wasser, es gibt so viel zu sehen ...«

Sie verzog das Gesicht, presste eine Hand gegen ihre Brust.

»Das kenne ich alles schon.«

»Mich kennst du auch.« Das war ihr letzter Satz. Dann schrie sie auf, betastete Bauch, Brust und Hals mit den Händen. Alle starrten in unsere Richtung, auch die dösenden Arbeiter wurden munter, und der Zehnjährige wandte endlich den Blick vom Ufer ab.

»Was hast du?«, fragte ich. Und dann geschah, was mich bis heute verfolgt. Ihr Gesicht lief blau an, sie stöhnte, warf sich auf der Bank hin und her, Schaum und Schleim traten aus Mund und Nase aus. Ich sprang auf und rutschte zu Boden, direkt zu ihren Füßen. Sie spie Blut über mich, vielleicht waren auch Reste vom Mittagessen dabei, es ging so schnell, dass keiner der Erwachsenen bisher reagiert hatte, doch mir kam es wie eine Ewigkeit vor. Beim letzten Aufbäumen fiel Clara von der Bank und direkt auf mich.

Ich sah erst wieder etwas, als der Fährmann mich auf die Füße zog. Der Soldat, Franz und Bernd hatten Clara aufgehoben und auf die Bank gelegt.

»Ist dir was passiert?«, fragte der Fährmann.

Ich weinte.

Er strich mir über den Kopf und fragte in den Raum: »Ist ein Arzt an Bord?«

Er blickte in Richtung der ihm unbekannten Familie; dass alle anderen keine Ärzte waren, wusste er. Der fremde Mann antwortete nicht, er saß versteinert auf der Bank und klammerte sich an seine Frau, die ihren Sohn in die Arme genommen hatte und dafür sorgte, dass er seinen Kopf an ihrer Brust verstecken konnte. Die Arbeiter hingegen waren aufgesprungen und umstanden nun Clara, die sich nicht rührte. Der Fährmann prüfte mit den Fingerspitzen ihre Halsschlagader.

»Ich glaube, sie ist tot«, sagte er.

»Warum? Das kann nicht sein!«, schrie Bernd ihn an.

»Ich weiß nicht«, sagte der Fährmann.

»Hier muss doch irgendwo ein Arzt sein!«, rief Bernd und beugte sich über Clara. Die Tränen ließen meinen Blick verschwimmen.

»Wir müssen zurück nach Potsdam«, sagte Franz. »Da gibt es Krankenhäuser.«

»Kann man sie nicht beatmen?«, fragte einer der Arbeiter.

»Sie ist tot«, sagte der Fährmann.

»Wie kann sie tot sein? Sie ist doch höchstens achtzehn«, sagte der Arbeiter.

Niemand beachtete mich. Ich saß auf der Bank und weinte, ohne den Grund dafür richtig zu begreifen. Clara ist tot, hatte der Fährmann gesagt, das hatte ich gehört, aber ich verband nichts damit. Tiere starben, aber doch nicht Menschen! Noch nie war jemand aus meiner Familie gestorben, selbst die Großeltern lebten noch.

»Stoppen Sie den Motor!«, schrie eine megaphonverstärkte Stimme.

Alle fuhren herum. Neben die Fähre hatte sich ein graues Schnellboot geschoben, besetzt mit fünf Uniformierten. Die sahen nun natürlich, dass der Führerstand leer war, und brachten ihre Waffen in Anschlag. Der Grenzer stürmte die Treppe empor und riss die Tür auf.

»Was ist los!«, herrschte ihn jemand aus dem Schnellboot an.

»Alles in Ordnung«, meldete der Soldat. »Wir haben eine Tote.«

»Reden Sie keinen Unsinn!«, herrschte ihn der Offizier wieder an, der jetzt immerhin verstand, dass hier kein Grenzdurchbruch versucht wurde, auch wenn es ganz danach aussah. Denn die Fähre war auf das östliche Ufer zugetrieben, und östlich von Potsdam lag West-Berlin.

Das Schnellboot kam längsseits, vier Soldaten sprangen an Bord und ließen erst einmal alle Passagiere die Hände heben. Nur der Fährmann durfte sie unten behalten und auf das Steuerrad legen. Er wurde angewiesen, zur Glienicker Brücke zurückzufahren. Als der Offizier sich überzeugt hatte, dass Clara tot war, durften die Passagiere ihre Hände wieder sinken lassen, doch die Soldaten standen misstrauisch herum und behielten alles im Blick. Eine der Arbeiterinnen kümmerte sich um mich. Ich weinte, bis wir das Ufer erreicht hatten.

Für mich war es dann am schnellsten vorbei. Niemand wollte etwas von mir wissen. Die anderen wurden hingegen stundenlang vernommen. Erst von Uniformierten, dann von Zivilisten. Kriminalpolizei, Staatssicherheit oder beiden.

»Mich behielten sie über Nacht da«, erzählte Franz. »Sie hatten schnell heraus, dass ich Claras letzter Freund gewesen war, vor meinem Nachfolger, versteht sich. Aber am nächsten Nachmittag ließen sie mich laufen. Da stand die Todesursache fest. Ein seltenes Gift oder eine Mischung seltener Gifte. Woher sollte ich die bekommen haben? Und herstellen konnte ich sie erst recht nicht, ich war Schlosser.

Man fand einen winzigen Einstich am Bein, so klein, dass Clara den Stich vielleicht nicht mal bemerkt hatte. Sie sei an einem rostigen Nagel hängengeblieben, hieß es schließlich.«

»Und was glauben Sie?«

»Ich habe mich öfter an rostigen Nägeln geritzt und lebe immer noch.«

»Sie glauben an Mord?«

»Ja, auch wenn ich mir nicht vorstellen kann, wer es getan hat. Und schon gar nicht, wie er es gemacht hat. Ich habe Clara die ganze Zeit beobachtet. Niemand ist ihr nahe gekommen, auch nicht der Soldat.«

»Und vorher? Beim Anstehen in der Schlange? Da standen wir alle dicht an dicht.«

»Wäre möglich«, sagte Franz. »Du denkst also, es war einer von uns?«

»So schnell, wie sie gestorben ist, muss es ein ganz starkes Gift gewesen sein. Der Täter war auf der Fähre.«

»Wenn es nicht einer von den Grenzern war, die uns kontrolliert haben.«

»Wissen Sie, was aus den Leuten geworden ist, die mit uns an Bord waren?«

»Bei einigen. Die Älteren sind weiter ihrer Arbeit nachgegangen, und inzwischen werden sie wohl gestorben sein. Ich wohnte nur noch ein paar Jahre in Sacrow. Die Leute glaubten nicht an einen Unfall, sie hielten mich für schuldig. Das sprach zwar keiner aus, jedenfalls nicht, wenn ich dabei war, aber ich spürte es. Ich zog deshalb nach Berlin und bin bis heute nicht mehr in Sacrow gewesen.«

»Und was wurde aus der fremden Familie?«

»Die habe ich nie wiedergesehen. Ich weiß wohl, zu wem sie wollten, sie sind dort aber nie angekommen. Die sind umgekehrt und haben das Dorf künftig gemieden. Den Fährmann habe ich auch nicht wiedergesehen. Er hatte das Boot mitten auf dem Grenzgewässer in die falsche Richtung treiben lassen. Man versetzte ihn nach Hermannswerder, da war keine Grenze in der Nähe. Am schlimmsten traf es den Soldaten. Der hatte seine Pflicht verletzt. Er bekam ein paar Tage Bau, wurde degradiert und in einen anderen Grenzabschnitt versetzt. Von dort versuchte er abzuhauen, dabei wurde er erschossen. Es hieß von Heckenschützen aus dem Westen, und er wurde mit militärischen Ehren beigesetzt. Im *Neuen Deutschland* wurde er als Held gefeiert, der bei der Erfüllung seiner Pflicht gefallen war. Ich glaube, dass ihn die eigenen Kameraden erwischt haben.«

»Bleibt nur noch einer: Ihr Rivale Bernd.«

»Das ist der einzige von uns, der es zu etwas gebracht hat, falls du nicht der Zweite bist. Aber so siehst du nicht aus.«

»Ich bin freier Journalist.«

»Immerhin.«

»Wissen Sie, wie viele freie Journalisten es in Berlin gibt? Was wurde aus Bernd?«

»Den sollte ein freier Journalist eigentlich kennen: Bernhard Terhorst.«

»Der Verhaltensforscher? Der ist doch aus dem Westen.«

»Kurz nach Claras Tod versuchte er, über die Havel hinüber zum Krughorn zu schwimmen. Ein Schnellboot fischte ihn aus dem Wasser, er bekam anderthalb Jahre für seinen Fluchtversuch, wurde nach einem Jahr freigekauft, hat drüben studiert und ist bekannt geworden.«

Ich hatte zwei seiner Bücher gelesen, in der Tradition von Lorenz und Eibl-Eibesfeldt philosophierte er darin launig über Analogien zwischen Tieren und Menschen, über Instinkte und Rituale. Der also war auch auf der Fähre nach Sacrow gewesen. Wenn ich mich richtig an die Klappentexte erinnerte, wohnte auch er in Berlin, es konnte nicht schwer sein, ihn ausfindig zu machen. Ich hatte irgendwo gelesen, dass Professor Terhorst nur noch Gastvorträge hielt und sich ganz seiner schriftstellerischen Tätigkeit widmete. Vielleicht konnte ich ihn noch heute treffen. Mich hielt nichts mehr bei Franz. Ich bedankte mich für die Auffrischung meines Gedächtnisses und verabschiedete mich ziemlich abrupt.

»Weißt du denn, wer es war?«

»Ja«, sagte ich.

»Der Professor? Glaube ich nicht.«

»Mir ist etwas eingefallen.«

»Was?«

»Ich muss erst darüber nachdenken.«

»Sag mir, wie es ausgegangen ist.«

Ich versprach ihm, mal wieder vorbeizuschauen. Er brachte mich zur Tür. Ein einsamer alter Mann. Ich wusste nicht, ob er verheiratet gewesen war oder ob er immer noch um Clara trauerte. Ich wusste nur, dass er Gesellschaft brauchte, doch das interessierte mich im Augenblick nicht. Ich stürmte nach Hause und sah in meinem Telephonbuch nach. Der Professor war nicht verzeichnet. Aber auch wenn die Nachfrage nach meinen Artikeln nicht sehr groß war, kannte ich doch in vielen Redaktionen Kollegen. Ein Anruf bei einem Wissenschaftsredakteur, und ich hatte Terhorsts Adresse. Er wohnte in Wilmersdorf.

Ich fuhr mit der U-Bahn hin und klingelte überfallartig an der Haustür. Ein solides, gut gepflegtes Bürgerhaus, die Tür war verschlossen, die Sprechanlage funktionierte.

»Ja?«

Ich sagte meinen Namen und erklärte, dass ich damals auf der Fähre nach Sacrow gewesen war und mit ihm gern über den Tod meiner Tante Clara sprechen würde. Er drückte auf den Summer.

»Erster Stock«, sagte er.

An der Tür erwartete er mich. Er sah genau so aus wie auf seinen Büchern. Höchstens wie Anfang fünfzig, obwohl er schon über sechzig war. Man merkte ihm und seiner Wohnung an, dass er es zu etwas gebracht hatte. Es gab Anzeichen dafür, dass hier mindestens zwei Personen lebten, doch bekam ich seine Frau nicht zu Gesicht. Wir setzten uns in bequeme Ledersessel an einem Couchtisch, er schob mir einen Aschenbecher hin und fragte, was mich zu ihm führe. Ich sprach von meinen Alpträumen und erzählte, dass ich dank meines vormittäglichen Gesprächs mit Franz meine Erinnerung an jenen Tag wiedergefunden hatte, die genauer war als die von Franz.

»Es lässt mich nicht ruhen«, sagte ich. »Ich muss wissen, was damals passiert ist.«

»Und Sie glauben, das können Sie von mir erfahren?«, fragte er.

»Ja«, erwiderte ich. »Sie brauchen keine Angst zu haben. Was auch immer geschehen ist, es ist längst verjährt. Ich werde auch nichts darüber veröffentlichen. Ich will es nur wissen.«

»Mord verjährt nicht«, sagte Terhorst.

»War es denn Mord?«

»Sie glauben, dass ich es getan habe?«, fragte er. »Nun, in gewisser Weise ...« Er brach ab, klopfte eine Zigarette aus seiner Schachtel, entzündete sie und sah mich an. Ich konnte seinen Blick nicht deuten.

Da er nicht weitersprach, begann ich.

»Damals, als die Soldaten uns von der Fähre führten, lief ich direkt hinter Ihnen. Ich sah, wie Sie etwas aus Ihrer Hand ins Wasser fallen ließen. Es hat nicht geplatscht, und ich habe es auch nicht erkennen können. Es muss sehr klein gewesen sein, ein winziges Messer vielleicht.«

»Eine Nadel«, sagte Terhorst.

»Sie geben es also zu?«, fragte ich.

»Ich gebe zu, dass ich die Nadel ins Wasser geworfen habe. Ich gebe auch zu, dass ich sie präpariert hatte.«

»Warum?«

»Weil ich weg wollte. Für Sie war die Grenze eine Selbstverständlichkeit, Sie waren drei oder vier Jahre alt, als die Mauer gebaut wurde, Sie kannten die Freiheit nicht. Der Hauptteil meiner Familie lebte dort, wohin wir auf einmal nicht mehr durften. Nach Kladow ist es von Sacrow aus näher als nach Potsdam. Da wohnte der Bruder meines Vaters mit seiner Frau und meinen Cousins. Wir hatten als Kinder miteinander gespielt, waren eher Freunde als Verwandte, und auf einmal durfte ich nicht mehr hin. Als ich einberufen wurde, hatte ich noch überlegt, ob ich schnell mal eben nach Kladow verschwinde. Ich war ein Idiot, denn ich tat es nicht. Und während ich bei der Armee war, bauten sie dann die Mauer, und Kladow war auf einmal Ausland. Ich hätte mich um meine Immatrikulation kümmern müssen, doch das interessierte mich nicht mehr, ich brütete Fluchtpläne aus. Hier hielt mich nichts. Meine Freundin hatte mich verlassen, das Land fand ich zum Kotzen. Die Fähre schien mir ein Schwachpunkt in der Grenze zu sein, sie haben den Verkehr ja auch wenig später völlig eingestellt, weil wir ohne Absicht beinahe in den Westen getrieben wären. Man musste eigentlich nur den Posten ausschalten, der an Bord war. Also brauchte ich eine Waffe. Das Gefährlichste, was ich auftreiben konnte, war ein Küchenmesser. Ich war gut in Chemie und Biologie, das habe ich dann später auch studiert; ich braute mir ein Gift zusammen, alle Zutaten wuchsen im Garten, die meisten Menschen ahnen nicht, wie gefährlich einige der Pflanzen sein können, die sie hegen. Als ich das Gift an einem Rattenköder ausprobierte, überraschte mich das Ergebnis selbst. Am Morgen lagen zwei tote Ratten im Keller, obwohl der Köder kaum angefressen war. Der Sud war höllisch gefährlich, ich weiß nicht mehr, woraus genau er bestand, habe auch nie wieder versucht, etwas in der Art herzustellen. Ich wollte das Küchenmesser damit imprägnieren und dann dem Posten an die Kehle halten, aber manchmal durchsuchten sie die Passagiere, selten, doch kam es vor, und wenn sie das Messer bei mir gefunden hätten, wäre ich ins Gefängnis gekommen statt in den Westen. Eine Nadel würde keinen Verdacht erregen, die schmuggelte ich an Bord, aber dann fehlte mir der Mut, meinen Plan auszuführen. Die Nadel sah einfach nicht gefährlich aus. Der Posten würde mir nicht glauben, dass sie eine tödliche Waffe ist. Ermorden wollte ich ihn auf keinen Fall, nur bedrohen. Ich versteckte die Nadel unter einer Bank und wartete auf eine bessere Gelegenheit. Am nächsten Tag fuhr ich wieder mit der Fähre, am übernächsten auch. Nie wurde ich durchsucht, trotzdem wagte ich nicht, das Küchenmesser mitzunehmen.«

Warum kam er nicht zur Sache? Er rauchte bereits die zweite Zigarette, schien also sehr nervös zu sein, doch er sprach ganz ruhig. Seine Fluchtpläne interessierten mich nicht. Ich wollte endlich wissen, warum er Clara getötet hatte.

»Sie haben Clara getötet, damit der Posten abgelenkt wird und die Fähre in den Westen treibt«, vermutete ich.

Er schüttelte den Kopf. »Wenn ich nicht mal einen Posten töten wollte, wie hätte ich da imstande sein können, das Mädchen zu ermorden? Ich hatte sie einmal geliebt, sie mich nicht mehr. So etwas kommt öfter vor, und es ist nicht schön für den, der im Stich gelassen wird, aber man muss schon ziemlich krank sein, deshalb einen Menschen zu töten.«

»Aber Sie haben die Nadel ins Wasser geworfen!«

»Das musste ich. Hätte man sie gefunden, wäre der Weg zu mir nicht weit gewesen. Ich war der einzige an Bord, der in der Lage war, so ein Gift herzustellen. Darauf kamen sie übrigens auch ohne die Nadel, aber sie mussten mich laufenlassen, weil sonst absolut nichts auf mich deutete. Anfangs verdächtigten sie Franz, der es natürlich erst recht nicht getan haben konnte. Dann legten sie sich auf den absurden Unfall mit dem rostigen Nagel fest, an den sie selbst nicht glauben konnten, sofern sie einen Funken Vernunft besaßen.«

»Woher hatten Sie die Waffe, wenn Sie sie nicht benutzt haben?«

»Ich hob sie dort auf, wo der Täter sie fallen lassen hatte. Noch bevor die Grenzer an Bord kamen, niemand hatte es bemerkt.«

»Wer außer Ihnen wusste denn noch von der Waffe?«

»Niemand. Nicht mal der Täter. Er war ein Kind.«

»Der fremde Junge, über den niemand etwas weiß«, sagte ich.

»Ein kleiner Junge, der unter die Bänke krabbelte und die Nadel fand. Ich bekam es zu spät mit, und dann war ich zu feige, sie ihm abzunehmen. Das ist mein Teil an der Schuld. Das Kind zog Clara am Kleid, und als sie nicht hörte, piekte es sie mit der Nadel ins Bein, was Clara nicht einmal bemerkte. Da ließ es die nutzlose Nadel fallen und vergaß sie bis heute. Du warst es. Du hast Clara getötet.«

Fährmanns Fischteller

Kapitäns Fischteller

Die Tote in der Seine

Virginie Brac

Der Bürgermeister hatte keine Mühen gescheut. Zwei Kilometer des rechten Seine-Ufers waren als Strand hergerichtet worden, mit feinem Sand, Palmen in Kübeln, Boule-Bahnen und großen Wasserzerstäubern, die die fröhlich bummelnden Besucher mit feinen Tröpfchen besprühten. An kleinen Bars wurden Getränke und Snacks feilgeboten, doch die Leute ließen sich lieber zum Picknicken am Sandstrand nieder oder aalten sich in Liegestühlen. Die Seine funkelte im Licht der Scheinwerfer, die die Nacht zum Leuchten brachten. Die Menschenmenge wurde immer dichter: Tausende halbnackter, selbstverliebter Gaffer flanierten unter den Blicken verblüffter Touristen, die das Geschehen von den Brücken aus verfolgten, sich jedoch nicht trauten, selbst hinunterzugehen. Jene, die sich in Gruppen und Grüppchen zum Abendessen auf dem Sand zusammengefunden hatten, breiteten ausgesuchte Leckereien vor sich aus, zündeten Kerzen an und tranken Champagner. Die Pariser zeigten sich fest entschlossen, ihre Stadt trotz der extremen Hitze zu genießen. Die von ihren Steuern bezahlte Aktion »Paris Plage« wollten sie sich nicht entgehen lassen.

Céline bahnte sich auf ihren Inlinern einen Weg durch die Menge. Sie fühlte sich wie berauscht von dieser Atmosphäre fröhlicher Ausgelassenheit und der erotischen Spannung, die wie ein tückisches Gift die glühende Luft erfüllte. Sie war sich bewusst, dass sie in ihrem knappen Jeanshöschen, das ihre langen, nackten, glatten Beine betonte, Teil des Spektakels war. Die Leute traten zur Seite, um sie vorbeizulassen. So fuhr sie flussaufwärts bis auf die Höhe von Notre-Dame und überquerte die Seine-Brücken, um zum linken Ufer zu gelangen. Hier war die Menge kaum weniger dicht. Céline zog ihre Inliner aus und lief die klebrigen Stufen zum Port de Montebello hinab, wo die Sans Souci, auf der sie als Kellnerin arbeitete, vertäut lag.

Die Flaneure hatten Durst, und sämtliche der in einiger Entfernung von »Paris Plage« entlang des Ufers vertäuten, in Café-Bars umgewandelten Kähne waren bis zum letzten Platz mit vergnügungssüchtigen Gästen besetzt. Um den Andrang bewältigen zu können, hatte Bernard, der Wirt der Sans Souci, neben Céline noch zwei Studentinnen engagiert: Pascale und Soraya.

Céline und Pascale waren einander auf Anhieb sympathisch, und es dauerte keine zwei Tage, da hatten sie Soraya schon in die Kategorie Backpfeifengesicht eingeordnet. Wie konnte Bernard bloß eine so muffelige Tusse einstellen? Okay, Soraya war nicht gerade hässlich, eigentlich war sie sogar ziemlich hübsch, aber muffelig. Wahrscheinlich hatte das was mit ihrem Glauben oder so zu tun. Soraya redete wenig, trug unförmige, schlabberige Hosen und T-Shirts, deren Ausschnitt kaum mehr freigab als den Ansatz ihres Halses. Sie scherzte nicht mit den Gästen, aß nichts, trank nur Wasser und gab das Wechselgeld bis auf den letzten Cent heraus, egal wie betrunken der Gast war. Fehlte nur noch ein Tschador, der würde zu ihr passen.

Aber was Céline und Pascale ihr am wenigsten verzeihen konnten, war ihre (bestimmt nur vorgetäuschte) Gleichgültigkeit gegenüber Tikki Delmas. Welche junge Französin träumte wohl nicht davon, diesen supersexy TV-Moderator der École des Stars wenigstens einmal zu treffen, mit ihm einen Drink zu nehmen oder sogar mit ihm ins Bett zu steigen? War das ein Hammer, als sie feststellten, dass er auf dem Nachbarkahn, gleich neben der Sans Souci wohnte! Zuerst war ihnen das ausgedehnte, vollständig mit Rasen begrünte Deck aufgefallen. Dort standen Teak-Möbel, und Papageien saßen auf ihren Stangen, goldene Kettchen an den Füßen. Die vor dem Schiff aufgereihten Olivenbäume schützten vor allzu neugierigen Blicken der Passanten. Das Barbecue, die Scheinwerfer, der Steg und das Geländer waren aus Aluminium gestaltet. Man musste nicht zehn Jahre studiert haben, um zu erkennen, dass der Nachbar Kohle hatte! Aber dass Tikki Delmas hier wohnte, konnte man nicht wissen! Ein Mann mit so viel Charme, so reich und so berühmt – da konnte man schon eine Gänsehaut bekommen.

Céline und Pascale waren sofort in einen heimlichen Wettbewerb getreten, jede der beiden wollte bei ihm landen. Paris brodelte, in diesem Sommer war alles möglich. Sie hatten sich mit Späßen, Schmeicheleien und Liebenswürdigkeiten gegenseitig überboten, hatten alle Partien ihres

Körpers gezeigt, die man nur zeigen konnte, ohne von der Polizei verknackt zu werden. Doch alle Versuche schlugen fehl.

Immer wenn Tikki Delmas auf die Sans Souci kam, um einen Drink zu nehmen, verlangte er lautstark, von Soraya bedient zu werden. Die anderen beiden Kellnerinnen schickte er ärgerlich wieder weg, zündete sich ungeduldig eine Zigarette an, blies ihnen den Qualm ins Gesicht und murrte: »Heißt du vielleicht Soraya? Nein? Also, worauf wartest du dann noch, geh sie holen!« Selbst mit viel gutem Willen ließ sich das nur schwer ertragen.

Als Soraya dann auch noch behauptet hatte, sie wisse überhaupt nicht, wer Tikki Delmas sei, da sie gar keinen Fernseher besitze, und es ihr im übrigen sowieso ganz egal sei, hatten die beiden Mädchen beschlossen, kein Wort mehr mit ihr zu reden. Aus dieser harten Quarantäne war ein kompletter Boykott geworden, gespickt mit gelegentlichen leichten Schikanen: Mal verschütteten die beiden Chlorreiniger über Sorayas Rucksack, mal vergaßen sie einfach, eine Bestellung an sie weiterzugeben, mal rempelten sie Soraya so an, dass sie etwas verschüttete und Gläser zu Bruch gingen. Was Soraya jedoch nicht davon abhielt, ihren Dienst weiterhin mit unerschütterlicher Ruhe zu verrichten; dabei lagen ihre langen Haare wie eine Decke aus schwarzem Teer über ihren Schultern. Ohrfeigengesicht.

»Ist sie nicht da, die dumme Tusse?«, fragte Céline, während sie die steilen Stufen hinabstolperte, die direkt in die winzige Küche hinunterführten. »Ich werd' die Tische an Deck bestimmt nicht für sie saubermachen!«

»Reg dich ab, sie wird schon kommen ...«

»Es nervt mich total, dass Bernard noch nicht mal mit ihr rummotzt ...«

Bei dem Namen Bernard zuckte Pascale unwillkürlich zusammen. Sie musste mit Céline über dieses Problem reden.

»Hey, weißt du, was Bernard mich gefragt hat?«

»Dasselbe wie mich?«

»Ja! Der Typ ist doch krank! Was glaubt der eigentlich? Dass er irgendeinen Anspruch auf uns hat?«

»Der hält sich wohl selbst für Tikki Delmas ...«

Pascale lachte auf, aber es klang etwas gequält. Die neuen Forderungen des Chefs waren widerlich. Sie fanden das ungerecht, pervers. Sie brezelten sich doch nicht für ihn, diese fette Sau, so auf.

»Wie wär's, wenn wir ihn auf Soraya ansetzen?«, fragte Céline.

»Auf Soraya, diesen Eisblock? Das würde er doch nicht mal versuchen!«

»Kommt drauf an. Wir müssten ihm nur erzählen, dass sie mit uns über ihn geredet hat und dass sie ihn richtig süß findet ...«

Pascale stellte sich kurz Bernard vor, mit seinen hundert Kilo, dem spärlichen Bartwuchs, der seine Schuppenflechte überdecken sollte, und seinem nach Alkohol stinkenden Atem.

»Das wird er uns nicht abnehmen«, entschied sie.

Céline wickelte die Bänder ihrer Schnürsandalen um die Waden ihrer unendlich langen Beine. Auf den satinartigen goldenen Schimmer ihrer Haut war sie stolz.

»Männer glauben, was wir sie glauben machen«, entgegnete sie.

Nadine Couderc lenkte das Schnellboot der Wasserschutzpolizei in Richtung jener Stelle, an der man die Leiche gefunden hatte – nahe des Pont Alexandre III., auf der Seite des Invalidendoms.

»Können Sie nicht schneller fahren?«, blaffte der Polizeileutnant, den sie am Quai des Orfèvres an Bord genommen hatte. Er kaute auf seiner Zigarre herum und starrte verbissen auf den Fluss, wütend, dass er sein klimatisiertes Büro hatte verlassen müssen. Nadine Couderc antwortete nicht, das kannte sie schon. Würde sie auf diese »Bosse« der Kripo hören, wären sie alle längst ertrunken, sagte sie sich, während sie das Boot mit viel Geschick flussabwärts steuerte. Sie kreuzten einige vollbesetzte Bâteaux-Mouches. Die Scheinwerfer dieser majestätisch vorübergleitenden Ausflugsschiffe leuchteten erst die Fassaden des Louvre an und dann die der Nationalversammlung. Hinter ihnen, flussaufwärts, lag das quirlige »Paris Plage« mit den sich drängenden Müßiggängern und Gaffern.

»Kein Wunder, dass bei diesem Gewühl Verbrechen passieren«, meinte der Taucher, der sie begleitete. »Dreimal war ich seit Sonntag draußen. Die Leute passen nicht auf, sie schubsen sich gegenseitig, und dann fällt einer ins Wasser.«

»Das sind ja nun eher Unfälle und keine Verbrechen«, entgegnete Nadine Couderc.

Schnell bemerkte sie die kleine Menschenansammlung, die sich auf Höhe der Brücke gebildet hatte. Vorsichtig ließ sie das Boot zum Anlegen am Quai entlanggleiten. Noch bevor sie den Motor ausgestellt hatte, sprang der »Boss« der Kripo von Bord, was völlig idiotisch war, seinem Ego aber offenbar guttat. Sein Assistent meinte, es ihm nachtun zu müssen, und wäre dabei fast ins Wasser gefallen.

Ihr Übereifer stand im Gegensatz zu Nadine Couderсs Gelassenheit; sie überprüfte zunächst einmal, ob die Prellkissen an der richtigen Stelle saßen, bevor sie das Boot sorgfältig vertäute. Sie musste nicht erst an Land gehen, um ihre Neugier zu befriedigen. Durch die Windschutzscheibe konnte sie, direkt vor sich, deutlich den unter der Wasseroberfläche treibenden Körper erkennen. Festgezurrt hing er an einem kleinen Motorboot, wie es Lastkähne oft hinter sich herziehen; die dichte Mähne der schwarzen Haare hatte sich um die Antriebsschraube gewickelt. Nach zehn Jahren bei der Wasserschutzpolizei kannte Nadine Couderc sämtliche Schiffe, die auf der Seine unterwegs waren, und dieses Beiboot dort hatte mit dem Verbrechen sicher nichts zu tun. Es lag rein zufällig da.

Weil sich aber erfahrungsgemäß keiner der »Bosse« für ihre Meinung interessierte, zog sie ihre Handschuhe über, legte zum Schutz ihrer Uniform die große schwarze Plastikschürze an und holte den langen Bootshaken hervor. Mit einem kurzen Nicken gab sie dem Taucher zu verstehen, dass es losgehen konnte.

»Na dann mal hopp, mein Täubchen«, rief er, bevor er sich hintüber ins Wasser stürzte. Er war ein Spaßvogel, den Nadine Couderc gut kannte. Seit langem mussten sie immer wieder gemeinsam die grünen Wasser der Seine absuchen.

Am Ufer verhörten der Polizeileutnant und sein Assistent den Besitzer des Boots, der die Leiche entdeckt hatte, sowie einige Zeugen.

Die Feuerwehr kam mit heulenden Sirenen angefahren. Skeptisch beobachtete Nadine Couderc, wie die Männer all die Gerätschaften zur Wiederbelebung auspackten, um sie auf das Polizeiboot zu schaffen.

»Also ehrlich, Jungs, dafür ist es zu spät. Es wäre besser, ihr würdet mir helfen, sie hochzuziehen«, rief der Taucher laut, denn er fürchtete, die Strömung könne ihm den Körper des Mädchens entreißen; nachdem er ihn gerade an den Haaren losgeschnitten hatte, glitt der Körper durch seine Arme wie eine Schlange.

»Haltet sie fest, verdammt!«, brüllte er. »Wenn sie mir entwischt, muss ich sie bis zum Pont d'Alma verfolgen.«

Nadine Couderc hielt die Leiche mit ihrem Bootshaken fest und drückte sie so lange gegen den Schiffsrumpf, bis die Feuerwehrleute sie an Bord hievten. Hier wurde der leblose Körper auf die dafür vorgesehene Bank gelegt, die Nadine Couderc vorsorglich mit einer großen schwarzen Plastikplane abgedeckt hatte. Die beiden Feuerwehrmänner und die Polizistin schauten gemeinsam auf die bläulich angelaufene Tote, die mit halbgeschlossenen Augen und aufgeschnittenen Handgelenken tropfnass vor ihnen lag.

»Mein Gott, ist die hübsch!«, murmelte einer der beiden Männer.

Als der Polizeileutnant und sein Assistent zurück an Bord waren, ließ Nadine Couderc den Motor an, und sie fuhren die Seine in umgekehrter Richtung hinauf, direkt zum Gerichtsmedizinischen Institut. Dort, am Quai de la Rapée, wurden sie von Männern in weißen Hemden erwartet, die neben einer Trage standen und rauchten. Praktischerweise führte eine Betonrampe vom Anlegeplatz direkt zu dem hundertjährigen Gebäude; einer alten Tradition folgend wurden nämlich alle Pariser Leichen stets über die Seine hierhergeschafft.

»Na so was! Eine ganz Junge!«, rief der Gerichtsmediziner, als er die Leiche sah. »Endlich mal ein bisschen Abwechslung! Keine Ahnung warum, aber im Moment krieg' ich nur Alte ...«

»Sieht ganz nach einem Selbstmord aus«, erklärte der Polizeileutnant. »Sie schneidet sich die Pulsadern auf und springt dann noch ins Wasser, damit's auch wirklich klappt. Bei den vielen Leuten, die sich an den Quais herumtreiben, wird es kein Zuckerschlecken, sie zu identifizieren ...«

»Verzeihung, Herr Polizeileutnant«, mischte Nadine Couderc sich ein, »aber ich hab' das Mädchen schon einmal gesehen. Sie war Kellnerin auf einem Kahn am Quai de Montebello, der Sans Souci.«

Und als sich die beiden Männer erstaunt zu ihr umdrehten, fügte sie hinzu: »Ich hab' dort letzte Woche ein Protokoll aufgenommen, weil von dem Kahn Abfälle in die Seine geworfen worden sein sollen ...«

Dass sie zwischen der Île de la Jatte und Bercy sowieso jeden kannte, erklärte sie erst gar nicht, denn das hätten die Herren ohnehin nicht verstanden.

»Wissen Sie, wie sie heißt?«

»Nein, aber ich kann Sie zur Sans Souci fahren, so sparen wir Zeit.«

Zehn Minuten später legte das Polizeiboot genau zwischen der Sans Souci und dem Kahn von Tikki Delmas an. Nadine Couderc hatte den Starmoderator kürzlich wegen nächtlicher Ruhestörung verwarnen müssen, was sie allerdings nicht daran gehindert hatte, ihn bei dieser Gelegenheit um ein Autogramm für ihre Nichten zu bitten, das sie prompt bekam. Auch sie gehörte zu den zahllosen Französinnen, die für den jungen Mann schwärmten, doch war sie professionell genug, dies nicht zu zeigen. Mit ihren zweiundvierzig Jahren war sie vielleicht auch ein bisschen zu alt dafür. Sie begnügte sich also damit, den Kahn des Moderators stets im Auge zu behalten und rühmte sich insgeheim, eine Art Schutzengel für Tikki Delmas zu sein, unsichtbar, aber immer in seiner Nähe. Von Bernard Dubois wiederum, dem Chef der Sans Souci, hatte sie keine besonders hohe Meinung. Sie verdächtigte ihn nicht nur, selbst Cannabis zu nehmen, sondern auch, dies an seine Gäste weiterzuverkaufen.

Da sie nicht befugt war, sich in die Untersuchung einzumischen, behielt sie ihre Gedanken für sich und wartete in aller Ruhe auf den Polizeileutnant und seinen Assistenten.

Das Lokal würde ohnehin gleich schließen, und die Ankunft der Polizisten beschleunigte dies nur. Die letzten Gäste verschwanden fröhlich lärmend in der Nacht. So konnte Nadine Couderc dem Plätschern des Wassers lauschen, vom Quai schallte bisweilen auch ein Lachen oder ein Fetzen Musik herüber. Plötzlich vernahm sie leichte klappernde Schritte auf dem Steg der Sans Souci. Zwei reizvolle Geschöpfe, in denen sie zwei der Kellnerinnen wiedererkannte – die beiden, die nicht tot waren – blieben kurz auf dem Quai stehen. Sie waren so in ihr Gespräch vertieft, dass sie die Polizistin in ihrem Boot, das sanft zwischen den beiden Kähnen schaukelte, gar nicht bemerkten.

»Meinst du nicht, dass du ein bisschen zu weit gegangen bist?«, fragte die kleine Brünette, deren Busen ihr Oberteil zu sprengen drohte.

Die große Blonde mit dem knappen Höschen warf die Haare in den Nacken und gab so zu verstehen, wie wenig sie die Bedenken ihrer Kollegin teilte.

»Pech für ihn«, erklärte sie. »Ich ertrage diesen Typen nicht mehr! Er hätte ja die Finger von uns lassen können!«

»Ja, aber trotzdem ... Wenn sie ihn in den Knast stecken, ist das unsere Schuld ...«

»Mach dir keine Gedanken, die sind doch nicht blöd, die Bullen! Die werden schon merken, dass er's nicht war.«

Diese Feststellung wischte die letzten Skrupel der Brünetten hinweg. Noch eine Weile blieben sie stehen, traten ein bisschen auf der Stelle und warfen verstohlene Blicke in Richtung der Olivenbäume, die die Sicht auf Tikki Delmas' Kahn verdeckten.

»Er ist da«, flüsterte Céline. »Ich hab' gesehen, wie er vor einer halben Stunde reingegangen ist.«

»Und was machen wir?«, murmelte ihre Freundin. »Sollen wir klingeln?«

»Vielleicht ist er gerade in der Badewanne.«

»Ein Grund mehr zu klingeln.«

Sie lachten kurz albern auf und schubsten sich gegenseitig zur Türklingel voran ...

»An eurer Stelle würde ich das gar nicht erst versuchen«, sagte Tikki Delmas mit schneidender Stimme.

Sie zuckten zusammen. Er hatte sich ihnen von hinten genähert. Er trug Jeans und ein schwarzes T-Shirt, und sein Dobermann zog an der Leine. Armer Kerl, dachte Nadine Couderc mitfühlend, er kann nicht mal mehr seinen Hund ausführen, ohne belästigt zu werden.

»Wir …«, stammelte Céline, »wir wollten Sie nur benachrichtigen …«

»Wieso«?

»Soraya ist tot«, sagte die andere.

Die Reaktion des Moderators überraschte die Polizistin. Er stieß eine Art Röcheln aus, öffnete den Mund wie ein Asthmakranker, der keine Luft mehr bekommt, bevor er mit tonloser Stimme fragte:

»Wer ist das?«

Entzückt über die Wirkung der Nachricht, wiederholten die Mädchen ihre Botschaft. Sie fügten hinzu, man habe den Körper auf Höhe des Invalidendoms entdeckt, und er wäre wohl schon auf dem Weg zum Meer, hätte er sich nicht an einer Schiffsschraube verhakt.

Tikki Delmas erschauerte, dann kehrte er den beiden Mädchen, die ihn ebenso zärtlich anschauten wie eine Fliege, der sie gerade die Flügel ausrissen, den Rücken zu, spurtete über den Designer-Steg zum Eingang seiner Wohnung und sperrte sich ein, indem er die gepanzerte Tür hinter sich zuschlug.

Die beiden jungen Frauen blickten sich kichernd an. Céline sang leise vor sich hin: »Bis morgen, liebster Tikki …«

Dann liefen sie flink davon und lachten übermütig. Als wieder Ruhe eingekehrt war, genehmigte sich Nadine Couderc eine Zigarette, um nachzudenken.

Am nächsten Tag gegen 16 Uhr, also weit vor Beginn ihrer Dienstzeit, erschien Nadine Couderc bei der Wasserschutzpolizei. Das Thermometer zeigte 35 Grad im Schatten, der Smog war unerträglich, und so erregte ihr vorzeitiges Erscheinen bei den Kollegen kein besonderes Aufsehen. Das Kommen und Gehen dieser kräftig gebauten, ein wenig rotgesichtigen, nicht mehr ganz jungen blonden Frau interessierte allerdings schon lange kaum mehr jemanden. Nadine gehörte sozusagen zum Mobiliar. Sie lenkte die Boote, das war alles. Ihr aber gefiel gerade dieser tägliche, fast körperliche Kontakt mit dem Fluss. Bescheiden und gutmütig wie sie war, fuhr sie bereitwillig bei jedem Wetter hinaus, überwachte den Schiffsverkehr, chauffierte sogar die Bonzen durch die Gegend. Zum Schlafen kehrte sie dann zu ihrem Mann zurück, den sie bewunderte. Sie bedauerte nur, dass sie keine Kinder hatten. Aber dafür hätte sie sich einen anderen Mann suchen müssen, und das kam nicht in Frage. Sie begnügte sich damit, ihre beiden Nichten, die Töchter ihres Bruders, zu verwöhnen und dachte nicht weiter darüber nach, dass die Dinge auch anders hätten laufen können. Sie nahm sich, ohne dass sich jemand darüber wunderte, eines der Boote, und zehn Minuten später legte sie am Quai de Montebello an der gleichen

Stelle wie tags zuvor an. Zu dieser Stunde trieb sich keine Menschenseele auf dem sonnenbeschienenen Quai herum, und auch auf den Kähnen war niemand zu sehen. Alles war dicht. Irgendwo schlug ein Tau gegen einen Schiffsrumpf, und an Notre-Dame, die Nadine Couderc so liebte, als habe sie die Kathedrale mit ihren eigenen Händen erbaut, glitt ein Bâteau-Mouche vorüber.

Gegen Bernard Dubois hatten der Polizeileutnant und sein Assistent am Tag zuvor aus Mangel an Beweisen nichts unternehmen können, dennoch blieb er wegen der belastenden Aussagen der beiden Kellnerinnen, die ihn als wahres Sexmonster dargestellt hatten, der Hauptverdächtige. Nadine Couderc war das nicht ganz geheuer, und so gab sie ihre Zuschauerrolle auf, um selbst dem Motiv nachzuforschen. Warum sollte Dubois seine Kellnerin, mit der er hochzufrieden war, getötet haben? Für die Kripobeamten lag die Antwort lag auf der Hand: Die – muslimische – junge Frau hatte sich ihm verweigert.

»Dafür muss man nicht unbedingt Muslimin sein«, bemerkte Nadine Couderc weise. Man hätte meinen können, niemandem außer ihr seien die Schuppenflechte unter Dubois' Bart und die überschüssigen Kilo, die über seinen Gürtel quollen, aufgefallen.

»Ich will Sie ja nicht nerven, Herr Polizeileutnant, aber dieser Mann ist ein echter Liebestöter ...«

Doch der Assistent beharrte auf seiner Meinung: Soraya habe sich Bernard Dubois verweigert, was diesen Sturkopf so in Rage versetzte, dass er sie ins Wasser stieß.

»Nachdem er ihr die Pulsadern durchgeschnitten hatte?«, fragte Nadine Couderc mit sanfter Verwunderung.

Der Assistent warf ihr vernichtende Blicke zu, doch der Polizeileutnant, edelmütig wie er war, gestand ein, dass auch er einen Selbstmord für wahrscheinlicher halte. Junge muslimische Frauen stünden ja auch unter einem solchen Druck, dass ihnen notgedrungen jeder Ausweg recht sein müsste. Nadine Couderc begriff, dass sie nun besser schweigen sollte.

Nach einer kurzen Inspektionsrunde, die ihr keine neuen Erkenntnisse brachte, schritt Nadine Couderc behäbig über den Steg des schwarzen Kahns mit den Mahagoni-Jalousien und klingelte an der gepanzerten Tür.

Jemand warf einen prüfenden Blick durch den Spion und öffnete. Es war Tikki Delmas persönlich. Unausgeschlafen.

»Tut mir leid, wenn ich störe, Monsieur Delmas«, begann Nadine Couderc liebenswürdig, »ich wollte mich nur erkundigen, ob das Problem mit der elektrischen Versorgung, das Sie letzte Woche hatten, gelöst ist.« Und da er nicht zu verstehen schien, worum es sich handelte, fügte sie jovial hinzu: »Wir wollen Sie ja nicht eines Tages vom Schlag getroffen auffinden, Monsieur Delmas. Das würden mir meine Nichten nie verzeihen ...«

Der durchdringende Blick ihrer kleinen grauen Augen, die so gutmütig dreinschauten wie die Äuglein einer Maus aus einem Märchen, hatte die erhoffte Wirkung.

»Kommen Sie rein«, sagte Tikki Delmas. »Ich muss mit Ihnen reden.«

Nachdem der Dobermann verächtlich zwischen ihren Beinen geschnuppert hatte, machte er es sich wieder auf einem der Kelims bequem, die den gebohnerten Holzfußboden zierten. Die Klimaanlage verbreitete eine wohltuende Frische, und dennoch drehten sich auch die Flügel eines großen Ventilators, der dem Interieur eine exotische Note verlieh. Jenseits der Fensterfront wand sich die Seine wie eine dicke silberne Schlange.

»Sieht so aus, als ob eine der Kellnerinnen der Sans Souci tot ist«, bemerkte Tikki Delmas, während er zwei Kaffeetassen auf ein Tablett stellte.

»Ja, wir haben die Arme aus dem Fluss gefischt.«

»Ich kannte sie«, sagte er knapp.

Aus ihrem ruhigen Blick las er, dass sie das bereits wusste. Mein Gott, dachte er, in was für eine Scheiße bin ich da hineingeraten.

»Ich bin nicht mit dieser Untersuchung beauftragt«, stellte Nadine Couderc freundlich klar. »Sie sind nicht verpflichtet, mir über bestimmte Dinge Auskunft zu geben.«

»Ich weiß«, murmelte er und sah mit verlorenem Blick auf das Wasser, das vor ihnen glitzerte. »Aber ich habe mir nichts vorzuwerfen.«

Nadine Couderc, die auf einem für ihr Gesäß zu kleinen Stuhl saß, blickte ihn weiter an, ohne eine Miene zu verziehen.

»Ich bin Soraya zum ersten Mal auf der Sans Souci begegnet«, begann Tikki Delmas. »Ich gehe selten dorthin, ich mag diesen Laden nicht. Die Sans Souci ist eine Touristenfalle, das Essen ist erbärmlich und der Alkohol mit Wasser gestreckt. Aber Sie wissen ja, wie das ist, man muss halt auch mit seinen Nachbarn klarkommen.«

»Kurz und gut, sie ist Ihnen also aufgefallen«, unterbrach ihn Nadine Couderc, die nicht die Absicht hatte, den ganzen Nachmittag bei ihm zu verbringen.

»Ja. Normalerweise bin ich ja ziemlich erfolgreich, aber bei ihr hab' ich auf Granit gebissen. Sie wusste, wer ich bin, weil die anderen Mädels es ihr gesagt hatten, aber sie selbst hatte meine Sendung nie gesehen. Sie besaß nicht einmal einen Fernseher. Also hab' ich gebaggert. Ich wollte unbedingt ein Rendezvous mit ihr, aber nichts hat gezogen. Trotzdem gab es Fortschritte, das hab' ich gemerkt an der Art, wie sie mir zulächelte, und wie sie hin und wieder mit mir scherzte. Eines Abends hab' ich mich dann entschlossen und sie zu ihrem Feierabend abgepasst. Ich hab' mich versteckt, damit die anderen beiden Mädels mich nicht sehen konnten, und hab' ihr aufgelauert. Das kam gar nicht gut bei ihr an. Sie hat mir eine Ohrfeige verpasst, und bevor sie sich dann umdrehte und ging, meinte sie, das nächste Mal müsse ich mich mit ihrem Freund auseinandersetzen.«

Nadine Couderc ließ ihn ausreden und dachte, wie schlecht das alles für ihn sei, sehr schlecht ... Ein junges Mädchen mitten in der Nacht abzupassen! Und sich dabei auch noch zu verstecken! So ein Idiot! Dutzende von Leuten mussten die beiden von den Brücken aus gesehen haben, auch wenn es nur Gaffer oder Clochards waren, die am Quai entlanggingen. Die Presse müsste nur seinen Namen erwähnen, und die Zeugen würden sich zu Hunderten melden.

»Als ich dann so allein dastand«, erzählte Tikki Delmas, »hab' ich mich schrecklich geschämt. So sehr, dass ich ihr geschrieben habe, um mich zu entschuldigen. Und um ihr alles zu erklären. Ich wollte ihr ja nichts Böses tun und mich auch nicht aufdrängen. Ich weiß auch nicht, was da in mich gefahren ist.«

»Was haben Sie mit dem Brief gemacht?«

»Den hab' ich ihr gegeben.«

»Ihr persönlich?«

»Ja. Ich hab' mich an einen Tisch gesetzt, einen Whisky bestellt, und als sie ihn mir brachte, hab' ich ihr meinen Brief gegeben.«

»Hat sie da etwas zu Ihnen gesagt?«

»Kein Wort, sie hat mich nicht einmal angesehen. Sie hat den Brief genommen und ist gegangen. Dann ist eine ihrer Kolleginnen gekommen, um mich zu bedienen, eine gewöhnliche Person, aber die hätte ich auf der Stelle vor allen Gästen vernaschen können! Die Mädels von heute! Sie glauben ja gar nicht, wie dreist die sind!«

Er sprach schnell, zu schnell, denn diese blonde Unschuld vom Lande in Polizeiuniform war ihm nun doch ein bisschen unheimlich. Er fragte sich, ob er sie nicht falsch eingeschätzt hatte, ob es nicht ein Fehler war, ihr zu vertrauen. Er hielt inne und bereute schon, schlecht über die kleinen Kellnerinnen geredet zu haben, denn er glaubte, im Blick seines Gegenübers einen Vorwurf zu lesen. Nach langem Schweigen fragte Nadine Couderc:

»Wenn ich Sie recht verstanden habe, wissen Sie also nicht, ob sie den Brief gelesen hat?«

»Nein.«

»Sie wissen nicht, wo sich der Brief befindet oder was sie damit gemacht hat …«

»Nein. Glauben Sie, ich sollte der Polizei davon erzählen?«

Nadine Couderc stand seufzend auf, ganz erschüttert von der Blödheit der Männer.

»Sagen Sie die Wahrheit, Monsieur Delmas. Immer die Wahrheit. Sie haben sich zwar benommen wie ein Idiot, aber deshalb sind Sie noch lange kein Mörder.«

Am späten Nachmittag machte sie sich auf zum Quai des Orfèvres, um den Polizeileutnant und seinen Assistenten abzuholen. Die anbrechende Nacht brachte keinerlei Abkühlung, und der einzige Ort, an dem man es aushalten konnte, war auf dem Boot, das zügig über die Wasseroberfläche glitt. Kaum hielt man jedoch an, lastete die Hitze wie eine schwere, erstickende Decke auf ihr. Nadine Couderc neigte zu starkem Schwitzen und war deshalb heilfroh, auf dem Fluss hin und her fahren zu können; so nämlich trocknete ihre Bluse immer wieder, und sie konnte eine gewisse Haltung wahren.

Sie fuhr ihre beiden Kollegen zum gerichtsmedizinischen Institut am Quai de la Rapée. Der Gerichtsmediziner, der gerade seinen Dienst beendet hatte, erwartete sie am Ufer; er wollte sich gleich hinüber zum Getümmel von »Paris Plage« mitnehmen lassen. Der Polizeileutnant mokierte sich über ihn, doch sein Sarkasmus ließ den vor Ungeduld ganz zappeligen Arzt ungerührt. Nach einem Tag umgeben von Leichen alter Menschen, die ihm die Feuerwehr zu Dutzenden brachte, wollte er es nur noch warm haben, richtig warm.

»Und was ist mit meiner Patientin?«, fragte der Polizeileutnant.

»Ach ja, deine Patientin. Also, ich kann dir sicher sagen, dass es kein Selbstmord war. Man hat ihr die Adern mit einem doppelschneidigen Rasierer zerschnitten. Die Schnitte verlaufen von innen nach außen, während Leute, die sich die Adern selbst aufschneiden, von außen nach innen schneiden. So, verstehst du?«

Nadine Couderc, die das Gespräch diskret im Rückspiegel verfolgte, sah, wie er die Bewegung nachahmte. Die einzige Antwort des Polizeileutnants war ein Seufzen. Die Aussicht, bei dieser Hitze einen Mord aufklären zu müssen, deprimierte ihn.

»Okay«, wandte er, wenig überzeugt, ein, »aber sie muss es doch nicht so wie alle gemacht haben. Vielleicht war sie ja ungeschickt …«

»Ich sag' dir mal, was ich denke. Der Rasierer hatte obendrein auch noch alte Klingen, die nicht mehr richtig scharf waren. Als hätte der Mörder das erstbeste Ding genommen, das ihm in die Hand fiel. Erst schneidet er ihr die Adern auf, aber als er merkt, dass er ihr damit nur oberflächliche Verletzungen zufügen kann, stößt er sie schließlich in den Fluss. Das hat sie letztlich getötet, ihre Lunge war voller Wasser.«

Der Polizeileutnant zog eine Augenbraue hoch. »Er schneidet ihr die Adern durch, stößt sie ins Wasser, und sie lässt sich das gefallen, ohne zu reagieren?«

»Zuerst hat er sie niedergeschlagen, sie hatte ein Hämatom am Hinterkopf.«

Der Polizeileutnant stieß ein ungläubiges Lachen aus. »Ach ja? Er hat sie niedergeschlagen, ihr die Pulsadern aufgeschnitten und sie dann ins Wasser geworfen? Dann hat der Kerl wohl seine Meinung gewechselt wie seine Hemden! Er konnte sich einfach nicht entscheiden!«

»Ich gebe zu, das ist schon merkwürdig«, meinte der Arzt. »Und es war auch kein Sexualverbrechen. Keine Spur von Verkehr, keine Quetschungen oder sonst irgendwas Verdächtiges im urogenitalen Bereich.«

Während dieses Gesprächs stand Nadine Couderc am Steuer, das Gesicht der Sonne zugewandt, die langsam hinter den Brücken verschwand. Sie dachte an den schlecht rasierten Bernard Dubois. Ein ungepflegter Mann, ein abgenutztes Rasiermesser, das passte. Und doch. Die Polizistin konnte sich die Szene einfach nicht vorstellen. Musste ein so schwergewichtiger, kräftiger Mann wirklich so viel Energie aufwenden, um mit einem jungen Mädchen fertig zu werden? Soraya war eher klein und sehr schmal. Er hätte sie mit einer Ohrfeige niederstrecken können.

Aufgeregt rufend holte sie der Gerichtsmediziner in die Realität zurück: »Halten Sie an, da steige ich aus!«

»Wir auch«, sagte der Polizeileutnant.

Dem überraschten Arzt erklärte er: »Tut mir leid, Alter, deine Frau hat mich gebeten, auf dich aufzupassen ...«

Sie lachten schallend, und Nadine Couderc wartete geduldig, bis sie sich wieder beruhigt hatten. »Soll ich hier anlegen, Herr Polizeileutnant?«

Wie immer war der Polizeileutnant schon auf den Quai gesprungen. Sein Assistent maß vorsichtig die Entfernung.

»Wir haben herausgefunden, wen Soraya zuletzt von ihrem Handy aus versucht hat anzurufen«, vertraute der Polizeileutnant dem Arzt an. »Einen gewissen Cédric Légal, anscheinend ihr Freund. Sie sind zusammen an der Uni; er arbeitet diesen Sommer hier am ›Paris Plage‹ ... Genau da drüben, bei der Liegestuhlvermietung.«

Mit einem Anflug von Mutlosigkeit betrachteten sie die Menge braungebrannter Menschen, die fröhlich auf dem Quai promenierten.

»Sie sollten ihn vielleicht besser auf dem Boot verhören«, empfahl Nadine Couderc, noch ganz mit Manövrieren beschäftigt.

Die Männer entfernten sich wortlos, und als sie zehn Minuten später wiederkamen, schweißgebadet und erschöpft, einen hochgewachsenen, gutaussehenden jungen Mann vor sich her schubsend, der Jeans trug und einen Ring im rechten Ohr, konnte Nadine Couderc ein leichtes Grinsen nicht unterdrücken. Nun hatte sie einen Logenplatz.

Cédric Légal erklärte den Kripobeamten, die ihm gegenüber auf der Holzbank saßen, er sei entschlossen, hundertprozentig mit ihnen zusammenzuarbeiten, und er wolle das Schwein finden, das Soraya getötet habe.

»Ihre Mutter hat mich vorhin angerufen, um mir mitzuteilen, dass sie tot ist«, sagte er angestrengt. »Ich kann das einfach nicht glauben. Es ist wie ein Alptraum, ich hab' das Gefühl, ich müsste jeden Moment aufwachen ...«

»Waren Sie zu Hause, als sie angerufen hat? Warum haben Sie sich nicht mit uns in Verbindung gesetzt?«

Der junge Mann zog die Schultern hoch und deutete auf das Getümmel am Quai: »Sehen Sie diesen Andrang? Wir arbeiten fast vierundzwanzig Stunden am Tag, aber es ist gut bezahlt. Wenn ich zu spät komme, werde ich gefeuert. Mir war klar, dass Sie mich problemlos finden würden. Hier, ich hab' etwas mitgebracht, das Sie interessieren wird ...«

Er zog eine kleine Kassette aus der Tasche seiner Jeans und übergab sie den Beamten. »Das ist die Kassette meines Anrufbeantworters. Soraya hat mich gestern Nacht angerufen, aber ich war noch nicht zurück. Es ging ihr ziemlich mies. Sie sagte, Tikki Delmas hätte ihr einen Liebesbrief gegeben. Sie wollte sich darüber lustig machen, aber das fiel ihr offensichtlich ziemlich schwer. Dann meinte sie noch, die anderen Kellnerinnen seien total eifersüchtig und sie könne diesen Job nicht mehr länger ertragen. Sie wolle mit mir reden, wenn sie zurückkomme, aber dann hab' ich sie nicht mehr gesehen.«

Der Polizeileutnant hörte ihm zu und drehte dabei die Kassette zwischen den Fingern.

»Ein Liebesbrief von Tikki Delmas«, resümierte er nachdenklich. »Hat sie ihn öfter gesehen?«

»Er kam jeden Abend auf die Sans Souci, um einen zu trinken. Ich wusste, dass er sie anbaggerte. Das hatte sie mir gesagt.«

»Und wie haben Sie reagiert?«, fragte der Polizeileutnant.

»Ich hab' so getan, als sei mir das egal. Er war ja auch nicht der erste, der sie anmachte ...«

»Waren Sie nicht beunruhigt? Waren Sie nicht eifersüchtig?«

»Das war sogar eher schmeichelhaft, und diese Flasche hat zum ersten Mal im Leben eine Schlappe erlitten.«

»Sie waren sich also sicher, dass Soraya die Wahrheit sagte? Tikki Delmas ist immerhin Schwarm aller Frauen, er sieht gut aus, hat Geld ... Soraya hätte ja auch auf andere Gedanken kommen und sich auf ein Abenteuer mit ihm einlassen können ...«

Der junge Mann zuckte ratlos mit den Schultern.

»Klar, schon möglich.«

»Aber Sie glauben das nicht.«

»Eigentlich nicht.«

»Also Sie meinen, sie war hundertprozentig treu? Hundertprozentig verliebt?«

Das milde Lächeln des Polizeileutnants machte ihm deutlich, dass er ihm nicht ein Wort glaubte. Der junge Mann zuckte abermals mit den Schultern, ohne zu antworten. Sein Blick war mit einem Mal seltsam trübe. Er begriff, dass der Polizeileutnant nun auch ihn auf die Liste der Verdächtigen gesetzt hatte. Motiv: Eifersucht. Wenn man ihn so dasitzen sah, schien das ein bisschen idiotisch, aber möglich war es schon.

Zwei Stunden später war die kleine Truppe wieder am Quai de Montebello. Als Nadine Couderc sah, wie der Polizeileutnant und sein Assistent im Sturmschritt über den Designersteg des Kahns von Tikki Delmas eilten, fühlte sie sich überflüssig und niedergeschlagen. Was sollte sie ihren Nichten sagen? Dass sie die Verhaftung ihres Idols nicht hatte verhindern können? Dass sie, die sich selbst zum Schutzengel des Starmoderators erklärte, tatenlos zugesehen hatte?

Um sie herum begann das sommernächtliche Treiben. Pulks durstiger Menschen belebten den Quai und bestürmten die Sans Souci. Vom Boot aus sah Nadine Couderc die Kellnerinnen von Tisch zu Tisch eilen: Da war die Blonde mit dem knapp sitzenden Höschen, das ihren Hintern richtig einzwängte, dort die Brünette mit dem mächtigen Busen. Sie liefen geschäftig hin und her, verschwanden in regelmäßigen Abständen in der Kombüse, wie Marionetten, die man abtauchen lässt, um dann mit einem Tablett voller Getränke, die sie in Rekordgeschwindigkeit an die Gäste verteilten, immer wieder an Deck zu erscheinen.

Nadine Couderc dachte darüber nach, dass Soraya dasselbe hatte machen müssen. Aber wohin ging das Personal, wenn es im Innern des Kahns verschwand? Konnte eines der Mädchen niedergeschlagen werden, ohne dass die anderen es bemerkten? Wo war das Rasiermesser? Von wo hatte man es ins Wasser geworfen?

Nadine Couderc zog ihr Boot am Ankertau der Sans Souci näher an den Kahn heran. Wenn sie sich aufrecht hinstellte, befand sie sich jetzt genau auf Augenhöhe mit den Luken der kleinen Küche. Zunächst sah sie nur ein Paar lange, nackte, braungebrannte Beine, die die steilen Stufen herabliefen. Von den Fesseln bis hinauf zu den Knien waren diese Beine von den ledernen Schnürbändern der Sandalen umwickelt, die das Mädchen zu seinem Höschen trug. Wieder einmal fragte sich Nadine Couderc, wie diese jungen Frauen es anstellten, so perfekt auszusehen. Welcher Trick, welches Geheimnis steckte dahinter? Sie hatte immer das Gefühl, als hätte man vergessen, ihr die Gebrauchsanweisung für ihr Leben als Frau mitzugeben. Und beim Anblick dieser blendend aussehenden Beine blieb ihr buchstäblich die Luft weg.

Durch die benachbarte Luke hatte sie die gesamte Küche im Blick. Die Brünette nahm geröstete Brotscheiben aus dem Toaster, die Blonde öffnete eine Packung mit Erdnüssen, die sie auf Schälchen verteilte. Zwei davon stellte sie auf ihr Tablett, auf dem schon Flaschen mit eisgekühltem Bier standen. Da das Fenster dieser Luke offen war, hörte Nadine Couderc die Mädchen miteinander scherzen, bevor sie wieder loseilten. Dann war die Küche leer. Plötzlich ertönten schwere Schritte auf der Treppe. Nadine Couderc blieb gerade noch Zeit, schnell ihren Kopf wegzuziehen. Direkt hinter der Küche war Bernard Dubois aufgetaucht, dort, wo sich offenbar die mit der Küche durch eine große Öffnung verbundene Schiffsmesse befand. Nadine Couderc manövrierte ihr Boot entlang des Kahns bis zur dritten Luke, die ebenfalls offenstand.

Bernard Dubois stand breitbeinig da und pinkelte. Er hatte sich nicht die Mühe gemacht, die Toilettentür hinter sich zu schließen, und schon hörte sie den leichten Schritt der Kellnerinnen.

»Bernard! Sie könnten ruhig die Tür zumachen!«, rief Céline.

Pascale stieß sie mit dem Ellbogen an, als wollte sie sagen: »Vergiss es« und begann, ihr Tablett vollzupacken. Bernard Dubois machte seinen Hosenlatz zu, ohne sich um sie zu kümmern.

»So ein Schwein«, flüsterte Céline ihrer Kollegin zu. »Wirklich schade, dass sie ihn nicht verknackt haben!«

»Sagt mal, ihr zwei«, begann Dubois und schob sie, offenbar um sich die Hände zu waschen, von der Spüle weg, »warum habt ihr den Bullen eigentlich erzählt, Soraya wäre in der Nacht, in der sie gestorben ist, nach euch gegangen?«

Die Mädchen blickten sich überrascht an: »Haben wir das gesagt?«

Er lachte spöttisch. »Oh, ja. Das würde nämlich bedeuten, dass sie mit mir allein geblieben wäre und ich Gelegenheit gehabt hätte, sie umzubringen. Nett, dass ihr daran gedacht habt, aber das stimmt nicht, und ihr wisst ganz genau, dass das nicht stimmt ...«

Mit gespielter Lässigkeit ergriff Céline ihr Tablett. »Na und, dann sagen Sie es den Bullen doch, wenn es nicht stimmt!«

Bernard Dubois streckte seinen Arm aus und hinderte sie am Weitergehen. »Danke, ich werd' dran denken. Aber erstmal will ich von euch wissen, warum ihr das erzählt habt. Soraya ist während ihrer Dienstzeit gegangen, das wisst ihr ebenso gut wie ich. Sie ist gegangen, nachdem dieser Idiot vom Fernsehen ihr den Brief gegeben hat ...«

»Was für einen Brief?«

»Macht mir nichts vor, ihr beiden, sonst verlier' ich die Geduld.«

Sein Ton ließ die Mädchen erstarren. Sie drängten sich in der kleinen Küche, deren Eingang er versperrte, eng aneinander.

»Also? Warum habt ihr die Bullen angelogen?«

Pascale, die Brünette, fasste sich zuerst. »Wir haben nicht gelogen, Bernard«, verteidigte sie sich. »Wir haben uns geirrt, das ist alles.«

»Wenn Sie wollen, sagen wir der Polizei, dass wir uns geirrt haben«, beruhigte ihn die Blonde.

Dubois maß sie mit abschätzigem Blick. »Ihr werdet den Bullen sagen, dass ihr zwei dreckige Schlampen seid«, befahl er. »Und zwar sofort.«

»Wie denn das, sofort?«, stotterte Céline.

»Sie sind gerade bei Tikki Delmas, wegen dem Brief, den er Soraya geschrieben hat. Ihr geht jetzt dahin und sagt, dass Soraya, gleich nachdem sie ihn bekommen hat, abgehauen ist. Ihr braucht auch gar nicht wiederzukommen. Ich will euch hier nicht mehr sehen ...«

»Aber Bernard ... was ist denn mit den Gästen?«, wandte Pascale ein.

»Hast du nicht gehört, was ich gesagt habe, du dummes Ding? Ich will euch nicht mehr sehen. Vergesst eure Sachen nicht, bevor ihr nach oben geht. Mit euch bin ich fertig.«

Schwerfällig drehte er sich um, verschwand über die Treppe und ließ die beiden niedergeschlagenen Mädchen zurück. Als sie, von diesem Schock noch ganz benommen, auf dem Steg der Sans Souci auftauchten, die Taschen über der Schulter und die Inliner in der Hand, stand Nadine Couderc wie ein Schatten im Dunkel der Nacht auf dem Quai und rauchte friedlich eine Zigarette. Die beiden Mädchen nahmen sie kaum wahr und setzten ihr Gespräch fort, den Blick auf den Kahn von Tikki Delmas geheftet.

»Meinst du, wir sollten hingehen?«

»Natürlich nicht! Bist du bescheuert oder was? Sie haben uns doch schon verhört! Wir werden das doch nicht noch mal aufrollen!«

»Gibt's Probleme, meine Damen?«, ertönte eine Stimme direkt neben ihnen.

Sie fuhren zusammen. Die Brünette flüsterte der Blonden ins Ohr:

»Wer ist die denn?«

»Nadine Couderc, Wasserschutzpolizei. Ich begleite den Leutnant der Kriminalpolizei, der Sie verhört hat. Möchten Sie mit ihm sprechen?«

»Nein, damit haben wir nichts zu tun«, sagte die Blonde abwehrend.

»Soraya hat uns nichts mitgeteilt, bevor sie verschwunden ist!«, bekräftigte die Brünette. »Wir wissen auch nicht, wann genau sie die Sans Souci verlassen hat. Wir haben nichts damit zu schaffen!«

Mit einem gutmütigen Lächeln auf den schmalen Lippen blickte Nadine Couderc sie freundlich an: »Aber Sie haben den Brief gesehen ...«

Einen Moment lang waren die beiden verunsichert, und wieder musste Nadine Couderc an ihre Nichten denken. Schnippische Dinger, aber im Grunde nicht bösartig. Die Blonde ergriff als erste das Wort: »Ja, okay, wir haben ihn gesehen! Ist das vielleicht ein Verbrechen?«

»Hat Soraya Ihnen den Brief gezeigt?«

»Ja.«

»Und wie hat er auf Sie gewirkt?«

Für Sekunden verschlug es ihnen die Sprache.

»Was meinen Sie damit?«

»Ich will wissen, wie Sie darauf reagiert haben, dass er nicht Ihnen, sondern ihr einen Brief geschrieben hat! Tikki Delmas ist immerhin Tikki Delmas! Und wenn er sich in eine Ihrer Freundinnen verliebt anstatt in Sie selbst, dann müsste Ihnen das doch auf den Sack gehen, wie Kathy sagen würde. Kathy ist meine Nichte. Die große, die ist neunzehn und richtig knackig. Sie müssten sie sehen, bildhübsch, genau wie Sie beide.«

Nadine Couderc fand die Situation offenbar amüsant. Sie trat ihre Kippe mit dem Absatz aus und schob die Hände in die Hosentaschen, wodurch sich der große Revolver, der in ihrem ledernen Hüftgürtel steckte, deutlich abzeichnete.

»Also, das hat uns überhaupt nicht gekratzt«, behauptete Céline keck und hob das Kinn. »In dem Brief hat er ihr nur mitgeteilt, dass sie ihm egal ist.«

»Aha.«

»Dass er sie nicht mehr sehen will.«

»Dass er die Nase voll davon hat, ständig von ihr bedrängt zu werden ...«

»... wie von einer läufigen Hündin.«

Nadine Couderc wiegte nachdenklich den Kopf und fragte: »Und, stimmt das? Hat Soraya ihn wirklich bedrängt?«

Die beiden warfen sich einen Blick zu.
»Na ja ... ja. Das kann man schon sagen.«
»Sie war nicht das brave kleine Mädchen, das sie immer vorgab zu sein ... Sie war eine Heuchlerin. Ständig hatte sie irgendwelche Typen.«
Nadine Couderc zog die Augenbrauen zusammen. Mitten auf ihrer Stirn bildete sich eine hässliche Falte, die im Gegensatz zu ihrer heiteren Gelassenheit stand. »Aber ...«, begann sie zögernd, »was ich nicht recht verstehe, warum hat sie Ihnen dann diesen Brief gezeigt? Sie war doch bestimmt nicht gerade stolz darauf, abgewiesen zu werden, oder?«
Schweigen. Nur die Geräusche auf den Quais waren zu hören, von einer der Brücken hallte ein Lachen, und das Motorbrummen eines vorbeifahrenden Bâteau-Mouche ertönte.
Nadine Couderc schüttelte den Kopf und sah die Mädchen erstaunt an. »Nein, ich denke, Soraya hat den Brief vor Ihnen versteckt, aber Sie haben ihn trotzdem in die Hand bekommen ... Die Sache hat Sie bestimmt gewurmt, die Art wie Soraya ihn angemacht hat und so ... Sie waren doch alle drei auf dasselbe aus, oder?«
»Also, uns war der Typ ziemlich egal.«
»Auf solche Männer stehen wir nicht.«
»Aber trotzdem haben Sie Soraya den Brief geklaut ...«
Nadine Couderc schüttelte den Kopf und lächelte, wie sie es tat, wenn sie ihre Nichte Kathy zwang, einzugestehen, dass sie den Sportunterricht geschwänzt hatte.
»Ja«, stieß die Brünette hervor.
»Können wir jetzt gehen?«, fragte die Blonde.
Das dauerte ihnen nun alles zu lange. Auch wenn sie diese in ihre Uniform gezwängte blonde Unschuld vom Lande nur schwer als Polizistin ernst nehmen konnten, war ihnen doch mulmig zumute. Was würde sie den anderen Bullen erzählen? Was wusste sie überhaupt von der ganzen Geschichte? Es war offensichtlich, dass sie die Untersuchung nicht leitete, aber trotzdem. Wenn sie versuchen würde, sich damit wichtig zu tun ...
Nadine Couderc, die einen Moment, in Gedanken versunken, die Augen auf den Boden geheftet hatte, hob plötzlich den Kopf und verkündete mit einem jovialen Lächeln:
»Hübsch, Ihre Sandalen!«
Die Blonde hätte sie am liebsten zum Teufel gejagt. Es kostete sie große Überwindung, in fast normalem Tonfall zu entgegnen: »Die sind praktisch, und sie nehmen nicht viel Platz weg in meinem Rucksack. Ich fahr' immer mit Inlinern, und da brauch' ich irgendwas Leichtes ...«
Als wollte sie ihre Worte unterstreichen, beugte sie sich hinunter, um

die Schnürsenkel aufzudröseln. Während sie ihre schweren Inlinerstiefel anzog, blitzten ihre Beine fast schon unanständig nackt auf.

»Sind Sie an der ›Paris Plage‹ so schön braun geworden?«, fragte Nadine Couderc in fast ehrfürchtigem Ton. Sie konnte sich ihre Bewunderung nicht verkneifen.

Die Blonde richtete sich auf und blickte sie herausfordernd an. »Das ist Selbstbräuner. Bei den vielen Stunden, die wir hier nachts arbeiten, schlafen wir tagsüber ...«

»Wir haben für gar nichts Zeit«, pflichtete die andere bei.

»Ist das nicht schwer, das so hinzukriegen?«, bohrte Nadine Couderc. »Bei mir zum Beispiel würden da ständig Haare nachwachsen, ich müsste mich jeden Tag rasieren ...«

»Daran gewöhnt man sich«, antwortete die Blonde gelassen.

»Man muss den Selbstbräuner nur immer dabeihaben«, fügte die Brünette geduldig hinzu.

»Und einen Rasierer«, ergänzte Nadine Couderc.

Die beiden Mädchen erstarrten, wussten nicht, ob sie richtig gehört hatten. Nadine Couderc fixierte sie mit ihren kleinen grauen Augen.

»Diese neuen Frauenrasierer sind sehr gut«, sagte sie ruhig. »Sie sind nicht zu scharf, die Haut bleibt geschmeidig ... Dumm ist nur: Man kann mit diesen Dingern keine Adern aufschneiden. Weder die eigenen noch die von jemandem anders. Zum Beispiel die eines Menschen, den man niedergeschlagen hat, um ihm einen bestimmten Brief abzunehmen. Und wenn man dann auch noch den Eindruck erwecken will, es sei Selbstmord ... Das ist unmöglich. Sie hätten mich fragen sollen, das hätte ich ihnen gleich sagen können ...«

Menu à la Sans Souci

Apéritif Parisienne · 279

Buchweizengallettes mit Grillsardine und Quellersalat · 204

Makrele in Nusshülle mit Zwiebelgemüse · 245

Traubengelee mit Zimtsahne oder Käse · 275

Menu Japonais à la Tikki Delmas

Nigiri-Sushi und Maki-Sushi · 211

Zuckerschotensuppe mit Tempurascampi · 227

Japanische Fischpastete · 241

Gemüse mit Tofu · 235

Erdbeergelee · 265

Zoff auf dem Zürisee

Peter Zeindler

Der Föhn drückte die letzten Wolken weg in Richtung unteres Seebecken, schob sie an die Ränder der Hügel, die den See säumten, und kippte sie dann endgültig über deren Kämme ins benachbarte Tal hinunter, wo sie ihren Geist aufgaben.

Theo Schacher stand am Landesteg von Meilen, einen in Zellophan verpackten Gladiolenstrauß in der Hand. Ein verspäteter Altweibersommer kroch durch seine dünne saloppe Jacke und wärmte seine Knochen, nicht aber sein Innerstes. Auch wenn er entgegen seiner Gewohnheit sportlich angezogen war, mit weißen Turnschuhen, einer dunkelblauen Leinenhose und einem hellblauen Pullover aus Kaschmir, fühlte er sich deshalb nicht jünger und dynamischer als in seiner üblichen Kleidung – dunkelgrauer Zweireiher, weißes Hemd, diskret gemusterte Krawatte –, die ihn als erfolgreichen Geschäftsmann auswies.

Das weiße Motorschiff, die Etzel, eine so genannte Schwalbe, lag noch vertäut an der Anlegestelle. Aber unten am Heck brodelte das Wasser schon bedrohlich, und es konnte nicht mehr lange dauern, bis die junge Frau mit der kecken Mütze über dem Ohr, die sich gegen einen Poller am Ende des Steges lehnte, das Schiff freigab.

»Ich habe dich nicht eingeladen, Papa.«

Schacher drehte sich langsam um und streckte seiner Tochter den Gladiolenstrauß entgegen.

»Ich weiß, Sabrina. Ich bin auch nur gekommen, um dir zum Geburtstag zu gratulieren.« Er machte eine Kopfbewegung in Richtung Motorschiff. Sie nickte. Aber sie nahm ihm den Strauß nicht ab.

»Alles an Bord? Die ganze Geburtstagsgesellschaft?«, fragte er beiläufig.

Sie überhörte seine Frage. »Und du begehst diesen Tag wie üblich?« Eine strenge Falte spaltete ihre Stirn.

»Ein Segeltörn. Wie sonst möchte ich wohl den Todestag deiner Mutter verbringen?«

Sie presste ihre Lippen zusammen und wandte sich ab. Er stand da, den Blumenstrauß noch immer in der ausgestreckten Hand. Sabrina warf einen schnellen Blick auf die Uhr am Kirchturm von Meilen.

»Wartest du noch auf jemanden?«, fragte Schacher, scheinbar beiläufig.

Sie schüttelte den Kopf energisch, schritt über den schmalen Steg aufs Boot und tauchte in einer Gruppe bunt gekleideter Passagiere unter, mit denen sie ihren dreißigsten Geburtstag feiern wollte. Die Etzel legte ab und nahm Kurs auf Zürich; dort würde sie wenden und wieder seeaufwärts fahren und endlich in Rapperswil, der Rosenstadt, anlegen, wo die Geburtstagsgesellschaft nach einem kurzen Landausflug und einem Umtrunk auf dem Schloss das Abendessen an Bord serviert bekommen würde: Eglifilets in Bierteig. Schacher hatte sich genau erkundigt.

Eglifilets war auch eines der Lieblingsgerichte von ihm und seiner Frau, früher, als sie noch am Leben gewesen war. Er hatte die Egli in heimischen Gewässern selbst gefangen, und gemeinsam hatten sie die Filets nach dem bewährten Rezept zubereitet.

Zehn Jahre war es nun her.

Er schaute dem immer kleiner werdenden Motorschiff nach, von dem jetzt ein Schwarm bunter Ballons aufstieg, der vom zunehmenden Südwind auf die Stadt Zürich zugetrieben wurde.

Schacher hatte sich auf die Bank am Fuß der Anlegestelle gesetzt und wartete. Der Blumenstrauß lag neben ihm; dass seine Tochter den Strauß verweigert hatte, berührte ihn nicht weiter. Er wusste, wie viele Stunden ihres Lebens mit diffusen Rachegedanken ausgefüllt waren, denn seit dem Tag, an dem ihre Mutter ertrunken war, hasste sie ihn. Aber gleichzeitig fürchtete sie ihn auch, und deshalb hatte sie alles getan, um die Identität ihres neuen Geliebten geheimzuhalten. Obwohl sie genau wissen musste, dass er es doch herausfinden würde. Aber vielleicht war das ja auch ein Teil ihres Racheplans. Es hatte tatsächlich eine Weile gedauert, bis Schacher den Mann ausfindig gemacht hatte.

Er erkannte die hochaufgerichtete Gestalt Edmund Bremers schon von weitem. Diese lässige Eleganz, mit der er sich fortbewegte, hatte sich ihm vor vielen Jahren fest eingeprägt. Schon in der Schule hatte Bremer die Mädchen mit diesem lässigen Gang provoziert und animiert, und auch später auf der Bühne, wo er meistens in der Rolle des Bohemien, des eleganten Verführers oder auch des Intriganten zu sehen war, hatte ihn Schacher in jeder Maske oder Verkleidung auf Anhieb an diesem lässigen Gang erkannt. Bewundert hatte er ihn allerdings nie, es war eher Neid gewesen, wie schon damals auf dem Gymnasium, als Bremer bei den Mädchen ungleich besser angekommen war als jeder andere. Dann hatte er Bremer, der sich einer Tourneetruppe angeschlossen hatte und jahrelang durch Deutschland getingelt war, gänzlich aus den Augen verloren. Aber plötzlich war er an seiner alten Wirkungsstätte wieder aufgetaucht, gereifter, und deshalb noch attraktiver für die zunehmende Zahl seiner Bewunderinnen. Schacher hatte seit mehr als zehn Jahren keine Vorstellung verpasst, in der Bremer aufgetreten war.

Doch nach dem Tod von Schachers Frau war Bremer Hals über Kopf, vor Ablauf der Theatersaison, wieder aus Zürich verschwunden, und selten nur hatte Schacher in deutschen Zeitungen, die er seitdem eingehend studierte, Bremers Namen in einer Theaterkritik gelesen und ihn so an einer deutschen Bühne orten und seinem Hass neue Nahrung geben können.

»Das Geburtstagsschiff ist ohne dich abgefahren, du hast es verpasst«, sagte Schacher, als Bremer einfach an ihm vorbeigehen wollte.

Bremer zögerte, blieb stehen und drehte sich langsam um. Er schüttelte kaum merklich den Kopf, und sein rechtes Augenlid begann unvermittelt zu flattern. Bremer wandte sich kurz ab, und als er Schacher erneut anschaute, war dieser allzu vertraute Spott in seinem Blick zu erkennen, sein Lächeln wirkte ironisch, ja sogar verächtlich, und sein Lid hatte sich beruhigt.

»Theo Schacher, sieh mal an«, sagte er mit sonorer Stimme, so als habe er sich gerade in einer neuen Rolle eingerichtet.

Schacher blickte zum Wasser. »Du warst doch eingeladen, nicht wahr?«

Bremer schaute suchend auf den Zürichsee hinaus. Zuerst in südlicher, dann in nördlicher Richtung. Aber das gecharterte Geburtstagsschiff war nicht mehr zu sehen.

»Es ist lange her«, murmelte er endlich und setzte sich neben Schacher.

»Du bist also wieder nach Zürich zurückgekehrt«, sagte Schacher.

»Ach? Du verfolgst meine Karriere?« Bremers Stimme klang spöttisch.

»Was auch immer du unter Karriere verstehst, mein Lieber«, gab Schacher zur Antwort und stand auf. Bremers körperliche Nähe war beinahe nicht zu ertragen.

»Was willst du?«, fragte Bremer. Seine Stimme klang jetzt heiser.

»Warum hast du die Abfahrt verpasst?«

»Ich hab' das Schiff nicht verpasst. Jemand hat mir einen späteren Abfahrtstermin mitgeteilt. Eine Frauenstimme.«

»Dann warst du also doch geladen!« Schacher packte Bremers rechten Oberarm, ließ ihn aber gleich wieder los.

»Warum sollte ich denn nicht geladen sein? Schließlich gehöre ich hier zur Prominenz. Und deine Tochter hat ein Premierenabonnement, wie du sicherlich weißt. Und bei Premierenfeiern lernt man sich nun einmal kennen ... außerdem versteht sie etwas von Literatur im allgemeinen und von der dramatischen Kunst im besonderen. Vielleicht ein Gen ihres Vaters?«

»Na«, unterbrach ihn Schacher trocken. »Dann wird sich Sabrina ja freuen, wenn du später doch noch zur Geburtstagsgesellschaft stoßen kannst.«

»Und wie soll das vonstatten gehen?«, fragte Bremer vorsichtig.

»Komm! Gleich dort drüben liegt meine kleine Yacht. Das ist ein Angebot. Du wirst auf nichts verzichten müssen, bis du dann als Überraschungsgast an Bord der Etzel auftauchen wirst. Das ist ein Auftritt, mein lieber Edmund, wie du ihn liebst.«

Bremer zögerte. Schacher beobachtete ihn. Würde er den Zweikampf annehmen?

»Und was für einen sinnfälligen Namen trägt dein Schiff?«, fragte Bremer vorsichtig.

»Sinnfällig? Isolde.«

Bremer schien beruhigt. »Noch immer dasselbe Schiff wie vor zehn Jahren?«

»Nein. Nur der Name ist derselbe. Neu ist die Zwei dahinter: Isolde 2.«

»Isoldes Liebestod.« Bremer wirkte irritiert. »Gehen wir!«, sagte er.

Sie gingen stumm nebeneinander zum kleinen Hafen, wo die Segelschiffe und Motorboote vertäut waren. Sie waren ein ungleiches Paar, dachte Schacher, während sie im Dingi saßen und er das kleine Boot mit hastigen Ruderschlägen auf die Isolde 2 zu hetzte. Bremer wirkte jetzt wie verkleidet auf ihn, beinahe lächerlich in seinem schneeweißen Leinenanzug und dem Strohhut mit dem dunkelblauen Band oberhalb der Krempe: ein britischer Geschäftsmann aus der Kolonialzeit. Die Unbeholfenheit und Ängstlichkeit, mit der er schließlich an Bord kletterte, entlockte Schacher ein kleines spöttisches Lächeln, das Bremer sicher nicht entgangen war.

Eine Viertelstunde später saß Bremer im Bug der Yacht. Schacher nahm die Position des Skippers im Heck ein und manövrierte das Boot auf Halbwindkurs seeaufwärts. Er schien das Gefühl zu genießen, seinen Passagier wie in einem Remake einer zehn Jahre zurückliegenden Erinnerung in Richtung der kleinen Insel Ufenau zu fahren, wo der Reformator Hutten seine von Conrad Ferdinand Meyer besungenen letzten Lebenstage verbracht hatte und vor der Schachers Frau vor zehn Jahren im Sturm ertrunken war. Wenn Schacher die Augen schloss, schienen sich alle Geräusche um ihn herum zu steigern. Er lauschte auf das Sirren des Windes in den angespannten Wanten, auf das Gurgeln und Rauschen unter dem Kiel, der die Wellen teilte. Der stärker gewordene Südwind hatte dem See Schaumkronen aufgesetzt.

»Wir gehen jetzt noch härter an den Wind«, rief Schacher dem Schauspieler zu, der sich, ängstlich geworden, an die Bordwand klammerte. Die Sturmwarnleuchten am Ufer schleuderten ihre Blitze jetzt hektischer über den Zürichsee.

»Wie war das eigentlich damals?«, rief Bremer vom Bug her und versuchte, aufzustehen. Aber eine brüske Kurskorrektur Schachers warf ihn wieder auf seinen Sitz zurück.

»Damals?«

»Als deine Frau ertrank! Das Boot kenterte im Sturm. Du wurdest ins Wasser geschleudert. Ich nehme an, du trugst eine Schwimmweste. Und Lisa war unter Deck. Sie hatte Angst vor Gewittern. Und vor dem Elmsfeuer, das alle Metallteile des Schiffes in züngelnde Schlangen verwandelte. Ich erinnere mich an eine gemeinsame Bergwanderung ...« Bremers Stimme verebbte.

Dieses Schwein will mich provozieren, dachte Schacher und zuckte gleichzeitig, scheinbar unbeeindruckt, mit den Schultern. »Ich habe mir nichts vorzuwerfen, wenn du das damit sagen willst. Wir konnten beide schwimmen.«

»Du hättest sie retten können! Aber du hast sie ertrinken lassen. In der Kabine eingeschlossen. Und ich weiß auch, warum.«

Schacher schwieg. Er fixierte die kleine Insel, die immer näher kam. Der Sturm hatte nachgelassen. Der See glättete sich. Schacher saß an der Pinne und lenkte die Isolde 2 in eine kleine Bucht. Dann verankerte er sie und streckte sich.

»Ich darf dich doch zum Abendessen einladen?«, fragte er.

Bremer, der ebenfalls aufgestanden war und sich mit einer Hand an einer Verstrebung festhielt, schaute Schacher erstaunt an.

»Hier an Land? Ich dachte, wir essen auf dem Geburtstagsschiff?«

»Wir? Ich nicht. Und du wirst das Essen auch verpassen. Aber später, Edmund, beim Höhepunkt der Feier wirst du dabei sein. Das verspreche ich dir! Übrigens essen wir hier an Bord, nicht an Land.«

Er öffnete die Luke zur Kajüte, die viel geräumiger war, als Bremer wohl vermutet hatte. Jedenfalls schien er beeindruckt zu sein. In der Mitte stand ein kleiner Tisch, daneben ein Korb mit allen notwendigen Utensilien: ein weißes Damasttischtuch, Servietten mit Schachers Monogramm, zwei Porzellanteller mit Goldrand, Silberbesteck, Kristallgläser.

»Du hast wohl an alles gedacht«, sagte Bremer spöttisch, während er Schacher beim Tischdecken zusah.

Schacher nickte. »Das kann man wohl sagen. Bitte, setz dich!«

Bremer rückte gewohnheitsmäßig seine Krawatte zurecht und setzte sich auf der Backbordseite an den Tisch. Den weißen Hut hielt er noch immer in der Hand.

»Champagner?«, fragte Schacher.

Er hatte bereits eine teure Flasche in der Hand und ließ den Korken knallen. Bremer fuhr erschrocken zusammen. Er legte den Hut beiseite.

»Was feiern wir denn?«

Schacher füllte im Wechsel zwei kostbare Kelche, bis sich das prickelnde Getränk beruhigt hatte. Er hob sein Glas. Aber ihm fiel kein Trinkspruch ein. Er überlegte, dann verzichtete er darauf und setzte sich auf den Stuhl Bremer gegenüber.

»Und wie stellst du dir diesen gemeinsamen Abend im einzelnen vor?«

»Zuerst der Champagner und ein paar Häppchen, ein bisschen Musik und dann ein feines Menü.«

»Mozart?«

»Das *Requiem* würde passen. Aber ich habe mich für etwas anderes entschieden. Du kennst doch den Film *Casablanca*? Erinnerst du dich? *... it's still the same old story, a fight for love and glory, a case of do or die ...*«

Bremer schüttelte den Kopf. Er ließ ein dünnes Lachen hören. »Nicht sehr passend, Theo. Wir sind doch kein Liebespaar.«

»Ein Abschiedspaar.«

»Wie meinst du das?«, fragte Bremer schnell und stellte sein Champagnerglas brüsk auf den Tisch.

»Es gibt Eglifilets in Bierteig.«

Bremer stutzte. »Lisas Lieblingsgericht?«

Schacher nickte. »Bravo. Wir wollen uns heute abend an sie erinnern. Wir beide.«

Bremer zeigte ein säuerliches Lächeln. »Ich weiß nicht, ob dir diese Erinnerung bekommt, Theo. Verdrängen wäre besser.«

Der Song aus *Casablanca* unterbrach Bremers Attacke. Schacher war wieder aufgestanden und hatte sich eine Küchenschürze umgebunden. Er machte sich an einem kleinen Herd zu schaffen, den er mit seinem ganzen Körper abdeckte, so dass Bremer nicht sehen konnte, wie sein Gastgeber das offensichtlich sorgfältig vorbereitete Gericht seiner Vollendung entgegenführte. Die beiden Männer schwiegen. Draußen hörte man das sanfte Lecken der gezähmten Wellen am Schiffsrumpf. Und ab und zu war der Schrei einer Möwe oder das Kreischen eines Blesshuhns zu hören. In der

Fritüre brutzelten die Eglifilets. Schacher schenkte Weißwein aus den Rebbergen am Genfersee ein: St. Saphorin. Bremer schaute zu ihm auf.

»Du weißt wohl, wer mich angerufen und mir mitgeteilt hat, das Geburtstagsschiff lege erst um halb vier Uhr ab anstatt vor drei.«

»Ja. Meine Sekretärin.«

»Du wolltest, dass ich das Schiff verpasse, nicht wahr?«

»Ja«, antwortete Schacher ruhig und wandte sich wieder dem kleinen Herd zu.

»Und? Wozu all das? Wir haben uns nichts zu sagen.«

»Nein?« Schacher wandte kurz den Kopf. »Wir hatten und haben einiges gemeinsam, lieber Edmund Bremer«, sagte er förmlich.

Bremer griff zum Champagnerglas und leerte es in einem Zug. Dann packte er das Weißweinglas und nahm auch davon einen großen Schluck. Schacher stand jetzt am Tischende und balancierte die Platte mit dem Fischgericht. Die goldbraunen Eglifilets, mit Petersilie und Zitronenschnitzen garniert, sahen verlockend aus. Bremer schnalzte anerkennend mit der Zunge. Er hatte sich offensichtlich wieder gefangen.

»Dasselbe Menü wie auf dem Geburtstagsschiff.«

»Du wiederholst dich.«

Schacher servierte, eine Serviette über den rechten Vorderarm gelegt, wie ein Berufskellner. Er stellte die Schüssel mit den aufgewärmten, in Butter geschwenkten Salzkartoffeln auf den Tisch. Dann setzte er sich, hob beiläufig sein Glas und trank, ohne auf Bremers Reaktion zu warten. Eine Weile aßen sie stumm.

»Als Koch bist du überzeugender als in der Rolle des Ehemanns, Theo. Deine goldbraunen Fischchen haben es in sich.«

Schacher schluckte seinen letzten Bissen hinunter. Dann legte er sein Besteck auf den Teller und holte tief Atem.

»Du warst der Geliebte meiner Frau, Edmund«, sagte er schneidend.

Bremer hatte zum Glas gegriffen und wollte trinken. Irritiert setzte er es wieder ab.

»Ach! Und warum sagst du mir das erst heute?«

»Weil sich heute ihr Todestag zum zehnten Male jährt.«

»Das ist kein Grund. Als sie noch am Leben war, hättest du ja eingreifen können, als sie dir untreu geworden ist.«

»Anfangs dachte ich wohl, dass du sie wirklich geliebt hast. Aber du warst und bist nichts anderes als ein professioneller Verführer. Auf der Bühne und im Leben. Ich habe eine Liste deiner Rollen zusammengestellt. Nicht einmal in deinem Schauspielerleben hast du eine einzige seriöse Rolle gespielt, weder den Tell noch den Marquis Posa, weder den Hamlet noch den Egmont. Deine Paraderolle war der Hofmarschall von Kalb in Schillers *Kabale und Liebe*.«

Bremer nickte lächelnd. Er wirkte geschmeichelt. »Und? Was ist dagegen einzuwenden?«

»Dass dir Lisa auf den Leim gekrochen ist, dass sie wirklich dachte, du liebst sie. Sie hat dich auf Bergwanderungen und Bildungsreisen begleitet, obwohl sie beides gehasst hat.«

»Ich ja auch. Aber das war ja gerade das Prickelnde. Wir bewegten uns auf ungeliebtem Territorium und hatten gerade deshalb nur einen einzigen Fokus – uns und unsere Liebe. Und nein, du hast recht, geliebt habe ich sie nie.«

»Schwein!«, schrie Schacher.

»Warum quälst du dich?«, fragte Bremer ruhig.

»Und du quälst dich nicht?«

»Warum sollte ich? Lisa und du, ihr wart doch nicht glücklich! Sie hat an Mangelerscheinungen gelitten. Und ich habe ihr all das gegeben, was du ihr vorenthalten hast.«

»Außer dem Geld.«

»Geld«, schniefte Bremer.

»Ich habe Lisa geliebt!« Schacher war aufgesprungen und beugte sich weit vor.

»Du hast sie umgebracht! Aus Eifersucht«, sagte Bremer ruhig.

»Nein«, sagte Schacher tonlos. »Sie ist ertrunken. Im Sturm. Hier, an genau dieser Stelle. Ich war oben an Deck. Wir hatten uns gestritten, deinetwegen! Sie hatte sich daraufhin in der Kajüte eingeschlossen. Außerdem bot ihr die Kajüte Schutz, denn sie fürchtete sich vor Gewitter, wie du weißt. Das Boot ist gekentert. Und dann drang das Wasser ein. Die Tür war nicht mehr zu öffnen. Sie schrie. Und ich konnte sie nicht befreien.« Er ließ sich auf seinen Stuhl fallen und hielt die Hände vor das Gesicht.

»Peinlich, Theo. Sehr peinlich. Du bist ein miserabler Schauspieler. Unglaubwürdig. Nichts passt zum andern. Alles viel zu pathetisch. Du müsstest dich mehr zurücknehmen. Stiller leiden.« Bremers Gesichtsausdruck wirkte verächtlich, sogar angewidert.

Das Boot hatte etwas zu schaukeln begonnen, als Schacher wild gestikulierend seine Erinnerungen an den Tod seiner Frau beschworen hatte. Aber das Schaukeln hörte auch jetzt nicht auf, als er sich wieder hingesetzt hatte.

»Was ist das?«, fragte Bremer beunruhigt.

»Ein Föhnsturm kommt auf. Wie vorausgesagt.«

»Es reicht, Theo. Ich gehe jetzt an Land.«

»Und die Geburtstagsfeier meiner Tochter? Du bist doch geladen. Sozusagen als Ehrengast. Und solltest du nicht noch ein paar Gedichte rezitieren? Kennst du die Ballade *John Maynard*?«

Bremer schaute Schacher überrascht an, aber er schwieg. Er hatte wohl gespürt, dass die Situation zu kippen drohte und Schacher wieder das Kommando übernommen hatte.

Die Isolde 2 schaukelte immer heftiger auf und ab. Der Mast stöhnte.

»Wir laufen aus. Es ist Zeit«, sagte Schacher und öffnete die Kabinentür. Ein Windstoß fuhr durch die Öffnung und fegte die Gläser vom Tisch. Schacher schien es nicht zu kümmern.

»Ich will an Land!«, schrie Bremer, der aufzustehen versuchte, dabei aber das Gleichgewicht verlor und auf seinen Stuhl zurückgeworfen wurde. Er wollte sich am Tisch festhalten. Er schrie laut auf. Ein Splitter eines geborstenen Glases hatte sich in seine Hand gebohrt. Das weiße Tischtuch verfärbte sich rot. Die Yacht kippte auf die Backbordseite. Die Teller rutschten vom Tisch. Bremer suchte Halt. Umsonst. Die Schräglage des Bootes wurde immer bedrohlicher.

»Theo!«, schrie er mit sich überschlagender Stimme.

Aber er erhielt keine Antwort. Schacher hatte die Segel gesetzt, der Wind packte zu und trieb die Isolde 2 auf den in Aufruhr geratenen See hinaus.

»Hast du wenigstens Schwimmwesten an Bord?«, schrie Bremer aus der Kajüte.

»Hier oben unter der Sitzbank im Bug. Hol sie dir!«

Das Boot lag schräg im Wind. Schacher hatte gelbes Ölzeug angezogen. Er fühlte neue Kräfte in sich wachsen. Er sang gegen den Sturm an.

Und dann sah er von weitem die wild tanzenden Lichtergirlanden auf der Etzel in der Ferne auftauchen. Er wechselte den Kurs und hielt auf das Schiff zu, auf dem seine Tochter ihre Geburtstagsparty feierte.

»Ich will nicht mehr auf diese Party, Theo.«

»Sie sitzen jetzt wahrscheinlich beim Abendessen. Egli im Bierteig. Dasselbe Menü wie wir.«

»Hör auf!«

»Erinnerungsschwer, nicht wahr? Eine Henkersmahlzeit, Edmund!«

»Ich will an Land. Ich will sicheren Boden unter meinen Füßen spüren.« Bremer war in der Kabinentür aufgetaucht und schaute Schacher flehend an.

»Du bist es doch gewohnt, dich auf glattem Parkett zu bewegen. Ein Meister des Gleichgewichts.«

»Ich will nicht wie Lisa sterben!«, rief Bremer pathetisch.

»Du übertreibst, Edmund. In ernsten Rollen bist du unglaubwürdig.«

»Du hast sie umgebracht!«

»Nein! Ich konnte sie nicht retten, denn ich kämpfte um mein eigenes Überleben.«

Die Yacht pflügte die Wellen. Gischt spritzte hoch auf. Ein Brecher schwappte über Deck und ergoss sich in die Kajüte. Bremer zog seinen Kopf zurück. Als er wieder auftauchte, tropfte ihm das Wasser aus den Haaren, und sein weißes Jackett klebte ihm am Körper.

»Trägst du unter deinem Ölzeug eine Schwimmweste?«, fragte Bremer plötzlich.

»Ich brauche keine Schwimmweste. Nicht mehr.«

Das Geburtstagsschiff kam immer näher. Musikfetzen waren zu hören und ein helles Frauenlachen in der Nacht, das jedoch gleich wieder vom Wind zerfetzt wurde. Der großen Etzel konnte dieser Föhnsturm nichts anhaben.

»Hast du die Positionslichter gesetzt?«, fragte Bremer beklommen.

»Positionslichter? Deine Frage erstaunt mich. Ein Salonlöwe spricht wie ein Seemann. Bleib bei deiner Rolle, Edmund. Spiel den Liebhaber bis zuletzt. Bis zum Tod!«

»Was hast du vor?«, schrie Bremer und schaffte sich an Deck.

»Du warst der Geliebte meiner Frau. Jetzt bist du der Geliebte meiner Tochter. Das ist es. Und das ist zuviel.«

»Wer hat dir das erzählt?«

»Erzählt? Niemand. Ich habe recherchiert.«

»Was führst du im Schilde?«

»Das Ende einer Tragödie, Edmund. So viel Dramatik und Tragik hat dir kein Theaterautor bisher geboten! Endlich einmal ein Rollenwechsel!«

»Mörder!«

Die Isolde 2 wurde immer schneller. Oder vielleicht kam es Schacher auch nur so vor. Die Umrisse der Etzel wurden immer größer, wuchsen und wuchsen. Wieder ergoss sich eine Welle über Deck. Bremer verschwand mit einem Aufschrei in der Kajüte. Schacher beugte sich schnell vor, steckte den Schlüssel ins Schloss und drehte ihn um. Eine Weile schien selbst der Sturm den Atem anzuhalten. Dann brach er mit neuer Gewalt los, genau in dem Augenblick, als Bremer verzweifelt an der Klinke rüttelte und dann immer verzweifelter gegen die Tür hämmerte. Es hörte sich an wie ein Trommelwirbel bei einem militärischen Begräbnis.

Schacher lachte in sich hinein. Er fürchtete sich nicht vor dem Sterben. Er wollte schon lange nicht mehr leben. Er wollte nur noch seine Rache. Das war sein letzter Gedanke, als die Isolde 2 die Etzel rammte. Der Bug brach weg. Schacher wurde ins Wasser geschleudert. Das letzte, was er sah, bevor er untertauchte, waren Köpfe von Passagieren des Geburtstagsschiffes seiner Tochter, und er hörte noch grelle Entsetzensschreie.

Hatte Sabrina auch geschrieen?

Der Polizeibeamte, der ihn am andern Morgen, am Beginn eines strahlenden Tages, befragte, war freundlich und rücksichtsvoll.

»Sie haben sehr viel Glück gehabt, Herr Schacher«, sagte er. »Gut, dass Sie eine Schwimmweste getragen haben. Leider hatte ihr Begleiter weniger Glück. Ein Freund?«

Schacher nickte, dann begann er zu schreien, unaufhörlich, so lange, bis der Polizeibeamte das Hotelzimmer verließ und die Tür leise hinter sich schloss. Erst dann verstummte Schacher.

»Überleben ist alles«, murmelte er und schloss die Augen.

Zürcher Bötlerschmaus

Einbildgeschichten · Zweite Folge

HATTE ER SIE NICHT AUS IHREM FEUCHTEN MILIEU GEHOLT? HATTE ER IHR NICHT EIN GEHOBENES MITTELSTANDSLEBEN ERMÖGLICHT? UND WAS WAR DER DANK? DASS SIE SICH DEM ERSTBESTEN WASSERMANN AN DEN HALS SCHMISS! ABER NICHT MIT IHM! SEIT STUNDEN VERSUCHTE ER NUN SCHON SIE ZU ERSÄUFEN, ABER SIE SCHIEN ES WENIG ZU STÖREN —

Nie und nimmer würde er sich von seinen Piranhas trennen, obwohl sie mittlerweile alt und zahnlos waren. Hatten sie doch über die Jahre viele seiner Feinde verschwinden lassen – spurlos.

Es hätte so romantisch auf dem Hausboot werden können, doch ständig war er anderer Meinung als sie und immer tat er das Gegenteil dessen, was sie wollte. Auch an diesem schönen Sommertag nervte er sie tödlich. In ihrer Wut wies sie ihn auf eine bestimmte Region im Wasser mit der Bemerkung hin, dass er dort wegen der lebensgefährlichen Strudel auf keinen Fall schwimmen gehen solle!

Nach zuviel Sake-Genuss deutete einer von zwei gemeinsam dinierenden Geschäftsleuten dem Restaurantbesitzer an, dass er seinen Partner bei dem am folgenden Tag stattfindenden traditionellen Fugu-Essen um die Ecke bringen solle. Der Restaurantbesitzer zeigte sich für einen hohen Betrag – gegen Vorkasse, versteht sich! – willens und schlug ein. Doch teilte er das schändliche Ansinnen postwendend dem anderen Geschäftsmann mit. Der bat nun seinerseits den Restaurantbesitzer – gegen Bares und einen stattlichen Aufpreis, versteht sich! –, den ersten Auftraggeber beim Fugu-Essen um die Ecke zu bringen.

Am Tag nach dem mörderischen Fugu-Essen staunten beide nicht schlecht, den jeweils anderen munter vorzufinden. Der Restaurantbesitzer jedoch war spurlos verschwunden.

Eisige Nordmeere

Eine Leiche in der Kombüse

Almuth Heuner

Der einzige, dem ich diese Kaltblütigkeit wirklich zutraute, war Ulf.

Andererseits hätte es auch Haakon getan haben können. Jedenfalls hatte er von Anfang an deutlich gemacht, dass er Archäologen nicht ausstehen konnte. Okay, Erik war uns allen auf die Nerven gegangen mit seinem Wikingerwahn. Aber ihn deswegen gleich erstechen …

Die Methode hatte was für sich und war mir vertraut. Lautlos, schnell und effizient. So hätte ich es auch gemacht. Das Filetiermesser steckte noch in Eriks Brust. Erst wenn es herausgezogen wurde, würde Blut fließen; doch nicht mehr viel. Er war schon kalt, der Mund ließ sich nicht mehr öffnen, und die Finger waren steif.

Ich sah mich um. Die Kombüse war für ein Schiff dieser Art erstaunlich groß. Als es noch zum Fischfang ging, waren sicher nie mehr als acht bis zehn Mann an Bord der Stella Polaris gewesen. Jetzt konnten Käptn, Dreier-Crew und zwölf Mitsegler problemlos versorgt werden. Auf diesem Törn waren wir jedoch nur sieben an Bord. Gestern abend hatte ich Backschaft gehabt und ein üppiges Smörgåsbord zusammengezaubert. Was war passiert, nachdem ich alles gespült und in der Kombüse verstaut hatte?

Seiner Lage nach zu urteilen, hatte Erik wahrscheinlich am Spülbecken gestanden. Von der Tür aus konnte ich nicht erkennen, was er dort gemacht haben könnte. Das würde ich mir später genauer ansehen. Am einfachsten wäre es gewesen, wenn der Täter hinter ihn getreten wäre, ihm den Mund zugehalten und zugestochen hätte. Dann hätte er Erik zu Boden gleiten lassen und wäre wieder in seine Koje verschwunden oder ans Ruder.

Haakon hatte von Mitternacht bis vier Uhr Wache gehabt, allein, denn wir fuhren nur langsam unter Motor. Für den frühen Morgen war ein Sturmausläufer vorhergesagt, der Windstärke sieben erreichen sollte. Ich öffnete das Schott vom Niedergang und steckte den Kopf ins Freie. Noch war alles ruhig, ein bisschen diesig, und die Luft roch stark nach Salz. Ich sah Otto am Ruder, die anderen schliefen wohl noch. Ich bin Frühaufsteher, und weil ich noch Backschaft hatte, wollte ich zeitig mit der Vorbereitung des Frühstücks anfangen. Daher war ich schon gegen sechs Uhr morgens in der Kombüse.

Ich schlängelte mich an der Leiche vorbei und betrachtete die Spüle. Offenbar hatte Erik die Fundstücke gewaschen, die Ulf beim Tauchgang gestern mit hochgebracht hatte. Wahrscheinlich hatte Erik das deshalb mitten in der Nacht getan, weil er sonst vor Aufregung nicht hätte schlafen können – vielleicht war ja der Fund des Jahrhunderts dabei. Doch im Becken weichten nur ein paar unscheinbare Tonscherben vor sich hin. Wo waren die übrigen Teile? Auf dem Abtropfbrett war ein großer rechteckiger getrockneter Rand, als habe dort eine Wanne gestanden. Ich öffnete den Unterschrank, in den ich gestern nach dem Spülen die Plastikschüssel gestellt hatte: leer. Vielleicht hatte Erik darin die sauberen Teile in seine Kabine getragen? Das würde sich ja leicht feststellen lassen. Ich probierte, so gut es ging, ob meine Theorie mit dem von hinten Anschleichen stimmen konnte. Nein, wohl nicht. Die Leiche müsste dann anders liegen. Nach einigen Verrenkungen neigte ich mehr zu der Ansicht, dass Erik sich umgedreht hatte. Vielleicht hatte er mit dem Täter geredet. Allerdings deutete der Winkel des Messergriffs stark darauf hin, dass der Täter den Arm von hinten um ihn herum gelegt und dann zugestochen hatte.

Erik musste dem Täter vertraut haben. Zumindest hatte es wohl keinen Streit gegeben, denn laute Stimmen hätte man in der benachbarten Kabine gehört. Dort schlief Otto, doch zur vermutlichen Tatzeit müsste er gerade aufgestanden sein, weil seine Wache um vier begann. Wenn es einen lauten Streit gegeben hätte, dann hätte Otto ihn bestimmt gehört. Und weil er Käptn war, sofort für Ruhe gesorgt.

Ich ließ das Wasser aus dem Spülbecken abfließen und musterte die eingeweichten Scherben. Sie sagten mir nur, was ich sowieso schon wusste, nämlich dass sie aus der Wikingerzeit waren. Sicher hätte Erik als Professor für Archäologie mit Spezialgebiet Skandinavien sofort gewusst, aus welchem Jahrhundert sie stammten. Ich kenne mich zwar auch ganz gut mit Wikingern aus, interessiere mich aber genauso für andere seefahrende Völker. Da fehlt einem schlicht die Zeit für alle Details. Und mein Hauptberuf verlangt sowieso ganzen Einsatz.

Ein Mord machte jetzt alles noch komplizierter.

Ich verriegelte die Kombüsentür und ging an Deck. Vielleicht hatte Otto doch etwas bemerkt.

In Bremerhaven war ich als erster Gast an Bord gegangen. Haakon, der Bootsmann, sah auf die Reling gestützt zu, wie ich meinen Seesack und das andere Gepäck den Laufsteg hochschleppte.

»Für das ganze Zeug wirst du wenig Platz in der Kabine haben«, sagte er. »Ich dachte, du wolltest nur segeln.«

»Ich bin's gewohnt, mein Zeug zu verstauen.«

»Aha, wohl schon Seeluft geschnuppert, was?«

So ein arrogantes Arschloch.

»Ein bisschen«, sagte ich betont freundlich.

»Kabinen sind da«, sagte er und zeigte zum vorderen Niedergang.

Während ich mich einrichtete, traf mein Kojennachbar ein.

Er sah immer noch so aus wie damals, durchtrainiert und sehnig. Fast mein Spiegelbild, immer noch, nur dass meine Augen braun sind.

»Ingo«, sagte er und lehnte sich lässig an den Türrahmen. »Was machst du denn auf diesem Kahn?«

»Könnte ich dich auch fragen.«

Ulf zuckte die Schultern. »Urlaub. Was wohl alle hier machen wollen.«

»Ich wusste nicht, dass du dich für Traditionssegeln interessierst.«

»In zwölf Jahren verändert sich einiges.« Er stellte sich dicht vor mich und packte mich an den Schultern. »Mann, aber du nicht! Noch ganz der alte! Der gute alte Ingo.«

Mein Lächeln fiel wohl zu kühl aus, denn er ließ mich los und trat einen Schritt zurück. »Was denn, du bist noch sauer? Über die Sache ist inzwischen so viel Gras gewachsen ... Wir waren doch gute Kumpel.«

Das konnte er schon damals besser als ich, mit Leuten umgehen, sich schnell Freunde machen.

Aber auch Feinde.

»Schon irre, dass wir jetzt wieder in einer Kajüte sind«, sagte ich und hoffte, dass mein Staunen überzeugend klang.

»Ja«, rief er. »Besser hätte ich's gar nicht planen können! Du kommst mir wie gerufen.«

Ach, wirklich, dachte ich.

Von Bremerhaven bis Bergen lernten wir, auf die gute alte Art Segel zu setzen und zu reffen, zu trimmen und niederzuholen. Wir wendeten und halsten, turnten in den Wanten herum, fierten Schoten und belegten Winschen – aber vor allem schwitzten wir viel.

Wer nur auf Motorbooten und großen Schiffen unterwegs gewesen ist, weiß nicht, wie sich Segeln anfühlt. Und schon gar nicht das Segeln ohne moderne Hilfsmittel. Die Stella Polaris war ein Zweimaster aus Holz, gebaut in den zwanziger Jahren. Zwar gab es schon etwas modernen Schnickschnack wie einen Dieselmotor oder GPS, aber Luxus wurde an Bord ziemlich kleingeschrieben, denn es sollte ja möglichst »authentisch« sein. Das hatte zum Beispiel Gereon gereizt, dessen Hobby Wikinger-Rollenspiele waren. In seiner Phantasie war er vermutlich Snorri Wegelagerersson und plünderte die Küsten rund um die Nordsee. Uns andere lockte eher die alte Route der Nordmänner von Bergen nach Orkney. Erik wurde nicht müde, uns über Fahrten und Abenteuer der Wikinger zu unterrichten. Mehr als einmal fuhr Haakon ihn an, mal endlich die Klappe zu halten. Otto, unser Käptn, war früher bei der Marine gewesen. Er verbreitete Ruhe und Kompetenz und stand über solchen Kleinigkeiten. Ihm ging es nur um Wind und Wellen, das Salz in der Gischt und das Knarren von Tauwerk und Schiffsplanken. Seit Jahren schon führte er die Stella Polaris für einen Verein von Traditionsseglern. Er hatte sie auch selbst mit restauriert, umgeriggt als Gaffelketsch und von einem Fischkutter in einen Fahrtensegler verwandelt. Mir ist es eigentlich egal, auf was für einem Boot ich bin, ich will nur den hohen Himmel über mir und den Horizont in weiter Ferne und navigieren. Das hatte mich schon immer fasziniert, und ich setzte meinen Ehrgeiz darein, ganz mit Kompass, Stechzirkel und Schlepplog auszukommen und das GPS links liegenzulassen. Ich legte unseren genauen Kurs fest und nahm Peilungen vor – Kartentisch und Logbuch gehörten schon bald ganz mir. Besonders beeindruckt war Otto von meinem Sextanten; diesen Nachbau eines historischen Instruments hatte ich erst vor kurzem gekauft und konnte mich nun mit seiner Handhabung vertraut machen.

Ein paar Stunden westlich von Bergen verriet Ulf mir endlich, warum ich ihm wie gerufen kam. Bis dahin hatten wir fast wortlos nebeneinanderher gelebt. Reden war auch kaum nötig, wir fanden schnell zurück in die alte Routine.

»Du hast deine Ausrüstung dabei«, sagte er. Als sei er nicht schon tagelang in unserer Kabine darüber gestiegen. Und ich über seine.

»Ich wüsste da ein gutes Tauchziel«, fuhr er fort.

»Hier draußen?«

Wir standen an der Reling. Ringsum war nichts als Nordsee.

Er zeigte nach Westen. »Nicht weit von hier gibt es eine Sandbank, nur etwa achtzig Meter tief. Und da liegt es.«

»Was?«

»Das wirst du sehen … du willst es doch sehen?«

»Achtzig Meter. Im offenen Meer.«

»Weißt du jetzt, warum ich dich brauche?«

Ich ließ mir Zeit mit der Antwort. »Und mit wem wärst du sonst runtergegangen?«, fragte ich dann.

Er starrte zum Horizont. »Ich wär' allein runter. Glaub mir, es lohnt sich.«

Das musste es wohl, wenn er dieses Wagnis eingehen wollte. Widerwillig spürte ich die Sehnsucht, die mich ins Wasser, nach unten zog. Jeder Einsatz hat auch angenehme Überraschungen.

»Okay«, sagte ich.

Otto, der in der Nacht weder etwas gesehen noch gehört hatte, wendete das Schiff und wollte die norwegische Polizei in Bergen kontaktieren. Jedenfalls sobald er könne, denn das Funkgerät funktioniere schon seit einiger Zeit nicht richtig. Inzwischen warteten die anderen in der Messe auf das Frühstück. Ich erklärte, warum die Kombüse vorläufig nicht zu benutzen war. Ulf wirkte genauso überrascht wie der Rest der Crew und Gäste. Währenddessen kam Haakon den Niedergang herunter.

Ich trat ihm in den Weg. »Wir müssen kurz miteinander reden.«

»Nicht vorm Frühstück«, knurrte er und wollte sich vorbeidrängen.

Ich schob ihn nachdrücklich wieder an Deck. »Erik ist tot.«

»Ach nee! Einer weniger, der das Meer kaputtmacht.«

»Als Wissenschaftler wollte er die Vergangenheit bewahren.«

»Quatsch«, höhnte Haakon. »Die stochern doch immer und überall herum, und wenn sie dann denken, sie hätten was gefunden, kommt ihr Taucher und wühlt erst recht alles um!«

»Na, dann hast du dir ja den rechten Job ausgesucht. Du bringst uns ja hin«, sagte ich kühl.

Er zögerte, setzte zu einer Antwort an und winkte dann ab.

»Erik wurde ermordet. Während deiner Wache.«

»Dann kann ich's ja nicht gewesen sein.« Er sah, nun doch etwas unruhig, zum Ruderhaus, dann zum Bug. »Wir kehren um?«

»Vielleicht hast du ja was gesehen.«

»Mit welchem Recht spielst du dich hier eigentlich so auf? Bist du 'n Bulle, oder was?«

»Jemand sollte sich drum kümmern.«

»Dann lass Otto das machen.«

»Otto lässt es mich machen«, sagte ich scharf. »Hast du nun was gesehen?«

»Vielleicht, vielleicht auch nicht.« Er ging um mich herum Richtung Ruderhaus. »Vielleicht warst du's ja selbst.«

Wie ich schon sagte: arrogantes Arschloch.

Wir waren hinuntergegangen, Ulf und ich, und ich hatte gesehen, was er mir in achtzig Metern Tiefe zeigen wollte. Während des langen, langsamen Aufstiegs in Kälte und Dunkelheit behielt ich ihn im Auge. Wie schnell konnte ein Unfall passieren, verursacht durch eine kleine Unachtsamkeit ... Damit hatten wir beide unsere Erfahrungen gemacht. Ein Unfall würde zwar nicht in meinen Plan passen, aber vielleicht in seinen?

Eingewickelt in Wolldecken, saßen wir dann in unserer Kabine, ich auf der unteren Koje, er auf den Reserveflaschen mit Sauerstoff.

»Was ist nun damit, da unten?«, fragte ich schließlich.

Er hielt im Sortieren der muschelverkrusteten Stücke inne, dic er in einem Netz mit heraufgebracht hatte. Die Striemen der Tauchmaske zogen sich noch durch sein Gesicht, er wirkte erschöpft, aber seine Augen leuchteten.

»Geld, Ingo«, sagte er. »Viel Geld.«

»Bringen denn die paar Reste da so viel ein?«

»Ach, das ... nein. Gar nichts.« Er rieb mit dem Daumen über eine Tonscherbe, schabte losen Sand ab. »Ich hab' was ganz anderes vor. Was hast du eigentlich so gemacht, all die Jahre, seit ich vom Bund weg bin? Bist du noch bei den Kampfschwimmern?«

»Schon lange nicht mehr.«

»Aber du tauchst noch.«

»Sicher. Ich muss ja auch von was leben. Und du?« Ich log nicht. Mein jetziger Beruf brachte es mit sich, dass ich ab und an auch ins Wasser gehen konnte. Ich rechnete nicht damit, dass er mir sagen würde, was er wirklich machte.

Doch er tat es, fast jedenfalls. »Ich war bis vor kurzem bei einer Bergefirma. So eine Art professionelles Schatzsuchen. Und jetzt mache ich mich selbstständig. Erinnerst du dich an unsere Losung von damals? Freiheit und Abenteuer!« Er legte mir die Hand auf das Knie. »Mach doch mit!«

»Wobei?«

»Tauchfahrten für echte Cracks. So wie uns. Ich hab' ein Schiff in Aussicht, und damit segeln wir hierher. Und tauchen. Mit Leuten, die dafür viel Geld bezahlen.«

»Warum sollten sie das tun? Da unten in dem Wikingerwrack ist doch nur Sand.«

»Nur Sand!« Er lachte auf. »Ich war vor ein paar Wochen schon mal hier, mit der Bergefirma, und wir haben uns mit dem Tauchroboter umgesehen. Ein Stückchen weiter liegen noch andere Schiffe, aus dem Zweiten Weltkrieg. Meine Firma fand sie nicht lohnend genug. Ich aber schon.« Wieder lachte er, diesmal leise, in sich hinein. »Du guckst wieder so skeptisch. Ganz der gute alte Ingo ... Keine Bange, erstens ist es legal, und zweitens wird es klappen.«

»Ich versteh' nicht, warum jemand Geld dafür bezahlen sollte.«

»Die Herausforderung«, sagte er und stand auf. »Nicht jeder schafft achtzig Meter. Dann ist Zweiter Weltkrieg und Wikinger eine klasse Kombination. Und schließlich werden sie ja auch etwas finden.«

»Was denn, ein bisschen Sand zwischen vermoderten Planken und rostigem Stahl? Was soll daran lohnend sein?«

»Jetzt noch nichts. Das ist ja der Clou: Wir werden was hinbringen.«

Er konnte nicht wissen, dass ich die Rechtslage beim Schatzbergen aus Wracks in internationalen Gewässern kannte. So gut kannte, dass ich jetzt nicht genau wusste, wie ich in diesem Punkt Naivität vortäuschen könnte.

»Und das soll legal sein? Gehören die Wracks nicht irgendwem?«

»Sie gehören dem Finder. Aber wir bergen ja nicht die Schiffe, sondern nur Dinge, die dort vorher gar nicht waren.«

»Und woher kriegen wir die?« Bemerkte er den lauernden Unterton?

»Das lass mal meine Sorge sein. Ich hab' da Beziehungen.«

Und wie er die hatte. Ich wünschte nur, ich hätte irgendwelche greifbaren Beweise.

Er hielt mir die Hand hin. »Du sagst ›wir‹? Also bist du dabei?«

»Freiheit und Abenteuer«, sagte ich.

Und schlug ein. Auch wenn ich ihm nicht traute.

»Dann stelle ich dich mal jemandem vor«, sagte er.

Axel und ich wickelten Eriks inzwischen weitgehend steife Leiche in ein Laken und verstauten sie in einer Backskiste, nachdem ich mit Gereons Digitalkamera Bilder vom Tatort gemacht hatte. So konnte ich wenigstens die Kombüse wieder in Betrieb nehmen und ein Frühstück improvisieren.

Als ich die Besteckschublade aufzog, entdeckte ich etwas, das gestern abend noch nicht darin gewesen war. Ich nahm die handtellergroße Specksteinscheibe heraus. In der Mitte war ein Loch gebohrt. Auf beiden Seiten der Scheibe waren Linien eingeritzt, kaum noch zu sehen, und der Rand war mit regelmäßigen Kerben verziert. Sie sah ein bisschen wie eine große Taschenuhr aus. Und weil ich mich für historische Navigationsinstrumente interessierte, wusste ich, wie einzigartig dieser Fund war. So wertvoll, dass jemand dafür töten würde. Ich steckte die Specksteinscheibe ein.

Otto war am Ruder geblieben, und Haakon verschwand nach kurzer Zeit, um nach dem Motor zu sehen, der »komische Geräusche machte«, wie er meinte.

»Was ist eigentlich Haakons Problem?«, fragte ich und stellte zwei Isokannen mit Kaffee auf den Tisch. »Kann er überhaupt jemanden leiden?«

»Er ist ein bisschen radikal«, meinte Axel, der bislang kaum etwas gesagt hatte. »Wegen Umwelt und so. War auch mal aktiv bei Greenpeace.«

»Was macht er dann auf diesem Schiff hier?«, wunderte sich Ulf.

»Ich glaub', die haben ihn bei Greenpeace achtkantig rausgeschmissen. War selbst denen zu radikal, ging wohl auf harmlose Touris los. Aber segeln kann er, so jemanden haben wir gebraucht.«

Unwillkürlich stellte ich mir vor, wie Haakon mit gezücktem Bootshaken badende Urlauber aus dem Wasser jagte. »Ob er sich jetzt auf Taucher und Archäologen konzentriert? Wie etwa Erik.«

»Warum machst du das eigentlich, diese ganze Rumfragerei und die Photos und so?«, wollte Gereon wissen. »Bist du 'n Bulle oder so was?«

»Ich hab' ein bisschen Erfahrung damit«, sagte ich.

»Bleibt nicht aus«, sagte Ulf. »Als Berufstaucher wird man häufig hinzugezogen, wenn irgendwas unter Wasser passiert ist. Hab' ich auch schon öfter gemacht.«

Wir tauschten ein paar Anekdoten über das Bergen von Leichen und Beweisstücken aus. Gereon wurde zunehmend blasser. Er hatte Eriks Leiche in der Kombüse nicht gesehen, vielleicht war ihm bislang gar nicht richtig bewusst gewesen, dass sie wirklich dort gelegen hatte. Aber ich muss gestehen, dass Ulfs und meine Schilderungen immer farbiger wurden. Selbst auf diesem Gebiet mussten wir uns offenbar immer noch überbieten.

»Reicht doch jetzt, oder?«, sagte Axel.

»Ja, und solltest du nicht irgendwie feststellen, was wir gemacht haben? Ob wir Alibis haben oder so? Ich meine, wenn du das schon machst?« Gereon schnappte nach seinem Teller, der vom Tisch zu rutschen drohte. »Ich war zum Beispiel ab zehn im Bett, und Erik war noch nicht wieder in unserer Kabine, als mir die Augen zufielen.«

»Für wann brauche ich denn ein Alibi?«, wollte Axel wissen.

»Gute Frage«, sagte ich.

»Um acht waren wir ja noch alle hier beim Essen«, sagte Ulf und mied meinen Blick. »Ich hab' Axel was ins Ruderhaus gebracht und noch eine Weile mit den Karten und dem GPS ein paar Standortbestimmungen gemacht.«

»Ich hatte bis Mitternacht Wache, dann hat Haakon übernommen«, bestätigte Axel. »Und du bist vielleicht um zehn oder so raus, aber nicht gleich unter Deck.« Das Motorengeräusch verstummte ganz. Die Stella Polaris legte sich in die Dünung.

»Ich hab' mir das Meer angesehen«, sagte Ulf.

»Ich hab' bis zehn in der Kombüse klar Schiff gemacht, und Erik hat in der Messe irgendwas gelesen«, sagte ich. »Er saß noch da, als ich ins Bett bin.«

Ich wusste, und Ulf wusste es auch, dass Erik noch mal die historischen Versicherungsunterlagen der Schiffe geprüft hatte, die sich aus dieser Gegend zum letzten Mal gemeldet hatten. Er hatte einen ganzen Packen davon angeschleppt, dazu eine Reisetasche voller Bücher, was ihm Haakons Hohn eingetragen hatte. Ulf brauchte für seinen Plan jemanden wie Erik, um passende »falsche« Fundstücke zu platzieren. Erik wiederum versprach sich von seiner Beteiligung an Ulfs Plan die Finanzierung eigener Expeditionen. Er träumte davon, als Entdecker berühmt zu werden. »Da bin ich wie die Wikinger«, hatte er zu mir gesagt. So viel sei noch unbekannt und unbelegt, etwa wie sie Amerika gefunden hätten und ob sie schon Fernrohr und Kompass kannten. Aber die altisländischen Sagas lieferten jede Menge Anhaltspunkte, und was noch nicht gefunden sei, »das muss doch irgendwo sein«, schloss er aufgekratzt.

»Du hast schon geschlafen, als ich gekommen bin.« Ulf grinste mich an. »Tief und fest, wie immer.«

Das hatte ich schon früher als gemischten Segen betrachtet. Wenn mein Körper wusste, dass kein Alarm drohte, versank er ins Koma, selbst wenn es nur für die kurze Zeit einer Freiwache war. »Und du hast geratzt, als ich aufgestanden bin.«

»Wer hat denn jetzt den Erik wann zum letzten Mal gesehen?«, fragte Gereon.

Alle sahen mich an.

»So wie's aussieht, war das wohl ich«, sagte ich. »Und nach mir sein Mörder.«

Das alles hatte gar nichts gebracht. Jeder von uns hätte es gewesen sein können, dachte ich. Auch der Tatort hatte keinen konkreten Hinweis auf Täter oder Motiv gegeben. Ich hatte nur die Scheibe und den Verdacht, dass der Mord während Haakons Wache passiert war. Vielleicht sollte ich die Ermittlungen wirklich der norwegischen Polizei überlassen. Immerhin hatte ich hier eigentlich was anderes zu tun.

Aber mich beunruhigte, dass Ulf in die Sache verwickelt war. Sobald sich die Polizei näher mit Eriks Tod beschäftigte, würde sie auch auf den Plan mit den gesunkenen Wracks stoßen; jeder an Bord hatte uns tauchen sehen, und in Eriks Kabine waren die historischen Versicherungsunterlagen. Ich bezweifelte, dass ich dann das, weswegen ich an Bord war, noch durchziehen konnte.

Nach dem Frühstück erreichte uns das Schlechtwetter endgültig. Der Wind frischte auf, und das Schiff rollte und schaukelte. Unter Motor hätten wir mehr Geschwindigkeit und eine stabile Lage erreichen können, doch er schwieg. Hastig sicherte ich alle losen Teile in der Kombüse und versuchte, nicht nur zu überlegen, was in den frühen Morgenstunden passiert sein könnte, sondern auch, was ich uns zum Mittagessen machen könnte.

»Alle Mann an Deck«, brüllte Haakon plötzlich zu mir herunter.

Oben prasselte mir Regen entgegen, und jeder Tropfen schlug mir schmerzhaft ins Gesicht, als würde ich mit getrockneten Erbsen beschossen. Beim Segelsetzen erfuhr ich, dass es nicht am Motor lag. Ein Stück Netz hatte sich in der Schraube verfangen. Natürlich wäre es kein Problem gewesen, ins Wasser zu steigen und es loszuschneiden, schon gar nicht mit zwei erfahrenen Tauchern an Bord, nur mussten wir damit warten, bis die See sich wieder beruhigt hatte.

»Und dann noch Scheiß-Ostwind«, knurrte Haakon, während wir gemeinsam das Großsegel der Stella Polaris hochkurbelten.

»Wieso?«, keuchte ich und riss an der störrischen Kurbel. Trotz Handschuhen waren meine Hände kalt und steif, und die Kurbel war glitschig vor Nässe und drohte mir aus dem Griff zu rutschen.

»Besser, wir könnten den Wikingerfreak gleich bei den Norwegern abladen«, sagte er und wischte sich das Wasser aus den Augen. »Dann hätten wir das hinter uns. Aber gegen an kreuzen bringt jetzt nichts, das schafft sie nicht.« Er tätschelte beinahe zärtlich den Großmast. »Jetzt sind wir doch wieder auf ursprünglichem Kurs – nach Orkney.«

Wenn Haakon so nach der norwegischen Polizei gierte, war er wohl kaum der Täter, sinnierte ich später, wieder unter Deck. Gegen ihn sprachen allerdings sein Zorn auf alle, die in seinem geliebten Meer herumstocherten, und dass er für seine Gewalttätigkeit bekannt war.

Weil so wenig Segel oben war, konnte das Schiff keine stabile Lage einnehmen. Mit einer schräg liegenden Kombüse kam ich klar, aber Wind und Wellen kippten das Schiff nicht nur von einer Seite zur anderen, sondern auch vor und zurück. Ich hing wie ein Gibbon an den Haltegriffen und wünschte mir Greiffüße. Warmes Mittagessen kam nicht in Frage. Ich hangelte mich zum Kühlschrank. Während ich versuchte, mich von seinem Inhalt zu Smørrebrød inspirieren zu lassen, ging ich alles noch mal ganz von vorn durch.

Der präzise, geradezu ordentliche Stich. Kampfschwimmertraining war ähnlich wie die Ausbildung zum Einzelkämpfer. So einen Stich würde ich wohl noch hinkriegen, auch wenn meine Methoden schon lange ganz andere waren. Aber warum sollte Ulf seinen Kompagnon erledigen? Nichts hatte bislang darauf hingewiesen, dass zwischen den beiden irgendwas strittig war. Erik wollte Kohle, Ulf wollte Kohle – da herrschte doch völlige Einigkeit.

Doch vielleicht tat ich Ulf unrecht. Vielleicht wollte ich nur, dass er der Täter war. Weil er mich enttäuscht hatte. Nicht nur damals, als wir gemeinsam Offiziere werden wollten, er aber die erstbeste Gelegenheit ergriff, als ihm ein gutbezahlter Ziviljob angeboten wurde. Da hatte er mich genauso im Stich gelassen wie schon vorher mal, als mir während einer Tauchübung im Manöver die Luft ausging und er plötzlich weg war. Angeblich hatte er gedacht, ich wäre von ihm weggeschwommen, und angeblich hatte er nichts mit meiner halbleeren Sauerstoffflasche zu tun – beim gegenseitigen Bodycheck vor dem Tauchgang hatte er versichert, sie sei voll.

Seine Vorstellung von Freiheit und Abenteuer bestand darin, viel Geld zu machen, wie auch immer; meine bestand darin, meine Grenzen auszutesten, sie weiter hinauszuschieben, zu überwinden.

Das hieß aber noch lange nicht, dass er ein Mörder war.

Ich machte den Kühlschrank wieder zu und zog das Ölzeug über, um an Deck zu gehen. Am besten machte ich das mit Ulf direkt aus, von Angesicht zu Angesicht.

Die Stella Polaris machte eine Art Bocksprung, so dass ich fast den Niedergang hinunterfiel. Ich piekte die Sicherheitsleine ein und hangelte mich Richtung Vorschiff. Der Wind fauchte um mich herum, und alle paar Sekunden bekam ich von der See einen Schwall Gischt übergeschüttet.

Auf dem Vorschiff sah ich zwei Gestalten, wahrscheinlich Haakon und Ulf. Sie versuchten, das Vorsegel zu bergen, das sich losgerissen hatte und wild um sich schlug.

»... losschneiden!« Ja, das war Haakons Stimme, kaum zu verstehen über dem Gebrüll des Windes und des Wassers.

Ich beeilte mich, um mit anzupacken, und stürzte mich in das Durcheinander von flatterndem Segel und Schoten. Haakon drehte sich zu mir und schrie irgend etwas. Er hielt sein Messer in der Hand, fuchtelte damit herum und schwankte, als das Deck sich schräg legte. Ulf streckte die Hand nach ihm aus. Eine Bö peitschte mir Gischt in die Augen.

Das nächste, was ich sah, war, dass Haakon durch die Reling über Bord rutschte. Ich hechtete hinterher und bekam die Kapuze seiner Öljacke zu fassen. Das Schiff schlingerte. Haakon knallte gegen den Rumpf und hing bewegungslos wie ein Sack in meinem Griff. Ich fing selbst an zu rutschen. Sicherheitsleine hin oder her, ich wollte nicht mit einem bewusstlosen Haakon ins Wasser fallen und suchte mit den Beinen nach Halt, bis ich spürte, dass jemand sie festhielt. Ulf arbeitete sich an mir entlang, und gemeinsam zerrten wir Haakon wieder an Deck.

In dem Moment knirschte es, und am Großsegel brach der Baumniederholer. Der Großbaum schwang aus, das Schiff neigte sich zur anderen Seite, und der Baum kam herum. Ulf und ich ließen uns wieder auf die Planken fallen. Durch den Regen konnte ich erkennen, wie jemand, vermutlich Axel, mit einem Tampen versuchte, den Baum einzufangen.

Wir krochen ins Lee des Kajütdecks und zerrten Haakon hinter uns her.

»Hast du gesehen?«, brüllte mir Ulf ins Ohr. »Der wollte auf dich los!«

»Warum sollte er?«, keuchte ich.

»Weil er dich für den Mörder hält«, sagte Ulf schwer atmend.

»Mich?«

»Er hat dich gesehen. Wie du eine Plastikschüssel aus der Kombüse getragen hast. Während seiner Wache. Das hat er mir gesagt.«

Ich starrte ihn an. Nur der Täter konnte die Plastikschüssel mit den Funden aus der Kombüse genommen haben. Und nur der Täter hatte Interesse an der Schüssel – wusste aber nicht, welches Stück darin der wertvolle Fund vom Meeresgrund war, über den Erik vermutlich begeisterte Andeutungen gemacht hatte. Und damit nicht eine Horde von Archäologen und Tauchern und Reportern hier herumwuselte und die ganze Welt davon erfuhr, wollte der Täter, dass die Entdeckung ganz sicher geheim blieb. Also sowohl Haakon als auch Ulf.

»Du könntest ruhig etwas dankbarer sein, dass ich dich vor Haakon gerettet hab'«, sagte Ulf. Seinen nächsten Satz konnte ich nicht hören. Das Großsegel hatte einen Moment lang schlapp gehangen, aber jetzt fuhr der Wind knatternd hinein. Offenbar hatte Axel den Baum wieder festmachen können. »... und ich halte dicht, da kannst du dich auf mich verlassen. Ich sage der Polizei einfach, er war's.«

Wäre ich nicht so nass gewesen, hätte ich vielleicht den Schauder gespürt, der mir bei seinen Worten über den Rücken lief. Mich auf Ulf verlassen.

»Du glaubst doch wohl nicht, dass ich Erik umgebracht hab'«, sagte ich.

Ulf grinste.

Ich deutete auf den schlaffen Körper zwischen uns. »Aber Haakon hat schon recht: Er hat jemanden wie mich gesehen. Nämlich dich.«

»Und warum sollte ich das gewesen sein?«

»Deswegen«, sagte ich und zog die Scheibe aus der Tasche.

Ulf starrte verständnislos darauf. »Was ist das?«

»Ein Wikingerkompass. Ein unschätzbares Fundstück aus dem Wrack, über dem du deinen privaten Tauchclub einrichten wolltest.«

Ulf schwieg.

»Erik hat natürlich sofort gewusst, was für einen Fang du gemacht hast. So ein Kompass wurde erst ein Mal gefunden, auf Grönland. Die Entdeckung hätte Erik mehr als genug Ruhm und Anerkennung eingebracht. Da wollte er bei deinem Plan nicht mehr mitmachen.« Ich sah ihn an. »Und deswegen musste er weg. Wie Haakon jetzt, weil er dich gesehen hat.«

»Es gibt keine Beweise«, sagte Ulf. »Du kannst mir doch gar nichts.«

»Ich kann dich festnehmen.«

Ulf begann zu lachen, aber es klang wohl selbst für ihn nicht überzeugend. »Du und Bulle? Niemals.«

»Ich bin Zollfahnder«, sagte ich. »Spezialgebiet maritime Altertümer. Deine Bergefirma beobachten wir schon seit zwei Jahren, und ich sollte hier verdeckt ermitteln. Aber mir reicht's jetzt mit dir. Du bist festgenommen.«

Ulf blickte auf die Scheibe in meiner Hand. »Wie haben die Wikinger das Ding eigentlich benutzt? Da ist doch gar kein Magnet drin.«

»Sie haben darauf all ihre Erfahrungen festgehalten. Und die zeigten ihnen den richtigen Weg.«

Smørrebrød

Smörgåsbord

Eisgekühlter Aquavit

Krabbencocktail Göteborg · 254

Warmer Gurkensalat · 254

Rosolli

(Skandinavischer Gemüsesalat) · 254

Dillgebeizte Lachsforelle mit Hasselbackpotatis

(Schwedische Backkartoffeln) · 255

Fehmarner Matjestopf · 255

Kalakukko

(Finnische Fischpirogge) · 257

Mord im Hafen von Amsterdam

Dick van den Heuvel und Simon de Waal

Nur noch wenig erinnerte im Hafen von Amsterdam an das ruhmreiche Goldene Jahrhundert, als unzählige leere Schiffe gen Fernen Osten aufbrachen und voll beladen mit Salz, Pfefferkörnern oder Muskatnüssen zurückkehrten, um an den Schreierstoren anzulegen. Dort an der zugigen Stelle, wo inzwischen der Hauptbahnhof stand, warteten seinerzeit die Frauen in ihren dicken Baumwollröcken auf die Rückkehr ihrer Männer, die fünf, sechs Monate unterwegs gewesen waren, auf ihren Reisen nach Indien und sogar nach China oder Papua-Neuguinea. Oft erhielten die Frauen nicht mehr zurück als die halbe Heuer und eine schöne, in Leder gebundene Bibel, ein Geschenk des Kapitäns, der ihnen mitteilte, dass der Körper ihres geliebten Ehemannes in weißes Leinen gewickelt mit »eins, zwei, drei, in Gottes Namen« an das Seemannsgrab übergeben worden war, tief unten auf dem Grund des Meeres ... wahrscheinlich als Futter für die Haie. Was für einen prächtigen Anblick musste der Hafen damals abgegeben haben: mit all den strahlend weißen Segeln und all den bunten Flaggen, den Spiegeln und kunstvoll bemalten Achtersteven der Schiffe der niederländischen Ostindischen Kompanie.

Jetzt jedoch, nicht einmal zehn Jahre nach dem Großen Krieg von 14/18, hatte der Amsterdamer Hafen seine beste Zeit hinter sich. Die Bürgermeister hatten versäumt, die Fahrrinne ab IJmuiden tief genug für die großen Dampfer und Frachtschiffe ausheben zu lassen, und langsam, aber sicher hatte die Hauptstadt der Niederlande ihr Haupt vor Rotterdam beugen müssen, wo die Menschen zudem immer bereit waren, härter zu arbeiten als im mondänen Amsterdam. Die Stadt war mehr damit beschäftigt, das Berlin der Niederlande zu werden, und betrachtete den Rokin als die holländische Ausgabe des Kurfürstendamms mit seinen zahlreichen Theatern und schlecht beleuchteten Kabaretts mit spärlich bekleideten Tänzerinnen.

Auf dem Westerdok waren die Lotsen und Lagerhallen gemeinsam gealtert; die Aschereste aus den Kohleöfen waren zu großen Haufen aufgeschichtet, die nicht mehr abgeholt wurden; es stank nach Lebertran und nach verbranntem Pottwal, und die Ratten hatten die Schiffe verlassen und wohnten jetzt in der nahen Innenstadt von Amsterdam und in den Grachten. Wer sich auf dem Westerdok aufhielt, scheute das Tageslicht, und in den Hinterhäusern gab es Opiumhöhlen, auf die man selbst in China neidisch gewesen wäre.

Auf dem Zeedijk traf man im Dunkeln leichte Mädchen von bedenklichem Gesundheitszustand: abgemagert, die Haut rauh von vielen kleinen Wunden, und der Husten verriet, dass sie schon bald an der Schwindsucht sterben würden. Vorher wurden sie von Kerlen ausgebeutet, die tranken und prügelten. Ehrsame Bürger wagten sich nicht mehr ins Hafengebiet, und die Gegend um das IJ, einen der beiden Flüsse von Amsterdam, war völlig heruntergekommen. Zwischen Amstel – diesem Fluss verdankt die Stadt ihren Namen – und IJ wohnte Gesindel von zweifelhaftestem Ruf: Mörder, Diebe, Huren und Trunkenbolde. Man schrieb das Jahr 1926, und Amsterdam verelendete.

Nicht weit vom Hafen, gerade jenseits der Grenze zwischen Gut und Böse, führte C. J. van Ledden Hulsebosch seine kleine Apotheke. In den Nieuwendijk kamen ordentliche Menschen, und die meisten Kunden waren zwar einfach, aber ehrbar. Doch der Apotheker verbrachte nicht mehr viel Zeit mit dem Anfertigen von Hustensaft, Kopfschmerzpulver und Fettsalben, denn im hinteren Teil seiner Apotheke hatte er ein kriminalistisches Labor eingerichtet und sich darauf spezialisiert, allerlei »stumme Verbrechenszeugen« zu finden; er wusste mehr über Fingerabdrücke und technische Spuren als jeder Polizist ... und deshalb bat ihn sein Freund, der junge Inspecteur Jonathan Saltet, häufig bei scheinbar unlösbaren Mordfällen um Hilfe. Der Apotheker konnte stundenlang ein Haar oder einen Fingerabdruck unter dem Mikroskop betrachten und dabei Spuren finden, die auf den Täter hindeuteten. Mit seiner Sammlung von Gipsabdrücken, Tintenfässchen, Fingerabdruckpulver und all den anderen kleinen und großen Mitteln, mit deren Hilfe er Spuren zum Sprechen brachte, hatte er schon viele Fälle gelöst. Und von Madame Curie persönlich hatte er eine Ultraviolettlampe übereignet bekommen, die es ihm sogar ermöglichte, Falschgeld von echtem zu unterscheiden.

»Was man nicht alles aus einem Fußabdruck ablesen kann«, belehrte van Ledden Hulsebosch seinen Freund. »Nicht nur die Form der Sohle und dadurch die Art des Schuhs, sondern auch das Gewicht des Täters, wie er läuft und manchmal sogar, wohin er gelaufen ist.«

Auch heute hängte er das Schild »Geschlossen« an seine Ladentür, sperrte ab und band seinen Spurenkoffer auf dem Gepäckträger seines Fahrrads fest.

»Na, ist wieder einer umgelegt worden?«, fragte der Krämer von gegenüber. Hier in der Nachbarschaft wussten es alle: Wenn der Apotheker sich aufs Fahrrad schwang, hatte man wieder jemanden ins Jenseits befördert, und das meist nicht besonders zartfühlend. Sie verfolgten seine Abenteuer in den *Courant Nieuws van de Dag*, wo Reporter Kobus de Quay fast wöchentlich von den Erlebnissen des Apothekers berichtete.

»Die Welt wird nicht besser«, sagte der Apotheker und zwirbelte die Enden seines Schnurrbartes. Dann radelte er los in Richtung östliches Hafengebiet, dabei drückte er seine Melone mit einer Hand fest auf den Kopf.

»Wir lesen es dann sicher wieder in der Zeitung«, rief der Krämer ihm hinterher und freute sich bereits auf die Aufklärung eines schönen, möglichst komplizierten neuen Mordfalls.

Inspecteur Jonathan Saltet beugte sich über den ermordeten Hafenarbeiter, während Polizisten die Neugierigen auf Abstand hielten, denn jeder versuchte einen Blick auf die Leiche zu erhaschen. Straßenkinder mit Rotznasen und schmuddeligen Gesichtern rangelten um die beste Aussicht, und wenn einer etwas sehen konnte, schnappte er wegen des gruseligen Anblicks auf den Rangiergleisen lautstark nach Luft.

Die Menschen traten beiseite, als van Ledden Hulsebosch angeradelt kam, und wer nicht schnell genug Platz machte, wurde von den Polizisten zur Seite gestoßen, so dass eine schmale Gasse bis zur Leiche entstand. Der Apotheker hockte sich sofort neben den Toten und untersuchte ihn. Es war ein Hafenarbeiter, der einen ordentlichen Schlag mit einem Dechsel abbekommen hatte, einem kleinen Schiffsbeil, das blutverschmiert neben ihm lag. Der Mann war nach vorne gefallen und hatte noch ein kleines Stück vorwärts kriechen können, musste dann aber das Bewusstsein verloren haben.

»Kinder haben ihn gefunden, aber da war er schon tot«, sagte Jonathan Saltet.

Van Ledden Hulsebosch betrachtete die Leiche und schrieb etwas in ein kleines Notizbuch, das er für solche Gelegenheiten immer bei sich trug, dann holte er ein Maßband aus seinem Koffer und legte es neben die Leiche. Er schob es sogar in die Wunde und notierte, wie tief das Beil ins Genick eingedrungen war. Auf einer Zeichnung hielt er genau fest, in welchem Winkel dem Mann die Wunde zugefügt worden war.

»Weißt du schon etwas?«

»Ich kann ja nicht hexen«, sagte van Ledden Hulsebosch mürrisch. »Nur soviel: Der Mörder ist Linkshänder, ungefähr einen Meter sechzig groß, rothaarig und eine Frau. Ihr Name fängt mit L an, aber in dem Punkt bin ich nicht ganz sicher. Ach ja, und sie selbst ist auch verletzt.«

Obwohl Jonathan Saltet schon einige Dutzend Fälle gemeinsam mit dem Apotheker gelöst hatte, verblüffte ihn die Schnelligkeit, mit der van Ledden Hulsebosch seine Schlussfolgerungen zog, immer wieder aufs Neue. Er konnte allerdings nicht mehr fragen, wie der Apotheker zu diesem Ergebnis kam, denn es wurde ihm sofort mitgeteilt.

»Dass er Linkshänder ist, kann man aus dem Winkel der Kopfwunde ableiten; daraus ergibt sich auch mehr oder weniger die Größe des Täters. Der Schlag war zwar tödlich, aber doch weniger tief, als man von einem Mann erwarten würde. Das rote Haar habe ich hier.«

Mit einer Pinzette entfernte er ein langes, rotes Haar von der Leiche. Dann zeigte er auf die rechte Hand des Opfers, die noch mit Blut den Buchstaben L auf das bucklige Kopfsteinpflaster der Hafenstraße hatte malen können.

»Und dass sie selbst verwundet ist?«

»Sieh dir die Form der Blutspuren an. Dieses hier ist geströmt; es stammt aus der Kopfwunde. Aber hier, auf seinem Rücken, da sind kleine runde Blutflecken. Dieses Blut kann unmöglich aus seiner Wunde stammen. Die Täterin hat sich noch einmal über die Leiche gebeugt, und dabei ist Blut heruntergetropft. Also hat sie sich an den Händen oder am Kopf verletzt.«

Saltet sah ihn geistesabwesend an. Plötzlich blinzelte er. »Dann suchen wir mal«, sagte er. »Wir kämmen die ganze Nachbarschaft nach einer Rothaarigen durch, deren Name mit L beginnt und die verletzt ist. Sollte nicht schwierig sein.«

Inzwischen war der Leichenwagen eingetroffen, und zwei weißgekleidete Pfleger brachten eine Trage. Sie würden den Toten in das Mortuarium des Krankenhauses bringen. Wenig ehrerbietig zerrten sie den schweren, schlaffen Körper hoch und wollten ihn gerade auf die Bahre werfen, als der Apotheker sah, dass sich etwas in der Jackentasche des Ermordeten bewegte. Er ließ die Pfleger innehalten, beugte sich zur Leiche hinab und steckte die Hand in die Tasche. Heraus holte er eine kleine Maus. Ein unschuldiges kleines Tier, das ein Getreidekorn festhielt. Wieder tauchte van

Ledden Hulseboschs Hand in die Tasche und fand dort noch mehr Proviant. Er hob die Maus vor sein Gesicht.

»Ich glaube, du musst dich an ein neues Herrchen gewöhnen«, sagte er.

Da sich seine Haushälterin vor Mäusen fürchtete, schwor sie sofort, dass sie in seinem Laboratorium erst dann wieder saubermachen würde, wenn das Tier aus dem Haus war. Das passte van Ledden Hulsebosch ganz hervorragend, denn er wollte sie sowieso nicht im Labor haben. Sauber hieß bei ihr nämlich ordentlich; und zwar einer weiblichen Ordnung folgend: Töpfe wurden alphabetisch nach Aufschrift geordnet und nicht so, wie sie am besten zu greifen waren. Außerdem mochte er den Staub in seinem Labor, und wenn er saubere Glasgefäße benötigte, spülte er sie eben ab. Solange sie sein Haus sauber und ordentlich hielt, genügte ihm das völlig. Bei der Arbeit jedoch wollte er von seiner eigenen schöpferischen Unordnung umgeben sein.

Das Laboratorium des Apothekers war ein unheimlicher Ort. Er hatte darin Skelette von Ermordeten aufgehängt und etliche Photographien, die zeigten, wie er die Toten aufgefunden hatte: der Großvater, der zuviel Geld besessen hatte, in einem wundervoll bequemen Sessel mit einem Schürhaken im Kopf; das Mädchen, das sich am Ufer eines Weihers nicht an einem stürmischen Liebesspiel hatte beteiligen wollen und nun wie eine kaputtgemachte Puppe an einem Baum lehnte; das ältere Ehepaar, das in den letzten Minuten seines Lebens beieinander Trost gesucht hatte, während ihr dunkles Blut über den gefliesten Boden lief; der Adlige, von dem man dachte, dass er sich erhängt habe, bis der Apotheker nachwies, dass er erwürgt worden war. Für jeden anderen wären diese Photographien ein abscheulicher Anblick gewesen, doch für van Ledden Hulsebosch war es Untersuchungsmaterial. Neben den Bildern waren Maßbänder gespannt, und er hatte kleine Karten dazugesteckt, auf denen Lagezeichnungen zeigten, wie der Mord geschehen sein musste. Der Apotheker machte nicht nur Jagd auf Mörder, er wollte auch verstehen lernen, wie und warum Menschen überhaupt mordeten. Eines Tages wollte er eine Art Mordenzyklopädie schreiben, in der die verschiedenen Formen des Verbrechens in Rubriken eingeteilt wurden, am liebsten natürlich anhand lebendiger Beispiele. Na ja, wohl eher lebendig beschriebener Beispiele, denn die Beispiele hatten ja schon längst das Zeitliche gesegnet.

Er setzte die Maus in einen kleinen Käfig und gab ihr etwas Käse. Sie war alles andere als scheu, nahm das Käsestückchen mit den Vorderpfoten, trippelte damit ein paar Schritte umher und ließ sich dann gemütlich in einer Käfigecke nieder, um zu fressen. Das Tier schien diese Art der Fütterung gewohnt zu sein und fürchtete sich nicht vor Menschen. Van Ledden Hulsebosch ließ seinen schweigsamen Assistenten Vreugdenhill kommen – ein hageres Männlein, dessen Alter man schwerlich schätzen konnte – und bat ihn, ein paar Dinge für die Maus anzufertigen.

»Etwas, worauf sie sich austoben kann. Und vielleicht ein Trinkgefäß mit Röhrchen. Solche Dinge eben.«

Vreugdenhill nickte stumm und machte sich an die Arbeit.

Da es mit der Ganovenehre nicht mehr weit her war, gab es immer jemanden, der einen anderen zu verraten bereit war, vor allem, wenn er sich dadurch einen Vorteil verschaffen konnte. Jonathan Saltet wusste, dass er sich nur ein paar Mal in den Spelunken der Amsterdamer Innenstadt blicken lassen und herumfragen musste, ob irgendwo ein Hafenarbeiter vermisst wurde. Zum gegebenen Zeitpunkt würde jemand reden, vorsichtig wie immer. Jemand, der etwas wusste, aber nichts mit der Sache zu tun haben wollte. Jemand, der im Gegenzug erwartete, dass die Gesetzeshüter bei einer seiner nächsten Missetaten ein Auge zudrücken würden. Wenn man einem Polizisten schon mal aus der Patsche geholfen hatte, konnte das einiges ausmachen.

Und so war es auch dieses Mal. Inspecteur Saltet war noch nicht beim Nieuwmarkt angekommen – dem Ende des zwielichtigen Zeedijk mit seinen Huren und Halunken –, als ihm eine in ein Tuch gehüllte Frau auf den Rücken tippte. Sie stank nach Fisch, ihr Gesicht war von Pickeln bedeckt, und ihre Zähne standen wie Ruinen in ihrem Mund. Nachdem sie sich versichert hatte, dass Saltet derjenige war, der den Fall bearbeitete, sagte sie ihm, dass er in einem bestimmten Haus am Kromme Waal nach dem Hafenarbeiter fragen solle. Sie selbst habe ein Bordell – sie zeigte auf ein verfallenes Haus und nannte ihm die Hausnummer – und hoffe, dort in nächster Zeit keine Polizisten zu sehen, es sei denn als Freier natürlich.

Das Haus am Kromme Waal war eine Pension für Seeleute, und Kodde Breuker – so hieß das Opfer nämlich – bewohnte dort eine Kammer unter dem Dach. Diese teilte er sich mit einem Seemann, der so selten da war, dass Breuker eigentlich das ganze Zimmer für sich gehabt hatte. Der Seemann hieß Jan Voorkens und stammte auch aus Volendam, einem Fischerdorf nicht weit entfernt von der Hauptstadt. Saltet hatte Glück. Jan Voorkens, eine kleine, magere Gestalt mit dunklen Augen, war zu Hause. Er ging etwas gebeugt und sah den Inspecteur nicht an, als dieser nach Kodde Breuker fragte. Er wisse nicht viel über Kodde, außer eben, dass sie sich die Kammer im vierten Stock geteilt hatten und Kodde nun tot sei.

»Er arbeitete im Hafen, dort, wo die Ware umgeschlagen wird«, sagte die dünne Stimme des ehemaligen Fischers, der nun als Matrose zur See fuhr. »Er hatte einen Platz zum Schlafen gesucht, und ich bin so gut wie nie hier ... drei Wochen im halben Jahr. Dann war er nicht hier, oder er schlief auf dem Gang. Ich bezahle die Hälfte der Miete, das geht. Er bezahlte die andere Hälfte.«

Voorkens zog eine große braune Brieftasche aus seiner Innentasche und legte sie mit einer Hand auf den Tisch. Mit derselben Hand schlug er sie auf und holte eine Photographie aus dem hintersten Fach. Ein Bild von Kodde, ein Porträt, wie es Seeleute im Bahnhofsviertel für ihr Seefahrtsbuch anfertigen ließen.

»Warum haben Sie das Bild eigentlich?«

Der Fischer zögerte. »Er hatte ein Mädchen in Batavia. Und weil ich regelmäßig nach Niederländisch-Ostindien fahre, musste ich immer Grüße überbringen. Und einen Brief. Wenigstens das, sagte er. Sie heißt Leila. Ob sie wirklich so heißt, weiß ich natürlich nicht. Ich glaube nicht ... wer heißt schon Leila? Sie stammt aus den Niederlanden, und sie verdient in Batavia ihr Brot mit balinesischen Tänzen – für die Gäste, die im Hotel Oranje absteigen. Sie soll wohl nichts Orientalisches an sich haben, aber gerade das gefällt den Holländern da unten: eine Rothaarige, die balinesische Tänze aufführt! Und ich kann Ihnen aber eins sagen: Manchmal hat sie nicht einmal Kleider dabei an. Ich sollte ihr das Bild geben, aber sie war nicht da, wo sie sein sollte ... und da habe ich es wieder mitgenommen. Ich habe Kodde aber bisher noch nicht gesehen, sonst hätte ich es ihm schon wiedergegeben. Und den Brief.«

»Hält sich diese Leila in den Niederlanden auf?«

»In Batavia ist sie sicher nicht.«

»Können Sie sie beschreiben?«, fragte Jonathan Saltet.

»Sie soll sehr groß sein und ziemlich mollig. Ein hübsches Mädchen – wenn man Kodde Glauben schenkt.«

»Kann sie in den Niederlanden sein?«

»Woher soll ich das wissen?«, fragte Jan Voorkens unwillig. »Ich bin in Batavia gewesen und habe im Hotel Oranje nach ihr gefragt. Dort hatte sie tatsächlich getanzt, aber sie war schon wieder weitergezogen. Und wo sie jetzt ist, das weiß ich nicht.«

»Ich muss sie unbedingt finden!«

»Es tut mir leid, ich kann Ihnen nicht helfen. Ich habe selbst genug Probleme, denn ich steche übermorgen wieder in See und habe niemanden, der mein Zimmer übernimmt und die Hälfte der Miete zahlt. Wenn man von den Ganoven hier in der Straße mal absieht.«

Jonathan Saltet teilte Jan Voorkens mit, dass er sich für die weitere Ermittlung zur Verfügung halten müsse. Das wolle er gern tun, sagte Voorkens, aber übermorgen müsse er wieder an Bord, und wenn die Welt Kopf stünde.

»Leila?«, fragte C. J. van Ledden Hulsebosch.

»Ich habe schon eine Depesche nach Niederländisch-Ostindien geschickt, um mehr über sie zu erfahren, auch, wo sie sich jetzt aufhält. Die Einwanderungsbehörde kann uns vielleicht sagen, wann genau sie abgereist ist.«

»Bis wann rechnest du mit der Antwort?«

»Per Depesche wird es schnell gehen, denn es gibt eine direkte Verbindung zum Hotel, sie brauchen also den Bericht nicht erst zur Dalan Raya Post nach Batavia zu bringen. Ich hoffe, dass ich die Antwort bald habe.«

»Dann sollten wir noch ein wenig über die Sache nachsinnen«, sagte C. J. und gab seiner Maus ein Stückchen Käse. »Ich habe sie übrigens Piet Heyn genannt. Du weißt doch, was die Kinder singen: Piet Heyn, Piet Heyn, sein Name ist klein. Doch riesengroß steht er an Deck, nimmt den Spaniern das Silber weg.«

»Ich kenne unsere Geschichte«, sagte Jonathan Saltet. »Kapitän Piet Heyn überfiel die spanische Flotte, die mit Gold und Silber aus der Karibik zurücksegeln wollte. Zu dieser Zeit waren Raub und Diebstahl noch gestattet, ja mehr sogar: Die Regierung gab den Auftrag für die Kaperfahrten. Piet Heyn war ein Pirat in Staatsdiensten.«

»Das nennst du also sich in Geschichte auskennen! So redet man doch nicht über einen unserer bedeutendsten Seefahrer.«

Am Ende der Prins Hendrikkade gab es eine gute Gastwirtschaft, genau dort, wo die ersten Getreidemühlen an der Kattenburgergracht standen. Daselbst wurde ein gutes, im Hause gebrautes Bier gezapft, das mehr Alkohol enthielt als die Traditionsbiere von der Amstel.

»Kann ich mal die Photographie sehen?«, fragte van Ledden Hulsebosch. Er nahm sie entgegen, betrachtete sie von allen Seiten und roch schließlich daran.

»Was machst du denn da?«

»Ich schnuppere.«

»Ein Bild ist zum Anschauen da, nicht zum Dranriechen.«

»Der Fall ist fast gelöst«, sagte van Ledden Hulsebosch selbstzufrieden. »Ich bin eine richtige Spürnase.«

»Wie …?«

»Komm, wir bestellen was, Jonathan. Ich bin neugierig, was in der Depesche stehen wird. Und wir dürfen nicht vergessen, Kobus de Quay in mein Labor zu bitten.«

»Den Reporter? Warum denn das?«

»Und er soll die Schifffahrtsmeldungen der letzten sechs Monate mitbringen. Nicht die ganzen Zeitungen, das ist zu viel Schlepperei. Ich brauche bloß die Schifffahrtsmeldungen! Und jetzt lass uns essen.«

»Aber du kannst doch nicht ...«

»Es gibt hier einen großartigen Muier Fischtopf. Das Gericht geht auf den alten Grafen Floris V. von Muiden zurück, der lebte übrigens von 1254 bis 1296 und wurde von ein paar Adeligen brutal ermordet. Tja, Geschichtskenntnisse, Jonathan.«

»Ja, ja, ich weiß. Floris V. wurde ermordet, weil er allen Holländern Zollfreiheit gewähren wollte, und das wollte der Adel nicht, denn das hätte ihn einen Großteil seiner Einkünfte gekostet. Sie haben die Täter übrigens niemals festnageln können – ein ungelöster Fall. Genau das Richtige für dich!«

C. J. sah ihn mit großen Augen an, dann wusste er, was er antworten musste. Er hüstelte. »Kein Wunder, damals hatten sie ja noch keinen Kriminalisten wie mich, der nur durch ein bisschen Schnuppern einen ganzen Fall löst! So, ich nehme den Muier Fischtopf, und als Vorspeise die Holländische Fischsuppe – zwei großartige Gerichte. Ach ja, und lass uns eine Portion Buttersauce dazu bestellen; dick und fett, schlecht für die Hüften, aber gut für die Abwehrkräfte im Winter.«

Er verschränkte vergnügt die Hände auf seinem prallen Bauch.

»Und als Nachtisch?«

»Ein Sabayon mit Pfannkuchen und Rosinenbranntwein. Was sonst?«

Jonathan Saltet musste lachen. Der Apotheker war ein rechtes Schleckermaul, das für eine gute Mahlzeit jede Untersuchung ruhen ließ.

»Du solltest jetzt also ...«, sagte van Ledden Hulsebosch und rülpste diskret in sein Taschentuch, »... diesen Jan Voorkens in mein Labor bringen. Ich will die ganze Sache nämlich gern mit ihm durchgehen.«

»Ich möchte lieber nach Leila suchen.«

»Leila. Ja, die müssen wir auch finden. Aber ich glaube, dass Jan Voorkens uns dabei helfen kann.«

»Wenn sie erstmal weiß, dass sie gesucht wird ...«

»Das weiß sie schon. Immerhin hat sie Kodde umgebracht. Da weiß man doch, dass man gesucht wird. Aber sie glaubt, dass wir sie nicht finden können.«

»Und du findest sie trotzdem?«

»Sie hat sich versteckt.«

»Und wo?«

»An einem Ort, wo sie glaubt, dass niemand sie suchen wird. Aber mittlerweile hat sie sich verraten. O ja, das Motiv für den Mord ist das, was die Franzosen ›crime passionel‹ nennen. Ein Verbrechen aus Leidenschaft.«

»Gut, dann lasse ich Jan Voorkens holen. Und ich nehme an, dass ich die Rechnung für das Essen zahlen muss?«

»Das versteht sich von selbst, Jonathan. Die Amsterdamer Polizei schuldet mir etwas dafür, dass ich diese Sache zu einem guten Ende gebracht habe.«

Schmunzelnd ging der Inspecteur zum Wirt und überreichte ihm einen stattlichen Betrag sowie die Komplimente des Apothekers für das gute Essen.

Im abendlichen Mondlicht gingen Jonathan Saltet und C. J. van Ledden Hulsebosch zurück zur Apotheke. Auf der Wache in der Kattenburgergracht holte Saltet die Depesche ab, auf die er gewartet hatte. Sie besagte, dass die Polizei in Batavia im Hotel Oranje nachgefragt hatte, wo die beschriebene Dame identifiziert werden konnte. Eine gewisse Leila, besonders auffällig durch ihr langes rotes Haar, hatte dort tatsächlich getanzt und dann, ganz plötzlich, am siebten Juni ihren Abschied genommen.

Jetzt war September. Van Ledden Hulsebosch zwirbelte nachdenklich seinen Schnurrbart und zog vergnügt an seiner x-ten Zigarre, während der Inspecteur bei der Zeitung Anweisung gab, Kobus de Quay mit dem Zusammenstellen der Schiffsberichte zu betrauen und diese unverzüglich bei ihm abzuliefern. Danach beauftragte der junge Inspecteur vier Polizisten, Jan Voorkens ins Labor zu eskortieren.

»Was in Gottes Namen wollen Sie von mir?«, fragte Voorkens, als er von den Polizisten gebracht wurde. Sie blieben in der Tür stehen.

»Sie sind also Jan Voorkens?« C. J. sah ihn streng an.

»Was ich weiß, habe ich gesagt. Mehr weiß ich nicht.«

»Das mag schon sein«, sagte van Ledden Hulsebosch und ging zu Piet Heyn, der schon wieder auf den Hinterbeinen stand, um ein Stückchen Käse entgegenzunehmen. »Wussten Sie, dass Mäuse zwei bis drei Jahre alt werden können? Wenn sie gesund sind. Und diese hier ist in ausgezeichnetem Zustand. Ich nehme an, dass sie unseren Freund kennen?«

»Ja, sie gehörte Kodde.«

»Kodde hat gut für die Maus gesorgt. Es ist ein sehr intelligentes Tier. Ich glaube, dass sie uns zum Täter führen wird.«

»Eine Maus, ich bitte Sie!«

»O ja, Mäuse sind sehr gute Zeugen!«

»Was wollen Sie eigentlich von mir?«, rief Jan Voorkens.

C. J. van Ledden Hulsebosch hörte die Türglocke. Kobus de Quay war angekommen; der Reporter war gern zu einer Gegenleistung bereit, vor allem, wenn dabei wieder einmal Material für einen neuen Artikel heraussprang.

»Ich habe die Schifffahrtsmeldungen hier«, sagte er und legte einen Stapel Papier auf einen der Labortische.

»Auf welchem Schiff sind Sie gekommen?«, fragte der Apotheker.

»Was geht Sie das an?«, sagte Voorkens.

»Das ist eine wichtige Information. Und der Inspecteur kann Sie zwingen, sie mir preiszugeben ... ansonsten wandern Sie ins Gefängnis, bis Sie den Mund aufmachen!«

»Auf der Johanna.«

»Die Johanna«, murmelte der Apotheker, während er die Schifffahrtsmeldungen durchforstete. Schon hatte er das Datum gefunden. »Genau so, wie ich vermutet hatte.«

»Was denn?«, fragte Jan Voorkens unbehaglich.

»Ihr Schiff hat am siebten Juni abgelegt.« Er nahm die Depesche. »Laut Hotelauskunft ist das der Tag, an dem die Tänzerin Leila gekündigt hat. Merkwürdig.«

»Was habe ich damit zu tun?«

»Sie haben doch gesagt, Sie hätten sie nicht angetroffen.«

»Als ich ins Hotel kam, war sie schon weg.«

»Nein, denn sie ist erst fortgegangen, nachdem Sie wieder weg waren.«

»Ich weiß nur das, was man mir im Hotel gesagt hatte«, erwiderte Jan Voorkens.

»Aber das ist nicht wahr!«

»Und was soll ich da jetzt machen? Ich war dort. Ich habe gefragt, ob sie da ist. Und sie hatte kurz vorher gekündigt.«

»Wie lange waren Sie in Batavia?«

»Vier Tage, glaube ich.«

»Und mit welchem Schiff waren Sie gekommen?«, fragte der Apotheker.

»Was weiß ich. Mit der Anna, glaube ich.«

»Nein, denn die Anna war zu dem Zeitpunkt in Le Havre.«

»Ich merke mir das doch nicht. So viele Schiffe! Aber was hat das denn mit der ganzen Sache zu tun? Glauben Sie, dass ich den Mord an Kodde begangen habe? Dann sagen Sie es doch!«

C. J. van Ledden Hulsebosch ging durch sein Laboratorium. Den Kopf hielt er geneigt, als dächte er über etwas nach, gelegentlich blieb er stehen und sah Jan Voorkens an. Jonathan Saltet wagte nicht, etwas zu sagen. Er wusste, dass van Ledden Hulsebosch eigentlich eine Frau suchte. Was wollte er also mit diesem Mann?

»Ich werde Ihnen sagen, was ich glaube. Ich glaube, dass Leila Kodde ermordet hat. Ich habe am Einschlag des Beils gesehen, wie groß sie ist, wie stark, und ich weiß, dass sie rotes Haar hat. Ich glaube, dort hat sich eine Liebestragödie abgespielt. Ich fürchte, Kodde wollte nichts mehr mit Leila zu tun haben – wissen Sie da etwas Genaueres?«

Jan Voorkens warf dem Apotheker einen Blick zu. »Das stimmt. Ich weiß nicht viel, aber Kodde hatte wohl genug davon, dass sie sich in Batavia vor diesen schmierigen Kerlen aus Holland auszog. Und manchmal ging sie sogar noch weiter. Sie wollte hier in Amsterdam ihren ›Beruf‹ weiter ausüben. Kodde war ein ehrbarer Mann, wie man sie hier im Hafen selten findet. Er wollte heiraten, Kinder bekommen und von seinem armseligen Hafenarbeiterlohn leben. Ein guter Mensch.«

»Finden Sie?«

Jan Voorkens nickte. »Sie hat gesagt, sie kann nicht aufhören. Sie hat nämlich viele Schulden. Es sind eigentlich nicht ihre. Der Vater hat alles versoffen und verspielt, und die Mutter sitzt da mit weiteren sieben Kindern und ohne Geld. Für die sorgt sie. Wie kann sie denn anders für sie sorgen? Sie schickt regelmäßig Geld aus Batavia.«

»Aber Kodde konnte das Nackttanzen nicht mehr ertragen.«

»Und das ganze Getue mit den Kunden auch nicht. Na ja, wahrscheinlich kann man Leila doch als Hure bezeichnen. Sie war sogar sehr teuer. In Niederländisch-Ostindien haben die Herren die Taschen prallvoll. Doch Kodde wollte das nicht mehr. Deshalb gab es Streit.«

»Und den haben Sie miterlebt?«

»Den Streit schon, ja. Dann gingen sie weg. Um noch mal über alles zu reden. Da muss es dann passiert sein.«

»Ob sie es wohl bereut?«

»Ich glaube schon«, sagte Voorkens. »Aber ich kenne sie nicht gut.«

»Sie ist aber mit Ihnen hierhergereist.«

»Sie lassen keine Frauen auf die Schiffe. Jedenfalls nicht auf die Johanna.«

»Sie hat sich also versteckt?«

»Ich weiß nicht, wie sie in die Niederlande gekommen ist. Woher soll ich das wissen? Auf unserer Sorte Schiff dürfen keine Frauen an Bord. Wir sind zu lange unterwegs, und der Kapitän kann nicht für ihre Sicherheit garantieren. Dann muss man eben mit einem dieser Luxusschiffe fahren –

und Sie wissen ja, was das kostet! Unbezahlbar! Ich weiß nicht, wo sie ist, wenn Sie das meinen. Sie ist spurlos verschwunden.«

»Wenn sie ihn ermordet hat, heißen Sie das gut?«

»Nein. Das hätte sie nicht tun dürfen. Kodde war ein guter Mensch, habe ich das nicht gesagt?«

Saltet trat einen Schritt nach vorn. »Warum haben Sie mir das nicht erzählt? Ich habe Sie doch auch danach gefragt.«

Voorkens zuckte die Schulter. »Ich dachte, es wäre nicht so wichtig.«

Wieder ging C.J. van Ledden Hulsebosch im Raum auf und ab. Er betrachtete die Maus auf dem Tisch.

»Sie können mir also nicht sagen, wo Leila ist?«

»Nein.«

»Dann muss ich die Maus sprechen lassen. Piet Heyn wird es mir bestimmt erzählen.«

»Eine Maus kann nicht sprechen, Mijnheer!«, sagte Jan Voorkens verächtlich. Er zwinkerte Saltet zu und zeigte einen Vogel: Der Apotheker war übergeschnappt.

»Eine lebende Maus nicht, aber wie Sie wissen, habe ich ein kriminalistisches Labor. Die Maus habe ich in der Tasche von Kodde gefunden. Ich habe beschlossen, Piet Heyn aufzuschneiden und mir seine Eingeweide zu betrachten. Manchmal kann man im Mageninhalt selbst einer Maus noch besondere Spuren finden.«

»Was für ein Unsinn!«

»Keineswegs. Möglicherweise kann ich am Mageninhalt der Maus sehen, wo Kodde seine letzten Stunden verbracht hat und dadurch feststellen, wo Leila ist.«

Verwirrt sah Jonathan Saltet den Detektiv an. Kobus de Quay runzelte die Augenbrauen. C.J. hatte doch nicht wirklich vor, das Tier zu töten?

»Aber sicher. Wenn Jan nicht sagen will, wo Leila steckt, muss ich die Wahrheit eben Piet Heyn entlocken.«

Er nahm ein Etui mit Skalpellen von einem Regalbrett. Die Schweißtropfen auf Jan Voorkens Stirn waren groß wie Südseeperlen. Der Apotheker griff in den Käfig und holte die Maus heraus, die sich vertrauensvoll anfassen ließ. C.J. legte sie mit dem Rücken auf eine glänzende Schneidefläche.

»Jonathan, sei doch so nett und halte die Maus eben fest. Wir sollten jetzt besser auf Nummer Sicher gehen, wenn wir schon dabei sind.«

Jonathan Saltet kam zum Tisch herüber und nahm die Maus. Sie blickte mit kleinen schwarzen Knopfaugen zu ihm auf und hatte keine Angst. Sie vertraute den Menschen, denn die hatten bisher immer gut für sie gesorgt.

Van Ledden Hulsebosch senkte das Skalpell, bis es kurz davor war, den Bauch der Maus zu berühren.

»Halt, aufhören!«, rief Jan Voorkens.

Van Ledden Hulsebosch hob den Kopf. Seine Augen suchten eine Antwort.

»Wie sind Sie dahintergekommen?« Jan Voorkens wandte den Blick von C. J. ab.

Saltet sah vom einen zum anderen. Er verstand gar nichts mehr. »Worauf ist er denn gekommen?«

»Auf die Wahrheit«, sagte der Apotheker. »Die Photographie, die Sie schon seit Monaten mit sich herumtragen – die riecht nach Lavendelöl. Das ist seltsam, oder? Es ist ein Bild von Kodde, das als Geschenk für Leila bestimmt war. Ein Bild, das Leila immer bei sich trug. Oder ist das falsch?«

»Was? Was denn?« Kobus de Quay hatte völlig den Faden verloren, aber Voorkens nickte.

»Denn Jan Voorkens ist eigentlich – Leila, richtig?«

Der Mann, der als Fischer Jan Voorkens durchgegangen war, sah die Versammelten kurz an. Dann zog die kleine, magere Gestalt mit einer Handbewegung die schwarzgelockte Perücke ab, wischte sich die Farbe aus den Augenbrauen und öffnete die Jacke. Aus dem dünnen Volendamer Fischer war eine zarte, schöne, rothaarige Tänzerin geworden.

»Wir konnten in der Stadt keine Wohnung finden, also gingen wir in diese Pension, wo sie aber auch nur Männer reinlassen. Ich bin in den letzten Tagen nur nachts Leila gewesen, tagsüber war ich Jan Voorkens. Es ging nicht anders.«

»Ich hatte zwar keinen Beweis«, sagte der Apotheker. »Aber ich hatte ein niedliches Mäuschen.«

Leila sah ihn an und lächelte verlegen. »Ich hatte Kodde gebeten, sich um die Maus zu kümmern. Wir haben sie übrigens immer De Ruyter genannt, nach einem anderen Seehelden aus unserer Geschichte. Eigentlich dumm, eine Maus als Bindeglied zwischen zwei Verliebten.«

C. J. sah Leilas zärtlichen Blick. »Nein, nicht dumm.«

Leila blickte zu Boden. »Ich wollte ihn überraschen. Ich stand auf einmal vor ihm. Ich liebte ihn. Aber er schlug mich weg, schimpfte mich eine Hure. Und dann ging alles schief.« Sie nahm die kleine Maus in die Hand. »Was meinen Sie, darf ich sie ins Gefängnis mitnehmen?«

»Mevrouw, im Gefängnis, da gibt es mehr als genug Mäuse.«

Fischtopf anno 1926

Muier Fischtopf

mit Genever-Buttersauce · 247

Soufflépfannkuchen

mit Sabayon und Rosinenbranntwein · 272

Indonesische Reistafel

Cocktail Flying Dutchman · 278

Sajur Tumis Taogé

(Indonesische Gemüsesuppe) · 236

Geröstete Erdnüsse und Kokoschips · 236

Kroepoek · 236

Fisch-Sateh mit Erdnusssauce oder Kokosdip · 236

Scampi mit süßer Zwiebelsauce · 238

Salatgemüse mit Erdnusssauce · 238

Thunfisch in Salatblättern · 239

Eier in Sambal-Sauce · 239

Röstzwiebeln mit Macadamia · 239

Irisches Seemannsgarn

Ulrike Gerold und Wolfram Hänel

Tom und Ulrich. Beide beim selben Blatt. Hochglanz. Überregional. Marktführer in der Sparte Reise und Touristik. Tom Deutschkind, genannt Tele-Tom, als Photograph. Ulrich S. Arnold als Textredakteur. Das S., damit das Kürzel hinhaut. USA.

Sie haben sich bei ihren Reportagen schon überall durchgefressen. Entweder auf Spesen oder auf Einladung des jeweiligen Reiseveranstalters vor Ort. Tele-Tom und USA, und sie sind bekannt für ihre Standfestigkeit. Nicht nur beim Trinken. Natürlich waren sie auch schon in Irland gewesen. Nord-Irland. Carrick-a-Rede-Ropebridge, Dunboy-Castle, Bushmills-Destille. Das Übliche eben. Genug, um mitzukriegen, dass alle Iren rothaarig sind, Unmengen Guinness vertragen und Lieder von gescheiterten Revolutionen singen.

Allein der Whiskey hat Tom und Ulrich für vieles entschädigt. Und Belfast war besser, als sie gedacht hätten. Klar, ein bisschen provinziell alles. Aber verdammt gutes Essen im Crown Liquor Saloon. Und Kellner, die schon springen, wenn man nur mit der Wimper zuckt. Die geplante Reportage »Paddeln auf dem River Foyle – Grenzfluss zwischen Gut und Böse« war dann allerdings ins Wasser gefallen. Weil kein Mensch auf dem Foyle zum Paddeln war. Weder die Guten noch die Bösen. Und Touristen schon gar nicht. Aber das hatte der Chefredakteur nicht wissen können. Auf der Redaktionssitzung hatte die Idee allemal überzeugend geklungen.

Jetzt sind sie zu irgendeiner gottverdammten Insel unterwegs. Vor der Westküste. Keine achtzig Einwohner, aber über tausend Schafe. Es steht zu befürchten, dass die da noch nicht mal eine Kneipe haben. Von einem vernünftigen Restaurant ganz zu schweigen. Mit anderen Worten: Es hat sie voll erwischt. Und das alles nur, weil der Chefredakteur ausgerechnet über eine dpa-Meldung stolpern musste, nach der auf dieser Insel Gold gefunden wurde. Aber die Insulaner weigern sich, das Gold abzubauen. Wollen, dass alles so bleibt, wie es immer war. Und Journalisten wollen sie auch keine sehen. Haben ihre Insel angeblich dicht gemacht. Mit einer Eisenkette vor der Hafenzufahrt. Und spielen jetzt David und Goliath mit dem Rest der Welt. Was in diesem Fall ein Konsortium internationaler Schürfgesellschaften ist. Die reichlich Geld geboten haben, um das Gold abbauen zu können. Aber die Iren wollen nicht. Wollen sich lieber auf ihrem gottverdammten Inselchen zu Tode langweilen, statt den Rest ihres Lebens in einem Luxus-Bungalow auf dem Festland zu genießen.

»Die spinnen doch, die Iren«, hat Tom festgestellt.

Ein Interview mit ein paar irischen Bauerntölpeln also, die nicht kapieren wollen, was die Stunde geschlagen hat. Und eine Bildstrecke mit runtergekommenen Cottages bei Nebel und Nieselregen wahrscheinlich. Darauf wird es hinauslaufen.

»Nimm einen Filter«, hat der Art-Director noch von Tom verlangt, »ich will, dass das Ganze irgendwie künstlich aussieht. Fast keine Farben, nur manchmal ein Fleck in Pink oder so, du weißt schon, was ich meine ...«

Und Ulrich S. Arnold soll die Fakten liefern. Wie üblich. Wer, wann, was, wo. Trotzdem, da hat er es immer noch leichter als Tom. Zur Not schnappt er sich ein paar von den Paddies und trinkt einen mit ihnen. Und sein Interview macht er mit irgendeiner Tussi vom Touristenbüro. Irgendeine Mary, die nur darauf wartet, mal ein bisschen was von der Welt erzählt zu bekommen. Die Fakten kommen dann von ganz allein. Die harten Fakten sozusagen.

Sie sind bis Dublin geflogen. Und von da gleich weiter nach Galway. Hatten noch ein paar Pints in der Hotelbar. Falsch. Haben sich richtiggehend zugeschüttet. Und heute morgen alle Mühe gehabt, dem Typen in der Autovermietung was anderes als einen Corsa aus dem Kreuz zu leiern. Jetzt sitzen sie in einem Citroën Xantia. Der wenigstens die Schlaglöcher auf der Landstraße wegsteckt wie nichts. Wenn die Scheibenwischer nicht so zum Gotterbarmen quietschten, wäre sogar ein Nickerchen drin, um die Kopfschmerzen zu betäuben.

»Du glaubst gar nicht, wie mir das Ganze am Arsch vorbeigeht«, stellt Tom gerade zum wiederholten Mal fest.

»Frag mich mal«, sagt Ulrich.

Links und rechts nichts als Moor. Ein paar Tümpel dazwischen und in der Ferne irgendwelche Berge. Grau und nebelverhangen. Eine Reklametafel mitten im Nichts verspricht ungestörten Angelurlaub in irgendeinem Luxus-Hotel.

»Wahrscheinlich scheißteuer«, meint Tom. »So ein Schuppen, wo du entweder mit einem Royce vorfahren musst oder gleich Landrover Defender. Mit der Schrotflinte auf dem Beifahrersitz.« Er kichert vor sich hin. »Moorhuhnjagd!«

»Wäre trotzdem nichts für mich. Ich brauch' den Stress, sonst läuft gar nichts, du kennst mich ja ...«

Beide brauchen den Stress. Sonst läuft tatsächlich nichts. Sonst kriegen sie keinen hoch. Bildlich gesprochen.

Als sie nach Clifden reinkommen, wünscht sich Ulrich, dass er nicht ausgerechnet jetzt aufgehört hätte zu rauchen. Hat sogar eine Wette darauf abgeschlossen. Mit dem Rest der Redaktion. Tom genauso. Tele-Tom und USA sind ab sofort erklärte Nichtraucher. Im zweiten Gang und mit unverändert quietschenden Scheibenwischern schleichen sie die Hauptstraße entlang. Ein Laden für Angelbedarf. Die Jugendherberge. Ein Lebensmittelladen. Tankstelle und Post. Ein Pub mit grell gestrichener Fassade.

»Da hast du deinen Fleck in Pink«, sagt Ulrich.

»Lass uns bloß abhauen hier«, stöhnt Tom. Er studiert die Routenbeschreibung, die ihnen die Sekretärin vor ihrer Abreise mit deutlich süffisantem Lächeln in die Hand gedrückt hat. »Cleggan heißt das Kaff, wo wir hinmüssen. Da vorne steht ein Schild. Siehst du?!«

»Schlimmer kann es jedenfalls nicht mehr werden«, wagt Ulrich zu behaupten.

Aber er irrt sich. Es kann noch schlimmer werden. Cleggan ist so ziemlich das Letzte, was ihnen jemals passiert ist. An einer halbverfaulten Mole dümpeln ein paar Fischkutter. Ein schwarzweißer Köter baut sich kläffend vor dem Citroën auf. Pinkelt gegen den linken Vorderreifen und verzieht sich. Die einzige Kneipe nennt sich Oliver's Pub. Steht jedenfalls auf dem handgemalten Schild über der Tür. Tom schnappt sich den Photokoffer vom Rücksitz.

»Los, lass uns machen, dass wir auf diese Insel da rüberkommen, da ziehen wir die Sache durch und nichts wie ab nach Hause!«

»Seh' ich genauso«, nickt Ulrich.

Sie ziehen sich die Jacken über den Kopf und hasten durch den strömenden Regen zur Tür. Und haben das ungute Gefühl, dass alle Gespräche genau in dem Moment verstummen, als sie den Kneipenraum betreten. Obwohl der Schuppen voll besetzt ist, mit einer Ansammlung von Paddies wie aus dem Bilderbuch. Und alle starren zu ihnen rüber, als wären sie hier die komischen Vögel. Nur der Wirt nicht. Der Wirt putzt ungerührt die Messinghähne seiner Zapfanlage. Mit irgend etwas, das bestenfalls so aussieht wie sein altes Unterhemd.

»Hi, folks«, sagt Tom.

Ulrich begnügt sich mit einem Nicken. Aber sie bekommen ohnehin keine Reaktion. Die Paddies glotzen nur weiter wie eine Herde stumpfsinnig wiederkäuender Kühe.

»Oh, Mann«, stöhnt Tom, »ich brauche erst mal ’nen Schluck …«

Sie schieben sich an die Theke.

Tom ordert zwei Guinness. Und hängt noch einen Satz dran über den gottverdammten irischen Regen. Der einem wirklich aufs Gemüt schlägt. Wogegen nur ein gutes Guinness hilft. Und das alles in seinem besten Englisch. Mit dem leichten Oxford-Tonfall, den er sich mühsam antrainiert hat. Und auf den er so stolz ist. Dreht sich dann zu Ulrich und meint:

»Wär’ doch gelacht, Alter, wenn wir die Sache hier nicht in den Griff kriegen, was?«

»Das will ich wohl meinen«, meint Ulrich und wünscht sich schon wieder nichts sehnlicher als eine Zigarette.

Der Wirt streicht mit einem Holzspatel den Schaum von den Gläsern. Schiebt ihnen das Guinness über die Theke und flüstert: »Seh’ ich das richtig, ein Deutscher und …«, er nickt zu Tom rüber, »ein Engländer?«

Aber er muss den Satz noch mal wiederholen, bevor Tom und Ulrich auch nur ahnen, was er da eben gesagt hat. Der Wirt wiederholt also den Satz. Wobei nicht klar ist, warum er sie diesmal fast anschreit. Offensichtlich kann er sich nicht vorstellen, dass es sein Dialekt ist, der ihnen Schwierigkeiten macht, sondern hält sie für schwerhörig …

»Oh!«, macht Tom. »Ach so, nein, beide aus Deutschland, aber vielen Dank für das Kompliment, freut mich sehr.« Er prostet dem Wirt zu.

Der verzieht schmerzlich das Gesicht. Verdreht die Augen und greift nach der Whiskeyflasche im Regal hinter sich. Genehmigt sich einen Fingerbreit aus einem Glas, das aussieht, als hätte er sich schon häufiger einen Fingerbreit daraus genehmigt. Verdreht schon wieder die Augen und haut plötzlich mit der Faust auf die Theke. Schiebt sein Gesicht ganz dicht an Toms und brüllt: »It wasn’t a compliment at all, you’re in Ireland!«

Richtet sich auf und grinst sie an, als seien sie die besten Freunde überhaupt. Und als habe er nicht gerade noch gebrüllt. Die Paddies im Kneipenraum erwachen zum Leben. Wollen sich ausschütten vor Lachen. Und prosten ihnen von allen Seiten zu.

»Sláinte!«

»Na gut«, knurrt Tom, »wenn ihr es nicht anders haben wollt …«

Er holt seine Kamera aus dem Koffer.

»Immer schön fröhlich, jawohl, so ist es richtig! Und hoch die Tassen!«

Schießt in schneller Folge eine Serie von glücklichen Paddies. Dreht sich um und nimmt sich den Wirt vor. Der prompt die Brust rausdrückt und sich in Positur stellt. Mit der Hand stolz auf dem Messinghahn der Zapfanlage.

Ulrich S. Arnold ist bekannt für sein sicheres Gespür, was den richtigen Zeitpunkt für die erste Frage angeht. Jetzt ist der richtige Zeitpunkt, so viel ist sicher. Aber lass es langsam angehen, alter Junge ...

Er leckt sich den Schaum von den Lippen.

»Wir haben gehört, es soll da so eine Insel geben«, tastet er sich vor, »und da haben sie Gold gefunden ...«

Der Wirt nickt. »Inishturk«, sagt er, »stimmt schon, eine Menge Gold.«

Na bitte, es klappt doch.

»Klingt interessant«, setzt Ulrich S-Punkt nach.

»Sehr interessant«, bestätigt der Wirt.

Ulrich lässt den Blick über die Flaschen im Regal schweifen. Als sei das Ganze so wichtig nun auch wieder nicht. Nimmt noch einen großen Schluck, bevor er wie zufällig die nächste Frage abschießt.

»Ist das eigentlich weit von hier, dieses ...«

»Inishturk?«, fragt der Wirt.

»Genau«, nickt Ulrich, »Inishturk, das meine ich.«

»Wo sie das Gold gefunden haben«, wiederholt der Wirt völlig unnötigerweise.

Tom setzt ein anderes Objektiv auf, um sie beide ins Bild zu kriegen. Den Wirt und Ulrich S. Arnold. Wie er dem Wirt die Würmer aus der Nase zieht. Wie er ihn langsam aber sicher einseift. Ihn sich zielsicher um den kleinen Finger wickelt.

Ulrich zeigt auf die beiden fast leeren Gläser vor ihnen. Und hebt zwei Finger. Wortlos zapft der Wirt zwei neue Guinness. In die alten Gläser.

»Und eins für Sie«, sagt Ulrich.

Und eins für sich.

Das einzige, was Ulrich ein wenig irritiert, sind die Paddies, die nicht mehr an ihren Tischen hocken, sondern sich im Halbkreis um sie herum aufgebaut haben. Aber andererseits ist es ja eigentlich klar. Werden nicht allzu oft die Chance haben, mal andere Gesichter zu sehen. Eigentlich arme Schweine, wenn man es recht bedenkt. Halten wahrscheinlich Galway für den Nabel der Welt. Wenn sie es denn überhaupt schaffen, einmal in ihrem Leben bis Galway zu kommen ...

Als er einen Blick in die Paddy-Runde wirft, heben sie wie auf Kommando ihre Gläser.

»Sláinte!«

Er hebt ebenfalls sein Glas, um ihnen zuzuprosten. Entweder er trinkt verdammt schnell oder die Jungs da verdammt langsam. Aber falls sie darauf spekulieren, dass er eine Runde schmeißt, haben sie sich geschnitten. Überhaupt muss er sehen, dass er beim Thema bleibt. Er wendet sich wieder zur Theke. Tom wechselt gerade den Film. Zieht die Augenbraue hoch und blinzelt ihm zu.

»Also noch mal wegen der Insel ...«, setzt Ulrich an.

»Inishturk«, nickt der Wirt. »Und du wolltest wissen, wie weit das von hier ist, richtig?«

»Richtig. Wir sind nämlich Journalisten aus Deutschland, hier ...« Er fummelt seinen Presseausweis aus der Jacke und schiebt ihn über die Theke. »Und wir sind extra hergekommen, um vielleicht einen kleinen Bericht über eure Insel da zu machen ...«

So. Die Karten liegen auf dem Tisch. Jetzt wird sich's zeigen.

Der Wirt schiebt den Presseausweis zurück, ohne ihn nur eines Blickes zu würdigen. Statt dessen brüllt er über Ulrich S. Arnold und Tele-Tom hinweg: »Sie wollen wissen, wie weit Inishturk von hier ist!«

Grölendes Gelächter ist die Antwort.

Ulrich S-Punkt beeilt sich mitzulachen. »Blöde Frage oder was?«

»Kommt drauf an«, meint der Wirt. Er winkt drei Paddies zur Theke. Zwei haben rote Gummihosen an. Der dritte hat sich die schwarze Wollmütze tief in die Stirn gezogen.

»Bill Heaney«, stellt der Wirt vor, »John Joe Heaney, Pete Heaney. Alle drei von Inishturk. Und fahren heute noch zurück. Mit dem Kutter.«

Die drei nicken Ulrich zu. Tom photographiert.

»So, und ihr fahrt heute noch zurück?«

Nicken.

Zur Sicherheit ordert Ulrich schnell noch drei Bier für die Jungs. Bevor er fragt: »Könnt ihr uns mit rübernehmen?«

Die drei warten, bis der Wirt die Gläser neu gefüllt hat. Trinken. Blicken sich an, machen bedenkliche Mienen, trinken wieder.

»Wir zahlen natürlich für die Überfahrt«, erklärt Ulrich.

»Dauert zwei Stunden«, sagt der mit der schwarzen Wollmütze.

»Na ja, nicht zu ändern«, meint Ulrich. »Hauptsache, wir kommen rüber.«

Die drei stecken die Köpfe zusammen. Ulrich würde gerne rauchen.

»Also, was ist jetzt?«, mischt sich Tom plötzlich ein. Er scheint deutlich genervt. Aber die Unterredung ist auch offensichtlich beendet.

»Einen nehmen wir mit«, erklärt der mit der schwarzen Wollmütze. »Kostet fünfzig Euro.«

»Was?! Aber wieso, ich meine, und wieso nur einen?«

»Fünfzig Euro«, wiederholt der Paddy. »Und nur einen.«

Tom und Ulrich gucken sich an. Tom zuckt mit der Schulter.

»Ich fahre«, meint Tom. »Bleib du hier, aber wir brauchen die Photos.«

»Fünfzig Euro«, sagt der Paddy schon wieder. »Im voraus.« Und streckt die Hand aus.

»Nun mach schon«, sagt Tom.

Ulrich holt die Brieftasche raus.

»Wann fahren wir?«, fragt Tom.

»Jetzt«, erklärt der mit der Mütze.

Er nimmt die Scheine, faltet sie ordentlich zusammen und schiebt sie in die Hosentasche. Dann leeren die drei ihre Gläser und marschieren ohne ein weiteres Wort zum Hinterausgang.

»He, Moment mal, ich brauche erst noch mein Zeug ...!« Tom verstaut hastig die Kamera im Koffer.

»Beeilt euch«, sagt der Wirt, »sonst sind sie weg.«

Tele-Tom und Ulrich S. Arnold hetzen zum Citroën. Ulrich schnappt sich Toms Reisetasche. Es gießt immer noch wie aus Kübeln. Der schwarzweiße Köter von vorhin kläfft sie wieder an. Als sie zum Anleger kommen, löst einer der Paddies bereits die Leinen. Der mit der Wollmütze steht im Ruderhaus. Tom springt aufs Deck. Ulrich reicht ihm den Kamerakoffer und seine Reisetasche.

»Ich hau' die Photos runter und fertig«, ruft Tom. »Morgen abend sehen wir uns wieder. Und trinken einen!«

»Das kann ich dir sagen«, nickt Ulrich.

Tom hebt den rechten Daumen hoch.

Neben der Tür zum Ruderhaus geht eine Luke auf. Dichter Qualm quillt hervor. Ein Junge steckt den Kopf aus der Luke. Wenn er alt ist, ist er vierzehn. Höchstens fünfzehn.

»Dinner is ready!«, schreit der Junge.

Es riecht nach Bratkartoffeln. Der Kutter legt ab und nimmt langsam Fahrt auf.

Achtzehn Stunden später. Ulrich steht wieder am Anleger und starrt frierend auf die graue See. Neben ihm steht der schwarzweiße Köter. Winselt und leckt ihm die Hand. Als wollte er ihn trösten. Ulrich sehnt sich nach einer Zigarette. Würde sonstwas für ein paar tiefe Züge geben. Aber in dem gottverdammten Kaff hier gibt es ja noch nicht mal Zigaretten. Oder der Wirt wollte ihm ganz einfach keine verkaufen. Auch das ist durchaus möglich. Hier ist alles möglich. Und nichts läuft so, wie es laufen sollte.

Ulrich weiß nicht mehr, wie er gestern überhaupt ins Bett gekommen ist. Er erinnert sich noch vage daran, dass der Wirt ihm irgendeinen scharfen Fusel ins Glas gekippt hat. Und immer wieder nachgefüllt hat, auch als Ulrich bereits deutlich Mühe hatte, das Glas zu fixieren. Und als die anderen Paddies längst zu Hause in ihren Betten lagen, hing Ulrich immer noch an der Theke fest. Während der Wirt ihm die wer-weiß-wievielte Lügengeschichte auftischte. Von ein paar Paddies, die als Wanderarbeiter in Schottland gewesen waren. Wo dann der Älteste von ihnen am Schlag gestorben ist. Aber die Paddies hatten kein Geld, um ihn zu beerdigen oder was auch immer. Das hat Ulrich nicht so ganz kapiert. Jedenfalls sind sie dann da zu irgendeinem Kneipenwirt, der gleichzeitig auch der Bestattungsunternehmer war. Und haben dem was erzählt von einer Erbschaft, die sie in Amerika gemacht hätten. Und dass das Geld auch schon unterwegs wäre. Der Bestattungsunternehmer war aber wohl ein ziemlich schlauer Fuchs und hat sich gedacht, wenn die wirklich Geld kriegen, die blöden Paddies, dann zockst du die jetzt mal so richtig ab. Er hatte nämlich noch einen Sarg bei sich stehen, den bisher keiner haben wollte, Eiche, mit dicken Messingbeschlägen und mit echtem Samt ausgepolstert, aber eben viel zu teuer. Und den hat er den Paddies nun aufgeschwatzt. Aber am nächsten Morgen waren die schon wieder da. Und haben irgendwas davon gefaselt, dass sie das Geld aus Amerika nun doch nicht kriegen und deshalb den Sarg wieder zurückgeben wollten. Zähneknirschend hat der Bestattungsunternehmer zugestimmt, und sie haben ihm den Sarg auch noch ganz freundlich wieder in den Schuppen geschleppt und an die Wand gestellt. Und das war's dann auch schon. Bis irgendwann der Lehrling gekommen ist und gesagt hat, dass es im Schuppen so merkwürdig riechen würde ...

Der Wirt wollte sich kaputtlachen über seine Geschichte. Hat Ulrich wieder das Glas vollgegossen und ihm dann auch noch erzählt, dass die Jungs aus der Geschichte alle von Inishturk gewesen seien.

»Billy Heaney, John Joe und Pete«, hat der Wirt gesagt, »all of them real characters.«

Was wohl so viel heißen sollte wie »verdammt clevere Typen«. Und Ulrich hat den Rest der Nacht verdammt schlecht geschlafen. Hat von irgendwelchen Leichen in Eichensärgen geträumt, die aufgereiht neben ihm an der Wand standen und von Minute zu Minute stärker rochen. Was sich dann allerdings als das muffig-klamme Federbett herausstellte, das er sich in seinem Vollrausch übers Gesicht gezogen hatte.

Im Morgengrauen ist er über irgendwelche matschigen Wiesen gelatscht bis zu irgendeiner Kirchenruine. Mit einem Schild daneben: Ausgrabungsstätte der Universität Dublin. Ulrich hat sich unter dem Flatterband hindurchgebückt und sah sich im nächsten Moment konfrontiert mit einem Loch im sandigen Boden, aus dem ihm bleiche Knochen und Schädel entgegenleuchteten. Und als er endlich wieder im Kneipenraum hockte und mit einem Guinness gegen das Zittern in seinen Händen angurgelte, lief im Fernsehen ein Bericht über die Totensände von Mayo. Wo ein paar Halbwüchsige am Strand zu sehen waren, die mit irgendwelchen Totenschädeln Fußball spielten.

»Just around the corner«, hat der Wirt dazu erklärt und sah irgendwie stolz aus, während er mit ausgestrecktem Arm zum Fenster hinauszeigte und Ulrich die Richtung wies, in der diese Totensände liegen sollten.

Ulrich S-Punkt hat versucht, sich ein paar Notizen zu machen. Allein über das Gold wollte der Wirt nichts preisgeben. Egal wie geschickt Ulrich seine Fragen formulierte. Außer der nochmaligen Bestätigung, dass es »verdammt viel Gold« wäre, »genug, um einem armen Mann den Kopf zu verdrehen«, hat er nichts in Erfahrung bringen können. Absolut gar nichts. Hat dann nur noch vor sich hingestarrt, bis die Tochter des Wirts ihm einen Teller mit frischem Schollenfilet und Pommes gebracht hat. Den er gar nicht bestellt hatte. Aber der nicht schlecht war. Ganz im Gegenteil sogar. Der Fisch in Bierteig gebacken und mit einer selbstgemachten Remoulade dazu ...

Ulrich muss aufstoßen. Der Köter neben ihm winselt. Wenn wenigstens der Wind nicht wäre, denkt Ulrich, und zieht frierend die Schultern hoch. Und wenn doch endlich der verdammte Kutter käme.

»Um zwei, vielleicht auch um drei«, hatte der Wirt auf die Frage geantwortet, wann wohl mit der Ankunft des Fischkutters von Inishturk zu rechnen sei. Und Ulrich hatte es nicht länger im Kneipenraum mit dem ohne Unterlass vor sich hinplärrenden Fernseher ausgehalten, sondern schon mal seine Sachen gepackt und im Citroën verstaut. Damit sie am besten gleich fahren könnten, sowie Tom vom Kutter runter wäre ...

Ulrich hält die Hand über die Augen. Weit draußen steuert ein Kutter auf die Bucht zu. Noch kann Ulrich nicht sagen, ob es der richtige ist ... doch! Das ist der Kutter von Inishturk. Er kann jetzt ganz deutlich den blauen Anstrich erkennen. Und die pinkfarbene Netzboje auf dem Vordeck.

Der pinkfarbene Fleck für den Art-Director! Ulrich muss grinsen. Pfeift grinsend vor sich hin, wirft sogar einen Stein für den schwarzweißen Köter. Den dieser augenblicklich zurückbringt und Ulrich wieder vor die Füße legt. Ulrich bückt sich erneut und wirft den Stein ins Hafenbecken. Der Hund springt hinterher und paddelt eine Weile winselnd im Kreis. Der Kutter legt an. Die drei Typen sind die von gestern. Sie ziehen sich neben

Ulrich die rostige Eisenleiter hoch und nicken ihm zu.

»Und mein Kollege ...?«, fragt Ulrich.

Der mit der schwarzen Wollmütze mustert ihn mit zusammengezogenen Augenbrauen.

»Wer?«

»Mein Kollege«, stammelt Ulrich S-Punkt, »der Photograph, den ihr gestern mit rübergenommen habt ...«

Die zwei mit den Ölhosen stapfen in Richtung Kneipe, als würde sie das Ganze nichts angehen. Und der mit der schwarzen Wollmütze zuckt mit der Schulter.

»Wir haben niemand mit rübergenommen, nicht dass ich wüsste jedenfalls.«

Dreht sich um und folgt seinen Kumpanen.

»Aber ... he!«, brüllt Ulrich hinter ihm her, »Moment mal!«

Die drei verschwinden durch die Hintertür der Kneipe. Die wollen mich verarschen, denkt Ulrich, die machen sich einen Spaß mit mir. Und Tom steckt mit ihnen unter einer Decke, völlig klar. War wahrscheinlich sogar seine Idee, das Ganze. Ulrich guckt sich um. Weit und breit ist kein Mensch zu sehen. Nur der schwarzweiße Köter klettert gerade den Bootsslip hoch und schüttelt sich das Wasser aus dem Fell. Aber Ulrich ist sich sicher, dass sie hinter der schmutzigen Gardine am Küchenfenster hocken und ihn beobachten. Und sich köstlich amüsieren über ihn.

Er springt auf das Kutterdeck. In einer Plastikkiste liegt ein Hummer und rudert hilflos mit seiner Greifzange. Die zweite Zange fehlt. Ulrich rutscht auf den Fischabfällen aus, die die Bodenplanken bedecken. Ein einsames Fischauge starrt ihn an. Fluchend öffnet er die Tür zum Ruderhaus. Nichts. Er zieht die Luke auf, aus der gestern der Junge zum Essen gerufen hatte. Kalter Bratkartoffelgeruch schlägt ihm entgegen. Er zieht den Kopf ein und schiebt sich mit den Beinen voran eine steile Leiter hinunter. Durch ein schmutziges Bullauge fällt trübes Licht auf den Gaskocher, auf dem eine fettverschmierte Bratpfanne steht. Von der Decke baumelt eine Hängematte. Auf dem Boden kann er ein buntes Wirrwarr aus Gummistiefeln und Öljacken ausmachen. Sonst nichts. Das war's.

Und plötzlich ist die Angst da. So unvermittelt, dass es ihm den Atem nimmt. Er muss mit aller Macht die Arschbacken zusammenkneifen, um sich nicht tatsächlich in die Hosen zu scheißen. Er zieht sich die Leiter hoch aufs Deck. Fast rechnet er damit, den drei Typen gegenüberzustehen. Aber nur der schwarzweiße Köter begrüßt ihn schwanzwedelnd.

Bloß weg hier! Er stolpert über den Anleger, fummelt mit zittrigen Fingern den Schlüssel in die Tür des Citroën, lässt sich auf den Fahrersitz fallen. Er muss nachdenken. Nur nicht den Kopf verlieren jetzt ... Er sieht es genau vor sich, wie es sich abgespielt haben muss: Sie haben Tom mit rübergenommen, und ihm dann aber wahrscheinlich gar nicht erlaubt, an Land zu gehen. Irgendsowas muss es gewesen sein, er kann es sich genau vorstellen, wie sie zu Tom gesagt haben: Es war nie die Rede davon, dass du auf die Insel kannst. Wir haben dich nur mit rübergenommen. Und wenn du wieder zurück willst, weißt du ja, was die Überfahrt kostet. Irgendsowas. Verdammt clevere Typen. Und Tom ist wahrscheinlich ausgeflippt. Aber hatte natürlich keine Chance gegen die drei. Vielleicht haben sie ihm einfach die Bratpfanne übergezogen. Und ihn dann mit einem Bootshaken so lange unter Wasser gedrückt, bis keine Blasen mehr kamen ... Ihm vorher wahrscheinlich noch den Kamerakoffer an die Beine gebunden, damit er auch ja absackt! Den Rest würden dann die Fische erledigen.

Ulrich dreht den Schlüssel. Der Anlasser klackt. Sonst nichts. Über dem Tacho leuchtet eine rote Warnanzeige: STOP.

Noch mal zwei Tage später. Ulrich steht an einem anderen Anleger. Roonah Quay. Gut fünfzig Kilometer weiter nördlich. Luftlinie. Mit dem Taxi über die Küstenstraße um den Killary Harbour herum waren es mehr als doppelt so viel.

Der Junge zieht das geteerte Curach an den Steg und nickt Ulrich zu. Als er den Fuß auf die schmale Holzbank setzt, neigt sich das Boot gefährlich zur Seite. Der Junge grinst und wirft den Außenborder an. Gleich die erste Welle, die sie schräg von vorne erwischt, durchnässt sie bis auf die Haut.

»Da drüben ist Clare Island«, brüllt der Junge gegen den Wind an, »die Insel der Piratenkönigin Grace O'Malley!«

Das Boot schiebt sich einen Wellenkamm hoch, um gleich darauf wieder in die Tiefe zu schmieren wie ein Surfer irgendwo auf Hawaii. Nur dass es sich hier um ein offenes Ruderboot handelt, das jeden Moment vollschlagen kann! Ulrich S-Punkt klammert sich mit beiden Händen an die Bordwand. Als der Junge ihm wieder zunickt, quält er sich ein Lächeln ab. Was soll's, denkt er, wenn das das Ende sein soll, dann ist es eben so. Einen Moment lang überlegt er, ob er beten soll. Aber das kommt ihm dann selbst zu theatralisch vor. Außerdem würde er lieber kotzen. Und er fragt sich, was er hier überhaupt macht, wie blöd er eigentlich ist. Er könnte längst wieder im Presseclub sitzen. Und wäre auch noch eine große Nummer, wahrscheinlich. Hätte was zu erzählen, was so schnell kaum ein Kollege toppen könnte. Statt dessen spielt er irgendwo auf dem offenen Atlantik Wellenreiten.

Wirre Bilder schießen ihm durch den Kopf. Wie er die Motorhaube geöffnet hat und das zerschnittene Zündkabel entdeckt. Wie sie ihn in der Kneipe ausgelacht haben und grinsend behauptet, sie hätten niemals irgendeinen Photographen mit ihm zusammen gesehen. Wie der Dorfpolizist erst nach der Schuhgröße von Tom gefragt hat und dann wissen wollte, ob er Achim kennen würde. Achim, der auf Renvyle wohnt: »He's from Germany, too.« Und wie er den Chefredakteur angerufen hat. Und der gesagt hat: »Seht zu, dass ihr da bald aus eurem Guinness-Nebel wieder auftaucht. Sonst gibt es hier genug andere, die euren Job gerne übernehmen würden.« Und wie ihm schließlich der Junge einen Notizzettel in die Hand gesteckt hat: »Roonah Quay. Zwölf Uhr mittags.« Der Junge, der die Bratkartoffeln auf dem Kutter gemacht hatte. Und der ihn jetzt zur Insel rüberbringt. Der gerade wieder den Arm ausstreckt und auf ein paar nackte Felskuppen mitten im Meer zeigt und begeistert brüllt: »Inishturk!«

Der Hafen ist kaum mehr als ein schmaler Einschnitt zwischen den Felsen. An der brüchigen Betonmauer dümpelt der blaue Kutter. Der Junge macht das Curach fest. Ein paar weißgestrichene Cottages säumen den Weg. Ein paar Hühner kratzen auf dem Platz vor der Dorfkneipe nach Regenwürmern.

Wenig später dann sitzen Ulrich und der Junge bei dessen Mutter in der Küche. Vor Ulrich türmen sich hausgemachte Muffins auf einem Teller. Die Mutter heißt Mary-Catherine. Und erzählt irgendwas von der Ruhe und dem Frieden auf der Insel. Die Muffins schmecken nach Rosinen und Schokolade. Und manche nach Möhren. Vier oder fünf kleine Kinder drängen sich neugierig an der Tür.

Der Junge bringt einen grobgestrickten Pullover für Ulrich. Und eine schwarze Wollmütze. Der Pullover kratzt auf der Haut und riecht ganz deutlich nach Schaf. Dann stapft Ulrich hinter dem Jungen her über die Insel. Vorbei an einem Moortümpel, der mit Seerosen übersät ist. Sie treffen einen Bauern mit seinen Schafen. Der Bauer fragt Ulrich nach dem Wollpreis in Deutschland. Die zwei schwarzweißen Hütehunde liegen hechelnd im Gras.

Als ein Regenschauer über die Insel fegt, zieht der Junge Ulrich in eine Felsspalte. Der Regen steht wie eine Wand über dem Wasser. Weit weg am Festland leuchtet ein Strand vor dem tiefen Schwarzblau der Berge. Am Inselende stürzen die Klippen fast senkrecht ins Meer.

»Hundertdreißig Meter!«, ruft der Junge.

Möwen jagen heiser krächzend dicht über ihre Köpfe hinweg.

»Hier liegt das Gold«, erklärt der Junge. »Und hier soll es auch bleiben. Wir wollen es gar nicht haben, verstehst du?«

Ulrich sieht nur ein paar spärliche Grasflecken zwischen den Felsen.

Zum Abendessen gibt es Hummer. Frisch aus den Fangkörben, die ihm der Junge vorhin von einem Felsvorsprung aus gezeigt hat. Und frisch gebackenes Weißbrot dazu. Mit zerlassener Butter. Sonst nichts.

Mary-Catherine schickt die Kinder ins Bett. Plötzlich steht der Typ mit der schwarzen Wollmütze in der Tür. Nickt nur kurz in die Runde und verschwindet wieder.

»Männer!«, sagt Mary-Catherine und verdreht die Augen. »Wenn sie nicht auf dem Meer sind, hocken sie in der Kneipe!« Aber sie lacht dabei. Füllt Ulrichs Teebecher neu und erzählt, dass sie von Inishbofin kommt. Eine Insel weiter. Ulrich kann kaum noch die Augen offen halten. Aber er muss es wenigstens versuchen. Sonst wäre das Ganze mehr als sinnlos gewesen. Leise sagt er: »Ich suche meinen Kollegen. Tom. Er ...«

»Ich weiß«, unterbricht ihn Mary-Catherine.

»Take it easy«, sagt der Junge, »there's always next year.«

»Morgen«, meint Mary-Catherine, »wir reden morgen darüber.«

Der Junge zeigt Ulrich die Schlafkammer. Die Decke ist schon zurückgeschlagen. Auf dem Nachttisch steht eine Kerze. Ulrich lässt sich wie er ist aufs Bett fallen. Nur die Schuhe tritt er sich noch von den Füßen. Als er die Kerze löschen will, ist er überzeugt, für einen Moment ein Gesicht vor dem Fenster gesehen zu haben. Toms Gesicht. Sekunden später ist Ulrich eingeschlafen.

Er wird von dem Geruch nach gebratenem Speck geweckt. Und er fühlt sich so gut wie schon lange nicht mehr. Hat noch nicht mal Japp auf eine Kippe und einen Becher Kaffee. Sondern lässt sich von Mary-Catherine einfach nur den Teller vollhäufen. Speck und Würstchen. Spiegelei. In der Pfanne geröstetes Weißbrot. Gebratene Pilze und Tomaten. Und dann Toast mit Orangenmarmelade. Und schwarzen Tee mit Milch. Den er vor Überraschung prompt über den halben Tisch spuckt, als Tom reinkommt. Tom! Übers ganze Gesicht grinsend. Und zum ersten Mal, seit er ihn kennt, ohne Kameratasche. Aber dafür mit einer Kippe im Mundwinkel.

»Du rauchst wieder?«, ist denn auch das erste, was Ulrich einfällt. Bescheuert. Aber kaum bescheuerter als das, was Tom zu erzählen hat, während er sich über die Reste von Ulrichs Frühstück hermacht.

»Die Ruhe und der Frieden hier, verstehst du«, sagt Tom, »das ist irre!« Und dass er ernsthaft überlegt, den Job an den Nagel zu hängen. Um Hummerfischer zu werden. Und noch irgendwas von einer Witwe, deren Mann auf See geblieben ist. Gerade mal Mitte Dreißig, die Witwe, »und ich sage dir ...«, sagt Tom.

Ulrich zieht sich eine Zigarette aus Toms Schachtel.

»Wieso hast du nicht wenigstens angerufen, du Arsch?!«

»Kein Netz hier«, grinst Tom. »Nur Fischernetze!« Und will sich kaputtlachen über seinen blöden Witz.

Der Typ mit der schwarzen Wollmütze kommt rein. Zieht sich wortlos einen Stuhl an den Tisch und streckt Ulrich die Hand hin.

»Ich bin der Inselsprecher«, sagt er. »Tut mir leid wegen des Ärgers, den ihr gehabt habt. Aber ich denke, jetzt seid ihr soweit, dass wir über das Gold reden können. Also los, was wollt ihr wissen?«

»Take it easy«, sagt Tom und lehnt sich zurück, »there's always next year.«

Und Ulrich denkt nur, komisch, von seinem dämlichen Oxford-Akzent, auf den er so stolz war, ist gar nichts mehr zu hören …

Fishermen's lunch

Fish and Chips

mit Remouladensauce · 233

Süße Möhrenmuffins · 271

Inishturk Fishmenu

Apfel-Pastinakensuppe · 221

Guiness-Muscheln · 208

Finnan Haddie mit Zwiebeln und Eisauce · 231

Irischer Kartoffel-Lauch-Auflauf · 241

Buttermilchscones mit Vanille-Lemoncurd · 264

Tödlicher Segeltörn

Andrea C. Busch

Der auffrischende Wind fuhr über meine Haut, füllte das Großsegel, dann die Fock, ließ das Tauwerk knirschen und gab der Yacht Schub. Endlich. Ich warf Karsten, dem Skipper, einen sehnsüchtigen Blick zu, und er nickte. Dankbar beugte ich mich hinab und stellte den Motor aus; das Dieselgeräusch verstummte.

Ich lehnte mich zurück, den Kopf im Nacken, die Augen geschlossen. Der Fahrtwind zauste mir das Gesicht. Die Yacht schnitt mit leisem Gurgeln durch das Wasser, und die Winsch klickte leise, als der Skipper die Fock dichter holte. Wir nahmen Fahrt auf.

»Also, damals, im November, im Sturmtraining auffe Nordsee, nä ...« Heinz-Günthers Stimme riss mich völlig aus meinen Gedanken. »Also, dat waren Wellen, sachich euch, Wellen, sowat könnt ihr euch garnich vorstellen!«

Mein Mann Robert, mit dem ich diesen Urlaub eigentlich hatte genießen wollen, nickte verständnisvoll. Dann stand er auf, verließ das Cockpit und suchte sich einen einsamen Platz auf dem Vordeck.

Ich bin nicht besonders romantisch veranlagt, auch wenn ich meinen Lebensunterhalt mit der Fließbandproduktion von Liebesromanen verdiene, aber ein bisschen mehr Beschützerinstinkt hätte Robert schon zeigen können. Schließlich hatte er mich aus meinem gemütlichen Cottage auf Orkney gelockt und hierher auf die Ostsee verpflanzt.

»Also, ich war da ja der einzige, der nich reihern musste, nä ...« Heinz-Günther holte eine Dose Bier aus der ausgebeulten Tasche seiner Jogginghose.

Unser Skipper Karsten hatte mir vor einer Stunde das Steuerrad seiner Maxi 1080 in die Hand gedrückt, den Kurs angesagt und befohlen: »Immer schön die Umgebung im Auge behalten, Rieke. Und wenn es ein Problem gibt, dann rufst du mich.« Diese Art von Problem hatte er sicher nicht gemeint. Er saß jetzt mit seinem geheimnisvollen schiffbrüchigen Freund Knut unten im Salon, um in Ruhe etwas zu bereden. In der Achterkajüte lag Bernd, der sechste an Bord, und schonte seine gebrochene Rippe.

Eigentlich hatte das ein Segeltörn zu viert werden sollen – Karsten und seine Frau Evelyn, Robert und ich. Und die schwedische Segelyacht namens Gutemine. Eine entspannte Woche rund um Fünen. Mai in der dänischen Südsee. Statt dessen saß ich jetzt hier mit fünf Kerlen an Bord, die morgens nach dem Ablegen erst mal einen Schnaps tranken. Und einen in die Ostsee kippten, »für Rasmus«, damit Wind und Wellen uns hold wären. Die beim Anlegen wieder einen Schnaps tranken. Und einen in die Ostsee kippten, »für Rasmus«, falls Wind und Wellen uns hold gewesen waren. Oder, wenn nicht, als Zeichen, dass wir das nicht krummnahmen.

»Weißte«, sagte Heinz-Günther nach einer Pause.

»Nee«, erwiderte ich. Wollte ich auch nicht. Ich wollte in Ruhe die Gutemine steuern, meinen Gedanken nachhängen, meinem Liebsten auf den schwarzgelockten Hinterkopf starren und nicht reden müssen.

»Weißte, dat war doch irgendwie komisch auf dem Schiff.«

Damals im November, im Sturmtraining auf der Nordsee?

Er beugte sich zu mir herüber, so dass ich seine Fahne riechen und einen Blick auf den schuppigen, blonden Scheitel werfen konnte. Dann spähte er durch das verschlossene Plexiglasschott des Niedergangs nach unten in den Salon, wo Knut und Karsten die Köpfe zusammensteckten.

»Dat der Arne da bei Knut über Bord gegangen is, nä. Dat is komisch. Echt komisch. Irgendwie ...« Heinz-Günther nahm einen kräftigen Schluck.

Im Hafen von Neustadt seien sie alle an Bord der Seeotter gegangen – »Schiffe sind nämlich immer weiblich, egal wie se heißen, nä« –, er, Arne und Bernd. Und Knut, der Skipper. Vier Männer und ein Boot. Sie seien durch die Lübecker Bucht gesegelt, und auf dem Weg zum Fehmarn-Sund sei Bernd den Niedergang runtergefallen und hätte sich dabei eine Rippe gebrochen. Und dann hätten sie ihn gleich auf Fehmarn im Krankenhaus abgeliefert zum Verarzten, aber er wollte unbedingt wieder mit aufs Schiff. Sie wären dann weitergesegelt. Schon komisch sei das alles gewesen.

»Wäre es dir lieber gewesen, Knut hätte den Törn abgebrochen?«, fragte ich.

Heinz-Günther schüttelte den Kopf. »Also, nee, nä, eigentlich nich. Da jedenfalls noch nich. Aber jetzt isset schon komisch, nä?«

Ich brummte etwas Undefinierbares. Knut, der Skipper der Segelyacht mit dem ungeheuer originellen Namen Seeotter, machte genau wie unser Skipper Karsten regelmäßig Reisen mit zahlenden Gästen, damit er den Unterhalt seines Schiffes finanzieren konnte. Wäre er gleich am ersten Tag wieder umgekehrt, hätte er den Leuten sicher ihr Geld zurückzahlen müssen. Und da alles an einem Boot, selbst die kleinste Edelstahlschraube, mindestens dreihundert Prozent Maritimaufschlag kostet, konnte Knut auf das Zubrot bestimmt nicht verzichten. Es war nicht nur die Anschaffung der Yacht, man musste ja auch für teures Geld einen Liegeplatz mieten – im Winter einen Stellplatz in der Halle – und das Boot gut in Schuss halten, damit es sicheres Segeln ermöglichte.

»Also, der Arne war schon 'n komischer Typ, nä«, meinte Heinz-Günther. »Irgendwie ... «

Das Luk zum Niedergang öffnete sich, eine sommersprossige Hand entfernte das Plexiglasschott. Dann erschien sie wieder mit einem Kaffeebecher. Zu der Hand gehörten ein verstrubbelter blonder Schopf und ein paar sehr blaue Augen. Gefärbte Kontaktlinsen? In meinen Romanen war die Augenfarbe natürlich immer echt.

Dann kam der Rest von Bernd. Ganz langsam, wegen der gebrochenen Rippe. Ich hatte ausreichend Zeit zu gucken. Mein geübter Liebesromanautorinnenblick erkannte gleich, dass unter der Segelkleidung ein athletischer Körper steckte.

»Karsten sagt, ich soll dir mal 'nen Kaffee bringen und fragen, ob du abgelöst werden willst.«

»Den Kaffee nehm' ich gern, aber das mit der Ablöse hat noch Zeit. Danke.«

»Also, ich trink ja schon seit Jahren keinen Kaffee mehr, weil dat is ja so ungesund«, sagte Heinz-Günther.

Bernd rollte genervt mit den Augen, und Heinz-Günther musterte interessiert die letzten Tropfen in seiner Bierdose. Er verschwand widerwillig nach unten, vermutlich, um Nachschub zu holen. Bernd nahm seinen Platz ein.

»Kommst du klar?«, fragte er.

Der Kaffeebote war offensichtlich auch auf ein Schwätzchen aus. Robert, mein Angetrauter, saß immer noch in Gedanken versunken auf dem Vordeck und machte weiterhin keine Anstalten, mich vor fremden Männern zu retten, die sich mir anvertrauen wollten. Wozu heiratet frau eigentlich?

Der Seegang war erfreulich moderat; der Wind blies mit sanften drei Knoten schräg von achtern, und die Sonne kämpfte sich zunehmend zwischen den dicken Wolken hervor. Ich stand am Steuerrad einer elf Meter langen Segelyacht, hörte die Möwen schreien, den Wind rauschen und das Wasser gluckern. Es hätte alles so schön sein können, wenn nicht –

»Es ist sehr nett, dass ihr uns mitgenommen habt«, sagte Bernd.

»Da nich für«, brummelte ich. Ich war sowieso nicht gefragt worden.

»Wie gut kennst du eigentlich Karsten und seine Frau?«

»Warum?«, fragte ich verblüfft.

»Och, nur so.«

Männer stellen keine »Nur-so«-Fragen. Bernd bezweckte etwas damit. Nicht, dass es mich interessiert hätte.

Ich warf wieder einen Blick in die Runde, sah kurz auf Log, Kompass und Windmessanzeige und war mit dem Ergebnis zufrieden. Das Steuerrad lag ruhig in meinen Händen. Der Bug der Gutemine teilte das Wasser; kleine Schaumkrönchen überschlugen sich und lösten sich im Graublau des Wassers wieder auf. Zu meiner Steuerbordseite lag die dänische Halbinsel, an Backbord passierten wir gerade die kleine Insel Fänö. Die Orte tragen hier Namen wie Gammel Albo und Sönder Stenderup. Ich konnte gerade noch den Zeltplatz Stenderup Hage ausmachen, da waren wir schon vorbei, und der Lillebelt breitete sich vor uns aus: Die Ufer schienen zu weichen, Häuser, Straßen und Stege zogen sich zurück, Wasser dominierte. Die Wellen wurden ein wenig höher.

»Warst du schon öfter mit Karsten segeln?«, fragte Bernd.

»Nein«, sagte ich. Hinter mir in der Achterkajüte hörte ich Heinz-Günther rumoren. Durch das Schott sah ich, dass Knut und Karsten immer noch die Köpfe zusammensteckten.

»Aber du kennst ihn von früher?«

»Nein.«

Warum wollte der Mann mir ein Gespräch aufzwingen? Mein Beruf besteht daraus, den ganzen Tag Worte aneinanderzureihen und mir abends die Worte laut vorzulesen, damit ich hören kann, ob der Klang stimmt. Oder ich höre mir die Worte an, die Robert den ganzen Tag über aneinandergereiht hat. Meinen Urlaub dagegen stelle ich mir so wortlos wie möglich vor: Ich will den Wind in meinem Haar spüren, die leicht salzige Luft einatmen, neue Eindrücke aufnehmen. Und meinen Liebsten vernaschen, was jetzt leider wegen Überfüllung der Gutemine ausfiel.

Bernd schob das Steckschott zum Niedergang wieder ein und sah mich eindringlich an. »Und wie bist du an Bord gekommen?«, fragte er weiter.

»Über den Einstieg am Bug.«

»Ach, hör doch auf mit dem Scheiß«, schimpfte er. Und dann beschwerte er sich darüber, dass ausgerechnet ich auf diesem Scheißschiff mitfahren musste, die die Zähne nicht auseinanderkriegte, während Frauen normalerweise so kommunikativ und offen seien, und überhaupt könne man sich auf diesem Kahn mit keinem richtig unterhalten. Wäre doch bloß seine beste Freundin hier, und hätte er doch bloß nicht auf seinen Therapeuten gehört, der ihm Männergesellschaft verordnet hatte.

»Du siehst ja, was passiert, wenn Männer unter sich sind«, sagte er aufgebracht. »Es gibt Mord und Totschlag.«

»Ein Unfall ist kein Mord.«

»Unfall!«, schnaubte er. »Blödsinn.«

Krimis sind eigentlich Roberts Spezialität, aber der hatte es ja vorgezogen, an diesem Gespräch nicht teilzunehmen. Ich fragte mich, ob der achterliche Wind Wortfetzen bis zum Vordeck tragen würde, wo Robert jetzt auf dem Rücken lag. Seine spitzen Knie ragten in die Höhe.

»Das war kein Unfall«, sagte Bernd. »Knut hat die Seeotter absichtlich auf eine Untiefe gesteuert, damit Arne über Bord geht.«

Eine Bö fuhr in die Segel und brachte das Schiff ein wenig vom Kurs ab. Und dann noch eine und noch eine. Der Wind kam jetzt aus einer geringfügig anderen Richtung. Ich fummelte an der Fockschot herum, um die Stellung des Vorsegels anzupassen. Unserem Seebären Karsten war der Bruch in der gleichmäßigen Bewegung des Schiffes nicht entgangen; er öffnete das Luk, warf einen Blick auf die Segelstellung, zwinkerte mir zu und verschwand wieder unter Deck. Knut und er mussten sich wirklich viel zu erzählen haben.

Bernd hatte auch viel zu erzählen. Er sei unter Deck der Seeotter gewesen und habe geschlafen, als es diesen fürchterlichen Rums gegeben habe. Und dann sei da noch ein dumpfer Schlag gewesen, und erst viel später habe Knut »Mann über Bord« gerufen, aber da sei Arne schon nicht mehr zu sehen gewesen.

Dafür konnte es jede Menge Gründe geben, dachte ich. Knut war mit der Seeotter gerade aufgelaufen. Da war sein erster Gedanke vermutlich nicht, nachzusehen, wo seine Mitsegler sich genau aufhielten. »Eine Hand für dich, eine für das Schiff«, hatte Karsten mir eingebleut. Und bei Nordost sieben, wie er an diesem Tag blies, sollte sowieso niemand ohne Rettungsweste und eingehängte Life-Line unterwegs sein.

»Jedenfalls geht Arne nicht einfach über Bord. Der ist noch nie über Bord gegangen.«

Die meisten Menschen bekommen dazu auch nicht viel Gelegenheit, dachte ich. Nicht im Mai in der fünf Grad kalten Ostsee. Fünfzehn Minuten. Wer danach nicht raus ist, hat keine Chance mehr. Und Arne hatten sie nicht rechtzeitig finden können. Nicht mit der manövrierunfähigen Seeotter bei diesem Wellengang. Knut hatte über Funk die Seenotrettung gerufen. Und die Dänen, die jede Strömung und jeden Wirbel kennen, hatten schließlich Arnes Leiche bergen können. Dass Arne nicht angeleint gewesen war, ließ Bernd als Argument für einen Unfall nicht gelten.

»Das brauchte er nicht. Der bewegte sich absolut sicher auf dem Boot.«

Bei Nordost sieben, mit Starkwindböen und wenn das Boot auf Grund läuft? Bernd war nicht davon abzubringen. Jemand musste nachgeholfen haben, und er hatte auch einen Verdacht. Knut, meinte er, der müsse Arne ins Wasser gestoßen haben. Knut habe zwar gesagt, Arne sei durch die Wucht des Aufpralls über Bord gegangen, aber das könne ja jeder sagen.

Ich bin zwar keine Krimispezialistin, aber eines habe ich von Robert schon mitbekommen, nämlich dass es für solch verwerfliche Taten meist auch ein Motiv gibt. Während ich noch darüber nachdachte, was es wohl sein könnte, beugte Bernd sich wieder vertraulich nach vorn.

»Knut hat das für euren Skipper getan! Karsten und er sind doch alte Freunde!«

Ich verstand nur Bahnhof.

»Der Arne hatte doch ein Verhältnis mit Karstens Frau!«, sagte Bernd in einem Ton, als gehöre dieses Wissen zur Allgemeinbildung. »Er wollte bei euch auf der Gutemine anheuern, um sich Karsten mal aus der Nähe anzusehen, aber Karsten hat gesagt, er nimmt nur Paare mit.«

»Und warum wollte Arne sich den Karsten aus der Nähe ansehen?«, fragte ich.

»Weil Evelyn sich nicht scheiden lassen wollte, und da wollte Arne mal sehen, ob da was zu machen ist.«

Was hatte Bernd da gerade über Männer, Mord und Totschlag gesagt? Kein Wunder, wenn man so unsensibel an eine delikate Angelegenheit heranging. Trotzdem – ich konnte an die Mordtheorie nicht glauben.

»Hast du der Polizei von deinem Verdacht erzählt?«

Bernd schüttelte den Kopf. »Ich kann doch kein Dänisch. Außerdem war Knut immer dabei.«

»Und wo war Heinz-Günther die ganze Zeit?«, wollte ich noch wissen.

»Der lag wahrscheinlich besoffen unter Deck.« Bernd machte eine abwertende Handbewegung. »Was anderes als Saufen und dummes Zeug quatschen kann der doch nicht.«

Ich gab einen Laut von mir, der alles mögliche bedeuten konnte. Dann bat ich Bernd, mich abzulösen, und begab mich aufs Vordeck, um Robert über die Schutzpflichten eines Ehemanns aufzuklären. Er schlief.

An diesem Abend machten wir im Hafen von Assens auf der Insel Fünen fest. Ich brannte darauf, Robert all das zu erzählen, was mir heute so erzählt worden war, trotz meiner standhaften Gegenwehr und aller meiner Signale, in Ruhe gelassen zu werden. Sagte Robert nicht immer, es gebe nur zwei Motive für Verbrechen – Liebe und Geld? Angenommen, an Bernds Vermutungen wäre etwas dran? Andererseits konnte ich mir immer noch nicht vorstellen, dass Knut sich, sein Boot und seine Mitsegler in Gefahr brachte, nur um den Nebenbuhler seines besten Freundes auszuschalten. Gäbe es da nicht sicherere Methoden? Ich dachte eine Weile darüber nach, aber es fiel mir keine ein.

Meinen Krimiexperten konnte ich nicht fragen, denn anstatt mit mir zu einem langen, intimen Spaziergang aufzubrechen, hatte sich der Gute doch von den anderen zu einer Runde Skat mit Schnaps überreden lassen. Dabei wurde am Ende jeder Runde eine Münze geworfen, die dann darüber entschied, ob der Sieger oder die Verlierer einen Schnaps trinken durften.

Skat kann ich nicht, und Schnaps mag ich nicht. Also ging ich ein wenig spazieren und setzte mich anschließend im Hafen auf eine Bank. Es war ziemlich kühl geworden, und ich war dankbar für den dicken Pullover, den ich angezogen hatte. Eine Weile beobachtete ich das Treiben auf den Yachten im Hafen; dann wurde es dunkel, und es war nicht mehr viel zu sehen.

Plötzlich nahm ich den Geruch einer brennenden Pfeife wahr, und bevor ich noch etwas denken konnte, ließ Knut sich neben mir auf die Bank fallen. Im Schein der spärlichen Hafenbeleuchtung verliehen ihm sein dunkles Haar unter der Skippermütze und der dunkle Vollbart ein düsteres Aussehen.

»Bist du nicht beim Skat?«, fragte ich ein wenig dümmlich.

»Hab' versucht, meine Frau zu erreichen, aber die geht nicht ans Telephon. Und dann musste ich mit der Polizei telephonieren. Morgen kann ich die Seeotter aus Fredericia abholen.«

»Gut«, sagte ich. »Ich meine, dass du dein Schiff wiederkriegst.«

»Sonst ist ja nicht viel Gutes passiert auf diesem Törn.«

Ich verschränkte die Arme vor der Brust. »Tut mir leid, dass dein Mitsegler umgekommen ist.«

Knut nickte. »Wenn ich nicht so viele Fehler gemacht hätte ...«

»Was für Fehler denn?«, fragte ich.

»Als erstes habe ich den Kerlen geglaubt, die ich mitgenommen hab'. Die wollten unbedingt rund Fünen. Ich hab' denen gesagt, Jungs, wir haben Nordost, das wird tagelang so bleiben. Wir müssen erstmal nur gegen an, wenn wir rund Fünen wollen, das ist kein Vergnügen. Lasst uns eine andere Tour machen. Aber nein, das würde ihnen gar nichts ausmachen, und sie hätten Gottweißwieviel Segelerfahrung und so ... Na ja, sie haben sich beim Auslaufen auch nicht schlecht angestellt, aber als wir aus dem Fehmarn-Sund rauswollten, gab's tierisch einen auf die Mütze. Der eine bricht sich die Rippen, weil er am Niedergang rumturnt und sich nicht festhält, der Idiot. Der zweite hängt über der Reling und kotzt die ganze Zeit, und der dritte leint sich nicht an und geht über Bord. Ein Alptraum.« Er fuhr sich mit der Hand immer wieder langsam durch den Bart, wie zur Beruhigung.

»Das konntest du doch vorher nicht wissen«, sagte ich.

»Aber das mit der Untiefe, das hätte ich wissen müssen«, widersprach er. »Normalerweise komme ich prima drüber über die Stelle, aber der Wind stand da schon seit Tagen drauf, und bei der Windstärke war doch klar, dass der Wasserspiegel da niedriger ist. Ich bin doch kein Anfänger!«

Nein, das war er sicher nicht. Wenn ich Karsten richtig verstanden hatte, segelten sie beide schon seit fast dreißig Jahren in der Ostsee. Musste man deshalb wirklich alles wissen? Ich jedenfalls hätte nicht daran gedacht, dass sich der Wasserstand so stark verändern konnte. Aber ich war ja auch nur eine Schönwetterseglerin.

»Kanntest du deine Mitsegler denn vorher?«, fragte ich.

Knut schüttelte den Kopf. »Nee, sonst hätte ich die gar nicht mitgenommen. Tut mir leid, dass ihr die jetzt am Hals habt. Aber was sollte ich denn machen.« Er erhob sich schwerfällig, tippte mit dem Finger an die Mütze und ließ mich auf meiner Bank allein.

Am nächsten Morgen war der Himmel einheitlich grau, und es wehte ein starker Wind aus – Nordost, was auch sonst. Ich lüftete den Salon, der vom Vorabend noch nach Schnaps und Männern roch, und goss mir gerade eine Tasse Kaffee ein, als Heinz-Günther aus der Koje kam.

»Also, ich trink ja schon seit Jahren keinen Kaffee mehr, nä, weil dat is doch so ungesund«, kommentierte er mein Frühstück. Er setzte sich zu mir an den Tisch, nahm sich ein Rosinenbrot und bestrich es dick mit Leberwurst. Dazu trank er Cola mit Rum aus der Dose.

»Wo issen Bernd?«, wollte er dann wissen.

»Der scheint heute Nacht abgemustert zu haben«, sagte Knut, der aus der Toilette kam. Er hatte dunkle Ringe unter den Augen, und sein Gesicht war grau und müde.

Bernd war in der Nacht mit Sack und Pack verschwunden. Auch gut, dachte ich. Einer weniger, der das Klo verpisst und mich zutextet. Nach meinem Gespräch mit Knut gestern abend fand ich Bernds fixe Idee, dass Knut Arne ermordet haben könnte, sowieso völlig absurd.

Als ich später am Morgen mit Robert durch die Straßen von Assens bummelte und die kleinen, schön renovierten Stadthäuser betrachtete, hatte ich Bernd und seine Theorie schon fast vergessen. Knut war nach dem Frühstück gleich losgefahren, um die Ruderanlage notdürftig wieder in Ordnung zu bringen und die Seeotter heimzuholen. Noch ein Mann weniger auf unserem Schiff. Das konnte die sanitären Zustände nur verbessern.

Die Auslagen einer Bäckerei sahen so verführerisch aus, dass ich mein Glück versuchte. Ohne Dänischkenntnisse, nur mit Fingerzeigen und Lächeln kaufte ich jede Menge süße Stückchen zum Kaffee. Robert wartete draußen, weil es ihm peinlich war, mich radebrechen zu sehen.

Und während wir noch überlegten, ob wir die Gutemine heute nach Faaborg oder direkt nach Troense zu Waldemars Schloss segeln wollten – Karsten legte Wert darauf, uns die Kulturschätze Dänemarks nahezubringen –, fing es an zu regnen. Stetig und unnachgiebig. Der Himmel sah nicht so aus, als wollte er dieses Programm in absehbarer Zeit ändern. Karsten schlug daher eine Busfahrt nach Odense vor, um das Geburtshaus von Hans Christian Andersen zu besichtigen. Heinz-Günther war an Kultur nicht interessiert und beschloss, auf eigene Faust »um die Häuser zu ziehen«. Karsten verdonnerte ihn jedoch dazu, in unserer Abwesenheit das Deck zu schrubben. Sein »Also, ich bin hier doch im Urlaub und nich zum Malochen« ließ er nicht gelten. Immerhin hatte sich Heinz-Günther bisher vor allen anderen Aufgaben an Bord erfolgreich gedrückt.

Wir trafen ihn zum Abendessen an Bord wieder, wo ich bei Seelachs in Kräutersauce laut darüber nachdachte, dass mein Schiff groß genug sein müsste für einen Backofen. Seelachs mit Kräuterhaube überbacken mochte ich nämlich viel lieber.

»Bordfrauengeschwätz«, brummelte Robert, der leider außer Trittweite saß. Ich empfehle jeder Frau, die einen Heiratsantrag bekommt, ihren Liebsten vor Annahme des Antrags unter Extrembedingungen zu testen und sich erst danach zu entscheiden. Plötzlich war ich mir mit Robert nämlich nicht mehr so sicher.

Zum Nachtisch vertilgten wir die Stückchen, die ich eingekauft hatte.

»Also Nachtisch, so wat ess ich ja schon seit Jahren nich mehr, nä, viel zuviel Kalorien.«

»Und was ist mit Alkohol? Hat der keine?«, fragte ich.

»Ach, das bisschen, das schwitz ich wieder raus!«

Am nächsten Morgen führte unsere Tour von Assens nach Faaborg, wo wir uns unter anderem das Gefängnismuseum ansehen wollten. Bei Windstärke zwei und wolkenlosem Himmel stand Heinz-Günther mit Südwester, grüner Regenjacke, Rettungsweste und Sicherheitsleine stolz am Steuer, die Bierdose in der Hand. Prost! Ich verzog mich zu Robert aufs Vordeck in der Hoffnung auf etwas romantisches Geturtel. So schnell wollte ich unsere junge Ehe jetzt doch nicht aufgeben.

»Weißt du, was komisch ist?«, sagte Robert statt dessen.

»Nein.«

»Ich hab' Knut gestern in Assens gesehen.«

»Und?«

»Ich hab' ihm gewinkt, aber er tat, als hätte er mich nicht gesehen. Du warst gerade in der Bäckerei.«

»Vielleicht hat er dich ja wirklich nicht gesehen«, sagte ich besänftigend und kuschelte mich an ihn, um den romantischen Teil einzuleiten.

»Er muss mich gesehen haben. Aber dann ging ein anderer Mann auf ihn zu, der sprach russisch, glaube ich, und die beiden haben sich gestritten. Jedenfalls sah das ziemlich bedrohlich aus. Ich glaube, der andere Kerl trug eine Waffe unterm Arm.«

Vermutlich ging die Krimiautorenphantasie mit meinem Liebsten durch. Er hatte gerade ein Manuskript beendet und suchte nun Stoff für ein neues. Aber wenn er auf diesem Trip war, brauchte ich es mit Romantik gar nicht erst zu versuchen. Ich verzichtete auf das Kuscheln und erzählte ihm von Bernds Theorie und dem Gespräch mit Knut.

»Passt alles irgendwie nicht zusammen«, sagte Robert. »Es sei denn, Knut und Arne sind beim Geheimdienst, und Bernd arbeitet für die Russen.«

Ich rollte mit den Augen.

»Siehst du die Insel da vorn?« Karsten hatte mich ans Steuer gerufen. »Das ist Aerö. Und den Kirchturm da in der Ferne? Das ist der Kirchturm von Söby. Da hältst du jetzt schnurgerade drauf zu.« Sprachs und verschwand unter Deck.

Kaum hielt ich das Steuerrad in der Hand, klebte auch schon Heinz-Günther an mir.

»Also, wenn et mein Schiff wär, nä«, sagte Heinz-Günther. »Wenn die Seeotter mein Schiff wär, dann hätt ich 'nen Handwerker geschickt. Ich wär da nich selber hin, nä.«

»Es ist aber nicht dein Schiff«, knurrte ich.

»Ich mein ja bloß, wenn et meins wäre«, sagte Heinz-Günther.

»Vielleicht hat Knut nicht genug Geld, um einen Handwerker zu schicken«, sagte ich. »Vielleicht ... «

»Für andere Sachen hat er auch genug Kohle, nä«, nörgelte Heinz-Günther. »Weiß ich genau. Und wenn ich nich genug Geld für'n Handwerker hab', nä, dann kann ich mir auch kein Boot leisten. So sieht's doch aus.«

»Was weißt du genau?«, fragte ich. Roberts wilde Phantasien vom Abend zuvor gingen mir noch durch den Kopf.

Heinz-Günther leerte seine Bierdose. »Na, dat der Knut Kohle hat, nä, hab ich doch gesehn.«

»Und woran hast du das gesehen?«

»Na, an den vielen Kaviar, den der an Bord hat, nä. Also ich, ich ess ja schon seit Jahren kein Kaviar mehr, weil dat is ja irgendwie eklig – Fischeier, nä.«

Kaviar? Vielleicht auf einer Luxusyacht, aber auf Knuts Zehnmeterschiff? Ich stimmte Heinz-Günther zu, dass Kaviar zu den Dingen gehört, die kein Mensch braucht. Und dann fragte ich ihn, woher er das denn eigentlich wusste. Er druckste eine Weile rum, saugte die letzten Tropfen aus seiner Bierdose und machte Anstalten, nach unten zu verschwinden und Nachschub zu holen.

»Das bleibt unter uns, Ehrenwort«, sagte ich verschwörerisch.

Es zahlte sich aus, dass ich nicht ganz so eklig zu Heinz-Günther gewesen war wie die anderen. »Also, dir kann ich et ja sagen, nä. Also, an einem Abend, nä, da hatt ich nich mehr genug Bier, und da dacht ich, vielleicht hat Knut ja was in seiner Vorratskiste, nä, weil, dat Schiff liegt immer so tief, und da dacht ich, er hat da Bier und Schnaps gebunkert, nä, und da könnt ich mir dann was leihen. War aber nur Kaviar. Nich so, wie de Oma dat für de russische Eier im Supermarkt kauft, nä, nee, so richtig große Dosen. Und nich mal Wodka dabei.«

Die Enttäuschung war ihm immer noch anzumerken.

»Danke«, sagte ich.

Er nickte kurz und machte sich auf den Weg zum nächsten Bier.

Gern hätte ich stundenlang auf den Kirchturm von Söby zugehalten, ich wäre auch, wenn die Örtlichkeiten es zugelassen hätten, bis in die Kirche gesegelt, wenn ich dabei nur meine Ruhe gehabt hätte. Kaum war Heinz-Günther nämlich nach unten verschwunden, um die nächste Bierdose aus der Kühlbox zu holen, setzte sich Karsten zu mir. Mein lieber guter Mann Robert war – auf dem Vordeck, wo auch sonst. Er übte Knoten machen und tüftelte dabei vermutlich neue Verbrechen aus, während ich hier sozusagen mittendrin steckte. Im Verbrechen. Jedenfalls hatte mein Hirn flugs eine Verbindung zwischen Kaviar und Russen mit Kanonen unterm Arm hergestellt, aber vielleicht saß ich gerade auch nur einem Klischee auf? Leider kam ich nicht dazu, darüber nachzudenken.

»Ich muss dich mal was fragen«, sagte Karsten.

»Frag«, sagte ich ganz tapfer und fixierte den Kirchturm von Söby fester denn je.

»Du hast dich doch länger mit Bernd unterhalten.«

»Mhm.« Er sich mit mir traf es besser.

»Was hat er denn so erzählt?«

Dass er deinen besten Freund für einen Mörder hält. »Er war ziemlich aufgewühlt wegen Arnes Tod. Die beiden kannten sich wohl schon länger.«

»Ach ja? Das wusste ich gar nicht. Und sonst?«

Bevor Karsten jetzt mit der »Nur-so«-Nummer anfangen konnte, ging ich zum Angriff über. »Warum willst du wissen, was Bernd gesagt hat?«

»Weil ... weil ... ich weiß nicht, wie ich's sagen soll.«

Bevorzugt kurz und knapp. »Versuch's einfach.«

»Bernd – also, Bernd ... Bernd ist tot.«

Der Kirchturm von Söby verschwand kurz aus meinem Blickfeld, aber schon hatte ich ihn wieder.

»Wie ist das passiert?«

»Viel weiß ich auch nicht. Er wurde erschossen aufgefunden, im Hafen von Fredericia, nicht weit von Knuts Boot.«

Oha. »Wann denn?«

»Heute Nacht. Die Polizei hat Knut verhört. Erst der Unfall, jetzt ein erschossener Mitsegler. Knut darf die Stadt nicht verlassen.«

Karsten wollte gern umkehren – würde ich den Kirchturm von Söby jemals aus der Nähe sehen? – und seinem Freund beistehen. Er bot an, uns das Geld zurückzugeben und die Heimfahrt zu zahlen, aber Robert war auf Abenteuer aus, und ich war mit ihm verheiratet. Sogar Heinz-Günther lehnte ab, von Bord zu gehen.

Der Weg nach Fredericia hinauf war furchtbar. Wind und Wellen kamen direkt von vorn, und wir mussten die Maschine einsetzen, weil wir für das Hochkreuzen im Lillebelt nicht genug Platz und keine Geduld hatten. Karstens Unruhe hatte uns angesteckt.

»Siehst du, dass ich recht hatte?«, sagte Robert, als wir unter Deck in der Pantry standen und begleitet vom Stampfen des Dieselmotors ein Tablett mit Nachmittagskaffee und Keksen richteten. »Da ist irgend etwas faul. Vermutlich wollte Bernd noch mal zu dem Schiff und sehen, ob er einen Beweis dafür findet, dass Arne ermordet wurde«, war Roberts Überlegung. »Aber was hat er da wohl gefunden?«

Ich erzählte ihm die Geschichte mit dem Kaviar.

»So langsam bekommen wir die Puzzleteile zusammen«, sagte Robert. »Was ist, wenn Knut auf der Seeotter Kaviar schmuggelt?«

»Da würde er ja wohl genug Geld verdienen, dass er keine zahlenden Gäste mehr mitnehmen müsste«, sagte ich.

»Natürlich müsste er das weiter tun, zur Tarnung«, widersprach Robert.

»Und wer ist dann Bernd? Ein Kriminalpolizist im verdeckten Einsatz? Ein Spion? Und was ist mit Arne?«

Robert überlegte. »Vielleicht sind Bernd und Arne Kollegen. Knut könnte herausgefunden haben, dass sie ihm auf den Fersen sind. Vielleicht hat er ja bei einer Bö das Steuer absichtlich so verrissen, dass Bernd gestürzt ist. Damit hat er versucht, ihn loszuwerden. Das würde auch erklären, warum Bernd unbedingt an Bord bleiben wollte.«

Das würde es tatsächlich, aber ich konnte mir Bernd mit seiner besten Freundin und seinem Psychotherapeuten nicht als Polizisten vorstellen. Oder war seine Tarnung so perfekt gewesen? Jedenfalls war mir da überall zuviel vielleicht dabei.

»Ich glaube nicht an Bernds Mordtheorie«, sagte ich. »Du hast doch mitbekommen, wie sehr Knut sein Schiff liebt. Das setzt er doch nicht einfach so auf Grund, nur damit Arne über Bord geht.«

»Frauenlogik.« Robert seufzte. »Männer machen dauernd was kaputt, was sie lieben. Liest du keine Zeitung?«

Knut meldete sich über Funk und gab durch, wo im Hafen wir ihn finden würden. Die Obduktion von Bernd war noch nicht abgeschlossen, aber er war mit einer russischen Waffe erschossen worden. Die Waffe fehlte allerdings.

»Die Polizei war sehr enttäuscht, dass sie an meinen Händen keine Schmauchspuren und auf meinem Boot keine Blutlache gefunden hat«, sagte er leichthin, aber der heitere Tonfall klang bemüht. Vielleicht kam es mir auch nur so vor, weil der Funk so viele Störgeräusche hatte. Robert belehrte mich noch, dass eine russische Waffe gar nichts bedeutete, die bekäme man heute auf jedem Flohmarkt nachgeschmissen.

Es dämmerte bereits, als wir unter der Kleine-Belt-Brücke hindurchfuhren und Kurs auf Fredericia nahmen.

»Rieke, was Heinz-Günther gesagt hat, lässt mir keine Ruhe. Knuts Yacht liegt wirklich viel zu tief im Wasser ... «

»Das weiß ich auch«, warf ich ein. »Erstens bin ich nicht blind, und zweitens lästert Karsten ja ständig drüber, dass Knut einer ist, der Berge von unnützem Kram mitschleppt.«

»Das mag sein, aber ich will wissen, was auf der Seeotter los ist.«

»Du bist nicht einfach nur scharf auf eine Gratisdose Kaviar, oder?«, fragte ich patzig.

Wir lagen mit der Gutemine in der hintersten Ecke des Hafens, nicht weit von den Müllcontainern, und es roch keineswegs nach Seeluft. Ich konnte Robert nicht verstehen. Warum um alles in der Welt musste er sich da einmischen? Es lag ihm weder an Knut noch an Arne und Bernd etwas, und wenn die Polizei keine Blutspuren auf der Seeotter gefunden hatte, dann waren dort ja vielleicht auch keine gewesen?

»Ich sag' ja gar nicht, dass Knut Bernd erschossen hat, aber ist das nicht ein bisschen zuviel Zufall? Zwei Männer, die sich gut kennen, machen eine gemeinsame Segeltour, und beide verunglücken dabei tödlich? Während der Skipper sich mit bewaffneten Russen streitet und Kaviar in seinem Schiff hortet?«

Meiner Ansicht nach ließen sich die Begriffe Männer, Segeltour und Unfall beliebig kombinieren. Bei Russen und Kaviar wurde es allerdings schwierig. Mein Schweigen beeindruckte Robert nicht.

»Ich will herausfinden, worum es hier eigentlich geht.«

»Die Polizei auch, und denen kannst du morgen alles über Kaviar und Russen erzählen«, sagte ich deshalb mit besonders entmutigendem Tonfall. Es funktionierte nicht.

»Wir gehen an Bord der Seeotter und schauen uns dort mal um. Knut hat doch gesagt, dass er mit Karsten einen trinken geht. Es kann gar nichts passieren.«

Ich wusste nicht genau, welcher Punkt in dieser Rede mir am wenigsten gefiel. Aber wie hieß es so schön? In Krankheit und Gesundheit, in Leichtsinn und Dummheit ... Rumschnüffeln mit Robert oder rumsitzen ohne ihn? Ich ging mit.

Wir schlichen uns die Stege entlang bis zu Knuts Liegeplatz. Ich kam mir vor wie Ellen Barkin in *The Big Easy*, als sie Dennis Quaid in den Hafen hinterher schleicht. Ich hoffte nur, dass es bei uns weniger Tote geben würde. Wir kletterten leise an Bord der Seeotter, stiegen den Niedergang hinab und machten Luk und Schott von innen zu. Vermutlich hatte Robert gerade ohne mit der Wimper zu zucken das Polizeisiegel aufgebrochen. Dieser Hauch von Skrupellosigkeit gefiel mir. Trotzdem musste ich dauernd an Bernd denken, der vermutlich auch auf Knuts Schiff herumgekrochen war und nun nicht mehr mitteilen konnte, was er herausgefunden hatte. Mit feuchten Händen blieb ich am Niedergang stehen, während Robert mit der Taschenlampe die Yacht absuchte. Im Vorschiff wurde er fündig.

Er winkte mich heran. Die Seeotter schaukelte, und ich stolperte Robert fast in die Arme.

»Also doch«, sagte er und hielt mir eine große Dose Kaviar entgegen. »Knut schmuggelt russischen Kaviar. Sieh dir das an.« Der Schein der Taschenlampe wanderte von Dose zu Dose. Der gesamte Stauraum war damit gefüllt. »Übrigens liegt das Boot gleichmäßig tief im Wasser, es muss also noch andere Verstecke geben.«

»Ich kann mir nicht vorstellen, dass jemand wegen ein bisschen Kaviar einen Menschen umbringt«, sagte ich.

»Deshalb schreibst du ja auch Liebesromane«, sagte Robert. »Vielleicht hat Bernd ja die Abnehmer beim Abholen gestört, und dabei haben sie ihn erschossen. Oder Knut ... «

Ein Geräusch hinter uns ließ uns zusammenfahren. Wir drehten uns um, in perfekter Choreographie. Wir standen Auge in Auge mit Knut. Robert hatte noch die Kaviardose in der Hand.

In Knuts Blick lag eine seltsame Ruhe, als wisse er ganz genau, was zu tun sei. Mein Herz versuchte, durch die Ohren zu entkommen, und blieb unterwegs stecken. Der Kaviar in Roberts Hand zitterte. Die ideale Methode, einen Martini zu schütteln.

»Und jetzt?«, fragte Knut.

Wir zuckten synchron mit den Schultern. Vielleicht hatten wir noch eine Zukunft beim Synchronschwimmen. Falls wir überhaupt eine Zukunft hatten. Wir standen alle drei lange da, ohne uns zu rühren. Schließlich streckte Knut die Hand aus, und Robert gab ihm die Dose mit dem Kaviar.

»Ich bring' das in Ordnung«, sagte Knut, als wäre damit alles geklärt – der Kaviarschmuggel, Arnes und Bernds Tod ...

Immer noch stand ich wie angewurzelt da, mein Mund trocken wie die Sahara. Ich wagte nicht, etwas zu fragen.

»Ihr könnt mir beim Ablegen helfen«, sagte Knut. Eine sparsame Kopfbewegung wies uns an, an Deck zu gehen. Wir gingen, er hinter uns. Ich lauschte auf das Geräusch einer Schusswaffe, die entsichert wurde.

Nichts passierte. Wir gingen einfach an Deck.

Knut sah sich kurz um und ließ den Motor an. »Achterleinen los.«

Ich löste die Festmacher von den Dalben und legte sie ordentlich an Deck. »Achterleinen sind los«, krächzte ich.

»Dann runter mit euch.«

Gehorsam kletterten wir über den Ausstieg am Bug auf den Steg. Mein Herz schlug immer noch viel zu laut und übertönte alle Fragen, die in meinem Kopf Schlange standen.

»Vorleinen los!«, rief Knut und holte die Fender an Bord.

Wir lösten die Leinen und warfen die Festmacher auf die Seeotter.

»Vorleinen sind los.«

Knut nickte uns zu, dann tuckerte er sehr langsam rückwärts aus der Box. Er legte den Vorwärtsgang ein und verließ in der einsetzenden Dämmerung den Hafen. Wir sahen der Yacht hinterher, bis ihre Positionslichter in der Ferne verschwanden.

»Verstehst du das?«, fragte ich.

»Vielleicht«, erwiderte Robert. Sonst sagte er nichts.

In Roberts Krimis erklärt der Täter am Ende immer, was er gemacht hat und warum. Knut tat nichts dergleichen. Er segelte einfach davon.

Robert und ich sind uns bis heute nicht darüber einig, ob Knut Arne und Bernd umgebracht hat. Jedenfalls rechne ich es Knut hoch an, dass er uns hat gehen lassen.

Wir haben ihn nie wiedergesehen. Die Seeotter wurde drei Wochen später im Skagerrak gefunden, mit gerissenem Segel und schweren Schäden am Rumpf. Knuts Frau erhielt eine ziemlich hohe Summe aus der Lebensversicherung, die er auf sie abgeschlossen hatte. Knuts Leiche wurde nie gefunden.

Rustikaler Seemannsteller

Kürbiscremesuppe · 223

Seelachsfilet mit Kräuterhaube · 252

Bourdelot

(Apfel im Schlafrock) · 263

Einbildgeschichten · Dritte Folge

Seitdem die Fische Fernsehen hatten, schreckten sie vor Erpressung, Morddrohung und ständigen Anschlägen auf unschuldige Köche, die nur das Beste aus ihnen machen wollten, nicht zurück!

Nein, das Essen des Smutje war tatsächlich nicht
besonders gut. Aber dass der cholerische
Erste Offizier ihn deswegen gleich umbrachte,
hätte nicht unbe-
dingt sein müssen.
Was die Mannschaft allerdings wirklich
beunruhigte, war die Frage, wer
in Zukunft für sie kochen würde.

DIE ZWÖLF METER
HOHE SUPERWELLE ERFASSTE SEINE
FRAU UND SPÜLTE SIE VOM FELS.
ZEUGEN WOLLEN GESEHEN HABEN,
DASS ER ETWAS NACHHALF.
DAS GERICHT SAH
ES EBENSO.
LEBENSLÄNGLICH!

OFT HÖRTE MAN IHN
GEGEN DIE UNGE-
RECHTIGKEIT DIESER WELT
ANSINGEN: ♫ AND HERE I AM FOR THE REST
OF MY LIFE, AND ALL I'VE DONE
WAS KILLIN' MY WIFE! ♫

Unbeschwert gab sie sich den Wonnen des Bordlebens hin, denn sie wusste, dass ihre Freunde dabei waren, ihren lukrativen Vorschlag in die Tat umzusetzen. Ein Vorschlag, durch den sie bis an ihr Lebensende ausgesorgt haben würde. Der Lebensversicherung ihres langweiligen, aber vorausschauenden Mannes sei Dank!

Rezepte

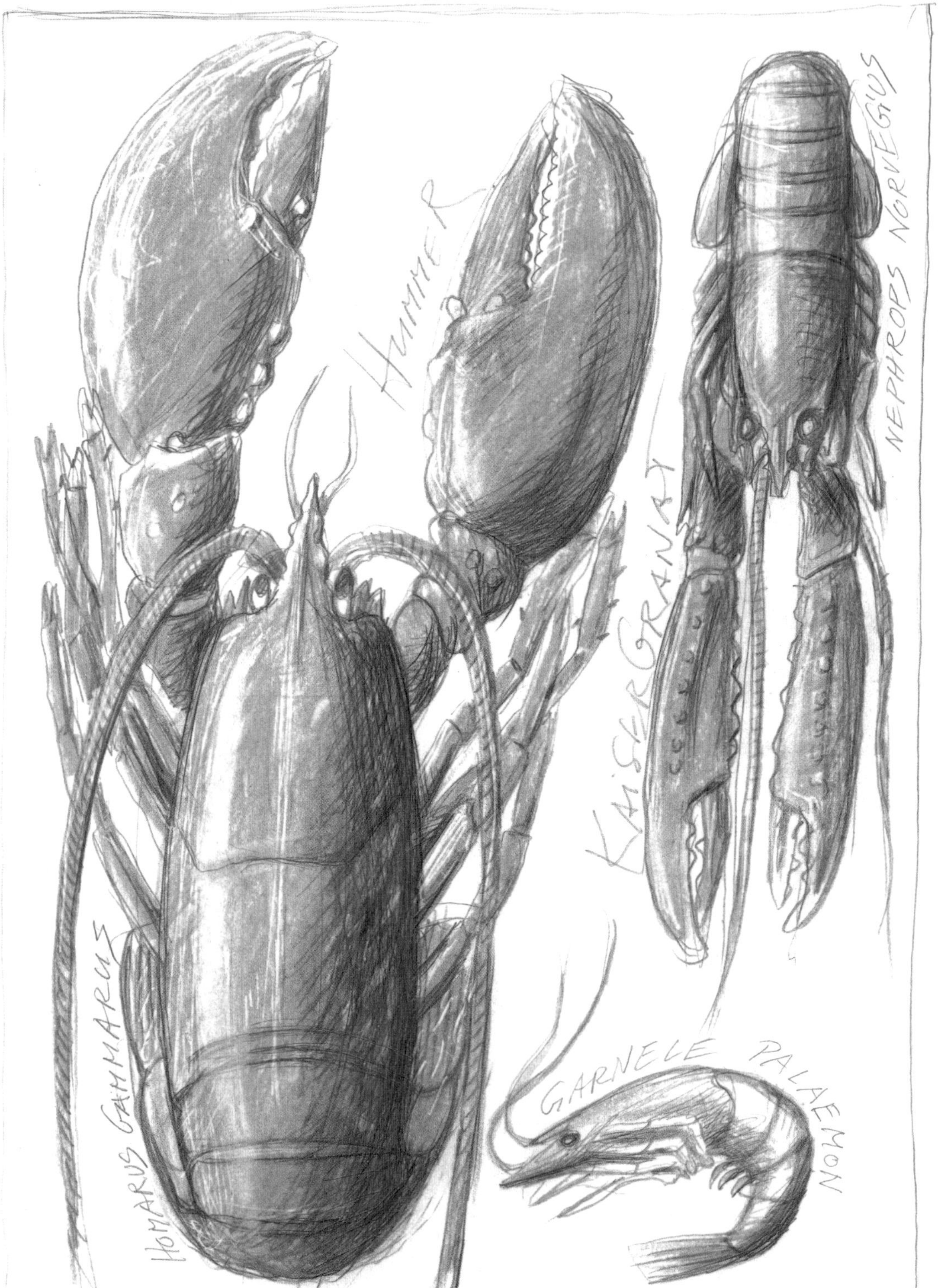
HUMMER
HOMARUS GAMMARUS
KAISERGRANAT
NEPHROPS NORVEGICUS
GARNELE PALAEMON

Vorspeisen, Salate und Zwischengerichte

Artischocken mit Ricottafüllung

Zutaten für 8 Portionen
3 zarte mittelgroße Artischocken
1 Zitrone
250 g Ricotta (etwa 30 Min. in einer Filtertüte abtropfen lassen)
1 Ei, leicht verquirlt
125 g frisch geriebener Pecorino romano
8 dünne Scheiben Salami, fein gehackt
10 ganze schwarze Pfefferkörner
1 TL Salz
2 TL Olivenöl
4 EL Öl zum Beträufeln
Öl für die Form
120 g Semmelbrösel

■ Die äußeren, holzigen Artischockenblätter entfernen und die Spitzen der restlichen Blätter mit einer Schere abschneiden. Artischocken längs halbieren und das Heu mit einem Teelöffel herausschaben. Zitrone halbieren und die Schnittflächen der Artischocken mit einer Zitronenhälfte abreiben. Artischocken in eine Schüssel mit kaltem Wasser legen.

■ Ricotta, Ei, Pecorino und Salami in einer Schüssel verrühren. Artischocken in einem Topf vollständig mit Wasser bedecken und den Saft der zweiten Zitronenhälfte, Pfefferkörner, Salz und 2 TL Olivenöl zufügen. Aufkochen und bei geringer Hitze 20 Min. gar köcheln lassen. Vorsichtig herausheben, abtropfen und abkühlen lassen. Mit je 1 EL Ricottamischung füllen.

■ Backofen auf 190 °C vorheizen. Boden einer Auflaufform mit Öl bepinseln, Artischocken hineinlegen, mit Semmelbröseln bestreuen und mit restlichem Olivenöl beträufeln. 8 bis 10 Min. goldbraun überbacken. Warm servieren.

Brik à l'oeuf mit Thunfisch

Zutaten für 4 Portionen
Öl zum Ausbacken
4–8 Filo-Teigblätter in Kreisen von 20 cm Durchmesser
4 Eier
3 EL gehackte glatte Petersilie
1 ½ EL gehackte frische Korianderblätter
4 EL kleingehackter roher Thunfisch
Salz
gemahlener Kreuzkümmel
Cayennepfeffer
Zitronenspalten
frittierte Petersilienzweige

■ Öl in einem flachen Topf erhitzen. Ein Filo-Blatt (wenn eins zu dünn ist, zwei nehmen) über einen Suppenteller legen, den Teig leicht in die Vertiefung drücken. Ein Ei aufschlagen und sanft in die Mitte der Vertiefung gleiten lassen; mit etwas Petersilie und Koriander bestreuen und 1 EL Fisch darauf geben. Mit je 1 Prise Salz, Kreuzkümmel und Cayennepfeffer würzen.

■ Teigblatt in der Hälfte zusammenfalten, dann erneut falten, sodass ein Dreieck entsteht. Ränder gut andrücken. Brik 2 bis 3 Min. in heißem Öl goldbraun und knusprig ausbacken. Auf Küchenpapier abtropfen lassen. Sofort mit Zitronenspalten und frittierter Petersilie garniert servieren.

Buchweizengalettes mit Grillsardine und Quellersalat

Zutaten für 4 Portionen

Für den Salat:
200 g Queller (auch: Glaskraut, Salicor, Zeekraal) oder Meerfenchel
1 Prise Salz
20 g Butter

Für die Galettes:
500 g Buchweizenmehl
100 g Weizenmehl
3 Eier
1 TL Meersalz

■ Den Queller waschen und in kochendem Salzwasser 1 Min. blanchieren. Sofort in Eiswasser abschrecken und abtropfen lassen.

■ Beide Mehlsorten in eine große Schüssel sieben, eine Vertiefung hineindrücken und Eier und Salz hineingeben. Gut verrühren und währenddessen nach und nach Wasser und Milch zufügen. Zerlassene Butter unterziehen und etwa 10 Min. gut durchrühren. Ist der Teig zu dickflüssig, noch etwas kaltes Wasser oder Milch unterrühren. Teig mehrere Std. zugedeckt kühl stellen. Vor der Weiterverarbeitung nochmals gut durchrühren. Eine große Pfanne

400 ml kaltes Wasser
300 ml Milch
125 g zerlassene Butter
(gesalzene) Butter
und Öl
zum Anbraten

mit Öl auspinseln und darin etwas Butter und Öl erhitzen. Mit einer Suppenkelle portionsweise Teig hineingeben und schnell verteilen, damit die Pfannkuchen nicht zu dick werden. Von beiden Seiten backen. Fertige Pfannkuchen warm stellen.

Für die Sardinen:
4 kleine Sardinen, küchenfertig
Salz
Pfeffer
Stärke zum Bestäuben
Öl zum Braten

▪ Sardinen abspülen, trocken tupfen, salzen, pfeffern und in Stärke wenden. Öl in einer Pfanne erhitzen und Sardinen darin knusprig braten.

▪ Butter in einer Pfanne zerlassen und Queller darin schwenken. Auf Tellern verteilen. Pfannkuchen zweimal falten und mit Sardinen belegen.

Exotischer Salat

Zutaten für 6 Portionen
Für den Salat:
100 g Palmherzen aus der Dose, abgetropft
2 Mangos
2 Avocados
½ Salatgurke

▪ Palmherzen in Scheiben schneiden. Mangos und Avocados schälen und in dünne Spalten schneiden. Gurke schälen und in Scheiben schneiden. Alles in eine Schüssel geben und mit der Pfefferschotenmischung übergießen.

Für die Sauce:
½ rote Pfefferschote
Saft von 2 Limetten
1 TL Senfpulver
1 TL Zucker
4 EL Öl
Salz, schwarzer Pfeffer

▪ Für die Sauce Pfefferschote entkernen, fein hacken und mit der Hälfte des Limettensaftes mischen. Die andere Hälfte des Safts mit Senf, Zucker, Öl, Salz und Pfeffer verrühren.

▪ Servieren und die Sauce extra reichen.

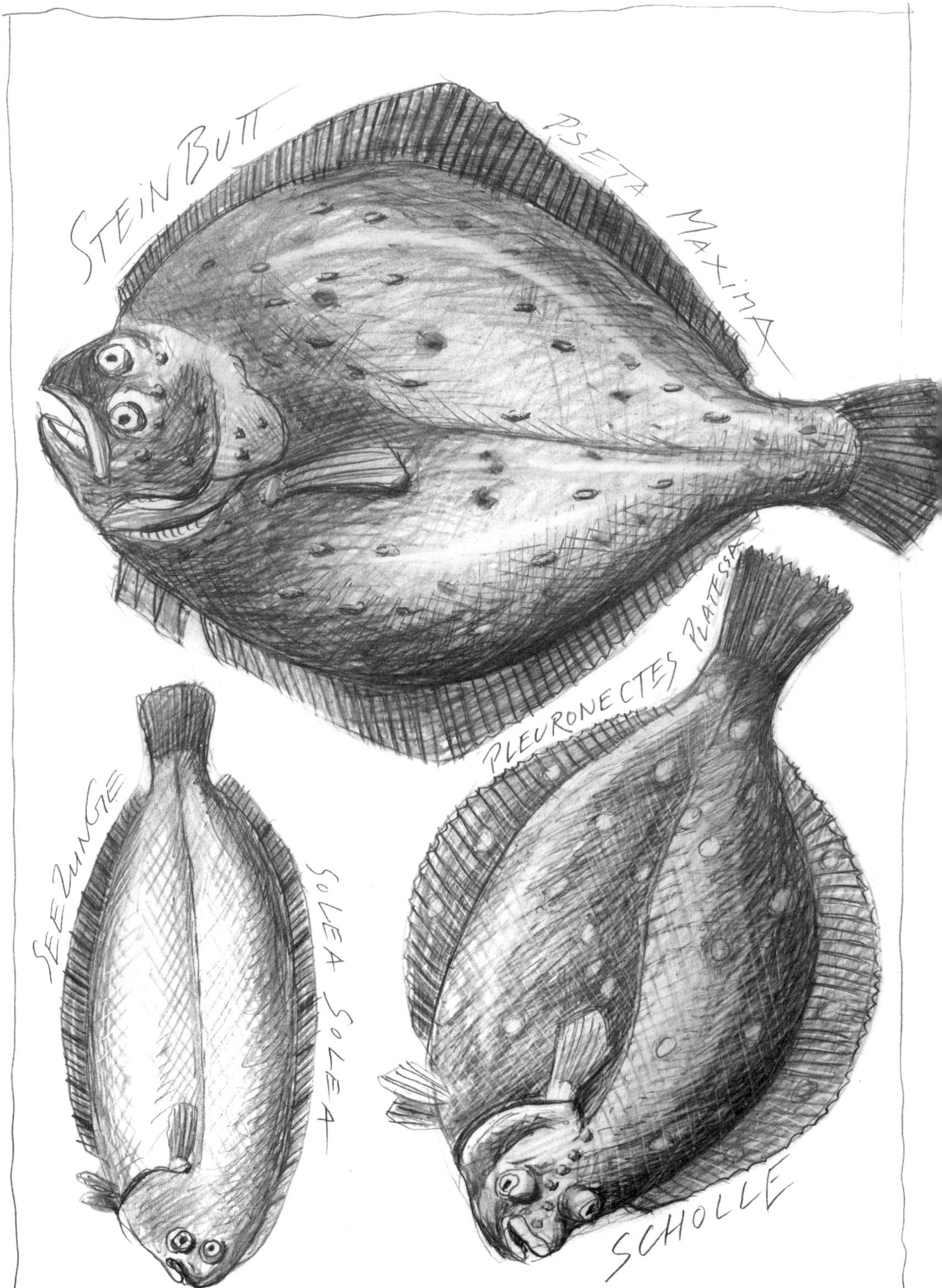
STEINBUTT
PSETTA MAXIMA
PLEURONECTES PLATESSA
SEEZUNGE
SOLEA SOLEA
SCHOLLE

Fisch-Jerk von der Baja

Zutaten für 4–6 Portionen
6 küchenfertige Fliegende Fische*
1 kleine Zwiebel, fein gehackt
Salz, weißer Pfeffer
1 Spritzer Angostura Bitter
1 Knoblauchzehe, fein gehackt
1 Zweig Thymian, fein gehackt
1 Stengel Majoran, fein gehackt
Pflanzenöl
1 EL brauner Rum
1 Ei, Semmelbrösel

▪ Fische oder Filets waschen, trocken tupfen und mit einer Mischung aus Zwiebel, Salz, Pfeffer, Angostura, Knoblauch, Thymian und Majoran auf allen Seiten gut einreiben.

▪ Öl bei mittlerer Hitze in einer großen Pfanne heiß werden lassen. Rum und Ei verquirlen. Fisch in Ei und Semmelbrösel wenden und von beiden Seiten 2 bis 3 Min. knusprig braten.

**Variante:* Es eignen sich auch Filets von Red Snapper, Flussbarsch, Steinbutt oder Seezunge

Frittierte Fadennudeln

Zutaten für 4 Portionen
3 Eier
Salz
150 g Semmelbrösel
600 g Fadennudeln
Schweineschmalz
150 g Thymianhonig
200 ml Orangensaft

▪ Eier mit etwas Salz verquirlen und in eine Schüssel gießen. Semmelbrösel in eine andere Schüssel geben. Fadennudeln in Salzwasser bissfest kochen und abgießen.

▪ Nudeln portionsweise zuerst in den Eiern, dann in den Semmelbröseln wenden. Schmalz in einer Pfanne erhitzen und Nudeln darin goldbraun frittieren.

▪ Honig mit Orangensaft im Wasserbad erwärmen und die frittierten Nudeln damit beträufeln.

Garnelen auf portugiesische Art

Zutaten pro Portion
Butter zum Braten
1 Knoblauchzehe, zerdrückt
200 g sehr frische ungeschälte Garnelen
Salz

■ Butter in einer gusseisernen Pfanne erhitzen. Knoblauch und Garnelen zufügen, großzügig salzen. Etwa 5 Min. braten, bis das Garnelenfleisch fest und dunkelrosa ist. In der heißen Pfanne servieren. Die Garnelen werden mit den Fingern geschält und gegessen. Dazu frisches Weißbrot reichen.

Guinness-Muscheln

Zutaten für 4 Portionen
1 kg frische Miesmuscheln
400 g Gemüse in feinen Streifen *
2,2 l Fischfond
2 EL knusprig gerösteter Frühstücksspeck, zerkrümelt
1 große rote Zwiebel, gehackt
2,2 l Guinness (»stout«)

■ Alle Zutaten außer dem Guinness in einem geschlossenen Topf erhitzen, bis sich die Muscheln nach etwa 10. Min. öffnen (noch geschlossene aussortieren).

■ Zum Servieren die heißen Muscheln auf große, vorgewärmte Schalen verteilen und portionsweise mit Guinness übergießen.

* z.B. Lauch, Staudensellerie, Zwiebeln, Möhren

Hummer mit Zitronenbutter und Sodabrot

Zutaten für 4 Portionen
Für das Sodabrot:
450 g feines weißes Mehl
1 TL Soda
1 TL Zucker
½ TL Salz
400 ml Buttermilch
1 Zitrone
75 g Schalotten,

■ Für das Sodabrot Mehl, Soda, Zucker und Salz in einer großen Schüssel mischen. Nach und nach die Buttermilch dazugeben, bis eine weiche Masse entsteht. In einer gefetteten Form bei 230 °C 30 Min. backen, bis das Brot hohl klingt, wenn man von unten klopft. Auskühlen lassen.

■ Die Hälfte der Zitronenschale fein abrei

fein gewürfelt
1 Knoblauchzehe, fein gehackt
200 g eiskalte Butter, gewürfelt
150 ml Fischfond (aus dem Glas)
200 ml Weißwein
2 Hummer
½ Bund Petersilie, gehackt
Salz
weißer Pfeffer, frisch gemahlen

ben und beiseite stellen. Zitrone dick schälen, Filets herausschneiden und fein würfeln. Aus den Rückständen der Zitrone 1 EL Saft auspressen, beiseite stellen.

■ Schalotten und Knoblauch in 25 g Butter andünsten. Mit Fischfond und Weißwein auffüllen und auf ein Viertel einkochen.

■ In einem großen Topf reichlich Salzwasser aufkochen. Die Hummer nacheinander mit dem Kopf zuerst in das sprudelnde Wasser gleiten lassen. Wasser nochmals aufkochen, die Hummer 10 bis 12 Min. im offenen Topf bei geringer Hitze ziehen lassen, herausnehmen, etwas abkühlen lassen und zerlegen* Hummerfleisch warm stellen.

■ Fond wieder zum Kochen bringen. Restliche kalte Butter in kleinen Stücken nach und nach mit dem Schneebesen in den Fond einrühren, so dass sich eine cremige Sauce bildet. Petersilie, Zitronensaft, -schale und -filets dazugeben. Salzen, pfeffern. Hummerfleisch auf vorgewärmten Tellern anrichten und mit Zitronensauce und Sodabrot servieren.

* *Zerlegen des Hummers:* Scheren und Schwanz mit drehenden Bewegungen vom Rumpf trennen. Schwanz der Länge nach halbieren, den Darm auslösen, das Fleisch wieder in die Schale legen. Die Gelenke von den Scheren trennen, mit einer Schere an der Außenseite aufschneiden und mit Hilfe eines Küchentuches auseinanderbiegen, das Fleisch auslösen. Scherenfinger nach oben abziehen, dabei das Chitinblatt am Panzer lassen. Scheren und Scherenfinger jeweils aufrecht stellen, mit einem schweren Messer aufklopfen, Fleisch herauslösen.

Krabbenschiffchen

Zutaten für 8 Stück
100 g frische Krabben
1 EL Brandy
Salz, weißer Pfeffer
1 Staude Löwenzahnsalat (oder Frisée oder Rucola)
8 Mürbteigschiffchen

▪ Krabben mit Brandy, Salz und Pfeffer verrühren und 30 Min. ziehen lassen.

▪ Salat waschen, putzen und kleinzupfen. Auf die Teigschiffchen legen und Krabben daraufschichten.

Kräuteraspik

Für Förmchen von insgesamt ½ l Inhalt
10 Blatt Gelatine
¼ l Fischfond
¼ l Weißwein
glatte Petersilie
Dillzweige
Weißbrotscheiben
Butter
Friséesalat
Feldsalat
Radieschen

▪ Gelatine in kaltem Wasser auflösen. Fond und Wein erhitzen. Gelatine leicht ausdrücken und in Weinfond auflösen. Mischung in Förmchen gießen. Von Petersilie und Dill Blättchen abzupfen, kurz vor Erstarren einlegen.

▪ Weißbrottaler ausstechen, leicht buttern, mit Friséesalatstücken, Feldsalatblättchen und Radieschenscheiben belegen. Aspik drauflegen.

Variante: Statt oder zu den Kräutern können auch Scheiben von hartgekochten Wachteleiern in das Aspik eingelegt werden.

Mexikanische Tortillas mit Salsa Roja

Zutaten für 12 Stück
300 g Maismehl für Tortillas oder Weizenmehl
150 ml lauwarmes Wasser
1 TL Salz

▪ Alle Zutaten gut mischen und durchkneten. In Klarsichtfolie einschlagen und an einem warmen Ort 30 Min. ruhen lassen.

▪ 12 eiergroße Kugeln formen und auf einer bemehlten Fläche zu etwa 20 cm großen Fladen ausrollen.

■ Tortillas ohne Fett in einer Pfanne backen, Blasen flachdrücken und erst wenden, wenn sie sich leicht vom Boden lösen lassen. Zum Schluss noch einmal kurz wenden.

■ Heiße Tortillas in ein Tuch einschlagen, so halten sie sich warm und können statt Brot serviert werden. Sollen sie gerollt werden, in ein feuchtes Tuch einschlagen und Pergamentpapier zwischen die einzelnen Fladen legen.

Für die Sauce:
4 Tomaten
2 EL Öl
2 kleine Zwiebeln
3 Knoblauchzehen
4 Chilis serranos oder
2 Chilis jalapeños
Wasser
Salz
Pfeffer

■ Tomaten häuten. Zwiebeln und Knoblauch hacken. Öl in einer tiefen Pfanne erhitzen. Zwiebeln und Knoblauch goldgelb braten. Tomaten zufügen und unter gelegentlichem Rühren etwa 10 Min. dünsten. Chilis entkernen, in Streifen schneiden und zur Sauce geben. Eventuell etwas Wasser hinzufügen. 10 Min. köcheln lassen. Salzen, pfeffern und pürieren. Die Sauce kann warm oder kalt serviert werden.

Tip: Gefüllt und gegebenenfalls frittiert nennt man sie Tacos, frittiert und belegt heißen sie Tostadas, gefüllt, gerollt und überbacken Enchiladas.

Nigiri-Sushi und Maki-Sushi

Zutaten für 2 Portionen
Für den Reis:
250 g Sushi-Reis
25 ml Reisessig
½ TL Salz
15 g Zucker

■ Reis mit 330 ml Wasser aufkochen. Nach 2 Min. Hitze reduzieren und zugedeckt 20 Min. ausquellen lassen. Vom Herd nehmen und 10 Min. quellen lassen.

■ Essig mit Salz und Zucker aufkochen und abkühlen lassen. Reis in einer Schüssel mit Essigsud übergießen und gut mischen. Zugedeckt abkühlen lassen.

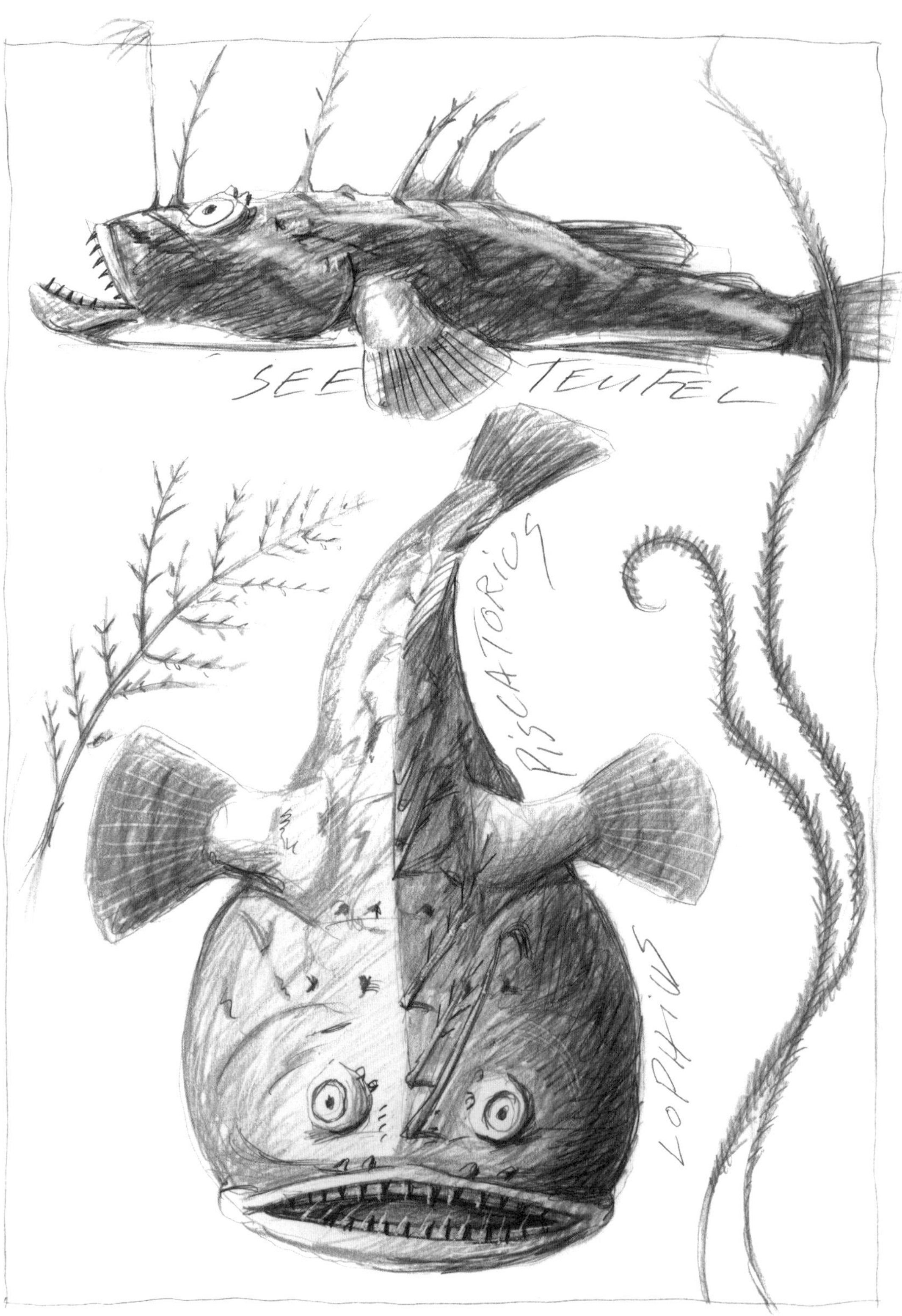
SEE TEUFEL
PISCATORIUS
LOPHIUS

Für die Nigiri-Sushi:
Wasabi
50 g Seelachsfilet
50 g Räucherlachs
2 kleine Garnelenschwänze, gekocht

Für die Maki-Sushi:
50 g Räucherlachs
½ kleiner Zucchino
1 Ei
1 EL Öl
1 ½ Algenblätter (Nori)
25 g Forellenkaviar

■ Für die Nigiri-Sushi Lachs in hauchdünne Scheiben schneiden. Eine Hälfte des Reis zu ovalen Klößchen formen und mit etwas Wasabi bestreichen. Mit Lachsscheiben und Garnelen dekorativ belegen.

■ Für die Maki-Sushi Lachs und gewaschenen Zucchino in dünne Streifen schneiden. Aus dem Ei in Öl ein festes Omelett backen und in Streifen schneiden.

■ Algenblätter in einer Pfanne trocken rösten. Auf einem Tuch ausbreiten. Restlichen Reis 1 cm darauf schichten, sodass ein Rand von etwa einem Drittel der Blattfläche frei bleibt. Ein halbes Blatt mit Lachs-, ein halbes mit Zucchino- und ein halbes Blatt mit Omelettstreifen belegen. Blätter mit Hilfe des Tuches fest aufrollen. Rollen ein- bis zweimal quer durchschneiden und mit der Schnittfläche nach oben anrichten. Auf die Stücke mit Ei dick Kaviar häufen. Sushi dekorativ anrichten und mit japanischen Sushi-Saucen servieren.

Nüsslisalat mit Rauchfleisch

Zutaten für 4 Portionen
100 g Bündner Fleisch
1 TL Öl zum Braten
1 TL Zitronensaft
2 TL Walnussöl
Salz
Pfeffer
200 g Feldsalat oder Brunnenkresse

■ Bündner Fleisch in feinen Streifen in einer beschichteten Pfanne in wenig Öl knusprig braten. Auf Küchenpapier abtropfen lassen.

■ Zitronensaft, Walnussöl, Salz und Pfeffer zu einem Dressing verquirlen. Feldsalat verlesen, waschen und trockentupfen. Mit Dressing mischen und mit Fleischstreifen bestreuen.

Vegetarische Variante: Statt des Bündner Fleischs kann auch ein hartgekochtes Ei, fein gewürfelt, darübergestreut werden.

Pasta mit Sardinen

Zutaten für 4 Portionen
250 g Sardinenfilets
2 Knoblauchzehen, fein gehackt
9 EL Olivenöl
170 g Tomatenmark
1 Zweig frischer Oregano, abgezupft
5 frische Basilikumblätter
3 EL Sultaninen
3 EL Pinienkerne, leicht geröstet
Salz
schwarzer Pfeffer
1 mittelgroße Fenchelknolle
500 g Perciatelli oder Maccaroni
100 g Semmelbrösel
frisch geriebener Pecorino romano

▪ Sardinenfilets in 2 cm große Stücke schneiden. In einem Topf Knoblauch in 6 EL Olivenöl hell golden braten. Sardinen zugeben und 8 bis 10 Min. unter Rühren braten, bis sie zerfallen.

▪ Tomatenmark und knapp 1 Liter Wasser zugeben und aufkochen. Oregano, Basilikum, Sultaninen und Pinienkerne zufügen, bei geringer Hitze köcheln lassen. Salzen und pfeffern. Sauce 45 Min. sämig köcheln lassen.

▪ Einen großen Topf mit Salzwasser zum Kochen bringen. Fenchel hineingeben und 45 Min. bei geringer Hitze köcheln lassen, bis der Fenchel zart ist. Aus dem Topf nehmen, würfeln und zur Sauce geben.

▪ Nudeln im Fenchelwasser bissfest kochen.

▪ Semmelbrösel in restlichem Olivenöl goldbraun rösten, salzen und pfeffern.

▪ Nudeln abgetropft auf eine vorgewärmte Platte geben, Sauce darübergießen und unterheben. Mit Semmelbröseln bestreut servieren, Käse extra reichen.

Pasta mit Schwertfisch

Zutaten für 6 Portionen
2 Tomaten
Olivenöl
2 Knoblauchzehen, fein gehackt
1 Bund Petersilie, gehackt

▪ Tomaten enthäuten und vierteln. Öl in einen Topf geben und die Tomaten mit Knoblauch und Petersilie andünsten. Salzen und pfeffern. Fisch in mundgerechte Stücke schneiden und dazugeben. Wein zufügen und zugedeckt etwa 20 Min. köcheln lassen.

Salz, Pfeffer
400 g Schwertfisch
1,5 l Weißwein
600 g kurze Nudeln
12 Minzeblätter, gehackt

■ Nudeln in reichlich Salzwasser bissfest kochen, abgießen und mit dem Fisch mischen. In vorgewärmten tiefen Teller anrichten und mit Minze garnieren.

Pilzcarpaccio

Zutaten für 4 Portionen
250 g braune Champignons
1 Tomate
einige Zweige Kerbel

Für das Dressing:
1 EL Balsamicoessig
Salz, Pfeffer
1 TL Honig
1 EL Olivenöl

■ Champignons in sehr feine Scheiben schneiden und auf 4 Tellern auslegen. Tomate häuten, entkernen, klein würfeln und auf den Pilzen verteilen. Kerbel hacken.

■ Für das Dressing Essig, Salz, Pfeffer und Honig gut verrühren und mit Öl mischen. Über die Pilze gießen und jede Portion mit Kerbel bestreuen.

■ Mit Sesamcrèpes servieren.

Polpettine di pesce (Hundshai-Klößchen)

Zutaten für 4 Portionen
3 mittelgroße Kartoffeln
50 g Butter
Salz
etwas Milch
3 Eier
½ Zwiebel
1 Möhre
1 Lorbeerblatt
1 Zitrone
Pfefferkörner
500 g Hundshai (oder Seehecht, Schwertfisch oder Dorsch)

■ Kartoffeln kochen, pürieren und mit 20 g Butter, 1 Prise Salz und etwas kochender Milch glattrühren. Bei geringer Hitze trocknen. Vom Herd nehmen und 1 verquirltes Ei einrühren.

■ 5 l Salzwasser mit Zwiebel, Möhre, Lorbeer, 1 Scheibe Zitrone und einigen Pfefferkörnern aufkochen. Fisch darin 5 Min. köcheln lassen.

■ Fisch herausheben, abkühlen lassen, fein hacken und mit der restlichen Butter in eine Pfanne geben. Gehackte Pilze zugeben und schmoren, bis Flüssigkeit verdampft ist. Vom Herd nehmen, mit gehacktem Schinken, Peter-

100 g frische Champignons
50 g gekochter Schinken
1 EL gehackte Petersilie
1 Knoblauchzehe, gehackt
etwas Mehl
Semmelbrösel
reichlich Olivenöl

silie und Knoblauch mischen. Pfanneninhalt mit Kartoffelpüree mischen und zu kleinen Klößen formen. Mit Mehl bestäuben. Restliche Eier verquirlen und Klöße darin wenden. Mit Semmelbröseln gut panieren.

■ In heißem Öl goldbraun frittieren und auf Küchenkrepp abtropfen. Dazu passt Basilikum-Tomatensauce.

Rigatoncini mit Bohnenpüree

Zutaten für 4 Portionen
300 g getrocknete dicke Bohnen
½ Sellerieknolle, gewürfelt
1 Tomate, grob gewürfelt
Olivenöl
Salz, Pfeffer
350 g Rigatoncini

■ Bohnen über Nacht in Wasser einweichen. Am nächsten Tag zusammen mit Sellerie und Tomate (ohne Salz) weich kochen.

■ Gemüse zerdrücken und mit Olivenöl, Salz und Pfeffer verrühren. Nudeln bissfest kochen und unter das Bohnenpüree mischen.

Rochen mit Essigbutter

Zutaten für 4 Portionen
½ l Wasser
¼ l Milch
2 Stengel Petersilie
1 Zweig Thymian
4 Pfefferkörner
Salz
4 Rochenflügel, gehäutet à 250 g
4 EL Olivenöl
60 g Butter
2 EL Balsamicoessig

■ Wasser, Milch, Kräuter, Pfefferkörner und Salz in einen großen, breiten Topf geben und Rochenflügel einlegen. Langsam zum Kochen bringen und bei geringer Hitze 5 bis 6 Min. gar ziehen lassen.

■ Öl und Butter in einem kleinen Topf erhitzen, Essig zugießen und kurz aufschäumen lassen.

■ Rochenflügel vorsichtig aus dem Sud heben, abtropfen lassen und auf eine vor

½ Bund Petersilie, gehackt	gewärmte Platte legen. Mit Essigbutter übergießen und mit Petersilie bestreuen.

Salbeiaal

Zutaten für 4 Portionen
1 mittelgroßer Aal, küchenfertig
eine Handvoll frische Salbeiblätter und andere Kräuter nach Belieben
Saft von 2 Zitronen
Pfeffer
Salz
Butter zum Braten
Zitronenscheiben zum Garnieren

■ Aal in vier Stücke schneiden. Genügend Salbeiblätter zum Umwickeln der Stücke beiseite legen. Restliche Kräuter hacken und mit Zitronensaft mischen. Aal darin mind. 1 Std. marinieren.

■ Butter in einer Pfanne bräunen. Aalstücke mit Salbeiblättern umwickeln, eventuell mit Küchengarn festbinden und bei geringer Hitze 20 bis 25 Min. braten.

■ Küchengarn entfernen. Aalstücke auf Tellern anrichten, mit der Bratbutter übergießen und mit Zitronenscheiben garniert servieren.

Schneckenknödelchen

Zutaten für 4 Portionen
600–800 g Muschelfleisch *
1 Ei
2 EL Semmelbrösel
5 EL Mehl
1 EL Austernsauce
Salz
Pfeffer

Für die Sauce:
2–3 große Fleischtomaten
1 grüne Paprikaschote

■ Muschelfleisch im Mixer pürieren und mit Ei, Semmelbröseln, Mehl, Austernsauce, Salz und Pfeffer zu einem festen Teig verkneten.

■ Tomaten häuten und würfeln. Paprika in sehr feine Streifen schneiden. Tomaten und Paprika in etwas Öl dünsten, salzen, Ingwer und Chili darüberreiben. Gut umrühren, bis die Sauce eine dicke Konsistenz hat. Sie sollte sehr scharf sein.

■ In einem Topf Wasser aufkochen. Aus dem Teig Knödelchen mit 3 cm Durchmesser formen und ins sprudelnde Wasser geben. Nach

Öl, Salz
1 Stückchen frische Ingwerwurzel
2–3 getrocknete Chilischoten

4 bis 5 Min. herausnehmen und mit etwas Sauce anrichten. Heiß servieren.

* *Muschelfleisch*: Original nimmt man Tritonschnecken, ersatzweise Jakobs- oder ähnliche Muscheln oder passiertes Shrimpsfleisch

Schollenmöpse

Zutaten für 16 Stück
100 g Blattspinat
16 Schollenfilets
2 EL Zitronensaft
Salz
weißer Pfeffer
Zahnstocher
400 ml Fischfond
1/8 l Weißwein
100 ml Sahne

■ Spinat blanchieren und kalt abschrecken. Auf Küchenpapier abtropfen lassen.

■ Schollenfilets mit Zitronensaft beträufeln, salzen und pfeffern. Filets längs halbieren, mit der Hautseite nach oben drehen, mit Spinat belegen und aufrollen. Mit Zahnstochern feststecken.

■ Fond mit Wein in einem Topf erhitzen und die Röllchen 6 Min. darin ziehen lassen. Röllchen herausnehmen und warm stellen. Sahne in den Fond einrühren und dicklich einkochen Schollenmöpse warm servieren und Sauce dazu reichen.

Varianten: Statt Blattspinat 2 kleine Zucchini längs in dünne Scheiben schneiden und mit einrollen. Oder 4 halbe rote oder gelbe Paprikaschoten enthäuten, blanchieren, passend zu den Filets schneiden und mit einrollen. Als Hauptgericht rechnet man 4 Röllchen pro Portion, dazu passen schmale Nudeln oder Wildreis.

Thunfisch-Burger

Zutaten für 4 Portionen

Für die Burgerpattys:

350 g frischer Thunfisch
½ cm frische Ingwerwurzel, gerieben
1 Frühlingszwiebel, in feinen Ringen
1 TL Reisessig
1 EL gehackter frischer Dill oder Schnittlauch
Salz, schwarzer Pfeffer
1 EL Öl, 1 TL Sesamöl
8 Reiskräcker
Scheiben von Salatgurke
sauer eingelegter Ingwer

Für die Wasabi-Mayonnaise:

1 TL Wasabipulver
2 TL kaltes Wasser
60 ml Mayonnaise
Saft von ½ Limette
½ Knoblauchzehe, fein gehackt
japanische Sojasauce

▪ Thunfisch fein hacken. Mit Ingwer, Frühlingszwiebelringen, Essig und Kräutern mischen. Salzen, pfeffern und 4 flache Klopse (Pattys) formen. Mit Frischhaltefolie gut abdecken und 1 Std. im Kühlschrank ziehen lassen.

▪ In einer beschichteten Pfanne beide Öle erhitzen und die Pattys 8 bis 10 Min. braten, dabei einmal wenden.

▪ 4 Kräcker mit Gurkenscheiben belegen und Fischklopse darauflegen. Mit je 1 EL Wasabi-Mayonnaise und eingelegtem Ingwer garnieren. Restliche Kräcker auflegen und sofort servieren.

▪ Wasabi mit Wasser anrühren und unter Mayonnaise mischen. Limettensaft, Knoblauch und mehrere Spritzer Sojasauce unterrühren. Im Kühlschrank zugedeckt ziehen lassen.

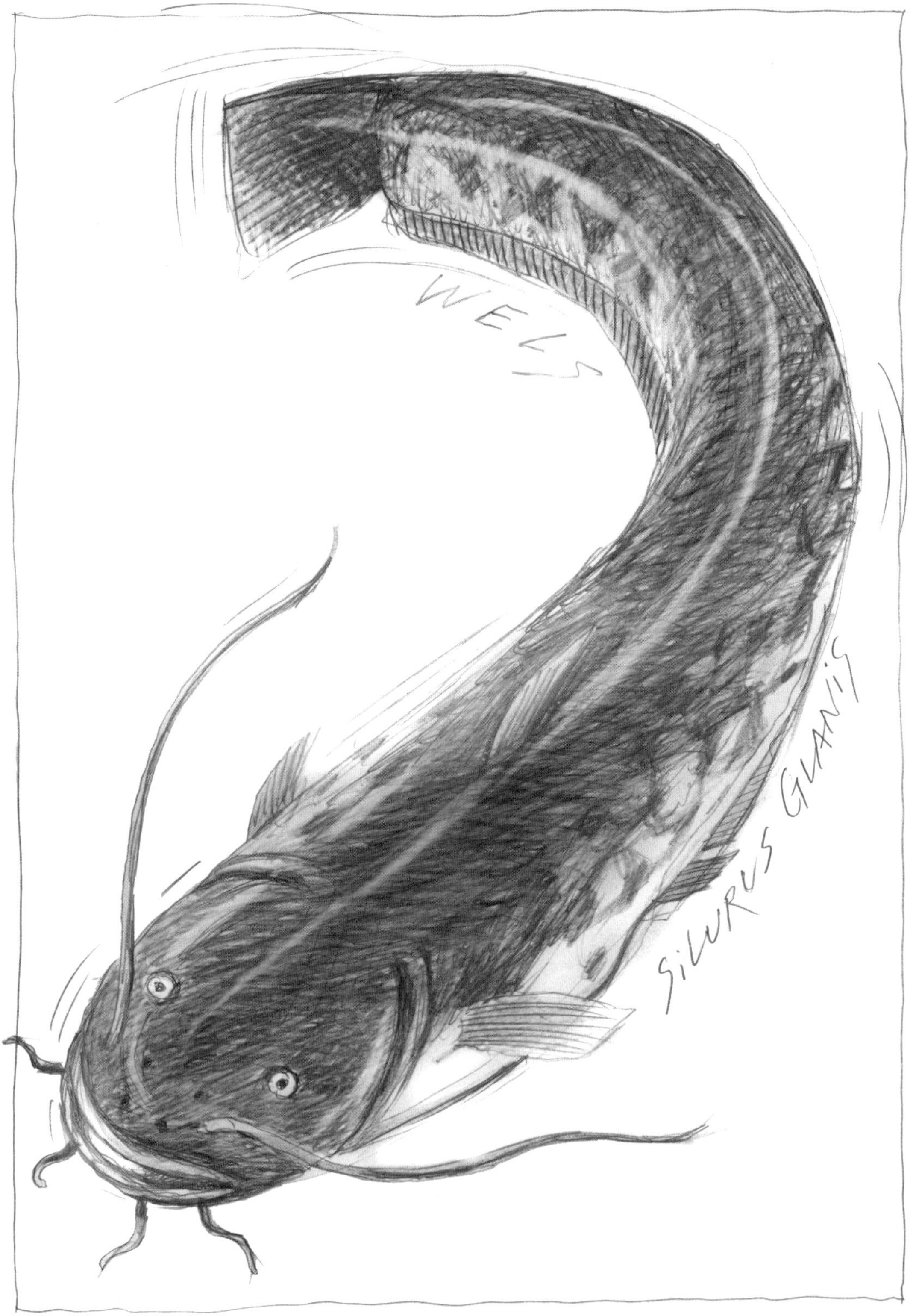
WELS
SILURUS GLANIS

Suppen

Aljotta (Maltesischer Fischtopf)

Zutaten für 4 Portionen
2 Zwiebeln
12 Knoblauchzehen
1 EL Olivenöl
1 TL gehackter Majoran
1 TL gehackte Minze
5 Pfefferkörner
1 EL Tomatenmark
500 g Tomaten
1 l Fischfond
600 g kleine Fische mit weißem Fleisch, küchenfertig
200 g gekochter Reis
Salz, Zitronensaft

■ Zwiebeln und Knoblauch schälen und fein hacken. In einem großen Topf Öl erhitzen. Zwiebeln glasig braten, dann Knoblauch, Majoran, Minze, Pfeffer und Tomatenmark zufügen und 5 Min. köcheln lassen. Tomaten häuten und würfeln und mit dem Fischfond in den Topf geben. Aufkochen und Fische zugeben.

■ 10 Min. kochen, bis die Fische gar sind. Reis zugeben und eventuell salzen. Mit Zitronensaft abschmecken.

Apfel-Pastinaken-Suppe

Zutaten für 4 Portionen
300 g Pastinaken
300 g geschälte und entkernte Äpfel
1 Zwiebel
1 EL Butter

■ Pastinaken und Äpfel in dünne Scheiben schneiden. Zwiebel hacken. Butter zu Schaum erhitzen und Pastinaken, Äpfel und Zwiebel anbraten, aber nicht bräunen. Gewürze und Knoblauch zufügen und 2 Min. unter Rühren erhitzen. Langsam die Brühe zugießen, gut

1 ½ TL Currypulver
1 Msp. Kreuzkümmelpulver
1 Msp. Korianderpulver
½ TL Kardamomsamen
Salz, Pfeffer
1 Knoblauchzehe, fein gehackt
1 l Gemüsebrühe
100 ml Sahne
gehackte Petersilie oder Schnittlauch

durchrühren und 30 Min. köcheln lassen.

■ Pürieren und, falls zu dick, mit etwas Brühe verdünnen. Sahne zufügen und sanft erhitzen, nicht kochen lassen.

■ In vorgewärmte Teller füllen und mit Petersilie oder Schnittlauch bestreuen.

Erdnusssuppe

Zutaten für 4 Portionen
1 Zweig Thymian
50 g Butter
1 Zwiebel, gerieben
1 Selleriestange, gehackt
1 Knoblauchzehe, fein gehackt
1 EL Mehl
900 ml Hühnerbrühe
100 g Erdnussbutter mit Stückchen oder 275 g Erdnüsse, grob gemahlen
½ l Milch
2 TL Salz
schwarzer Pfeffer
½ grüne Paprika in Streifen

■ Thymianblättchen abstreifen und hacken. Butter in einem großen Topf bei geringer Hitze zergehen lassen. Zwiebel, Sellerie, Knoblauch und Thymian 5 Min. unter Rühren dünsten. Mehl darüber stäuben und nach und nach unter Rühren die Brühe zugießen.

■ Bei mittlerer Hitze Erdnüsse zugeben und 10 Min. kochen lassen. Hitze reduzieren und Milch, Salz und Pfeffer zufügen. 15 Min. köcheln lassen.

■ Auf Teller verteilen und mit Paprikastreifen garniert servieren.

Krebs-Mais-Suppe

Zutaten für 4 Portionen
2 EL Butter
½ Zwiebel, gehackt
1 Stange Sellerie, fein gehackt
1 Knoblauchzehe, fein gehackt
350 ml Fischfond *
120 ml trockener Weißwein *
175 g Mais
¼ TL Thymian
½ TL Salz
1 Msp. Cayennepfeffer
¼ TL weißer Pfeffer
250 ml Sahne
120 ml saure Sahne
100 g Krebsfleisch
1 EL Petersilie, gehackt
2 Frühlingszwiebeln, gehackt

▪ Butter in einem großen Topf bei geringer Hitze zerlassen. Zwiebel, Sellerie und Knoblauch darin 5 Min. garen.

▪ Fond und Wein angießen und aufkochen. Mais, Thymian und Gewürze zufügen und nochmals aufkochen. Bei geringer Hitze 20 Min. garen.

▪ Sahne unterziehen und 10 Min. wärmen (ohne Kochen). Saure Sahne einrühren. Krebsfleisch, Petersilie und Frühlingszwiebeln zufügen. Heiß werden lassen (nicht kochen) und servieren.

* Statt Fischfond eignet sich auch Meeresfrüchtefond; der trockene Weißwein kann auch durch Geflügelfond ersetzt werden.

Kürbiscremesuppe

Zutaten für 4–6 Portionen
300 g Hokkaido-Kürbis
300 g Möhren
2 Orangen
800 ml Gemüsebrühe
1 Zwiebel, fein gehackt
25 g Butter
Salz, schwarzer Pfeffer
frisch geriebener Muskat
frisch geriebener Ingwer
Sahne
Petersilie

▪ Kürbis, Möhren und Orangen schälen, würfeln und mit der Zwiebel in Butter andünsten. Brühe zugießen und aufkochen, bei geringer Hitze weich garen lassen. Pürieren und würzen.

▪ Auf Teller verteilen, mit je einem Klecks Sahne verzieren und mit Petersilie bestreut servieren.

MAKRELE
SCOMBER SCOMBRUS
KABELJAU
GADUS MORRHUA

Miso-Suppe mit Weizennudeln

Zutaten für 4 Portionen
100 g japanische (Buch-) Weizennudeln
Salz
1 Stück Kombu-Seetang (15 cm)
3 EL Bonito-Flocken
125 g rote Miso-Paste
125 g Seidentofu
3 Frühlingszwiebeln, in Ringen

■ Nudeln in Salzwasser bissfest kochen, abgießen und beiseite stellen.

■ Seetang mit feuchtem Küchenpapier abwischen und mehrmals mit einem Messer einritzen. In einen Topf mit 1,2 l kochendem Wasser geben, Topf vom Herd nehmen und zugedeckt 10 Min. ziehen lassen. Seetang herausnehmen. ½ l Wasser zur Seetangbrühe gießen und zum Kochen bringen. Bonito-Flocken einrühren. Brühe durch ein feines Sieb oder Tuch in einen anderen Topf seihen.

■ Miso-Paste in die Brühe rühren. Tofu würfeln und mit den Nudeln in vorgewärmte Suppenschalen verteilen. Frühlingszwiebeln in die Brühe geben und die Suppe auf die Schalen verteilen. Sofort servieren.

Spinatsuppe mit Hechtschaumklößchen

Zutaten für 8 Portionen
Für die Suppe:
2 Zwiebeln
30 g Butter
1 kg Blattspinat
2 l Rinderbrühe
je 1 Bund glatte Petersilie, Dill, Estragon, Schnittlauch
2 Eigelb
100 g Crème fraîche
Salz, Pfeffer, Muskat

Für die Hechtklößchen:
500 g Hechtfilet

■ Für die Suppe feingehackte Zwiebeln in einem großen Topf in Butter glasig dünsten. Gewaschenen und verlesenen Spinat zugeben, zusammenfallen lassen und etwa ½ l Brühe zugießen. Spinat pürieren. Restliche Brühe zufügen und etwa 30 Min. ziehen lassen. Kräuter waschen, gut abtropfen lassen und fein hacken.

■ Für die Hechtklößchen das Fischfilet pürieren und durch ein Sieb streichen. Das Püree in eine große Schüssel geben und diese in eine zweite, mit Eis gefüllte Schüssel setzen. Eiweiß zu festem Schnee schlagen und nach und nach unter das Fischpüree ziehen. Für einen Brand teig Mehl sieben. Wasser, Salz und Butter in

3 Eiweiß
30 g Mehl
60 ml Wasser
1–2 Prisen Salz
25 g Butter
1 Ei
250 ml Crème fraîche
Muskat
Salz
Pfeffer
1,5 l Fischfond

einem Topf aufkochen und vom Herd nehmen. Mehl auf einmal hineinschütten und kräftig mit einem Holzlöffel rühren, bis sich ein Kloß gebildet hat und vom Boden löst. 30 Sek. bei geringer Hitze unter Rühren abbrennen. Ei einarbeiten, bis wieder ein Kloß entstanden ist. Brandteig abkühlen lassen und unter die Fischmasse schlagen. Nach und nach Crème fraîche unterrühren, mit Muskat, Salz und Pfeffer abschmecken. Fischfond in großem flachen Topf erhitzen. Aus der Fischmasse mit zwei Löffeln ein Klößchen formen und im Fond probeweise pochieren; fällt es auseinander, noch ein Eiweiß unter die Fischmasse schlagen und die Masse gut durchkühlen. Hechtklößchen etwa 5 bis 10 Min. im Fond gar ziehen lassen.

■ Kräuter in die Suppe geben. Eigelb und Crème fraîche verrühren und in die Suppe rühren, nicht mehr kochen lassen. Mit Salz, Pfeffer und Muskat abschmecken. Suppe und Klößchen auf Teller verteilen und sofort servieren.

Tomaten-Süßkartoffel-Suppe

Zutaten für 6 Portionen
1 Orange
1 Zitrone
2 Zwiebeln
1 EL Öl, 1 EL Butter
250 g Süßkartoffeln, geschält und gewürfelt
450 g Tomaten, geschält und gehackt
600 ml Hühnerbrühe
1 TL Salz
schwarzer Pfeffer
1 TL gehackter Thymian

■ Orange und Zitrone auspressen und jeweils Schale abreiben. Zwiebeln fein hacken. Öl und Butter in einem großen Topf erhitzen und Zwiebeln darin glasig braten.

■ Alle Zutaten bis auf die Garnierung in den Topf geben, aufkochen und zugedeckt bei geringer Hitze 25 Min. köcheln lassen. Suppe pürieren und noch einmal 5 Min. köcheln lassen.

■ Auf Suppenteller verteilen und mit dünnen Scheiben von Orangen, Zitronen und Tomaten garnieren.

Zuckerschotensuppe mit Tempurascampi

Zutaten für 4 Portionen
250 g Zuckerschoten
1 Schalotte
Öl zum Braten
300 ml Geflügelfond
100 ml Weißwein
(oder 350 ml Geflügelfond und 2 cl Noilly-Prat)
100 g Kräuter-Crème-fraîche
Salz
weißer Pfeffer, frisch gemahlen
200 ml Sahne
12 ungekochte Scampischwänze
Öl zum Frittieren
80 g Tempuramehl
2 EL Öl
1 Spritzer Sojasauce
Zitronensaft
1 Prise Chilipulver

■ Die Hälfte der Schoten kleinschneiden, Schalotte fein würfeln. Beides in Öl anbraten und mit Fond und Wein ablöschen. 10 Min. köcheln lassen, dann pürieren und durch ein Sieb gießen. Mit Crème fraîche aufkochen, salzen und pfeffern. 100 ml geschlagene Sahne unterziehen. Die andere Hälfte der Schoten blanchieren.

■ Scampi waschen, trockentupfen und so aus den Schalen lösen, dass an der Schwanzspitze die Schale dranbleibt. Öl zum Frittieren auf 175 °C erhitzen (oder bis an einem eingetauchten Holzlöffel Bläschen aufsteigen). Tempuramehl mit 100 ml Wasser, 2 EL Öl und Sojasauce verrühren. Scampi mit Salz, frisch gemahlenem weißem Pfeffer und Zitronensaft würzen und durch den Teig ziehen. Überschüssigen Teig abtropfen lassen. Scampi portionsweise in heißem Öl goldgelb backen und auf Küchenpapier abtropfen lassen.

■ 100 ml Sahne mit Chilipulver steif schlagen.

■ Suppe erhitzen, in vorgewärmte Teller füllen, blanchierte Zuckerschoten darauf verteilen, je 3 Scampi darauflegen und mit einem Häubchen Chilisahne garnieren.

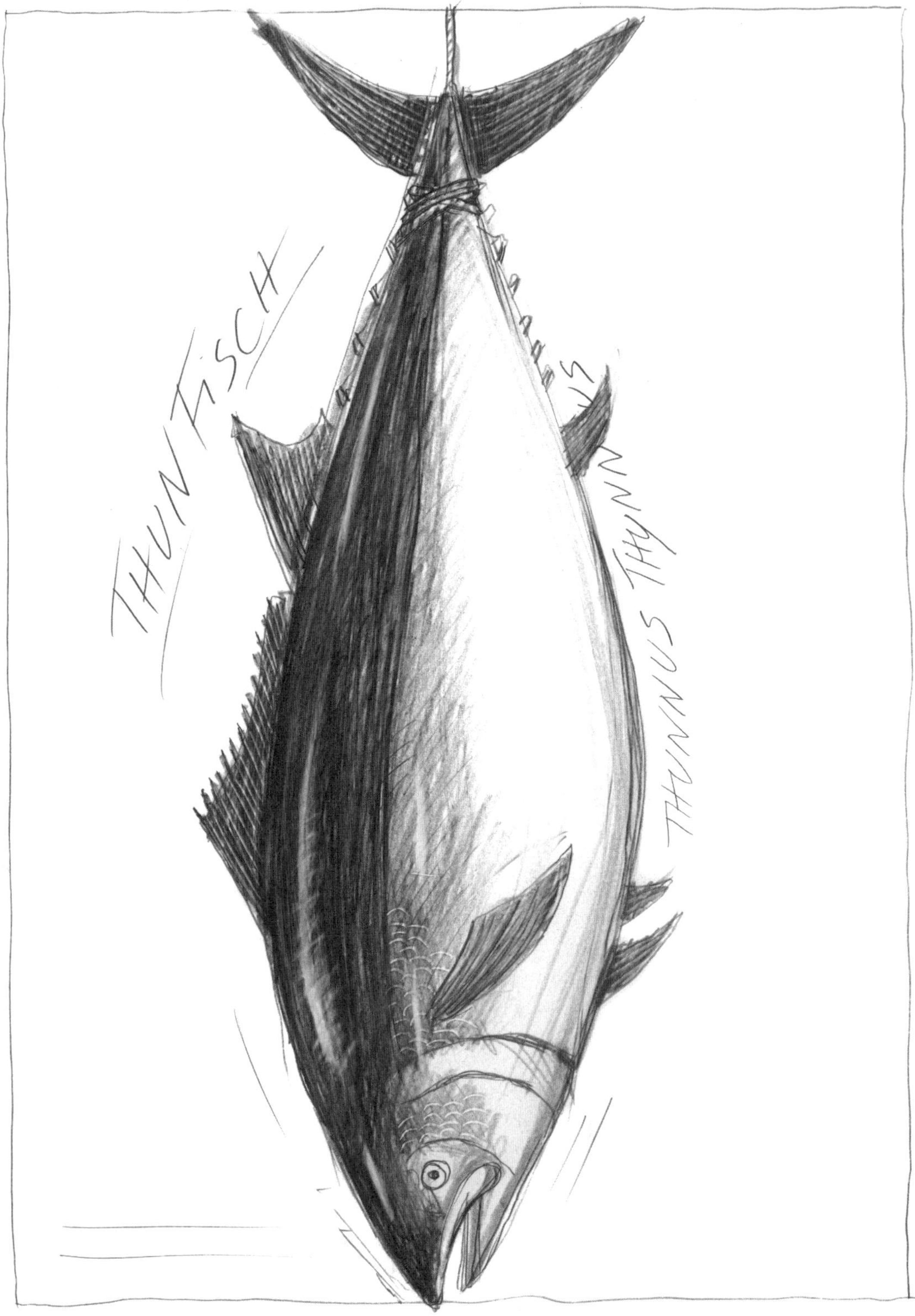
THUNFISCH
THUNNUS THYNNUS

Hauptgerichte

Anguilla in carpione (Sauer eingelegter Aal)

Zutaten für 4 Portionen
4 kleine Aale
Maismehl zum Abreiben
6 EL Mehl
Olivenöl
Salz
Pfeffer
750 ml Weißweinessig
500 ml Weißwein
2 Knoblauchzehen, in Scheiben
1 kleine Peperoni
2 Lorbeerblätter
abgeriebene Zitronenschale
2 Möhren, in Scheiben
1 Stange Sellerie, in Scheiben
1 Zwiebel, in Scheiben
100 g entsteinte grüne Oliven

▪ Aale mit Maismehl abreiben, um den Schleim zu entfernen, ausnehmen und in 6–7 cm lange Stücke schneiden. Unter fließendem Wasser waschen, trockentupfen.

▪ Aale in Mehl wenden und etwa 15 Min. von beiden Seiten in heißem Öl braten, abkühlen lassen.

▪ Herausnehmen und auf Küchenpapier abtropfen lassen. Salzen und Pfeffern.

▪ Essig, Wein, Knoblauch, Peperoni, Pfeffer, Lorbeer, 2 EL Öl, Zitronenschale, Möhre, Sellerie, Zwiebel, Oliven, Salz in einem Topf aufkochen und 5 Min. köcheln lassen.

▪ Aal mit der kochenden Marinade begießen. Sollt die Flüssigkeit nicht alles bedecken, noch etwas kochenden Essig zugeben.

▪ Mindestens 2 Tage marinieren, ab und zu wenden.

Dorade in Salzkruste

Zutaten für 4–6 Portionen
1 küchenfertige Dorade (1,5 kg)
Salz
Zitronensaft
4 Zweige Rosmarin
12 kleine rote Zwiebeln
4 frische kleine Knoblauchknollen
2 Stengel Thymian
schwarzer Pfeffer
4 kg grobes Meersalz oder Speisesalz
6 Eiweiß
2 EL Butter
4 EL Olivenöl

▪ Backofen auf 250 °C Grad vorheizen. Fisch kalt abspülen, trockentupfen, innen etwas salzen und mit Zitronensaft beträufeln. 2 Rosmarinzweige in den Bauch stecken.

▪ Zwiebeln und Knoblauch abspülen und trockentupfen. Stielansätze vom Knoblauch in feine Ringe schneiden. Zwiebeln bis zur Hälfte kreuzweise einschneiden, mit Knoblauchringen und Thymian füllen. Zwiebeln und Knoblauch mit Pfeffer übermahlen.

▪ Meersalz mit Eiweiß vermischen, auf ein Backblech geben und Fisch, Zwiebeln und Knoblauch darin einbetten. Restliche Kräuter auf den Fisch legen. Alle Zutaten müssen mit Salz bedeckt sein. 30 Min. im Ofen backen.

▪ Butter mit Öl aufschäumen, mit Zitronensaft und gemahlenem Pfeffer verrühren.

▪ Fisch in der geschlossenen Salzkruste servieren und Kruste bei Tisch mit dem Rücken eines großen Messers aufschlagen. Fisch filetieren und Buttersauce dazu reichen. Von Knoblauch und Zwiebeln die äußeren Schalen vor dem Essen entfernen. Dazu passt Tomatensalat und Weißbrot.

Egli-Filet Zürcher Art

Zutaten für 4 Portionen
750 g Egli-Filet (Barsch)
Salz, Pfeffer
Zitronensaft
Butter für die Form

▪ Filets salzen, pfeffern und mit Zitronensaft bestreichen. 30 Min. ruhen lassen.

▪ Backofen auf 250 °C vorheizen. Eine Auflaufform mit Butter auspinseln. Filets in die

4 Schalotten, gehackt
250 ml Weißwein
etwa 1 Handvoll frische Kräuter (Estragon, Kerbel, Majoran, Thymian, Petersilie)
1 Salbeiblatt
100 g weiche Butter
1 TL Mehl
1 Knoblauchzehe, fein gehackt
50 ml Sahne
1 Eigelb

Form schichten, mit Schalotten bestreuen und mit Wein übergießen. Im Backofen 10 Min. dünsten.

■ Alle Kräuter fein hacken und mit Butter, Mehl, Knoblauch, Sahne und Eigelb schaumig rühren. Leicht salzen und pfeffern und auf den Fisch geben. Form schwenken, damit sich die Buttermischung mit dem Weinsud verbindet. Bei stärkerer Oberhitze 5 bis 7 Min. gar dünsten.

■ Auf vorgewärmte Teller verteilen und mit Pommes Williams (S. 247) servieren.

Finnan Haddie mit Zwiebeln und Eisauce

Zutaten für 4 Portionen
500 g geräuchertes Schellfischfilet
500 ml Wasser
1 Lorbeerblatt
2 große Zwiebeln
2 EL Butter
1 EL Öl
schwarzer Pfeffer
1 Frühlingszwiebel, grob gehackt, zum Garnieren

Für die Sauce:
4 EL Butter
4 EL Mehl
500 ml Milch
Salz, Pfeffer
3 hartgekochte Eier, gehackt
Kartoffelpüree als Beilage

■ Fisch in Streifen schneiden und in einem Topf mit Wasser gut bedecken. Mit Lorbeerblatt 20 Min. köcheln lassen. Warm stellen. Zwiebeln in dünne Scheiben schneiden. Öl und Butter in einer großen Pfanne bei mittlerer Hitze zergehen lassen. Zwiebel darin goldbraun braten und warm stellen.

■ Für die Sauce Butter in einem Topf bei geringer Hitze zerlassen. Mehl mit einem Schneebesen einrühren und unter Rühren 3 Min. garen, aber nicht bräunen. Nach und nach unter Rühren Milch zufügen. Weitere 3 bis 5 Min. köcheln lassen, bis die Sauce eindickt. Salzen, pfeffern und Eiwürfel zufügen.

■ Fisch abgießen und mit einer Gabel zerpflücken. Auf vorgewärmte Teller eine Schicht Kartoffelpüree, darauf Zwiebeln und zuletzt eine Portion Fisch geben, mit Eisauce übergießen und mit Pfeffer und Frühlingszwiebel garnieren. Sofort servieren.

Fisch und Gemüse in Aspik

Zutaten für 4 Portionen

Für den Fond:
2 kg Gräten und Fischköpfe
2 Chilischoten
2 Möhren
1 große Zwiebel
1 Sellerie
1 Fenchelknolle
Olivenöl oder Kokosfett
250 ml Weißwein
2,5 l Wasser
Salz
Saft von 1 Zitrone
etwas frische Petersilie
2 Zweige Thymian

Für die Einlage:
Pfeffer
Saft von 1 Zitrone
Mark von 1 Vanilleschote
Bund Zitronenmelisse, in Streifen
4 Fischfilets (fest, weißfleischig)
2 Handvoll Shrimps
2 EL Kapern, gehackt
1 kleine Ingwerwurzel, in feinen Scheiben
Olivenöl oder Kokosfett
1 reife Mango
grüner oder rosa Pfeffer, zerstoßen
Gewürzsumach, gemahlen
frischer Thymian
400 g Gemüse

■ Aus den Fischköpfen Augen und Kiemen entfernen, Gräten gründlich waschen und eventuell zerkleinern. Chilischoten, Möhren, Zwiebel, Sellerie, Fenchel grob hacken, in Öl anbraten, aber nicht bräunen lassen. Gräten und Köpfe dazu geben, bei mittlerer Hitze einige Min. dünsten lassen. Mit Weißwein ablöschen. Bei geringer Hitze erwärmen und langsam das Wasser zugießen. 20 Min. köcheln lassen (nicht kochen), gelegentlich den Schaum abschöpfen. Währenddessen Salz, Zitronensaft und Kräuter hinzugeben.

■ Die Suppe durch ein feines Sieb gießen. Die Hälfte des Fonds weiter köcheln und etwas reduzieren lassen. (Die andere Hälfte für andere Gerichte verwenden.)

■ Pfeffer, Zitronensaft, Vanille und Melisseblätter verrühren und über die Filets gießen. 30 Min. ziehen lassen. Shrimps, Kapern und Ingwer in einer Pfanne mit Öl anbraten. Mango in kleine Stücke schneiden. Pfeffer zu gleichen Teilen mit Sumach und Thymian mischen.

■ Fisch in der Pfanne in etwas Öl garen.

■ Fisch, Shrimps, Mango, klein geschnittenes Gemüse (Sellerie, Möhren, Stangenbohnen, rote Bohnen) und Pfeffermischung dekorativ in die Form schichten und den lauwarmen Fond vorsichtig darübergießen. Mehrere Std. im Kühlschrank erstarren lassen. Kurz vor dem Servieren stürzen (Form eventuell kurz in heißes Wasser stellen) und mit Weißbrot servieren.

Fish and Chips mit Remouladensauce

Zutaten für 4 Portionen
250 g Mehl
80 g Backpulver
Salz
150 ml Wasser
200 ml Milch
1 Ei, leicht verquirlt
2 EL weißer Essig
1 kg Fischfilet (zum Beispiel Schellfisch oder Heilbutt)
5 große mehlige Kartoffeln
Öl zum Frittieren

Für die Remouladensauce:
4 hart gekochte Eigelb
1 rohes Eigelb
1 EL feiner Senf
7 EL Olivenöl
Estragonessig
Salz
Pfeffer
Petersilie und Schnittlauch, fein gehackt
1 Schalotte, fein gehackt
Kapern
2–3 Sardellen, fein gehackt
1 Prise Zucker
evtl. etwas Fleischbrühe

▪ Mehl und Backpulver in eine Schüssel sieben, salzen und eine Vertiefung hineindrücken. In einem Rührbecher Wasser, Milch, Ei und Essig verquirlen, die Mischung langsam in die Vertiefung gießen. Das Ganze langsam zu einem sehr weichen Teig verarbeiten, 10 Min. ruhen lassen.

▪ Fisch vorbereiten, Gräten und Hautreste entfernen, in portionsgerechte Stücke schneiden.

▪ Für die Sauce: hartgekochte Eigelb fein zerkrümeln. Rohes Eigelb und Senf hinzufügen und durch ein Sieb streichen. Nach und nach Öl unterziehen, bis eine dicke Paste entsteht. Mit Essig, Salz, Pfeffer, gehackten Kräutern, Schalotte, Kapern und Sardellen mischen und Zucker unterrühren. Ist die Sauce zu dick, mit etwas Fleischbrühe verrühren. Kühl stellen.

▪ Kartoffeln schälen und in 1 cm dicke Scheiben schneiden, dann zu 1 cm dicken Stäbchen. Öl in einem hohen Kochtopf erhitzen. Kartoffelstäbchen in kleinen Mengen und langsam ins mäßig heiße Öl tauchen. Bei mittlerer Hitze goldgelb und knusprig frittieren. Chips auf Küchenpapier abtropfen lassen und warm stellen.

▪ Hitze des Öls reduzieren, den Fisch in den Teig eintauchen, bis er gleichmäßig überzogen ist. 4 bis 5 Min. knusprig und goldgelb frittieren. Auf Küchenpapier abtropfen lassen. Heiß mit Chips und Remouladensauce servieren.

FLUSSBARSCH
PERCA FLUVIATILIS

Gemüse mit Tofu

Zutaten für 2 Portionen
1 Spinatblatt
2 Chinakohlblätter
1 Möhre
2 Farnsprossen
2 Strohpilze
2 Lotuswurzelscheiben
2 Bambussprossen à 5 cm
2 Maronen
125 g Tofu
1 Frühlingszwiebel
2 EL japanische Sojasauce
2 EL Mirin
1 l Dashi-Brühe
fein geriebener Ingwer
Ponzu-Sauce

■ Spinat und Chinakohl 2 Min. blanchieren. Möhre weich kochen und längs vierteln. Spinat und Möhre auf den Chinakohl legen und fest zusammenrollen. Quer in Scheiben schneiden.

■ Die Scheiben mit dem übrigen Gemüse (in dekorativen mundgerechten Stücken) und dem gewürfelten Tofu in einen Topf geben. Sojasauce, Mirin und Dashi zugießen und zugedeckt bei milder Hitze 20 Min. köcheln lassen.

■ Gemüse im Topf servieren, dazu Ingwer und Ponzu-Sauce reichen. Die Gemüsestücke werden mit Stäbchen aus dem Topf genommen und in die Würzsauce gedippt.

Gemüsepolenta

Zutaten für 6 Portionen
500 g Maisgrieß
500 g Broccoli
200 g Kartoffeln, geschält, gewürfelt
Olivenöl
2 Zwiebeln, in Ringe geschnitten
800 g Zucchini, in Stücke geschnitten
250 g Tomaten, enthäutet
Salz
Pfeffer

■ In einem schweren Topf 1,5 l Wasser aufkochen. Dabei unter Rühren (mit einem Holzlöffel) Maisgrieß einrieseln lassen. Hitze verringern und Polenta 30 Min. köcheln lassen, dabei so oft wie möglich kräftig rühren. Löst sich die Polenta vom Topf, wird sie auf ein Brett gestürzt und glattgestrichen. Abkühlen lassen und in Stücke schneiden.

■ Broccoli und Kartoffeln in Salzwasser garen. Öl in einer Pfanne erhitzen. Zwiebeln, Zucchini und Tomaten andünsten, salzen und pfeffern und köcheln lassen. Polentastücke auf vorgewärmten Tellern verteilen und alles Gemüse darübergeben.

Indonesische Reistafel

Festliche Tafel aus dem ostindischen und malaiisch-javanischen Kulturkreis, deren Hauptbestandteil körnig und trocken gekochter Reis (Nasi) bildet. Für 8 Personen

Sajur Tumis Taogé (Indonesische Gemüsesuppe)

800 g Sojasprossen
100 g Zwiebeln
30 g Knoblauch
etwas Öl zum Braten
10 g Sambal Oelek
1 g Trassi (geröstet oder getrocknet)
20 g Laos
20 g Ingwer
50 ml Öl
400 ml Hühnerbrühe
20 g Knollensellerie, gehackt
10 ml Zitronensaft
50 ml Ketjap Manis

■ Sprossen kalt abspülen und abtropfen lassen. Zwiebeln in Stücke schneiden. Knoblauchzehen zerdrücken und in Öl anbraten. Zwiebeln, Knoblauch, Sambal Oelek, Trassi, Laos (auch Galangawurzel oder Thai-Ingwer genannt), Ingwer und Öl pürieren und anbraten. Brühe zugießen und aufkochen. Sellerie, Sprossen und Zitronensaft zugeben und aufkochen. Ketjap Manis einrühren.

Geröstete Erdnüsse und Kokoschips

100 g grobe Kokosraspeln
4 EL Erdnüsse
1 TL Zucker
Salz

■ Kokosraspeln, Erdnüsse, Zucker und Salz in einer Schüssel mischen. In einer heißen Pfanne 5 Min. unter ständigem Rühren bräunen. Auf Schälchen verteilen.

Kroepoek

1 l Kokosfett oder Öl zum Frittieren
1 Packung Kroepoek

■ Fett oder Öl erhitzen. Jeweils 2 bis 3 Stücke Kroepoek darin aufgehen lassen, nicht bräunen. Auf Küchenpapier abtropfen und in Schalen servieren.

Fischsateh mit Erdnusssauce oder Kokosdip

8 Garnelen à 20 g, ohne Kopf, mit Schale
150 g Seeteufelfilet
1 Stängel Zitronengras

■ Garnelen schälen, längs einritzen und den Darm entfernen. Seeteufelfilet und Garnelen grob hacken. Äußere Blätter vom Zitronengras entfernen, innere sehr fein schneiden. Knob-

1 Knoblauchzehe
1 rote Chilischote
1 EL Kokosflocken
Salz
2 EL Öl
8 Holzspieße

lauch sehr fein hacken. Chilischote längs halbieren, entkernen und sehr fein schneiden.

▪ Fischhack mit Zitronengras, Knoblauch und Chili zügig grob pürieren. Kokosflocken unterheben und die Masse mind. 15 Min. kalt stellen. Die Masse mit feuchten Händen auf 8 Holzspieße stecken, gut andrücken und länglich formen. Zugedeckt bis zum Braten kalt stellen.

▪ Fischspieße salzen und im heißen Öl in einer Grillpfanne bei starker Hitze 3 Min. von jeder Seite braten. Sofort mit Erdnusssauce oder Kokosdip servieren.

Für die Erdnusssauce:
100 g Erdnusskerne (ungesalzen, aber mit dünner Schale)
1 Schalotte
1 Knoblauchzehe
1 Stängel Zitronengras
2 EL Öl
1 TL edelsüßes Paprikapulver
1 TL Sambal oelek
1 EL Tomatenmark
150 ml ungesüßte Kokosmilch
Salz

▪ Erdnüsse 5 Min. in einer Pfanne trocken rösten. Abkühlen lassen und mit einem Küchentuch abreiben, bis sich die Häute lösen. Erdnüsse fein mahlen.

▪ Schalotte und Knoblauch fein hacken. Äußere Blätter vom Zitronengras entfernen, innere fein schneiden. 1 EL Öl in einem Topf erhitzen und Schalotten, Knoblauch und Zitronengras darin andünsten, aber nicht bräunen lassen. Nüsse, Paprikapulver und Sambal oelek zugeben, mit 80 ml Wasser auffüllen und zu einer Paste verrühren. Abkühlen lassen.

▪ Restliches Öl erhitzen und Tomatenmark darin braten. Mit Kokosmilch auffüllen und unter Rühren aufkochen lassen. Erdnusspaste unterrühren und salzen. Abkühlen lassen.

Für den Kokosdip:
1 grüne Chilischote
1 rote Paprikaschote
200 ml ungesüßte Kokosmilch
1–2 EL Limettensaft
2 EL gehacktes Koriandergrün
1–2 TL Stärke
Salz

▪ Chili in feine Ringe schneiden und entkernen. Paprikaschote vierteln, entkernen und fein würfeln. Kokosmilch aufkochen. Stärke in etwas kaltem Wasser anrühren und mit der Kokosmilch mischen. Chili und Paprika zugeben, salzen und mit Limettensaft verrühren. Abkühlen lassen. Koriandergrün einrühren.

Scampi mit süßer Zwiebelsauce

2 Zwiebeln
6 EL Öl
1 gehäufter EL Zucker
1 ½ TL Salz
8 Riesengarnelen

- Für die Sauce Zwiebeln würfeln und in einer Pfanne in 3 EL Öl glasig dünsten. Zucker, Salz und 200 ml Wasser zufügen und drei Min. kräftig kochen lassen, bis die Sauce dicklich wird. Warm stellen.
- Garnelen aus den Schalen lösen und eventuell die Därme entfernen, dabei den schwarzen Faden vom dicken Ende her vorsichtig herausziehen. In heißem Öl 3 bis 4 Min. braten, dabei wenden. Auf Küchenkrepp abtropfen lassen. Mit der Sauce servieren.

Salatgemüse mit Erdnusssauce

1,5 cm Tamarinde oder
1 EL Tamarindenpaste
2 Koblauchzehen
1 ½ TL Shrimpspaste
½ TL Kencur (ingwerähnliches Gewürz)
1 TL Sambal Oelek
250 g Erdnusscreme
Salz
1 Prise Zucker
200 g feine grüne Bohnen
300 g Wirsingblätter
250 g Staudensellerie
½ Salatgurke
3 Möhren
1 Bund Radieschen
250 g Sojasprossen
200 g Tofu
Fett zum Braten

- Für die Sauce Tamarinde in kleine Stückchen schneiden. Knoblauch schälen und durch die Presse drücken. Tamarinde mit Knoblauch, Shrimpspaste, Kencur und Sambal Oelek in einem kleinen Topf bei geringer Hitze andünsten. Erdnusscreme unterrühren, 300 ml Wasser zugießen und einmal kurz aufkochen lassen. Die Sauce soll glatt und etwas dicklich sein. Mit Salz und Zucker abschmecken.
- Bohnen 15 Min. in Salzwasser kochen, kalt abschrecken und abtropfen lassen. Wirsingblätter 1 Min. blanchieren, kalt abschrecken und in Streifen schneiden. Sellerie in feine Scheiben schneiden. Gurke schälen, halbieren, entkernen, in nicht zu dünne Scheiben schneiden. Möhren schälen, halbieren und eine Min. blanchieren, dann kalt abspülen. Radieschen putzen und halbieren. Sojasprossen unter fließendem Wasser abspülen und blanchieren.
- Tofu in Würfel schneiden und in heißem Fett goldbraun braten. Auf Küchenkrepp abtropfen lassen. Gemüse und Tofu auf einer großen Platte anrichten und mit der Erdnusssauce servieren.

Thunfisch in Salatblättern

100 g Rettich
100 g Möhren
4 Frühlingszwiebeln
300 g frischer Thunfisch
Pfeffer
2 EL Sesamkörner
16 gelbe und hellgrüne Kopfsalatblätter
10 g frischer Ingwer
3 EL Reisessig
½ TL Zucker
7 EL Öl
2 EL helles Sesamöl
Salz

■ Rettich und Möhren schälen. Zuerst längs in sehr dünne Scheiben, dann in sehr feine Streifen schneiden. Frühlingszwiebeln putzen, das Weiße und Hellgrüne in sehr feine Streifen schneiden. Thunfisch in 8 rechteckige Stücke schneiden. Thunfischstücke pfeffern und in Sesam wälzen. Salat putzen, waschen und gut abtropfen lassen.

■ Ingwer schälen und sehr fein reiben. Mit Essig, Zucker, 5 EL Öl, Sesamöl, Salz und Pfeffer verrühren. Die Gemüsestreifen darin bis zum Servieren ziehen lassen.

■ Je 2 Salatblätter ineinander legen und auf einer Platte anrichten. Thunfisch in einer Pfanne im restlichen Öl von beiden Seiten je 12 Min. bei starker Hitze braten (die Thunfischstücke sollen jedoch in der Mitte noch fast roh sein). Fisch mit der Gemüse-Vinaigrette auf die Salatblätter verteilen und sofort servieren.

Eier in Sambal-Sauce

8 hart gekochte Eier
250 ml Hühnerbrühe
1 Schalotte, fein gehackt
½ Knoblauchzehe, fein gehackt
2 Mandeln, gehackt
2 kleine Peperoni
3 EL Kokosöl
¼ Lorbeerblatt
125 ml frische Kokosmilch, 1 Prise Zucker

■ Eier längs vierteln und auf Schälchen verteilen. Brühe auf die Hälfte einkochen. In einem anderen Topf Schalotte, Knoblauch, Mandeln und Peperoni mit Kokosfett erhitzen und 5 Min. braten. Brühe, Lorbeer und Kokosmilch unter Rühren dazu geben und einige Min. kochen. Zucker einrühren. Sauce über die Eier gießen und servieren.

Röstzwiebeln mit Macadamia

500 g kleine Zwiebeln
1 l Öl zum Frittieren
150 g Macadamianüsse, geröstet und gesalzen
4 rote Chilischoten

■ Zwiebeln in sehr dünne Ringe schneiden. Öl auf 180 °C erhitzen. Zwiebeln darin in zwei Portionen unter Umrühren etwa 4 Min. frittieren. Herausnehmen und auf Küchenpapier abtropfen lassen.

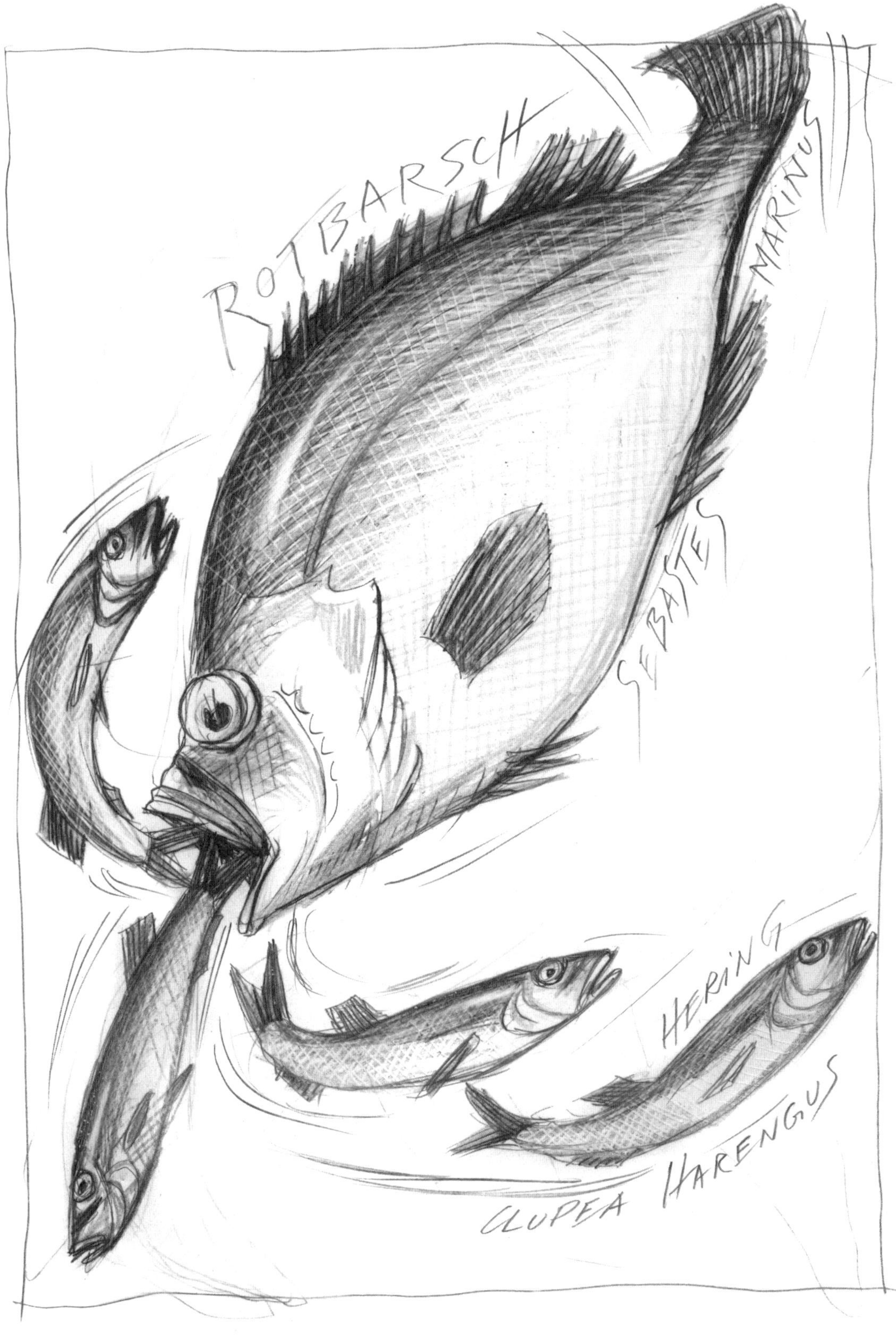
ROTBARSCH
SEBASTES MARINUS
HERING
CLUPEA HARENGUS

1 Bund Schnittlauch
abgeriebene Schale von 3 Limetten

■ Nüsse grob hacken. Chilischote entkernen und fein würfeln. Schnittlauch in feine Röllchen schneiden. Mit den trockenen Zwiebelringen und Limettenschale vermischen. Zum Bestreuen von Salaten und warmen Gerichten servieren.

Irischer Kartoffel-Lauch-Auflauf

Zutaten für 4 Portionen
8 Stangen Lauch
2 große Kartoffeln
3 EL Butter
Salz
Pfeffer

Für die Sauce:
2 EL Butter
2 EL Mehl
1 Knoblauchzehe, zerdrückt
120 ml Milch
300 g geriebener Cheddar (oder anderer würziger Hartkäse)
2 EL geriebener Cheddar
gehackte Petersilie zum Garnieren

■ Lauch in zentimeterdicke, Kartoffeln in etwas dünnere Scheiben schneiden. Butter in einem Topf erhitzen, Gemüse zufügen, salzen, pfeffern und zugedeckt etwa 30 Min. bei geringer Hitze garen.

■ Für die Sauce in einem Topf Butter zerlassen und Mehl darüber stäuben, anschwitzen lassen. Knoblauch und Milch zufügen und unter Rühren eindicken lassen. Käse unterrühren und schmelzen lassen.

■ Ofen auf 190 °C vorheizen. Eine flache Auflaufform einfetten. Lauch-Kartoffel-Mischung hineingeben, mit Käsesauce übergießen und mit zusätzlichem geriebenen Käse bestreuen. Auflauf im Ofen backen, bis sich eine goldbraune Kruste bildet (etwa 50 Min.). Vor dem Servieren mit Petersilie bestreuen.

Japanische Fischpastete

Zutaten für 2 Portionen
500 g Kabeljau- oder Schnapperfilet
3 EL Mirin (Reiswein)

■ Fisch entgräten und fein hacken. Mirin, Salz und Stärke verrühren und über den Fisch gießen. 3 Min. ziehen lassen. Fischmasse auf einem Pergamentpapier etwa 12 mal 12 cm groß verstreichen.

1 Prise Salz
1 ½ EL Stärke
1 Möhre
1 Frühlingszwiebel
Wasabipaste
Sojasauce
Senfsprossen
Basilikumsamen

■ Möhre schälen und zu einem 10 cm langen Stück schneiden. 2 Min. in kochendem Wasser blanchieren, dann in Eiswasser abschrecken. Frühlingszwiebel putzen und auf 10 cm schneiden. Möhre und Frühlingszwiebel auf die Fischmasse legen. Mit Hilfe des Papiers die Masse eng aufrollen und die Rollenenden fest verdrehen. 20 Min. im Dämpfeinsatz über kochendem Wasser garen. Herausnehmen, Papier entfernen und die Rolle in 2,5 cm dicke Scheiben schneiden. Auf einem Teller mit Wasabi, Sojasauce und Senfsprossen anrichten, mit Basilikumsamen bestreut servieren.

Kuskus mit Fisch und Möhrensalat

Zutaten für 4 Portionen
1 kg gemischte Fische (Brasse, Barbe, Sardine, Schellfisch und ähnliche)
500 g Tomaten
1 Stange Staudensellerie
1 Zwiebel
3 Knoblauchzehen
1 Bund glatte Petersilie
5 EL Olivenöl
1 Lorbeerblatt
2 Gewürznelken
1 Döschen Safranpulver
300 g Kuskus-Grieß
Salz
Pfeffer, frisch gemahlen
1 Msp. Nelkenpulver
1 Msp. Zimt
Muskat

■ Alle Fische ausnehmen, waschen, schuppen und filetieren oder in Portionsstücke schneiden. Fischfleisch kühl stellen. Köpfe, Flossen und Gräten beiseite stellen.

■ Tomaten häuten, entkernen und würfeln. Sellerie, Zwiebel, Knoblauch und ½ Bund Petersilie fein hacken. In einem großen Topf Olivenöl erhitzen und Gemüse (ohne Tomaten) darin anbraten. Köpfe, Flossen und Gräten mit Tomaten, Lorbeer und Nelken zufügen, salzen und pfeffern. 1,5 l Wasser zugießen und zugedeckt 30 Min. köcheln lassen. Suppe durch ein Sieb gießen. 1 l der Flüssigkeit in den Topf zurückgießen, übrige Flüssigkeit in eine tiefe Pfanne geben.

■ Safran in etwas Brühe auflösen und unter den Kuskus-Grieß rühren. Brühe im Topf aufkochen lassen. Grieß in einem Sieb über die kochende Brühe hängen, Topf fest schließen. Grieß 10 Min. im Dampf garen lassen und öfter

Für den Möhrensalat:
450 g Möhren
1 EL Zitronensaft, frisch gepresst
3 EL Olivenöl
1 TL Paprika (edelsüß)
½ TL gemahlener Kreuzkümmel
1 TL Salz
¼ TL Zimt
2 EL Petersilie, gehackt

mit einer Gabel auflockern. Dann auf eine Platte stürzen, auflockern und etwas abkühlen lassen, anschließend noch einmal 10 Min. im Dampf garen.

■ In der Pfanne die restliche Brühe aufkochen, Fischstücke einlegen und bei geringer Hitze 5 bis 10 Min. ziehen lassen. Restliche Petersilie grob hacken. Restliche Fischbrühe einkochen lassen.

■ Möhren schälen, mit kaltem Wasser aufsetzen und bei mittlerer Hitze zum Kochen bringen. 10 bis 15 Min. kochen, abgießen und abschrecken.

■ Für das Dressing Zitronensaft und Öl mit Paprika, Kreuzkümmel, Salz und Zimt in einer Schüssel verquirlen. Möhren würfeln und mit dem Dressing mischen. Petersilie unterheben, eventuell nachwürzen.

■ Fertigen Kuskus mit Salz, Pfeffer, Nelkenpulver, Zimt und Muskat würzen und auf vorgewärmter Platte anrichten. Mit eingekochter Fischbrühe beträufeln, mit Fischstücken belegen, mit Petersilie bestreuen. Sofort servieren.

Lachsforelle im Teigmantel

Zutaten für 4 Portionen
1 küchenfertige Lachsforelle à 700 g
1 EL Zitronensaft
Salz
Pfeffer
450 g tiefgekühlter Blätterteig

■ Lachsforelle abspülen, trocken tupfen, innen und außen mit Zitronensaft beträufeln, salzen und pfeffern. Blätterteig auftauen lassen. Petersilie fein hacken. Butter zerlassen und mit Petersilie mischen. Forelle innen und außen damit bestreichen.

■ Backofen auf 200 °C vorheizen. Arbeits-

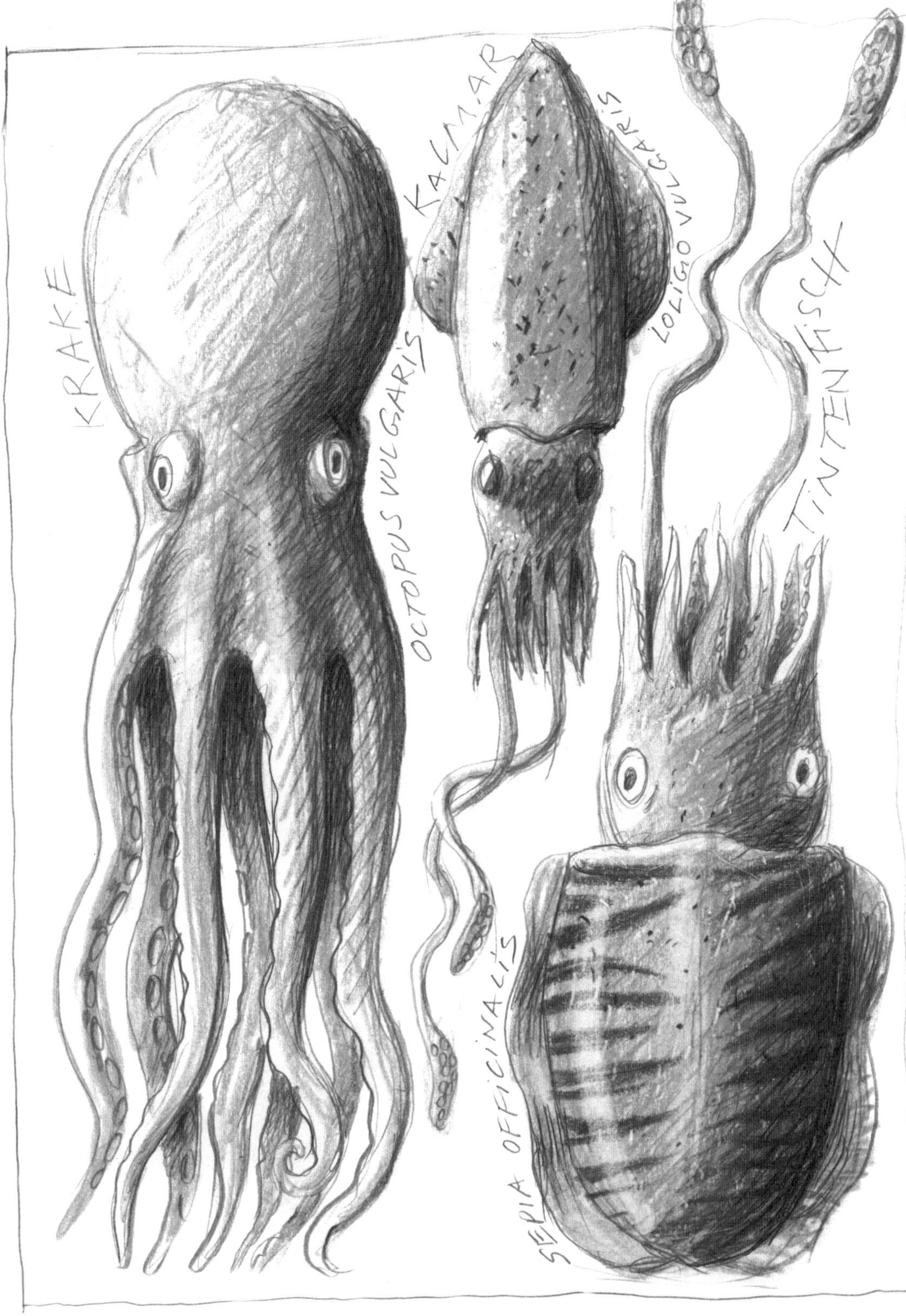
KRAKE
OCTOPUS VULGARIS
KALMAR
LOLIGO VULGARIS
TINTENFISCH
SEPIA OFFICINALIS

1 Bund glatte Petersilie
50 g Butter
etwas Mehl
Fett für das Blech
1 Eigelb
2 EL Milch
200 g Crème fraîche
1 TL Dijonsenf
1 TL geriebener Meerrettich

fläche mit Mehl bestreuen und Blätterteig darauf dünn ausrollen. Lachsforelle darin einschlagen und die Hülle zum Fisch formen. Etwa ein Viertel des Teigs sollte zur Dekoration übrigbleiben. Nahtstellen mit Wasser verkleben. Eigelb mit Milch verquirlen und mit der Hälfte die Teigforelle bestreichen. Aus dem restlichen Teig Kreise von 5 cm Durchmesser ausstechen, schuppenartig auf die Teigforelle legen und mit dem restlichen Eigelb bestreichen.

▪ Forelle auf gefettetem Blech etwa 30 Min. in der Ofenmitte backen, bis sie goldgelb ist. Crème fraîche mit Senf und Meerrettich verrühren und als Sauce servieren.

Makrele in Nusshülle mit Zwiebelgemüse

Zutaten für 4 Portionen
400 g Zwiebeln oder Schalotten
2 EL Öl
125 ml Gemüsebrühe
1 Lorbeerblatt
Muskat oder Macis
Salz, Pfeffer
4 Makrelenfilets à 200 g
2 EL Zitronensaft
40 g gemahlene Haselnüsse
40 g Paniermehl
1 Ei
2 EL Butter
3 EL Crème fraîche
1 Bund Dill

▪ Zwiebeln abziehen, in Ringe schneiden. In 2 EL Öl anbraten, Brühe zugießen, mit Lorbeer, Muskat, Salz, Pfeffer bissfest dünsten.

▪ Fisch mit 1 EL Zitronensaft beträufeln, pfeffern und salzen. Nüsse und Paniermehl mischen. Ei auf einem Teller verschlagen. Fisch erst in Ei, dann in Nussbröseln wälzen, etwas andrücken.

▪ In einer Pfanne Butter heiß werden lassen und Fisch darin von beiden Seiten je 4 Min. braten. Warm stellen.

▪ In einem Topf Crème fraîche etwas einköcheln und mit restlichem Zitronensaft, Salz und Pfeffer würzen. Dill hacken und unter die Zwiebeln mischen. Alles auf einer vorgewärmten Platte anrichten und mit Sauce servieren.

Marlin mit tropischer Salsa

Zutaten für 4 Portionen
4 Marlinsteaks
4 TL Olivenöl
4 TL kreolische Gewürzmischung*
8 EL Orangensaft
2 TL Limettensaft, frisch gepresst
8 EL Kokosmilch
etwas Stärke zum Binden
1 Dose Mandarinorangen, abgetropft
2 Scheiben frische Ananas, gewürfelt
½ frische Mango, gewürfelt, oder
8 EL Rosinen oder halbierte Trauben

■ Fischsteaks rundum mit Öl bepinseln und mit Gewürzmischung bestreuen. In einer beschichteten Pfanne bei mittlerer Hitze von beiden Seiten je 4 Min. braten, bei sehr dicken Steaks etwas länger.

■ Währenddessen in einem Topf Orangensaft, Limettensaft und Kokosmilch verrühren. Mit etwas Stärke aufkochen. Wenn die Sauce dick wird, Hitze verringern und Obst zufügen.

■ Die Fischsteaks mit der Sauce überziehen und sofort servieren. Dazu Salat und Reis oder Pommes frites servieren.

**Grundrezept kreolische Gewürzmischung:*
1 TL Paprika, 1 TL Salz, 1 TL Cayennepfeffer, 1 kleine sehr fein gehackte Knoblauchzehe, ½ Schalotte, sehr fein gehackt, ½ TL schwarzer Pfeffer, ½ TL getrockneter Oregano, ½ TL getrockneter Thymian

Merluzzo alla pescatora (Kabeljau auf Fischerart)

Zutaten für 4–6 Portionen
12 Scheiben Kabeljaufilet
Salz
Saft von 2 Zitronen
50 g Mehl
reichlich Öl zum Braten
100 g Sultaninen
2 Knoblauchzehen
je 12 Haselnüsse und Mandeln, geröstet
Petersilie

■ Filets salzen und 1 Std. in Zitronensaft marinieren. Dann in Mehl wenden. In reichlich heißem Öl goldbraun braten und auf Küchenpapier abtropfen lassen.

■ Nebeneinander in eine feuerfeste Form legen, mit Sultaninen bestreuen. Ofen auf 180 °C vorheizen.

■ Knoblauch, Nüsse, Mandeln, Petersilie, Zimt, Salz und Pfeffer im Mörser pürieren. Mit Öl und etwas Wasser zu einer Sauce ver

1 Msp. Zimt
Pfeffer
125 ml Olivenöl

arbeiten. Sauce auf dem Fisch verteilen und alles im Backofen dick werden lassen. Mit gerösteten Brotscheiben servieren.

Muier Fischtopf mit Genever-Buttersauce

Zutaten für 4 Portionen
500–600 ml Fischbouillon
500–600 g Fischfilet (Zander, Forelle, Lachsforelle, Lachs), in Stücke geschnitten
100 g magerer Frühstücksspeck, in feinen Streifen
30 g Butter
3 Stangen Lauch
2 EL grobkörniger Senf
300 ml Sahne
1 Zweig Thymian
600 g kleine Pellkartoffeln, gekocht, geschält
Salz, Pfeffer
1 EL Zitronensaft
2 EL Petersilie, feingehackt

Für die Sauce:
200 ml trockener Weißwein
10 cl Genever
3 Schalotten, gehackt
100 ml Sahne
250 g kalte Butter, in kleinen Stücken
Salz, Cayennepfeffer
Pfeffer, Muskat

▪ Bouillon zum Kochen bringen und Fisch darin 5 Min. ziehen lassen. Fischstücke herausnehmen und zugedeckt warm halten.

▪ Speck in Butter in 5 bis 10 Min. kross braten. Lauch in 2 cm dicke Ringe schneiden, zufügen und 5 bis 8 Min. mitbraten.

▪ 1 EL Senf, 300 ml Fischbouillon, Sahne, Thymian und Kartoffeln zufügen und die Mischung zum Kochen bringen. Bei geringer Hitze 10 Min. köcheln lassen.

▪ 1 EL Senf einrühren, mit Salz, Pfeffer und Zitronensaft abschmecken. Fisch vorsichtig dazugeben und 2 Min. heiß werden lassen. Vor dem Servieren mit Petersilie bestreuen.

▪ Für die Sauce Weißwein mit Genever und Schalotten zum Kochen bringen und auf ein Drittel reduzieren.

▪ Sahne zufügen und erneut langsam einkochen lassen.

▪ Butter unterziehen und mit Salz, Pfeffer, Muskat und Cayennepfeffer abschmecken. Durch ein Sieb passieren und warm zum Muier Fischtopf servieren.

GESTREIFTER SEEWOLF
„KARBONADENFISCH"
SEEIGEL
ARABICA LITULA
ANARHICHA
LUPUS

Polenta auf dem Brett mit Venusmuscheln

Zutaten für 6 Portionen
2,5 kg kleine Venusmuscheln
4 EL Olivenöl
4 Knoblauchzehen, fein gehackt
1 große Prise gestoßene getrocknete Chilischoten
1,5 kg reife Tomaten, geschält, entkernt und gehackt
1 l Hühnerbrühe
2 EL Butter
200 g Instant-Polenta
Salz, schwarzer Pfeffer

■ Muscheln unter fließendem kalten Wasser abbürsten und gründlich waschen, offene wegwerfen. Olivenöl in einem Topf erhitzen und Knoblauch goldbraun braten. Chili und Tomaten zugeben. Bei geringer Hitze 5 Min. köcheln lassen. Muscheln zugeben. Topf zudecken und 5 Min. kochen, bis alle Muscheln geöffnet sind (noch geschlossene wegwerfen).

■ Hühnerbrühe in einem Topf aufkochen. Butter und Polenta einrühren und 2 Min. kochen, bis die Polenta dick wird. Salzen, pfeffern und auf ein Brett gießen. Muscheln am Rand verteilen und Sauce in eine Mulde in der Mitte geben. Sofort auf dem Brett servieren und Polenta aus der Hand essen.

Pommes Williams

Zutaten für 4 Portionen
600 g Kartoffeln
1 TL Salz
2 Eigelb
Salz
Pfeffer
Muskat
Öl zum Frittieren
20 g Mehl
1 Ei, verquirlt
40 g Paniermehl
ungekochte Spaghetti

■ Kartoffeln waschen, schälen, würfeln und in Salzwasser gar kochen. Nach dem Abgießen gut ausdampfen lassen. Kartoffeln passieren und mit Eigelb verrühren. Mit Salz, Pfeffer und Muskat würzen.

■ Öl zum Frittieren auf 170 °C erhitzen (bis an eingetauchtem Holzlöffel Bläschen aufsteigen). Aus der Kartoffelmasse birnenförmige Portionen formen. Mit Mehl bestäuben, mit verquirltem Ei bestreichen und vorsichtig in Paniermehl wälzen. Spaghettistücke als »Stiel« einsetzen. Goldgelb frittieren und auf Küchenpapier abtropfen lassen.

Pompano rellena (Gefüllter Pompano)

Zutaten für 4 Portionen
2 küchenfertige Pompanos à 1 kg (oder anderen Fisch mit festem, weißen Fleisch)
Salz, Pfeffer
1 Zwiebel, gehackt
Öl zum Braten
4 Tomaten, gehäutet, entkernt, gehackt
3 Eier, hart gekocht, gehackt
½ Bund Petersilie, gehackt
2 EL gehackte Korianderblätter
1 TL ganzer Kreuzkümmel
½ TL abgeriebene Orangenschale
Butter zum Braten
2 EL Zitronensaft
2 EL Orangensaft
Paprikapulver
Cayennepfeffer
1 Eigelb, 100 ml Sahne
1 EL kalte Butter

▪ Fisch salzen und pfeffern. Zwiebel in Öl glasig braten. Mit Tomaten, Ei, Kräutern und Gewürzen mischen. Fisch mit der Mischung füllen und zubinden oder feststecken, sodass die Füllung nicht ausläuft. In einer großen Pfanne reichlich Butter zerlassen, Saft zufügen und Fische darin bei geringer Hitze gar ziehen lassen. Fische herausnehmen und warm stellen.

▪ Fond mit Paprika und Cayennepfeffer scharf würzen und etwas einkochen. Eigelb und Sahne zufügen und erhitzen (nicht kochen). Zuletzt Butter einrühren.

▪ Fisch auf einer Platte anrichten und mit Sauce umgießen. Dazu Paprika-Avocado-Gemüse und Tortillas reichen.

Razza in salsa (Rochen mit heller Sauce)

Zutaten für 4 Portionen
4 Rochenflügel à 450 g
Mehl zum Wenden
Salz, Pfeffer
100 g Butter

▪ Rochen in Mehl wenden, salzen und pfeffern. Jeden Flügel auf beiden Seiten je 5 Min. in Butter dünsten.

▪ Für die Sauce Eigelb, Mehl, Salz und Pfeffer dickflüssig verrühren. In einem kleinen Topf schwarze Oliven und Salbeizweige zum Garnieren

Für die Sauce:
2 Eigelb
1 TL Mehl
Salz, Pfeffer
2 EL Weißweinessig
1 EL Zitronensaft
1 Lorbeerblatt
100 g kalte Butter, gewürfelt

Essig, Zitronensaft und Lorbeerblatt auf 1 EL einkochen. Lorbeerblatt entfernen und die Mischung langsam zur Eigelbmasse rühren. Im heißen Wasserbad Stück für Stück Butter unterrühren. Salzen, pfeffern und mit Zitronensaft abschmecken.

▪ Rochenflügel mit Oliven und Salbei garnieren und mit Sauce servieren. Dazu Kartoffeln und Salat reichen.

Red Snapper Seychellois

Zutaten für 4 Portionen
1 reife Orange
1 große Zwiebel, gewürfelt
rosa Pfefferkörner zerdrückt
2–3 frische Knoblauchzehen, fein geschnitten
2 Stengel Zitronengras, in Stücke gebrochen
Saft von 1–2 Zitronen
1 mittelgroße frische Ingwerwurzel
Currymischung (2–3 EL Kurkuma, je 1 TL gemahlener Ingwer, gemahlene Korianderkörner, 1 TL gemischt Anis, Kümmel, Pfeffer)
1 frische Kokosnuss (oder 200 g mit Milch aufgekochte

▪ Für die Marinade Orangenschale abreiben, Zwiebel würfeln und mit rosa Pfeffer, Knoblauch und Zitronengras mischen. Den Saft einer Zitrone darübergießen, frischen Ingwer darüberreiben und mit Currymischung verrühren. Zerkleinertes Kokosfleisch daruntermischen. Orange auspressen und Saft über die Mischung gießen. Mit etwas Wasser das Ganze zu einer dicken, sehr feuchten Paste verrühren. Fisch damit dick überziehen und in die gefettete Pfanne legen, in der er später in den Ofen kommt. Zugedeckt und kühl mindestens 1 Std. ruhen lassen. (Je besser die Qualität des Fisches, desto mehr schwillt er an; sein Fleisch saugt die Feuchtigkeit aus der Paste.)

▪ Ofen auf 180 °C vorheizen. Eventuell nochmals den Saft einer Zitrone über den Fisch gießen und mit Alufolie bedeckt etwa 15 Min. braten. Mit Reis servieren.

Variante: Dasselbe Rezept funktioniert auch

Kokosraspeln
2 mittelgroße küchenfertige Red Snapper*

mit Hähnchen, im Ganzen gelassen und den Bauchraum mit einer Zitrone gefüllt.
*Ersatzweise 4 große Filets à 200–250 g

Rotkohlkarpfen mit Salzkartoffeln

Zutaten für 8 Portionen
600 g Rotkohl, angedünstet
2 EL Zitronensaft
50 ml Öl
Salz
Zucker
2 ausgenommene, küchenfertige Spiegelkarpfen

■ Backofen auf 200 °C vorheizen. Rotkohl mit Zitronensaft, 2 EL Öl, Salz und Zucker nach Geschmack mischen und in die Karpfen füllen. Die Öffnungen mit Zahnstochern zustecken und die Fische mit dem restlichen Öl einpinseln. In geölte Alufolie wickeln.

■ Im Backofen 50 bis 60 Min. garen. Mit Zitronenscheiben garnieren und mit Salzkartoffeln und zerlassener heißer Butter servieren.

Seelachsfilet mit Kräuterhaube

Zutaten für 4 Portionen
Butter zum Fetten
800 g Seelachsfilet
150 g weiche Butter
100 g Semmelbrösel (kein Paniermehl)
2 Bund gemischte Kräuter (Petersilie, Schnittlauch, Dill, Pimpinelle, Borretsch) oder 1 Packung Kräuter für Grüne Soße, sehr fein gehackt
2 Frühlingszwiebeln mit Grün, sehr fein gehackt
Salz, schwarzer Pfeffer, frisch gemahlen

■ Backofen auf 175 °C vorheizen.

■ Auflaufform buttern. Seelachsfilets in 8 bis 12 Stücke schneiden. Die weiche Butter mit den Semmelbröseln mischen, Kräuter und Frühlingszwiebeln einarbeiten und die Mischung salzen und pfeffern.

■ Fisch in die Auflaufform legen und mit der Butter-Kräutermischung bedecken. Im Ofen auf mittlerer Schiene 12 Min. überbacken.

■ Dazu reicht man Kartoffeln und einen knackigen Blattsalat.

Sizilianische Reisbällchen

Zutaten für 12 Stück
1 l Hühnerbrühe
½ TL Safranfäden, zerstoßen
Salz
schwarzer Pfeffer
400 g Arborioreis
450 ml Marinarasauce
100 g frisch geriebener Pecorino romano
2 EL Olivenöl
225 g Schweinefleisch, klein gewürfelt
1 Zwiebel, gehackt
100 g Erbsen
4 Eier
300 g Semmelbrösel
Pflanzenöl zum Frittieren

▪ Hühnerbrühe, Safran, Salz und Pfeffer in einem Topf aufkochen, Reis zugeben und unter Rühren aufkochen. Zugedeckt bei geringer Hitze 16 Min. köcheln lassen, bis der Reis gar und trocken ist. Vom Herd nehmen, 200 ml Marinarasauce und Käse zugeben, gut durchrühren und mindestens 2 Std. abkühlen lassen.

▪ Olivenöl in einem Topf erhitzen. Fleisch anbraten, Zwiebel zufügen und etwa 3 Min. braten, bis sie glasig und leicht gebräunt ist. Restliche Marinarasauce zugießen und 45 Min. köcheln lassen. Erbsen zugeben und weitere 3 Min. kochen. Vom Herd nehmen und abkühlen lassen. Fleisch aus dem Topf nehmen, mit einer Gabel zerkleinern und wieder hineingeben.

▪ 2 Eier aufschlagen und mit dem abgekühlten Reis verrühren. Mischung in 12 Portionen teilen und jeweils auf dem Handteller flach drücken. 2 EL Fleischmischung in die Mitte jedes Reisfladens setzen und zu einer Kugel rollen. Auf Backpapier legen.

▪ Restliche Eier verschlagen. Reisbällchen in Ei, dann in Semmelbröseln wälzen. Pflanzenöl 5 cm hoch in einen Topf geben und erhitzen. Bällchen in kleinen Portionen kurz frittieren und auf Küchenpapier abtropfen lassen.

Smörgåsbord

Schwedisches Spezialitätenbuffet für 8 Personen

Krabbencocktail Göteborg

3 Eier
150 g Frischkäse
1–2 EL Milch
1 TL Zitronensaft
2 EL gehackter Dill
1 Msp. Cayennepfeffer
Salz, Pfeffer
150 g Krabben oder Crevetten, verzehrfertig
50 g Räucherlachs, in feinen Streifen
100 g Spargelabschnitte, gekocht
100 g feine Erbsen, gekocht
mehrere Salatblätter *

■ Eier hart kochen und würfeln. Frischkäse mit Milch, Zitronensaft, Dill und Gewürzen cremig rühren. Eier, Krabben, Lachs und Gemüse vorsichtig unter die Käsecreme heben. Portionsschalen mit Salatblättern auslegen und Krabbencocktail darauf anrichten.

* von Eisberg, Lollo bianco, Frisée oder Romana

Warmer Gurkensalat

1 TL Senfkörner
1 Salatgurke
1 TL Butter
1 TL Zucker
1 TL Senf
200 g Crème fraîche
Salz
Pfeffer
2–4 Zweige Estragon

■ Senfkörner einweichen. Gurke schälen, entkernen und in Scheiben schneiden. Butter in einer großen Pfanne zergehen lassen, Zucker, Senf und Senfkörner darin erhitzen. Auf geringe Hitze zurückschalten. Gurke zugeben und erwärmen. Crème fraîche aufschlagen und unter die Gurke heben. Salzen und pfeffern. Estragonblättchen von den Zweigen streifen und unter die Gurkenmischung rühren. (Lau-) Warm servieren.

Rosolli (Skandinavischer Gemüsesalat)

5 Rote Bete, geschält, gekocht
5 Möhren, gekocht
2 Äpfel
1 Stange Lauch oder

■ Rote Bete, Möhren und Äpfel würfeln. Lauch oder Frühlingszwiebeln in feine Ringe schneiden. Gurke und Ei hacken. Alles mischen, salzen und pfeffern. Kräuter grob hacken. Sahne steif schlagen, mit Essig und Zucker süß-sauer

4 Frühlingszwiebeln
1 Gewürzgurke
1 Ei, hart gekocht
Salz, schwarzer Pfeffer
½ Bund Petersilie
½ Bund Schnittlauch
100 ml Sahne
1 TL Essig
1 TL Zucker

abschmecken und mit den Kräutern vorsichtig unter die Gemüsemischung heben.

Variante: Wird der Salat als kleines vegetarisches Hauptgericht gereicht, zusätzlich 5 gekochte Kartoffeln würfeln und unterheben.

Dillgebeizte Lachsforelle mit Hasselbackpotatis (Schwedische Backkartoffeln)

30 g Meersalz
30 g Zucker
1 EL geschroteter weißer Pfeffer
1 kg Lachsforellenfilets
1 Bund Dill
Olivenöl zum Beträufeln
8 EL Honig
4 EL Senf

- Salz, Zucker und Pfeffer mischen und auf die Filets streuen. Dill grob hacken und auf den Filets verteilen. Mit Olivenöl beträufeln. Filets gut zusammendrücken und in Frischhaltefolie einwickeln. Mit einem Brett oder Teller mit flachem Boden beschwert 36 Std. im Kühlschrank ziehen lassen.
- Honig leicht erwärmen, mit Senf gut verrühren und als Sauce zum Fisch servieren.

Für die Kartoffeln:
12 gleich große festkochende Kartoffeln
grobes Salz
50 g Butter
2 EL Paniermehl
30 g Hartkäse, gerieben

- Backofen auf 200 °C vorheizen. Kartoffeln schälen, auf einen Löffel legen und mehrmals von oben bis zum Löffelrand einschneiden, sodass sie fächerförmig aufklappen. Kartoffeln in eine feuerfeste Form setzen, salzen und mit Butter bestreichen. Etwas Butter übriglassen. Kartoffeln etwa 30 Min. im Ofen garen. Dann mit restlicher Butter bestreichen und mit Paniermehl bestreuen, weitere 10 Min. backen. Mit Käse bestreuen und noch einmal 5 Min. überbacken.

Fehmarner Matjestopf

250 g Mayonnaise
3 EL Zucker
250 g säuerliche Äpfel mit roter Schale
250 g rote Zwiebeln

Mayonnaise mit Zucker verrühren. Äpfel entkernen, ungeschält in Stifte oder Würfel schneiden. Zwiebeln abziehen und in nicht zu feine Ringe schneiden. Gurken in mund

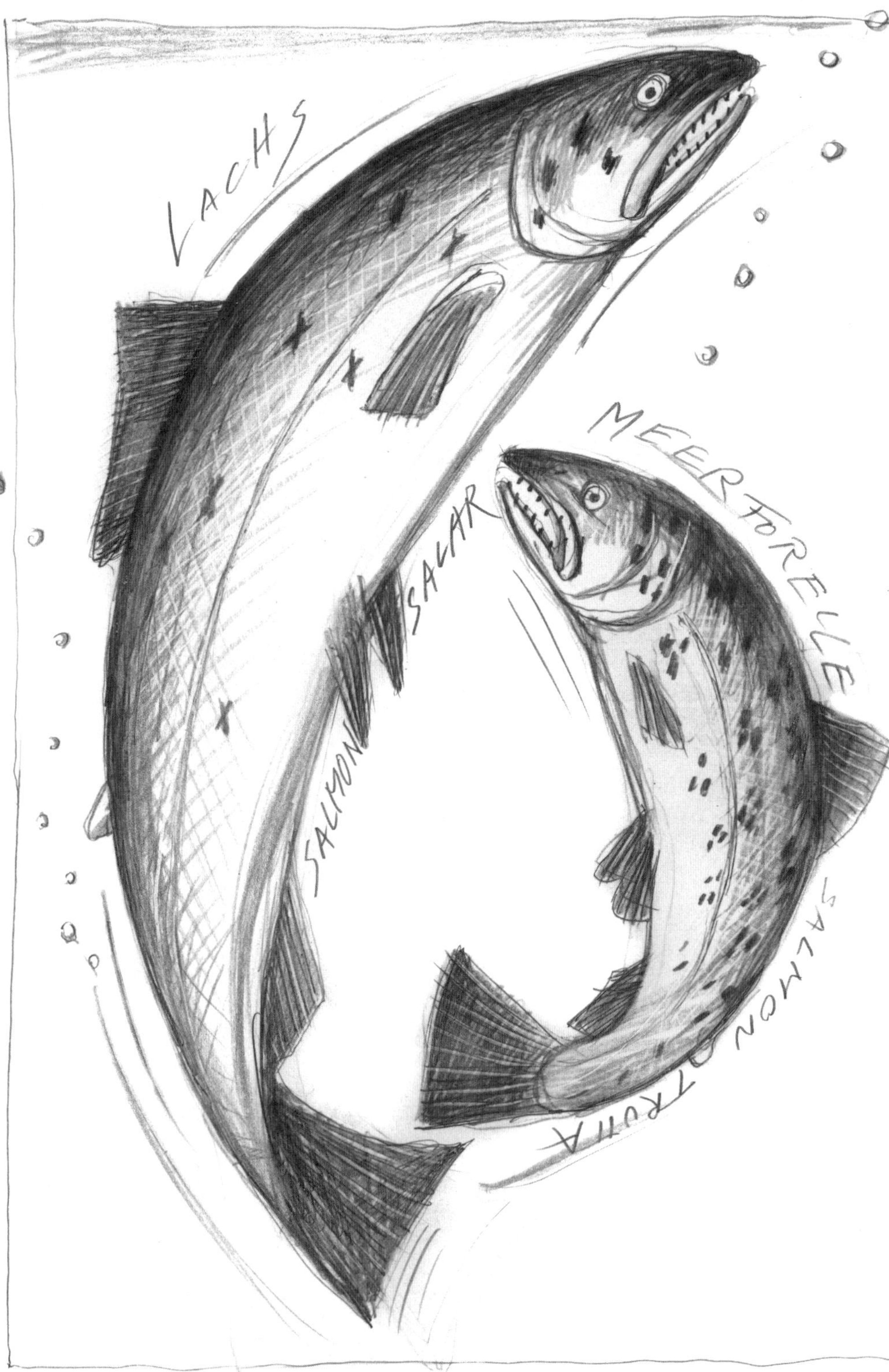
LACHS
SALMON SALAR
MEERFORELLE
SALMON TROUTA

250 g süßsauer eingelegte Gewürzgurken
5 Matjesfilets
Sahne nach Bedarf

gerechte Stücke teilen. Matjes in Streifen schneiden und mit den anderen Zutaten vermischen. Mischung eventuell mit Sahne verdünnen. Über Nacht kühl stellen und ziehen lassen. Mit Vollkornbrot oder Kartoffeln servieren.

Kalakukko (Finnische Fischpirogge)

300 g Weizenmehl
600 g Roggenmehl
150 g weiche Butter
1 EL Salz
etwa 600 ml Wasser
1 kg küchenfertiger Fisch (kleine ganze Fische oder Filets; Dorsch, Barsch, Felchen, Maräne oder andere magere und fette Fische gemischt)
300 g Frühstücksspeck, in dünnen Scheiben
Salz, Pfeffer
½ Bund Dill, gehackt
½ Bund Petersilie, gehackt
Butter zum Bestreichen

▪ Mehl, Butter und Salz mit Wasser zu einem festen, geschmeidigen Teig verkneten. (Vollkornmehl macht die Pirogge würziger, erfordert jedoch mehr Wasser.) Teig auf einer bemehlten Platte zu einem großen, 1 cm dicken Oval ausrollen. Ränder glattschneiden und übrigen Teig aufheben. Backofen auf 250 °C vorheizen.

▪ Fisch und Speck abwechselnd in der Mitte der Teigplatte aufschichten, rundum etwa 10 cm frei lassen. Jede Schicht salzen, pfeffern und mit gehackten Kräutern bestreuen. Teigränder über der Füllung zusammenklappen, etwaige Löcher mit den übrigen Teigresten flicken und alle Ränder mit angefeuchteten Fingern gut zusammendrücken. Pastete oben drei- bis viermal einstechen, mit Butter bepinseln.

▪ Pirogge bei 250 °C 1 Std. backen, gelegentlich mit Butter bestreichen. Anschließend Pirogge in Alufolie packen und bei 150 °C weitere 3 bis 4 Std. backen. Pirogge herausnehmen und abkühlen lassen, dann umdrehen, damit sich der Saft im Inneren gut verteilt. Zum Servieren die obere Kruste quer abschneiden und die Pirogge wie eine Torte in Stücke schneiden.

Smørrebrød

Dänisches Butterbrotbuffet für 10 Personen

Schwedischer Hering

1 l Essig
300 g Zucker
16 Matjesfilets
375 g Zwiebeln
30 g frische Ingwerwurzel oder
½ TL Ingwerpulver
50 g Meerrettichwurzel
3 TL Pimentkörner
4 EL Senfkörner
2 Lorbeerblätter

■ Essig mit Zucker aufkochen, bis der Zucker völlig gelöst ist. Abkühlen lassen. Matjesfilets in dicke Streifen schneiden. Zwiebeln in Ringe schneiden. Ingwer und Meerrettich in dünne Scheiben schneiden. Alles im Wechsel in ein hohes Glas schichten, dazwischen Piment, Senf und Lorbeer einlegen. Mit kaltem Sud begießen, bis alles gut bedeckt ist. Gefäß verschließen, kühl stellen und mindestens einige Tage ziehen lassen.

Rotweinhering

375 g Zwiebeln
250 ml trockener Rotwein (Burgunder)
250 ml Weinessig
250 g Zucker
2 Lorbeerblätter
2 Nelken
1 TL schwarze Pfefferkörner
1 TL Senfkörner
10 Matjesfilets

■ Zwiebeln in Scheiben schneiden. Wein, Essig, Zucker und Gewürze einmal kräftig aufkochen. Zwiebelscheiben zugeben und kurz aufkochen lassen. Abkühlen lassen. Matjesfilets in mundgerechte Stücke schneiden. Zwiebelscheiben aus dem Sud heben und abwechselnd mit Matjes in ein Glas schichten. Mit dem Sud begießen. Zugedeckt mindestens zwei Tage ziehen lassen.

Leberpastete

1 Kastenform von etwa 1,5 l
500 g Leber
500 g frischer, ungeräucherter fetter Speck
etwa 85 g Anchovis oder Appetitsild (Heringshappen)
500 g Zwiebeln

■ Leber und Speck in Streifen schneiden und getrennt durch den Wolf (feinste Scheibe) drehen. Anchovis abgießen und pürieren. Etwa 100 g Speck in der Pfanne ausbraten. Zwiebeln in Stücke schneiden, durch den Wolf drehen und sofort im Speckfett goldgelb braten. Abkühlen lassen. Restlichen Speck und Leber getrennt pürieren. Leber nach und nach unter den Speck rühren. Anchovis, Zwiebeln, Sahne

250 ml Sahne
50 g Mehl
Salz, Pfeffer
1–2 TL Nelken, gemahlen
2 Eier
einige Streifen Frühstücksspeck (durchwachsen)

und Mehl unter die Masse rühren, mit Salz, Pfeffer und Nelkenpulver würzen. Eier zugeben und alles gut durchrühren. Ofen auf 175°C vorheizen, Saftpfanne des Ofens mit Wasser füllen. Die Lebermasse in die Kastenform füllen, zudecken und in die Saftpfanne stellen. 90 Min. garen. Dann Fett aus der Form abgießen, die Pastete mit einem Brettchen und Konservendosen beschweren und mindestens 24 Std. kalt stellen. Mit knusprig gebratenem Frühstücksspeck bestreuen und in der Form servieren.

Curryscholle

10 Schollenfilets à 100 g
Salz, Pfeffer
100 g Mehl zum Wenden
125 ml Öl zum Braten
2 Sardellenfilets
2 Pfeffergurken
1 EL Kapern
250 g Mayonnaise
1 TL scharfer Senf
2 EL gehackte frische Kräutermischung aus Petersilie, Kerbel, Estragon, Schnittlauch
1 TL Currypulver
1 TL Zucker

■ Die Fischfilets salzen, pfeffern und in Mehl wenden. In heißem Öl von beiden Seiten kurz goldbraun braten. Einzeln abkühlen lassen. Für die Curryremoulade Sardellen, Gurken und Kapern sehr fein hacken, mit Mayonnaise, Gewürzen und Kräutern verrühren und vor dem Servieren durchziehen lassen.

Gurkensalat

2 Salatgurken
Salz, Pfeffer
8 EL Weinessig
100 g Zucker
2–3 Bund Dill

■ Die Gurken waschen und sehr dünn hobeln. In einer Schüssel salzen und pfeffern, mit Essig begießen und Zucker überstreuen. Einige Std. durchziehen lassen. Kurz vor dem Servieren Dill hacken und untermengen.

Rührei mit Räucheraal

12 Eier
100 ml Mineralwasser
100 ml Milch
Salz

■ Die Eier mit Mineralwasser und Milch verrühren (Wasser und Milch nach und nach zugeben, damit die Mischung nicht zu dünnflüssig wird). Salzen und pfeffern. Butter in einer

Pfeffer
50 g Butter
500 g Räucheraal
Salatblätter
2 Bund Schnittlauch

großen Pfanne zerlassen und Eimasse darin stocken lassen. Aal häuten und entgräten, in mundgerechte Stücke teilen. Brotscheiben mit Butter bestreichen, mit Salatblättern belegen und Rührei darauf verteilen. Mit Aalstücken garnieren und mit gehacktem Schnittlauch bestreuen.

Für das Buffet: Das Rührei in einer Warmhaltepfanne auftragen; Salatblätter, Aalstücke und Schnittlauchröllchen in Extraschalen servieren. Außerdem 50 Scheiben Roggen-, Roggenmisch-, Vollkornbrot und Pumpernickel, Butter, Käseplatte, Mixed Pickles, Bier und Aquavit

Süßsaure Thunfischsteaks

Zutaten für 6 Portionen
4 EL Olivenöl
2 Zwiebeln, in dünne Scheiben geschnitten
Salz
schwarzer Pfeffer
1,5 kg Thunfischsteaks (1,5 cm dick)
150 g Mehl
2 TL Zucker
3 EL Rotweinessig
3 EL trockener Weißwein
2 EL gehackte glatte Petersilie

- In eine breite Pfanne, in der alle Steaks nebeneinander Platz finden, 2 EL Olivenöl, Zwiebeln, Salz und Pfeffer bei mittlerer Hitze braten, bis die Zwiebeln goldbraun sind. Zwiebeln herausnehmen und warm stellen.

- Restliches Öl in die Pfanne geben. Thunfischsteaks salzen und pfeffern und auf beiden Seiten mit Mehl bestäuben. Alle Steaks bei starker Hitze 2 Min. von jeder Seite scharf braten, dann aus der Pfanne nehmen.

- Zucker, Essig, Wein und Zwiebeln hineingeben und 2 Min. bei mittlerer Hitze kochen lassen. Petersilie und Thunfischsteaks zufügen und weitere 2 Min. kochen. Thunfisch auf eine vorgewärmte Platte legen, mit Sud übergießen und servieren.

Tintenfisch mit dicken Bohnen

Zutaten für 4–6 Portionen
500 g küchenfertiger Tintenfisch
Salz
Olivenöl zum Braten
300 g dicke Bohnen
200 ml Gemüsebrühe
2–3 Zitronen
schwarzer Pfeffer
30 g eiskalte Butter
1 Zweig Salbei

▪ Tintenfisch gründlich waschen und putzen, in Portionsstücke teilen, mit Salz bestreuen und mit Öl bestreichen. Zugedeckt beiseite stellen.

▪ Bohnen in Brühe garen, abgießen und Brühe auffangen. Bohnen warm stellen. Brühe aufkochen. Zitronen auspressen, ein paar Scheiben zum Garnieren aufheben. Brühe mit Zitronensaft, Salz und Pfeffer würzen. Butter in kleinen Stücken unterschlagen.

▪ Etwas Olivenöl in einer großen Pfanne stark erhitzen. Tintenfisch darin kurz goldbraun braten. Einige Salbeiblätter zugeben und mitbraten.

▪ Bohnen auf einer vorgewärmten Platte anrichten, Tintenfisch darauf verteilen. Salzen, pfeffern und mit Zitronensauce beträufeln. Mit Zitronenscheiben garniert servieren, dazu Baguette.

PILGERMUSCHEL
LITTORINA LITTOREA
STRAND SCHNECKE
PECTEN OPERCULARIS
HERKULESKEULE
MUREX BRANDARIS
AUSTER
OSTREA EDULIS
HERZMUSCHEL
CARDIUM EDULE
MIESMUSCHEL
MYTILUS EDULIS

Desserts

Birnenbuttermilchgelee

Zutaten für 8 Portionen
2 große, reife Birnen
1 l Buttermilch
1 TL abgeriebene Zitronenschale
1 Vanilleschote
6 EL Zucker
12 Blatt weiße Gelatine

▪ Birnen schälen, entkernen und das Fruchtfleisch pürieren. Buttermilch mit Zitronenschale, dem ausgekratzten Vanillemark, Zucker und Birnenpüree gut verrühren. Gelatine in kaltem Wasser einweichen, etwas ausdrücken und auflösen. Gelatine in die Buttermilchmischung kräftig einrühren. Mischung in 8 Schälchen verteilen und über Nacht im Kühlschrank fest werden lassen.

Bourdelot (Apfel im Schlafrock)

Zutaten für 4 Portionen
200 g Mehl
250 g weiche Butter
4 Äpfel
4 TL Puderzucker
1 Prise Zimt
1 Ei
100 ml Milch
Crème fraîche

▪ Mehl mit gut einem Drittel der Butter verkneten und mit etwas Wasser geschmeidig kneten, bis der Teig nicht mehr an der Schüssel und den Finger klebt. Ruhen lassen.

▪ Backofen auf etwa 200 °C vorheizen. Äpfel schälen und Kerngehäuse ausstechen. Restliche Butter mit Zucker und Zimt verrühren und Äpfel füllen. Teig ausrollen und vierteln. Je einen Apfel mit einem Teigquadrat umhüllen, die Ränder mit feuchten Fingern zusammendrücken. Ei mit Milch verquirlen und

Teigpäckchen damit bepinseln. Etwa 30 Min. im Ofen backen. Die Bratäpfel lauwarm mit Crème fraîche servieren.

Buttermilchscones mit Vanille-Lemoncurd

Zutaten für 8 Stück
Für die Scones:
250 g Mehl
3 TL Backpulver
50 g Butter
150 ml Buttermilch
1 TL Zucker
1 Prise Salz
Fett für das Blech
1 Eigelb

Für etwa 350 ml Curd:
1 Vanilleschote
150 g Zucker
3 große Eier
80 ml Zitronensaft (von 2–3 Zitronen) ohne Fruchtfleisch
4 EL Butter, zimmerwarm
1 EL fein abgeriebene Zitronenschale

▪ Mehl und Backpulver in eine Schüssel sieben. In Stücke geschnittene Butter, Buttermilch, Zucker und Salz zufügen und alles gründlich zu einem geschmeidigen Teig verkneten. Teig zu einer etwa 16 cm langen Rolle formen und 15 Min. zugedeckt kühl stellen.

▪ Ofen auf 220 °C vorheizen und Blech einfetten. Die Teigrolle in 8 Stücke schneiden, die Stücke zu Kugeln rollen und auf das Blech setzen. Eigelb verquirlen und die Teigkugeln damit bestreichen. Auf der mittleren Schiene etwa 20 Min. goldbraun backen.

▪ Für das Curd das Mark der Vanilleschote mit dem Zucker mischen. Im köchelnden Wasserbad Eier, Zucker und Saft gut verquirlen. Unter Rühren etwa 10 Min. eindicken lassen. Vom Herd nehmen und sofort durchseihen. Butter in kleinen Stücken einrühren, bis sie geschmolzen ist. Zitronenschale untermischen. Die Masse sofort abdecken und abkühlen lassen.

▪ Curd in vier Portionsschälchen füllen und mit je zwei warmen Scones servieren.

Variante: 120 ml Sahne steif schlagen und mit dem Curd mischen. Ohne Sahne hält sich Curd im Kühlschrank etwa 10 Tage.

Cassata Siciliana

Zutaten für 1 Torte von 24 cm Durchmesser

Für den Biskuit:
5 Eier, getrennt
120 g Puderzucker
Mark einer Vanilleschote
50 g Stärke
50 g Mehl

Für die Füllung:
450 g Ricotta
6 EL Zucker
Mark einer Vanilleschote
2 EL Orangenlikör oder Marsala
50 g dunkle Schokolade, klein gewürfelt
150 g kandierte Früchte, gehackt

Für die Glasur:
100 g Puderzucker
2–3 EL Wasser, mit Spinat gefärbt
kandierte Früchte
geschälte Mandeln
Schokostreusel

▪ Für den Biskuit Springform mit Backpapier auslegen. Backofen auf 175 °C vorheizen. Eigelb, Puderzucker und Vanille schaumig schlagen. Eiweiß steif schlagen und vorsichtig unterziehen. Stärke und Mehl einrieseln lassen und verrühren. Teig in die Form füllen und 30 bis 45 Min. backen. Auf ein Brett stürzen, Papier abziehen und auskühlen lassen. Zwei- bis dreimal quer durchschneiden.

▪ Ricotta mit Zucker, Vanille und Likör zu einer dickflüssigen Creme rühren. Schokolade und kandierte Früchte unterziehen. Biskuitböden damit bestreichen und übereinander schichten, Torte rundum mit Creme bestreichen. 4 bis 5 Std. (am besten über Nacht) im Kühlschrank fest werden lassen.

▪ Puderzucker mit gefärbtem Wasser verrühren und Torte damit bestreichen. Mit kandierten Früchten, Mandeln, Schokostreuseln und Marzipanblüten nach Belieben dekorieren.

Variante: Die Cassata mit Schokoladenglasur überziehen und mit kandierten Früchten und geschälten Mandeln garnieren. Oder Wasser für die Glasur mit farbigen Likören, Obst- oder Gemüsesaft einfärben.

Erdbeergelee

Zutaten für 4 Portionen
7 g Agar-Agar
700 ml heißes Wasser
100 g Zucker
3 EL Pflaumenwein

▪ Agar-Agar in Stücke brechen, in einen Topf mit heißem Wasser geben und aufkochen. Bei geringer Hitze 10 Min. köcheln lassen. Zucker und Pflaumenwein zufügen und rühren, bis der Zucker sich aufgelöst hat. Durch ein

3 Eiweiß
3 EL Milch
175 g Erdbeeren

Sieb passieren, etwas abkühlen lassen.

■ Eiweiß steif schlagen und mit Milch unter die warme Agar-Mischung ziehen. Masse in eine rechteckige Form füllen.

■ Erdbeeren putzen und in Reihen auf das Gelee setzen. Im Kühlschrank fest werden lassen. Zum Servieren in rechteckige Stücke schneiden und dazu Rahmeis oder leicht geschlagene gesüßte Sahne reichen.

Himbeer-Avocado-Creme

Zutaten für 4 Portionen
2 Avocado
125 ml Zitronensaft
120 g Puderzucker
200 ml Sahne
200 g Himbeeren
1 Limette

■ Avocados pürieren und mit Saft und der Hälfte des Puderzuckers verrühren. Sahne steif schlagen und unterheben.

■ Himbeeren mit restlichem Puderzucker pürieren, passieren und auf Dessertschalen verteilen. Avocadocreme darauf setzen und mit Limettenscheiben garniert servieren.

Kulfi (Indische Eiscreme)

Zutaten für 4 Portionen
1 l frische Vollmilch
2 Prisen Safranpulver oder 1 TL Safranfäden, in etwas warmer Milch eingeweicht
6 EL Zucker
1 TL gemahlener grüner Kardamom
2 EL gemahlene Pistazien

■ Milch aufkochen und unter Rühren auf ein Viertel reduzieren (etwa 45 Min.) und während des Köchelns Safran einrühren. In die noch warme Milch Zucker, Kardamom und Pistazien geben und so lange rühren, bis sich der Zucker aufgelöst hat. Die abgekühlte Mischung in kleine, konische Formen (Timbale) oder ähnliche Gefäße füllen und etwa 6 Std. frieren lassen.

■ Zum Servieren die Eiscreme aus den Formen stürzen und einmal durchschneiden oder

2 EL indische Flohsamenschalen und
4 EL Rosensirup zum Garnieren

in etwa 2 cm dicke Scheiben schneiden. In Dessertschalen anrichten, mit indischen Flohsamenschalen garnieren und mit etwas Rosensirup begießen.

Latte fritto (Frittierter Pudding)

Zutaten für 12 Stück
100 g Stärke
150 ml Milch
3 Eier, leicht verquirlt
6 Eigelb
150 g Zucker
abgeriebene Schale von 1 Zitrone
10 Tropfen Vanillearoma
4 EL Butter
50 g Mehl, gesiebt
2 Eier, mit 2 EL Wasser verquirlt
150 g Semmelbrösel
Pflanzenöl zum Frittieren
200 g Zucker, mit 1 TL Zimt gemischt

▪ Stärke in 125 ml Milch auflösen, dabei kräftig rühren. Eier und Eigelb dazugeben. Restliche Milch mit dem Zucker in einem Topf bei mittlerer Hitze aufkochen. Topf vom Herd nehmen. Etwas heiße Milch unter die Puddingmasse mischen und in den Topf rühren. Zitonenschale zufügen, alles unter ständigem Rühren sehr kurz erhitzen und köcheln, bis die Mischung dick wird. Topf vom Herd nehmen. Vanillearoma und Butter zugeben, gut verrühren.

▪ Eine 20 x 40 cm große Backform mit Klarsichtfolie auslegen, den Pudding darin gleichmäßig verteilen. Oberfläche mit gebuttertem Pergamentpapier zudecken und 4 bis 6 Std. im Kühlschrank erstarren lassen.

▪ Papier entfernen, einen Teller umgekehrt auf Form legen und stürzen. Folie abziehen; Pudding in 5 cm große Quadrate schneiden. Jedes Quadrat in Mehl wenden, in verquirltes Ei tauchen und mit Semmelbröseln panieren.

▪ Öl knapp 3 cm hoch in einen großen Topf gießen und auf 180 °C erhitzen. Zur Probe ein Puddingstückchen in den Topf geben; wenn es sofort zischt, hat das Öl die richtige Temperatur. Quadrate portionsweise goldbraun frittieren. Auf Küchenpapier abtropfen lassen, in der Zimt-Zucker-Mischung wälzen und warm servieren.

Nougateis mit Früchten

Zutaten für 4 Portionen
25 g Zucker
1 ½ EL Wasser
140 g Nougat
4 Eigelb
50 gehackte Haselnüsse
280 ml Sahne

▪ Zucker und Wasser in einem kleinen Topf aufkochen. Die Hälfte des Nougats in einem anderen Topf schmelzen, die andere Hälfte klein würfeln. Eigelb mit dem heißen Zuckerwasser zu lockerer Creme schlagen. Geschmolzenen Nougat und gehackte Nüsse unterziehen. Sahne sehr steif schlagen und mit den Nougatwürfeln unter die Creme ziehen. In ein kältebeständiges Gefäß füllen und im Tiefkühlfach mindestens 2 bis 3 Std. gefrieren lassen.

Obst zum Garnieren:
Kapstachelbeeren,
Kumquatscheiben
oder frische Himbeeren
und Mango

▪ In Scheiben oder Kugeln servieren, garniert mit Kapstachelbeeren, Kumquatscheiben oder frischen Himbeeren. Oder Mango und Himbeeren getrennt mit Puderzucker pürieren und zu einem zweifarbigen Spiegel auf Tellern auftragen, mit einer Gabel Muster ziehen, darauf das Eis mit Früchten, Schokoflocken oder Nüssen anrichten.

Pfirsich Condé

Zutaten für 4 Portionen
4 Pfirsiche
2 Eiweiß
100 g Puderzucker
100 g gehackte Mandeln

▪ Pfirsiche halbieren, entsteinen und vierteln. Eiweiß mit Puderzucker zu einer glatten Creme rühren. Pfirsichviertel in Dessertschalen anrichten und mit der Creme überziehen. Mit Mandeln bestreuen und Creme fest werden lassen.

Piña-Colada-Sorbet

Zutaten für 6 Portionen
1 Ananas à 1 kg
125 Zucker
2 EL Limettensaft
4 cl weißer Rum
75 g Kokoscreme
1 Eiweiß
1 Prise Salz
1 Orange, 1 Limette und Kokosraspel zum Garnieren

■ Ananas schälen, längs vierteln und Strunk entfernen. Fruchtfleisch klein würfeln, mit Zucker und 4 EL Wasser aufkochen. Bei geringer Hitze 10 bis 12 Min. garen. In eine Schüssel füllen, pürieren und abkühlen lassen.

■ Saft, Rum und Kokoscreme unter die Masse rühren. Eiweiß mit Salz steif schlagen und unterheben. Mindestens 3 Std. gefrieren lassen, dabei mindestens zweimal kräftig durchrühren.

■ Sorbet etwa 15 Min. vor dem Servieren aus dem Tiefkühlfach nehmen. Dessertschalen oder -gläser mit dem Rand erst in Limettensaft, dann in Kokosraspel tauchen. Sorbet pürieren und auf Schalen verteilen. Orange und Limette in Scheiben schneiden und Sorbet damit garnieren.

Rosensorbet

Zutaten für 4 Portionen
120 g Zucker
2 EL Rosenwasser
½ Orange
1 TL Zitronensaft
1 TL weiße Pfefferkörner
1 Eiweiß

■ Zucker mit 125 ml Wasser aufkochen und vom Herd nehmen. Rosenwasser, Orangen- und Zitronensaft und Pfeffer zugeben und 15 Min. ziehen lassen. Durch ein feines Sieb gießen und ganz abkühlen lassen. Eiweiß steif schlagen und unter den Sirup rühren. In eine Schüssel füllen und etwa 2 Std. gefrieren lassen, dabei mehrmals mit einem Schneebesen durchrühren. Auf Dessertschalen verteilen und mit Rosenblättern garniert servieren

ZEUS FABER
PETERS FISCH

Rote Grütze mit Vanillesauce

Zutaten für 8 Portionen
800 g gemischte frische Beeren und entsteinte Kirschen
3 EL Stärke
¼ l schwarzer Johannisbeernektar
50 g Zucker
1 langer Streifen Zitronenschale

Für die Vanillesauce:
1 Vanilleschote
750 ml Milch
1 ½ EL Stärke
60 g Zucker
1 Ei
2 Eigelb

■ Beeren und Kirschen waschen und abtropfen lassen. 3 EL Stärke mit 5 EL Nektar glattrühren. In einem Topf restlichen Nektar mit Zucker und Zitrone aufkochen. Die Beeren, entsteinten Kirschen und angerührte Stärke zufügen und verrühren. Einmal aufkochen lassen, damit die Stärke bindet. Zitronenschale entfernen. Grütze in eine große Schüssel oder Portionsschälchen füllen und kalt stellen.

■ Für die Sauce Vanilleschote auskratzen. Vanillemark mit 3 EL Milch mit der Stärke glattrühren. Restliche Milch mit der Schote aufkochen und etwas abkühlen lassen. Zucker, Ei und Eigelb schaumig schlagen. Mit dem angerührten Vanillemark unter die Milch rühren und einmal aufkochen. Schote entfernen. Sauce kalt stellen und zum Servieren in einem Krug reichen.

Süße Möhrenmuffins

Zutaten für 12 Stück
350 g Möhren
100 g getrocknete Datteln
150 g ungeschälte Mandeln
150 g weiche Butter
200 g Puderzucker
1 TL Zimt
1 Vanilleschote
Salz
2 Eier
180 g Mehl
½ Pk. Backpulver

■ Die Möhren waschen, schälen und grob raspeln. Datteln entsteinen und grob hacken. Mandeln nicht zu fein mahlen.

■ Butter, 150 g Puderzucker, Zimt, Mark der Vanilleschote und 1 Prise Salz cremig aufschlagen. Eier nacheinander unter die Buttermasse rühren. Datteln und Möhren untermischen.

■ Mehl und Backpulver sieben und mit den Mandeln unter die Buttermasse mischen.

■ Eine Muffinform mit 12 Mulden ausfetten, den Teig gleichmäßig in die Mulden

etwas Butter für die Form
2 EL Zitronensaft
100 g Frischkäse

verteilen. Im vorgeheizten Backofen bei 180 °C 25 bis 30 Min. backen. Muffins 10 Min. in der Form abkühlen lassen, herausnehmen und auf ein Gitter stellen.

■ Zitronensaft und restlichen Puderzucker verrühren und erhitzen. Den Frischkäse einrühren und einmal unter Rühren kurz aufkochen. Die warme Glasur mit Hilfe einer Gabel auf die ausgekühlten Muffins träufeln.

Soufflépfannkuchen mit Sabayon und Rosinenbranntwein

Zutaten für 4 Portionen
Für den Rosinenbranntwein:
200 ml Wasser
200 g Zucker
1 Stange Zimt
400 g Rosinen
500 ml (Vanille-) Branntwein

■ Für den Rosinenbranntwein in einem Topf Wasser mit Zucker und Zimt zum Kochen bringen. Rosinen zufügen und 10 Min. ziehen lassen (nicht kochen!).

■ Rosinen herausheben und in ein verschließbares Glasgefäß oder eine Flasche mit weitem Hals geben. Die Flüssigkeit 3 Min. bei starker Hitze einkochen. Abkühlen lassen und über Rosinen gießen. Branntwein zufügen, Gefäß dicht verschließen und schütteln, bis der Inhalt sich gut vermischt hat.

■ Rosinenbranntwein mindestens 4 Wochen an einem kühlen Ort ziehen lassen.

Für die Pfannkuchen:
100 g Mehl
1 Prise Salz
1 EL Zucker
1 Ei, 250 ml Milch
30 g Butter
Butter zum Backen
2 EL Puderzucker zum Bestreuen

■ Für die Pfannkuchen Mehl in eine Schüssel sieben, Salz und Zucker zufügen. Ei unterrühren und nach und nach Milch angießen. Mit dem Schneebesen zu einem glatten Teig rühren. Butter zerlassen. Gründlich unter den Teig ziehen. 1 Std. ruhen lassen.

■ Pfanne erhitzen, etwas Butter hineingeben und etwas Teig dazu. Den Pfannkuchen auf einer Seite braun backen, umdrehen und zweite Seite backen. (Bei den nächsten Pfannkuchen braucht keine Butter mehr in die Pfanne gegeben zu werden; es ist genug im Teig.) Wenn die Pfannkuchen sehr dünn werden sollen, gießt man, sobald sich auf dem Pfannenboden eine Teigschicht verfestigt hat, den Rest wieder in die Schüssel. Fertige Pfannkuchen warm halten.

Für das Soufflé:
2 Eier
40 g Zucker
1 EL Mehl
120 ml lauwarme Milch
2 cl Orangenlikör

■ Für das Soufflé die Eier trennen. Eigelb mit Zucker in einem kleinen Topf schaumig rühren. Mehl unterziehen und nach und nach die Milch einrühren. Mischung unter ständigem Rühren zum Kochen bringen. Bei geringer Hitze 2 Min. köcheln lassen. Topf vom Herd nehmen, Orangenlikör zufügen. Eiweiß steif schlagen. Vorsichtig unter die Mischung heben.

■ Backofen auf 200 °C vorheizen. Feuerfeste Form buttern. Auf eine Hälfte eines Pfannkuchens etwas Souffléteig geben, Pfannkuchen doppelt falten und in die Auflaufform legen. So verfahren, bis die Form gefüllt ist. 5 Min. backen, mit Puderzucker bestreuen und weitere 5 Min. backen.

Für die Sabayon:
2 Eigelb
25 g Zucker
750 ml Champagner

■ Für die Sabayon Eigelb, Zucker und Champagner gut verrühren und im heißen Wasserbad kräftig aufschlagen, bis eine schaumige Sauce entsteht. Nicht zu heiß werden lassen.

■ Auf jeden Teller einen Pfannkuchen legen, einen Löffel Sabayon darüber geben und mit Rosinenbranntwein umgießen.

Tarta de Piña (Ananastörtchen)

Zutaten für 8 Portionen
250 g Mehl
120 g Zucker
Mark einer Vanilleschote
500 ml Sahne
8 Scheiben frische Ananas
100 g Kokosraspel
Butter für die Formen

■ Mehl in eine Rührschüssel sieben. Mit Zucker, Vanille und Sahne zu einem Pfannkuchenteig anrühren und 30 Min. quellen lassen. 8 feuerfeste Förmchen mit Butter auspinseln. Backofen auf 220 °C vorheizen. Ananas in die Förmchen legen, Kokosraspel darüber streuen. Teig noch einmal gut durchschlagen und über die Ananas verteilen. 25 Min. auf der mittleren Schiene backen. Herausnehmen, etwas abkühlen lassen und auf Teller stürzen. Lauwarm oder kalt servieren.

Torta di nocciola alla Siracusana (Haselnusstorte)

Zutaten für 1 Torte von 25 cm Durchmesser
140 g Haselnüsse (mit brauner Haut)
100 g weiche Butter
110 g Zucker
4 Eigelb
4 Eiweiß
3 gestrichene EL Mehl, gesiebt
130 g Ricotta
30 g Schokolade
2 TL abgeriebene Orangenschale
5 EL Zitronengelee
30–40 g Zartbitterschokolade (mind. 70 Prozent)

■ Backofen auf 210 °C vorheizen. Haselnüsse auf einem Backblech etwa 10 Min. unter öfterem Wenden rösten. Die Nüsse sollen ihre Häute verlieren und sich golden färben. Blech herausnehmen und Nüsse abkühlen lassen. Portionsweise in einem großen Sieb schütteln, bis sich die Häute ganz lösen. Nüsse mittelfein hacken.

■ Backform einfetten, Boden mit Backpapier auslegen. Schokolade grob bis mittelfein hacken. Zitronengelee mit 1 EL Wasser verrühren und leicht erwärmen.

■ Butter nach und nach mit Zucker verrühren. Eigelb einzeln gut unterrühren. Mehl darüber sieben. In einer zweiten Schüssel Ricotta schaumig schlagen. Orangenschale und gehackte Haselnüsse nach und nach untermischen. Zuletzt Schokosplitter einrühren.

■ Eiweiß steif schlagen. Ricottamasse auf die Mehlschicht geben, Eischnee darüber gießen.

Vorsichtig unterziehen. Teig in die Form füllen und 30 Min. backen. Kuchen etwas abkühlen lassen, auf ein Gitter stürzen und mit dem warmen verdünnten Zitronengelee bestreichen. Abkühlen lassen. Zartbitterschokolade über den Kuchen raspeln und servieren.

Tortenbrie mit Kräutercreme

Zutaten für 4 Portionen
250 g Tortenbrie
schwarzer, weißer, roter und grüner Pfeffer
100 g Frischkäse
30 g weiche Butter
Zitronensaft, Salz
½ Bund glatte Petersilie
½ Bund Schnittlauch
Walnusshälften

▪ Für die Füllung Pfeffer zerstoßen. Frischkäse mit Pfeffer, Butter, Saft und Salz verrühren. Kräuter hacken und unter die Käsemischung rühren.

▪ Den Brie durchschneiden. Die Mischung auf die eine Hälfte des Bries streichen und mit der anderen abdecken. Mit Walnüssen garnieren und mit geröstetem Weißbrot servieren.

Traubengelee mit Zimtsahne oder Käse

Zutaten für 4 Portionen
350 g blaue und weiße Trauben (kernlos)
4 ½ Blatt weiße Gelatine
150 ml Gewürztraminer, weißer Muskateller oder Traubensaft
150 ml Apfelsaft
400 ml Sahne
2 TL Zucker
Zimt

▪ Trauben waschen, trocken tupfen und von Stielen befreien. Gelatine in etwas kaltem Wasser 5 Min. einweichen und in einem Topf tropfnass bei geringer Hitze auflösen. Wein und Saft zugießen und verrühren. Trauben und Gelatinemischung in eine Schüssel oder Form füllen und über Nacht im Kühlschrank fest werden lassen. Form vor dem Stürzen eventuell in heißes Wasser tauchen. Gelee auf eine Servierplatte stürzen.

▪ Sahne halb steif schlagen, Zucker und Zimt unterrühren. Sahne mit etwas Zimt bestreut servieren.

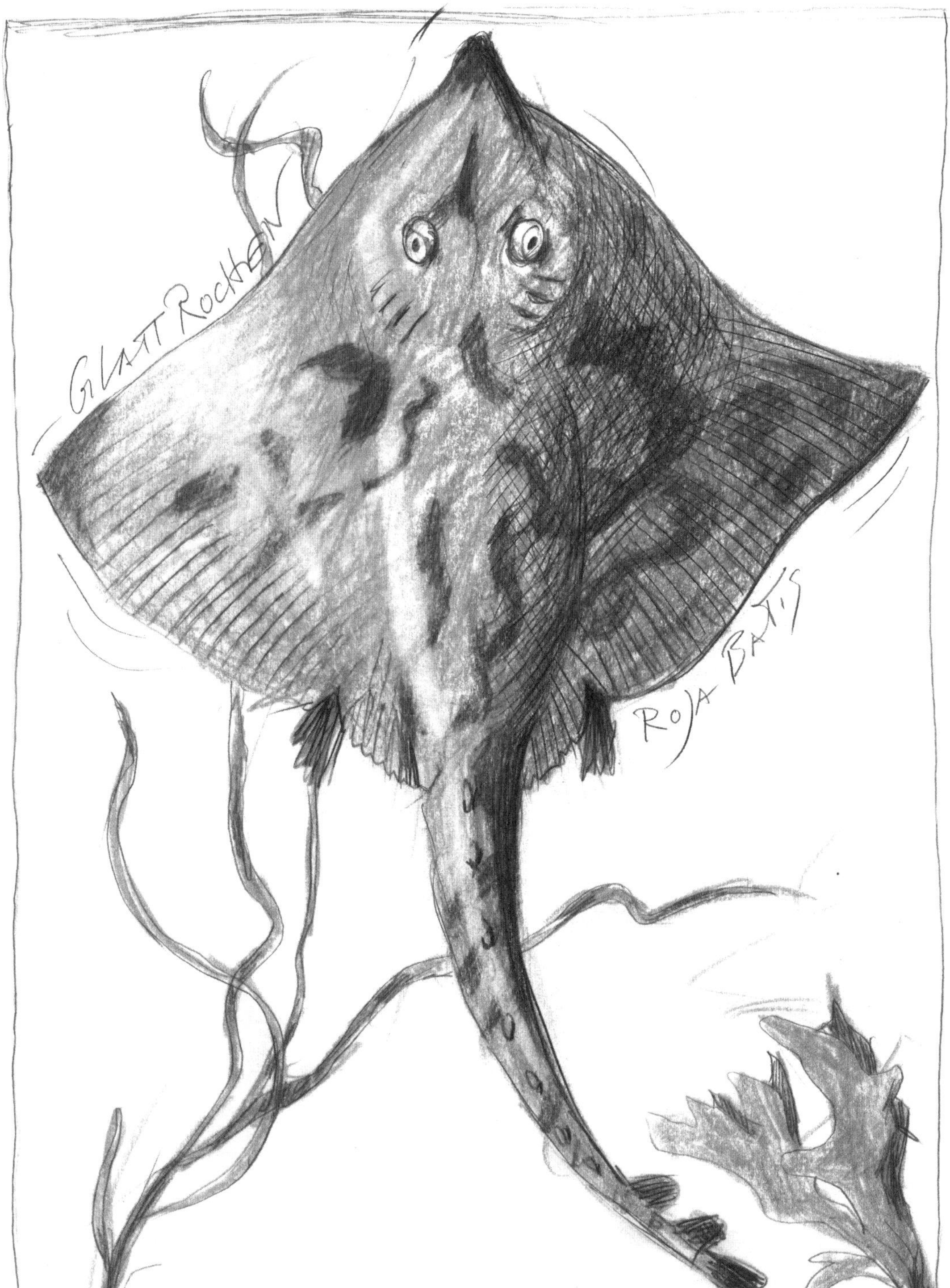
GLATTROCHEN
ROJA BATIS

Apéritifs und Cocktails

Blood and Sand Cocktail

Für 1 Cocktailschale
4 cl Orangensaft, frisch gepresst
1 cl Cherry Brandy
2 cl Vermouth rosso
2 cl Scotch
5–6 Eiswürfel

Alle Zutaten im Shaker schütteln, in vorgekühltes Glas abseihen.

Coco Choco (alkoholfrei)

Für 1 Becherglas
10 cl Milch
2 cl Sahne
2 cl Kokoscreme
2–3 cl Schokosirup
Schokoraspel

Alle Zutaten außer den Schokoraspeln im Shaker mit Eiswürfeln kräftig schütteln. Ein großes Becherglas zu einem Drittel mit zerstoßenem Eis füllen und Drink darauf abseihen. Mit Schokoraspeln bestreut servieren.

Coconut Kiss (alkoholfrei)

Für 1 Becherglas
3 cl Sahne
2 cl Kokoscreme
4 cl Kirschsaft*
1 Spritzer Grenadine
4 cl Ananasnektar
Amarenakirsche

Alle Zutaten außer der Amarenakirsche im Shaker mit Eiswürfeln kräftig schütteln. In ein großes Becherglas 3 EL zerstoßenes Eis füllen und Drink darauf abseihen. Amarenakirsche hineingeben.

* aus pürierten und durchgeseihten frischen Kirschen

East Indian

Für 1 Cocktailschale
3 cl trockener Sherry
2 cl trockener Vermouth
1 cl weißer Vermouth
1 Spritzer Orange-Bitter
Eiswürfel

Sherry, Vermouth und Orange-Bitter auf vielen Eiswürfeln im Rührglas verrühren und in vorgekühltes Glas abseihen.

Flying Dutchman

Für 1 Becherglas
4 cl Genever
1 Spritzer Triple sec
Limettenachtel

Genever und Triple sec im Glas auf Eiswürfeln verrühren, einen Spritzer Saft aus der Limette herausdrücken und das Limettenachtel zugeben.

Foggy Day

Für 1 Apéritifglas
1 cl Pernod
4 cl Gin, Wasser
Zitronenschale

Pernod und Gin im Glas verrühren, mit kaltem Wasser auffüllen und Zitronenschale darüber ausdrücken.

Leichtmatrose

Für 1 Becherglas
2 cl Zitronensaft, frisch gepresst
2 cl Lime Juice
1 TL Puderzucker
2 Spritzer Zuckersirup
3 cl brauner Rum
2 cl weißer Rum
gestoßenes Eis
Limettenachtel

Alle Zutaten mit gestoßenem Eis im Shaker kräftig schütteln und in ein kleines Becherglas auf gestoßenes Eis abseihen. Einen Spritzer Saft aus der Limette herausdrücken und das Limettenachtel zugeben.

Parisienne

Für 1 Cocktailschale
2 cl Noilly-Prat
2 cl Gin
2–3 Spritzer Crème de Cassis

Alle Zutaten im Rührglas mit Eiswürfeln kräftig mischen. Einen Eiswürfel in die vorgekühlte Cocktailschale geben und den Drink darauf abseihen.

Sex on the Beach

Für 1 Longdrinkglas
2 cl Wodka
2 cl Pfirsichlikör
8 cl Cranberrysaft
8 cl Orangensaft, frisch gepresst
5–6 Eiswürfel

Alle Zutaten mit zwei Eiswürfeln im Shaker kräftig schütteln und auf 3–4 Eiswürfel in Glas abseihen.

Tiefseetaucher

Für 1 Becherglas
1 Limette
1 cl Limettensirup
1 TL Puderzucker
2 cl Triple sec
2 cl weißer Rum
6 cl brauner Rum
6 cl hochprozentiger brauner Rum

Limette ausdrücken und aufheben. Limettensaft mit allen anderen Zutaten und zerstoßenem Eis im Shaker kräftig schütteln. Etwas zerstoßenes Eis in ein großes Becherglas füllen, den Drink darauf abseihen und ausgedrückte Limette dazugeben.

Tropical Champagne

Für 1 Champagnerkelch
2–3 Spritzer Zitronensaft
2–3 Spr. Maracujasirup
2 cl Orangensaft
2 cl brauner Rum
Champagner

Säfte, Sirup und Rum im Shaker auf Eiswürfeln kräftig schütteln. In ein Glas abseihen und vorsichtig mit Champagner auffüllen.

Viten

Virginie Brac de la Perrière ist Französin, in Algerien geboren, und studierte Psychologie in Boston und Paris. Seit 1980 veröffentlicht sie Krimis und Romane. Heute arbeitet sie überwiegend als Drehbuchautorin für das Fernsehen und lebt mit ihrer Familie in Paris.

Andrea C. Busch ist Diplom-Übersetzerin. Ihre kriminelle Karriere begann mit einer Diplomarbeit und führte über den Verkauf von Membranen für DNA-Analysen, Silikonimplantaten und mehrere Jahre freiberuflicher Übersetzungstätigkeit schließlich an die TU Darmstadt, wo sie mittlerweile eine Gruppe von Zellbiologen in Schach hält.

Bengt Fosshag, geboren 1940, hat Graphik-Design studiert und war Art Director einer Werbeagentur. Seit 1983 ist er freier Illustrator. Er ist national und international vielfach ausgezeichnet worden, unter anderem mit dem Silbernen Löwen von Cannes und dem Golden Award of Montreux.

Ulrike Gerold, geboren 1956, studierte Germanistik, Theaterwissenschaften und Kunstgeschichte und arbeitete als Produktions- und Öffentlichkeitsdramaturgin sowie als freie Journalistin für die Bereiche Kultur, Wissenschaft und Reise. Ulrike Gerold und Wolfram Hänel haben eine Tochter und leben meistens in Hannover und manchmal auch im irischen Kilnorovanagh.

Ann Granger studierte in London Französisch und Deutsch, unterrichtete im Ausland und arbeitete in verschiedenen Botschaften. Mit ihrem Mann, einem Diplomaten, und den zwei Söhnen lebte sie in Sambia und Deutschland, bevor sie mit ihnen nach England zurückkehrte. Sie schrieb zunächst historische Liebesromane, dann Krimis; ihre Bücher erscheinen auch auf Deutsch.

Wolfram Hänel, geboren 1956, studierte Germanistik und Anglistik und arbeitete als Gebrauchsgraphiker, Theaterphotograph, Studienreferendar, Spiele-Erfinder und Dramaturg. Er ist Dramatikerpreisträger des Bundes der Theatergemeinden. Seit 1987 schreibt er Theaterstücke, Kinderbücher und Reiseberichte.

Almuth Heuner, geboren 1962, in Wattenscheid aufgewachsen, studierte Russisch und Englisch mit Abschluss Diplom-Übersetzerin, anschließend Germanistik. Bis 1998 war sie in der Redaktion einer Wochenzeitung tätig, seitdem schreibt sie und arbeitet als freie Übersetzerin. Sie lebt in Frankfurt am Main.

Dick van den Heuvel, geboren 1956, studierte an der niederländischen Akademie für Film und Fernsehen und hat seit 1981 an zahlreichen Fernsehproduktionen als Produzent und Autor mitgearbeitet. Heute schreibt er überwiegend Drehbücher und Theaterstücke sowie Musicals, daneben auch Prosa. Seit 2002 veröffentlicht er mit Simon de Waal die historische Krimireihe um den Apotheker C. J. van Ledden Hulsebosch.

Carmen Iarrera studierte Politikwissenschaft, ist in Rom als Journalistin und Übersetzerin tätig und schreibt Kurzgeschichten über Kriminologie und Spionage sowie Drehbücher für Rundfunk- und Fernsehsendungen. Sie erhielt den Premio Gran Giallo Cattolica für die beste Spionagegeschichte; ihre Werke sind in mehrere Sprachen und auch ins Deutsche übersetzt.

Beatrix M. Kramlovsky, 1954 in Steyr/Oberösterreich geboren, studierte Anglistik und Romanistik in Wien, veröffentlichte daneben Essays, Short Storys und Lyrik und stellte ihre Bilder in Wien und den Niederlanden aus. Von 1987 bis 1991 lebte sie in Ostberlin und war von 1988 bis zum Mauerfall in der DDR mit Ausstellungs- und Veröffentlichungsverbot belegt. Seit 1992 wohnt sie als freie Künstlerin und Autorin mit ihrem Mann und ihren zwei Kindern in der Nähe von Wien. 1997 erhielt sie den Anerkennungspreis des Landes Niederösterreich für Literatur.

Hartmut Mechtel, 1949 in Potsdam geboren, studierte Journalistik in Leipzig. Drei Jahre war er Redakteur der *Freien Erde* in Mecklenburg. Seit 1978 arbeitete er als Autor und freier Theater- und Literaturkritiker für Zeitung und Rundfunk, seit 1996 auch als Schauspieler; 1980 war er Mitbegründer des *theater Zinnober*, der ersten freien Theatergruppe der DDR. Er schreibt Romane, Erzählungen, Dokumentationen, Fernseh- und Hörspiele, Theaterstücke und Essays. 1997 wurde er mit dem Friedrich-Glauser-Preis, dem Autorenpreis Deutsche Kriminalliteratur, ausgezeichnet.

Kris Neri ist Autorin von mehr als 50 Kriminalerzählungen, von denen zwei mit dem Derringer Award ausgezeichnet wurden, und mehreren Kriminalromanen. Daneben unterrichtet sie das Schreiben von Kriminalliteratur im Rahmen des Writers' Program der Universität von Kalifornien in Los Angeles. Sie lebt mit ihrem Mann in Arizona.

Simon de Waal, geboren 1961, ist Kriminalkommissar bei der Amsterdamer Polizei. Seit 1991 arbeitet er auch als Berater für Filme und Serien im niederländischen Fernsehen und schreibt Drehbücher. Seine Kriminalromane mit Dick van den Heuvel erscheinen seit 2004 auch auf Deutsch.

Gabriele Wolff, geboren 1955, studierte Rechtswissenschaften. 1974 trat sie der Karl-May-Gesellschaft bei. Sie ist als Oberstaatsanwältin am Justizministerium in Neuruppin tätig und im Zweitberuf Autorin von Kriminalerzählungen und -romanen, unter anderem um die Kölner Staatsanwältin Beate Fuchs.

Peter Zeindler, geboren 1934 in Zürich, studierte an der Universität Zürich Germanistik und Kunstgeschichte und promovierte bei Emil Staiger. Er war Journalist beim Fernsehen, Hörfunk und bei Printmedien. Seit 1980 ist er freier Schriftsteller. Vier seiner Romane wurden mit dem Deutschen Krimi-Preis ausgezeichnet. 1997 erhielt er für sein Gesamtwerk den Ehrenglauser. Er verfasste Fernsehdrehbücher, u.a. für *Tatort*, Hörspiele und Theaterstücke. Er wohnt in Zürich, wo er seit 18 Jahren im Bernhard-Theater monatlich eine literarische Talkshow moderiert.

Rezepte nach Gruppen

Apéritifs und Cocktails

Vorspeisen, Salate und Zwischengerichte

Suppen

Hauptgerichte

Beilagen

Desserts

Rezepte alphabetisch

Folgende Krimis wurden von Almuth Heuner
aus dem Englischen übersetzt:
Kris Neri, *Smutje gesucht*
Ann Granger, *Blinder Passagier*

Dick van den Heuvels und Simon de Waals Krimi *Mord im Hafen von Amsterdam* wurde von Andrea C. Busch aus dem Niederländischen übersetzt.

Virginie Bracs Krimi *Die Tote in der Seine* wurde von Sarah Pasquay aus dem Französischen übersetzt.

Carmen Iarreras Krimi *Irgendwo im Äolischen Meer* wurde von Reinhild Weskott aus dem Italienischen übersetzt.

Bibliografische Information Der Deutschen Bibliothek
Die Deutsche Bibliothek verzeichnet diese Publikation in der Deutschen Nationalbibliografie; detaillierte bibliografische Daten sind im Internet über *http://dnb.ddb.de* abrufbar.

www.gerstenberg-verlag.de

Satz aus der Arnhem und der Cafeteria und der Kievit
Gestaltung und Satz: typocepta, Wilhelm Schäfer, Köln
Druck und Bindung: Westermann, Zwickau
Printed in Germany
ISBN 3-8067-2562-4